KB138299

성장통

성장통

초판 1쇄 인쇄_2021년 2월 15일 | **초판 1쇄 발행**_2021년 2월 18일
지은이_김수민 · 김민서 · 김태희 · 김민주 | **엮은이**_배설화
펴낸이_진성옥 외 1인 | **펴낸곳**_꿈과희망
주소_서울시 용산구 한강대로 76길 11−12 5층 501호
전화_02)2681−2832 | **팩스**_02)943−0935 | **출판등록**_제 2016−000036호
e−mail_jinsungok@empas.com
ISBN_979−11−6186−099−2 43810

2021 대구광역시교육청 책쓰기 프로젝트

성장통

김수민 · 김민서 ·
김태희 · 김민주 지음
배설화 엮음

꿈과희망

    2020년의 시작이 엊그제인 것만 같은데 어느새 9월이 지나가고 있습니다. 올해는 유례 없는 코로나로 전국이 힘든 시기를 겪었습니다.

    등교도 끊임없이 미뤄지다가 6월 즈음, 개학을 하게 되었으며 다른 때 같았으면 이미 책을 쓰고 있을 친구들도 동아리에 가입조차 못하는 시기가 지속되었습니다. 하지만 6월 중순부터 시작하여 9월 중순에 이르기까지 짧은 기간이지만 우리 친구들이 한 권의 책을 완성하는 이 힘든 일을 해냈기에 더욱 대견합니다.

    올해는 한 권의 책을 완성하기란 더욱 어려울 것이라고 생각했는데 여러 제약을 보란 듯이 이겨내고 계획에서부터 집필, 온라인을 통한 회의를 거쳐 따뜻한 이야기를 만들어냈습니다. 이 책은 단순히 책 한 권이 아니라 우리 친구들의 끊임없는 노력의 결과이자 앞으로의 가능성을 담고 있는 책이 아닐까 생각합니다. 앞으로가 더 기대되는 친구들의 글을 만나보겠습니다.

강북중 교사
배설화

★ 김수민 작가

안녕하세요! 1장을 집필한 강북중학교 2학년 3반 김수민이라고 합니다. 처음 구상을 시작할 때만 해도 이렇게 정식 출판까지 오게 될 줄은 꿈에도 몰랐던 터라 뿌듯하고 기쁜 마음이 큽니다. 친구들과 함께 열심히 공들여 쓴 작품이니 즐겁게 읽어주시면 감사할 것 같습니다.

\# 연극   \# 배우

★ 김민서 작가

안녕하세요. 두 번째 이야기를 쓴 2학년 7반 김민서입니다. 실용음악에 관해서 썼는데, 밴드 음악을 가끔 들어본 게 다라 내용이 어색할 수 있지만, 심심풀이로 재밌게라도 읽어주셨으면 합니다.

\# 보컬   \# 밴드   \# 버스킹

★ 김태희 작가

안녕하세요. 이 책의 3장을 쓴 2학년 12반 김태희입니다. 저에게도 조금은 생소한 예술이라는 주제로 글을 처음 써봤는데 정보를 수집하면서 새로운 주제에 대해 알아가다 보니 마냥 어색하지만은 않은 즐거운 시간이었습니다. 약간은 허술할지도 모르지만 새로운 걸 알아간다는 마음으로 즐겁게 봐주시면 좋겠습니다. 감사합니다.

그림   # 미술관   # 노트

★ 김민주 작가

안녕하세요. 2학년 3반 김민주입니다. 글의 배경으로 쓰인 것이지만, 예술을 주제로 글을 써보는 건 처음이다 보니 부족한 점이 많을 것 같아 걱정됩니다. 그래도 재미로 가볍게 읽어주셨으면 좋겠습니다.

무용   # 단장

Chapter:3

Chapter:4

Epilogue

Chapter:1

#1. 장래희망이 없습니다

"어제 진로희망서 제출하지 않은 학생 분명 있지? 그거 생기부에도 들어가니까 이번 주까지 무조건 제출하도록 해라. 그럼 반장, 인사."

"차렷, 경례."

"감사합니다!"

교실을 빈틈없이 메우던 학생들이 순식간에 빠져나갔다. 이럴 때만 빠르다니까. 그들이 달려나가며 일으킨 먼지 바람으로 인해 책상 위에 고이 올려놓은 종이 한 장이 팔락거리며 떨어졌다.

쯧, 허리를 굽혀 천천히 그것을 주워들자 큼직하고 선명하게 프린트된 글자가 보였다.

"…진로라."

17살, 고등학교 1학년. 다들 진로를 정해갈 시기지만, 슬프게도 나에게는 그럴듯한 꿈이 없다. 한때는 꿈이 넘쳐나는 어린이였지만 그것도 이젠 다 옛날이야기일 뿐이다. 사람들은 진로의 다양성을 생각해 주지 않는다.

항상 평범한 직장인, 대기업 사원, 공무원 등등. 매달 안정적인 수입이 들어오는 월급쟁이가 최고라고들 말할 뿐이다. 예체능 관련이거나, 프리랜서와 같이 수입이 일정하지 않은 직업은 반대부터 하고 나섰다.

그걸로 어떻게 먹고 살려고?

그 바닥에서 성공하는 거 힘들어.

너, 커서 무시당하면서 살고 싶어?

반대, 반대, 반대. 반응들이 참으로 극단적이시다. 안정적인 직업을 고르려 하면 내 성적으로는 힘들 것 같다 하신다. 도무지 어느 장단에 맞춰야 할지 알 수가 없다.

나는 책가방에 희망서를 아무렇게나 구겨 넣으며 교실 끝 청소도구함에서 낡은 빗자루와 이가 다 빠진 쓰레받기를 꺼내 들었다. 한숨을 푹푹 내쉬며 뒷자리부터 설렁설렁 쓸기 시작할 때였다.

"운 없게도 교실 청소 당번에 당첨된 은향 씨는 오늘도 쓸쓸하게 청소를 하는데…."

"아, 진짜 유세리. 작작 놀리랬지."

조그마한 인영이 내 반응에 깔깔 웃다가 폴짝폴짝 뛰어와 쏙 안겼다. 이 친구의 이름은 유세리이며, 현재 내 베스트 프랜드로 중학교 3학년 때 만나 빠르게 친해졌다. 토끼같이 무해하고 귀여운 인상의 소유자지만 그와 별개로 괴팍한 성격을 지녔다. 그 반전이 큰 매력인 친구다.

"웬일로 반까지 다 찾아왔데?"

"집 같이 가려고 찾아왔지!"

아닌데. 이거, 이거 다른 용건이 있구나. 웃으며 놀리자 유세리가 날 어떻게 보는 거냐며 내 어깨를 퍽 쳤다. 왼쪽 어깨가 얼얼했다. 주먹도 작으면서 아프긴 더럽게 아프다.

 청소를 대충 끝마치고 무언가에 쫓기는 사람들마냥 서둘러 학교를 빠져나왔다. 부드러이 쏟아지는 4월의 햇빛이 꽤 따뜻했다. 학교 현관문을 나서며 속눈썹 위로 쏟아지는 햇빛에 눈이 찌푸려졌다. 손차양을 만들어 빛을 가려 보았지만, 손가락 사이사이를 비집고 들어와 별 소용은 없었다. 바람도 어디선가 선선히 불어왔다. 얼마 전까지 흐드러지게 피어 동네 주민들의 포토존이 되었던 벚꽃나무는 점점이 초록색으로 물들어가고 있었다.

 종례가 끝난 지 어느 정도 지난 시간이라, 운동장에서 축구하는 선배들을 제외한 대부분의 학생들이 빠져나간 학교는 너무나도 조용했다. 그러나 오로지 우리 둘의 주변만이 그 적막 속에 끼어들지 못했다. 현관문 앞을 떡하니 가로막고 폰게임을 하는 선배들 때문이었다. 건드리면 괜히 화를 당할 것 같아 조심히 피한 후 유세리가 신발을 갈아 신는 걸 기다려주었다.

 유세리에게는 의외로 모범생 같은 면이 있다. 옆에서 슬리퍼를 신발로 갈아 신는 것만 봐도 그렇다. 안 그럴 것 같이 생겨서는 학교의 규칙들을 성실히 지킨다. 멀뚱히 하는 짓을 지켜보다가, 문득 장난이 치고 싶어 유세리의 슬리퍼 한쪽을 빼앗고선 높이 치켜들었다.

 "호잇."

 "아 반은향!"

 곧바로 반응이 왔다. 이 맛에 유세리 놀리지. 빼앗으려고 노력해봤자 작은 키를 가진 그녀로서는 절대로 닿을 수 없는 높이일 것이다. 이 짓도 이제 졸업해야 하는데, 반응이 너무 재미있어서 큰일이다.

"야. 키 가지고 이러는 거 진짜 치사한 거다, 알아?"

갑작스러운 정색에 내가 순간적으로 주춤하자 유세리가 기다렸다는 듯 단숨에 표정을 바꾸더니 잽싸게 뛰어올라 슬리퍼를 잡아챘다.

아니, 잡아채려고 했었다. 내가 아무렇게나 널브러져 있는 대걸레에 걸려 넘어지는 일만 없었더라면 말이다! 씩 웃던 유세리의 입꼬리가 허물어지는 것도 한순간이었다.

"꺅!"

중심이 무너지며 손에서 슬리퍼를 놓쳤고, 우리는 절친한 친구답게 서로 흙바닥을 굴렀다. 분명 새하얀 와이셔츠에 보도블럭 자국이 새겨질 터였다. 넘어지는 순간에도 교복 걱정을 하다니, 내 신세가 처량하기 짝이 없었지만 지금 중요한 건 따로 있었다.

"아, 미친!"

굵은 목소리가 유세리의 찢어질 듯한 비명과 함께 겹쳐 들렸다. 가까이서 간헐적으로 소리치는 걸 보아하니 아까 그 선배 중 한 명일 테였고, 소리를 질렀다는 것은 썩 좋지 못한 일이 벌어졌을 거란 소리와 다를 바 없었다. 생각이 거기까지 도달하자 별안간 불안감이 엄습해오기 시작했다. 아니, 왜 비명을 지르고들 그러세요….

"야. 야!"

몹시 화가 난, 속된 말로 빡쳤다는 어조가 확연한 부름이 이어졌다. 본능적으로 그 부름의 대상이 우리라는 것을 알아챘는지, 유세리의 동공이 지진이라도 난 듯 흔들렸다. 내 동공의 상황도 별반 다를 건 없었다. 곧이어 욕설이 들려오기 시작했고, 부름이 점점 거세지자 우리는 떨리는 손을 잡으며 신호를 주고받았다.

'뛸까?'

'튀자.'

끄덕. 눈빛만으로 의견을 교환하는 데에 어려움이란 없었다. 원래 인간은 위기에 봉착하면 초자연적인 힘을 발휘하는 법이다. 무튼 빛보다 빠른 속도로 눈빛 교환을 끝낸 우리는 냅다 교문을 향해 달리기 시작했다. 뒤에서 무어라 소리치는 것이 들렸지만, 최선을 다해 무시하며 삼십육계 줄행랑을 쳤다. 숨을 몰아쉬며 속도를 줄였을 때에는 벌써 학교와 저만치 떨어진 후였다. 그제야 안도의 한숨을 내쉬며 천천히 걸을 수 있었다.

느린 속도로 뒤에서 나를 쫓아오던 유세리가 헥헥대며 말했다.

"하아, 오랜만에 달리니까 몸이 안 따라주네. 근데 우리 설마 그 선배들한테 찍혔으려나?"

"그 짓거리를 하고 튀었는데 안 찍히는 게 말이 된다고 생각해?"

"…그건 그렇지."

그렇지만 찍혔다고 말하면서도 그렇게 큰 걱정이 되지는 않았다. 내가 만약 그 선배였다면 고작 슬리퍼로 좀 맞았다고 그 많은 1학년들을 뒤져 누군지 찾아내려고 하진 않을 것 같았기 때문이었다. 그러나 이런 생각과는 별개로, 나의 직감은 강하게 어딘가가 잘못되었다고 주장하는 중이었다. 나는 애써 불안감을 내리누르며 고개를 돌렸다. 유세리의 표정을 보아하니 딱히 걱정하는 것 같지는 않았지만, 괜히 나 때문에 이런 일이 벌어져서 미안한 마음이 들었다.

"나 왜 그랬지. 진짜 미안."

"됐어, 찍히면 찍히는 거지 뭐. 아 맞다! 내 슬리퍼!"

쿨하게 손사래를 치던 유세리가 갑자기 멈춰서며 표정을 일그러트리곤 울상을 지었다. 그리고 보니 유세리의 손에 슬리퍼 한 짝만이 들려 있었다. 도망치는 데에 급급해 그 존재를 새까맣게 잊고 있던 것이다. 한 짝만 들고 있어 어딘가 모자라 보이는 유세리가 낭패라는 표정을 지으며 중얼거렸다.

"새로 사기 귀찮은데! 지금 가면 없겠지? 아까 그냥 제대로 사과하고 슬리퍼 받아서 올 걸 그랬어….."

"아 그렇네? 우리 왜 튄 거지?"

가장 이상적인 방법을 이제야 깨달았다는 사실에 서로를 멍청하게 쳐다보다가 그만 웃음이 터져버리고 말았다. 이 상황이 너무 웃겨서 깔깔 웃는 와중에도, 무언가 불안한 마음은 쉽사리 떨쳐지질 않았다.

'에이, 설마. 그 많은 학생을 일일이 뒤져보겠어?'

긍정 회로를 돌리고 나니 마음이 한결 편안해진 것도 같았다.

–

내가 간과한 점은 딱 두 가지가 있었다.

첫째, 설마가 사람 잡는다는 것.

둘째, 내 감은 꽤 잘 맞는다는 것…..

"왜 튀었냐?"

"…."

"아니, 왜 튀었냐고, *발"

얼굴과 몸가짐에서부터 나 양아치요, 하는 티가 팍팍 나는 사람들이 나와 유세리 주변을 위협적으로 둘러쌌다. 간간이 욕도 섞여 들려오는데, 가오를 부리는 건지 뭔지는 몰라도 상당히 같잖았다. 하필 교문 앞에서 운 나쁘게 걸릴 줄은 꿈에도 몰랐다. 며칠 전부터 계속 이어져 온 불안감이 오늘의 일을 예견했던 것이었나. 설마 했던 일이 벌어진 이 상황이 너무 웃기다가도, 이것이 실제 상황이라는 사실에 울고 싶어졌다. 이 현장에서 벗어나기 위해 빠르게 사과하려는데 유세리가 한 발 더 빨리 입을 열었다.

"사과도 없이 가버려서 죄송해요, 그때는 너무 놀라서 그랬어요."

"아니 놀라고 자시고, 내 승급전은 어떡할 건데? 니 때문에 *발처음부터 다시 해야 하잖아. 어쩔 거냐고!"

날아간 슬리퍼에 맞았을 것으로 추정되는 한 양아치가 껄렁대며 소리쳤다. 그의 그라데이션 분노에 유세리의 미간이 살짝 꿈틀거렸다. 위험하다. 솔직히 유세리가 빡쳤을 때와 저 양아치가 빡쳤을 때, 누가 더 무서울지를 내게 물어본다면 나는 주저 하지 않고 유세리라고 답하리라. 그녀의 입에서 언제 폭탄 같은 발언이 튀어나올지 모르기 때문에 황급히 말을 이었다.

"죄송합니다. 어떻게 해야―"

"아니 저희가 잘못한 건 맞는데요, 대걸레를 아무렇게나 던져놓은 선배님들도 잘못이 있지 않나요? 양쪽 다 잘못이 있는데 왜 저희한테만 뭐라고 하시는 거죠?"

오 마이 갓, 우리 유여사께서 결국 일을 저지르고야 말았다. 눈앞에 펼쳐지려는 화려한 가시밭길 학교생활에 벌써부터 눈물이 앞을 가리는 것만 같았지만, 유세리의 절친한 친구로서 그녀가 가시밭길로 들어가는 것을 막아야만 했다. 눈을 부라리는 유세리와 양아치 사이를 슬쩍 막아서려는 1차 시도는 유세리의 밀어냄 덕분에 실패했다.

"뭐? 이 **가 뭘 잘못 먹었나. 다시 말해 봐."

"죄송합니-"

"뭐 잘못 안 먹었고요, 저희 때문에 그렇게 되신 거 정말 죄송하게 생각해요. 근데 대걸레 아무렇게나 던져놓은 그쪽들도 잘못 있다는 거죠."

"대걸레 우리가 던져놓은 거 아닌데? 그리고 그쪽? 와, 요즘 애들은 왜 이렇게 버릇이 없지?"

점점 과열되는 둘 사이로 손을 집어넣으려는 시도조차 번번이 가로막혔다. 이 말싸움을 혼자서 제지하기란 불가능하다는 것을 일찍이 깨달은 나는 해탈한 표정으로 다음 나올 말을 유추하고 있었다. 아마도 유세리는-

"그럼 무슨 엎드려서 절이라도 해야 하나? 대걸레도 너희가 거기에 세워 놓은 거 맞잖아."

그렇지, 이렇게 말하겠지. 토씨 하나 틀리지 않고 생각한 그대로 흘러나온 말에 고개를 끄덕이기도 잠시, 뒤에 이어진 말은 처음 알게 된 사실이었으며 유세리와 목소리도 달랐기에 눈을 크게 뜨고 주변을 두리번거렸다. 얼마 지나지 않아 건물 뒤편에서 유유히 걸어 나오는 한 사람이 보였다. 양손에는 빗자루와 쓰레받기를 든 채였는데, 아마도 학교 뒤편을 쓸고 있었던 것 같았다. 갑자기 튀어나온 그녀의 말에 심기가 불편하다는 듯, 한 양아치가 따졌다.

"우리 아니라고. 잘 모르면 헛소리 하지 말고 꺼져."

표정을 한껏 찌푸린 양아치들이 우르르 몰려 있었다. 무서울 법한 상황이지만 그녀는 동요 한 점 내비치지 않았다. 오히려 웃으며 말을 이었다. 분명 입꼬리가 올라가 있었지만, 어쩐지 정색하고 있다는 느낌이 강하게 드는 표정이었다.

"헛소리 하는 건 너겠지. 너희들이 대걸레 거기에 놓은 거 내 친구들이 다 봤다는데, 괜히 1학년들 갈궈 보겠답시고 헛소리까지 지껄여가면서 학교 물 흐리는 거 보기 불편하네."

그 말에 양아치들의 기세가 한층 더 흉흉해졌다. 금방이라도 한 대 칠 기세로 제게 다가간 양아치들에게 눈 한번 깜빡이지 않은 그녀는 냅다 빗자루를 땅에 내리꽂았다. 땡그랑. 빗자루가 만들어낸 큰 소음에 양아치들이 움찔거리자, 그녀는 그들에게 아까와는 다른 형형한 눈빛을 쏘며 조용하게 읊조렸다. 학교에서 난동 부려 봤자 자기만 손해일 뿐이라는 걸 알고 있었으면 좋겠는데. 우리는 서로의 손을 꼭 붙잡고 얼어 있었고, 양아치들 또한 그녀의 당당한 태도에 조금 멈칫하는 듯 보였다. 바람에 흩날리는 머리카락을 한번 넘긴 그녀는 아무 일 없었다는 듯 금세 표정을 바꾸며 화룡점정을 찍었다.

"꼰대 같은 새*들이 가오만 살아서는."

유세리의 입에서 나올까 걱정했던 폭탄 발언이 전혀 예상치 못한 곳에서 나왔다. 양아치들의 기세는 무시무시해졌고, 여전히 유세리가 충격을 금치 못하고 있을 때였다. 짝짝짝, 실없는 박수 소리가 팽팽하던 분위기를 한순간에 김이 새도록 만들었다. 그 박수 소리의 주인이 나라는 사실을 깨닫고 손을 어색하게 등 뒤로 숨겼을 때는 이미 모두의 이목이 나에게 집중된 후였다.

잠깐의 정적 후에 또다시 바람이 불었다. 팔락, 하며 그녀의 검은 머리카락과 하복 블라우스가 바람에 나부꼈다. 흰 교복 위로 단정히 달린 명찰이 눈에 띄었다. 백지아. 어디선가 홀연히 나타나 사이다 발언을 한 그녀의 이름은 백지아였다.

어색한 침묵 속에서 시간이 흐르기를 잠시, 아까 전부터 그녀를 유심히 지켜보던 양아치 중 한 명이 갑자기 사색이 되더니 우두머리로 보이는 놈에게 달려가는 것이 아닌가. 그러고선 뭐라 속삭이는데, 너무 잘 들려서 속삭이는 건지 동네방네 소문을 내려는 건지 알 수가 없었다.

"야, 야 미친. 쟤 백지아야."

"뭐? 백지아가 누군데."

"그 왜 있잖아! 우리 학교 미친놈 여친!"

그 말을 들은 우두머리 녀석과 그 쫄따구들의 얼굴이 삽시간에 흙빛으로 변했다. 반응이 바로 오는 걸 보니 엄청난 미친놈인가보다. 양아치들은 저들끼리 뭐라 떠들어대다가, 다시금 불어오는 바람에 날아가듯 도망쳤다. 그 모습을 바라보다가 고개를 틀자 조금 씁쓸한 표정을 짓고 있는 그녀가 보였다. 그 많은 양아치를 저 혼자 물리쳤으면서 정작 자신은 하나도 기뻐 보이지 않았다. 의아한 심정으로 그녀를 바라보고 있는데, 밑에서 얼빠진 중얼거림이 들렸다.

"와, 개멋있어….."

그 중얼거림을 놓치지 않고 들었는지, 눈 깜짝할 새에 우리 곁에 다가온 그녀가 싱긋 웃으며 말했다.

"고마워. 너도 말 잘하더라. 다음에 또 이런 일 생기면 내 이름 대고 빠져나와도 좋아."

아, 내 이름은 백지아야. 친절하게 이름까지 말해 준 그녀가 바닥에 떨어진 빗자루를 주섬주섬 주워들며 사건의 현장을 빠져나가려고 할 때였다. 유세리가 그녀의 하복 블라우스 자락을 조심스레 잡고 감동한 목소리로 말했다.

"한 대 맞는 줄 알았는데, 구해 주셔서 감사해요! 이 은혜 잊지 않고 꼭 보답하고 싶어서요…. 이건 제 번호예요. 저희 도움이 필요하시면 꼭 연락 주세요."

유세리가 가방을 뒤져 길거리에서 훈남을 마주쳤을 때를 대비하여 가지고 다니던 자신의 번호가 적힌 종이를 꺼내는 사이, 나 또한 그녀의 옷자락 붙들기에 합세했다. 곤란한 표정을 지을 거라 예상했지만 그녀는 곤란함과는 거리가 먼, 굳이 표현하자면 '걸려들었어.' 하는 느낌의 표정을 짓고 있었다. 아차 싶은 생각이 들었을 때는 이미 돌이킬 수 없었다. 머릿속에서 온갖 시나리오들이 펼쳐졌지만, 까짓거 은인을 위해서라면 못할 일이… 많잖아? 생각이 거기까지 미치는 것과 동시에 잽싸게 몸을 돌린 그녀는 생글생글 웃으며 물었다.

"너희 혹시 연극부에 들어올 생각 없니?"

"…연극부요?"

"응. 올해 부원 신청률이 저조해서 폐지될 위기에 처했거든. 연극부 부장으로서 가만히 보기만 할 수는 없어서 말이야."

연극동아리 영업이라니. 너무나도 예상 밖인, 평범하다면 평범한 그녀의 말에 눈을 깜빡이고 있는데, 옆에 있던 유세리가 일말의 고민조차 없이 흔쾌히 수락해 버리는 것이 아닌가.

"좋아요!"

"와! 고마워. 네 덕분에 살았어."

활짝 웃으며 유세리의 손을 덥석 잡은 그녀는 몇 월 며칠까지 어떻게 신청해야 하는지를 빠르지만 상세하게 알려준 후 홀연히 자리를 떠났다. 딱 하나만 선택할 수 있는 동아리를 별다른 고민도 없이 정해버린 게 기가 막혀 옆을 쳐다보았지만, 유세리는 여전히 그녀가 떠나간 자리만을 바라보고 있을 뿐이었다. 문득 그녀가 예전에 시도 때도 없이 했던 말이 떠올라 따지듯이 물었다.

"너 저번에 방송 댄스부 들어간다고 하지 않았어?"

"에이, 그건 그냥 내 바람이었고! 어차피 키 때문에 뽑히지도 못해서, 별 흥미도 없는 다른 동아리 들어갈 바에야 은인님 계신 동아리 들어가는 게 훨씬 나아."

그렇구나… 가 아니라! 이대로 내 의지와는 상관없이 연극부에 가입하게 되었지만, 하고 싶은 동아리도 딱히 존재하지 않았고 어차피 유세리가 들어가는 동아리에 따라서 가입할 생각이었기에 별다른 불만은 없었다. 그나저나 여태껏 연기는 한번도 해보지 않았는데. 괜히 부원들에게 민폐를 끼치면 어쩌나 싶은 생각에 막막한 심정이 들었다.

—

단정한 글씨체로 연극부라 쓰여 있는 교실의 문을 두드렸다. 곧 익숙한 목소리가 들어오는 것을 허락했고, 문을 열자 꽤 오랜만에 보는 그녀가 우리를 반겼다.

"동아리 가입하려고 왔습니다, 선배님!"

"아, 그때 그! 약속 지켜줘서 고마워. 여기 앉아."

우리의 얼굴을 본 그녀는 생각났다는 듯이 박수를 한 번 치고서 환하게 웃으며 자리를 권했다. 선배님 대신 편하게 언니라고 부르라는 말도 잊지 않았다. 유세리가 부장 언니와 가까워진 것 같다며 행복해하는 동안, 나는 찬찬히 주위를 둘러보았다. 부실 곳곳에 아기자기하고 귀여운 소품들이 보기 좋게 놓여 있는 게 눈에 띄었다. 잘 닦여진 창으로는 따뜻한 햇빛이 계속해서 밀려 들어와 내부는 형광등을 켜지 않아도 충분히 밝았다. 교실 한 가운데에는 열댓 명 정도 앉을 수 있을 법한 의자와 책상이 있었고, 뒷문 언저리에는 다

인용 소파가 자리하고 있었다. 구석에는 소품들이 가득 채워져 있는 박스가 한 무더기 쌓여 있었는데, 간간이 부스럭거리는 소리가 났다.

간단히 부실을 둘러보고 바닥과 책상 여기저기에 널브러진 대본과 콘티들을 빤히 쳐다보는데, 부장 언니가 어디서 났는지 모를 간식을 들고 머쓱한 듯 웃으며 다가왔다.

"좀 더럽지?"

"아니에요! 여기는 양호한 거죠. 제 방을 보시면 깜짝 놀라실걸요."

친화력 좋은 유세리가 손사래 치며 말했다. 확실히 유세리 방이 더럽기는 하지. 고개를 끄덕거리고 있으니 따가운 시선이 느껴졌다. 뭐, 왜. 사실이잖아. 다행히 부장 언니가 타이밍 좋게 말을 건 탓에 유세리는 잠시 물러난 것처럼 보였다. 그녀가 아니었다면 나는 틀림없이 발을 밟혔겠지.

"혹시 신청서 써 왔니?"

"네."

나와 유세리가 동시에 신청서를 내밀었다. 부장 언니는 신청서를 받고 빙긋 웃더니 이렇게 외쳤다.

"좋아. 둘 다 합격!"

"네?"

얼빠진 목소리가 옆에서도 흘러나왔다. 반응이 똑같은 걸 보아하니 방금처럼 신청서를 꼼꼼히 읽지도 않고 부원으로 받아주는 게 일반적인 일은 아니었다. 아니, 아무리 스카우트로 들어왔다지만 오디션은커녕 면접조차도 안 보는 건 좀…. 마찬가지로 당황한 표정의 유세리가 더듬더듬 질문했다.

"그, 오디션 같은 거 안 보나요?"

"보고 싶니?"

"아니요!"

부장 언니는 태연한 표정으로 웃고만 있을 뿐이다. LTE급으로 빠른 동아리 가입에 여전히 알쏭달쏭한 얼굴로 서로를 바라보고 있을 때였다.

"그냥, 그러려니 생각해. 우리 부장은 헤퍼서 아무나 다 받아주거든."

"악!"

느닷없이 들려온 목소리에 나는 비명을 질렀고 유세리는 쿠당탕거리는 소리와 함께 놀라 자빠졌다. 갑자기 박스 더미 사이에서 튀어나온 그는 천 조각과 실밥들을 한가득 뒤집어쓰고 있었다.

놀란 숨을 몰아쉬고 나동그라진 유세리를 잡아 일으켜주며 부장 언니를 힐끗 보는데, 그녀는 전혀 놀란 것처럼 보이지 않았다. 오히려 다정한 손길로 교복 이곳저곳에 묻은 실밥들을 떼어주면서 소리 없이 튀어나온 그를 타박했다.

"오시환, 기척 좀 내고 다니랬지. 애들이 놀랐잖아. 괜찮니?"

"아 네에. 그런데 저분은 누구…?"

유세리가 엉덩이를 툭툭 털며 물었다. 부장 언니는 그의 교복에 달라붙은 마지막 푸른색 천 조각을 떼어내며 답했다.

"연극부의 의상을 담당하고 있는 친구야. 이름은 오시환이고 너희보다 한 살 많은 2학년!"

"아, 그러시구나. 안녕하세요!"

유세리가 고개를 주억거리다 꾸벅 인사했다. 나도 옆에서 따라 인사했다. 그나저나 무대의상을 만든다니, 외모는 반항아같이 생겨서는 의외였다.

그는 한동안 우리의 인사를 무시하며 가만히 있다가, 부장 언니에게 팔뚝을 꼬집히고 난 후에야 못 이기는 척 우리에게 인사하고선 다시 박스 더미 속으로 사라져 버렸다. 지금 보니 간헐적으로 들리던 부스럭 소리의 주범이었다. 그런 그를 보며 어깨를 한번 으쓱인 부장 언니가 웃으며 말했다.

"낯가림이 심해."

"그딴 거 아니야!"

곧장 날아온 부정의 목소리에 부장 언니가 쿡쿡 웃었다. 쟤 은근 귀여워, 부장 언니가 그에게 안 들릴 정도로 작게 속삭였다. 그 말에 유세리는 숨죽여 웃었고 나는 표정으로 웃었다.

그 뒤로 간식을 먹으며 앞으로의 일정에 관한 설명을 들었다. 모집이 끝나고 일주일 후에 신입생 환영회가 있고, 거기서 간단한 자기소개와 몇 가지 게임 등으로 친목을 다질 거라고 했다. 그날 공연할 대본과 배역을 정하는 건 덤이었다. 한 것도 없는데 점심시간 종료의 5분 전을 알리는 종이 학교 곳곳에 울렸다.

종이 울리자마자 허둥지둥 교실에 갈 채비를 했다. 먼저 가겠다고 인사한 후 빠르게 질주하는 우리 뒤로 부장 언니의 목소리가 따라붙었다.

"그럼 환영회 날 꼭 오는 거 잊지 말고! 오늘 즐거웠어!"

"넵!"

"저도요, 선배님!"

전속력을 다해 내달린 결과, 우리는 간당간당하게 각자의 교실 앞에 도착할 수 있었다. 유세리가 뛰지 않아도 될 뻔했다며 허세를 부렸다. 그에 맞장구 치는 동안 타이밍 좋게 종이 쳐서, 나는 그녀를 뒤로하고 교실 문을 열었다.

문 여는 소리에 반 아이들의 시선이 죄다 이쪽으로 쏠렸다. 그중에는 항상 5분 일찍 도착하시는 역사 선생님도 계셨다. 이번 시간이 역사였다니. 얼어붙은 나와 벽시계를 번갈아 바라보신 선생님이 우아한 말투로 말씀하셨다.

"2초 지각. 엎드려뻗쳐."

젠장.

—

3학년은 수능과 입시 준비 때문에 동아리 활동을 하지 않아 전체 부원이 적어질 수밖에 없음에도 불구하고, 연극부원들의 숫자는 꽤 됐다. 2학년은 아홉 명, 1학년들은 열두 명으로 총 스물한 명이나 된다. 원래 2학년 부원은 열네 명이었지만, 학년이 올라가면서 다섯 명이 탈퇴했다고 했다.

공연을 촬영, 업로드하거나 공연 일정 잡는 일을 하시는 연극부 담당 선생님은 우리에게 짧은 자기소개를 하고선 바쁘셨는지 우리끼리 놀라며 카드를 주고 난 후 홀연히 사라지셨고, 그 덕분에 우리는 조금 더 편하게 놀 수 있었다.

안면이 없어 서먹한 분위기 속에서 신입생 환영회가 시작되었다. 활발해 보이는 남자 선배가 진행을 맡아 간략하게 연극부의 역사, 공연 경력을 설명하고 나니 벌써 자기소개를 할 차례였다.

"그럼 2학년 부원부터 소개하겠습니다! 첫 번째로, 우리 연극부의 극본과 감독, 리더를 담당하는 백지아 선배님 되시겠습니다!"

"안녕 애들아! 방금 들었다시피 극본과 연출 담당을 맡은 백지아라고 해. 편하게 언니나 누나라고 불러도 좋아."

부장 언니가 방긋 웃으며 자기소개를 마치고, 그 뒤를 이어 의상 담당 오시환 선배님과 여러 배우 선배님들이 차례로 자기소개를 했다. 2학년의 자기소개가 순식간에 끝나고, 벌써 1학년들의 차례가 왔다.

나처럼 배우로 들어온 애들이 여덟 명, 의상 담당이 두 명, 극본과 감독에 각각 한 명씩이었다. 가입한 이유도 가지각색이었다. 그냥 재미있어 보여서 들어왔다는 아이가 있는가 하면, 디자이너가 장래희망이어서 가입했다는 아이도 존재했다.

"서의상입니다. 중학생 때 우연히 오시환 선배님의 의상을 접하고, 꼭 이 학교에 진학해서 동아리에 가입해야겠다 생각했습니다. 잘 부탁드립니다."

"유세리라고 합니다! 위기의 순간에 저를 구해 주신 부장님께 한눈에 반해 가입하게 되었습니다! 잘 부탁드려요!"

"배우다입니다. 연극부에 대한 로망이 있기도 하고 연기에 관심이 있어 지원했습니다. 감사합니다."

모든 이들의 자기소개가 끝나자, 이 뚝딱거리는 분위기를 한결 풀어줄 게임이 시작되었다. 게임을 몇 판 돌리고 나니 분위기는 확실히 부드러워졌고, 좀 전까지만 해도 서먹하던 부원들은 게임을 통해 급속도로 친해져 엄청난 텐션으로 술 게임을 하는 중이었다.

"민수가 좋아하는 랜덤 게임! 무슨 게임!"

"눈치 게임 시작, 1!"

"2!"

왁자지껄한 분위기에 취해 모두가 한마음 한뜻으로 술 게임을 하고 있었다. 물론 우리는 아직 미성년자이기 때문에 부장 언니가 직접 제조한 폭탄 음료로 벌칙주를 대신한 채였다.

"20!"

"아."

젠장. 눈치만 보다가 벌칙에 걸려버렸다. 부장 언니가 선량한 미소를 지으며 오렌지 주스와 콜라, 복숭아 맛 음료가 1:1:1 비율로 섞인 폭탄 음료를 내게 안겨주었다. 옆에서 원샷 해야 상여자라며 하도 난리를 피우기에 단번에 들이켰다. 부장 언니의 미소와는 달리 벌칙주의 맛은 전혀 선량하지 않았다.

진짜로 원샷을 때려버린 나를 부원들이 멍한 표정으로 쳐다보았다. 다들 나만 쳐다보길래 조금 뻘쭘해져서 머리카락으로 슬쩍 얼굴을 가렸다. 사회를 맡던 선배가 놀란 토끼 눈으로 나를 보다가 이내 호탕한 웃음을 터뜨렸다.

"크하하! 진짜 저걸 마셨어! 부장 표 폭탄 음료를 원샷한 건 니가 최초다!"

"아니, 마시라고 하셨잖아요…! 마셔야 상여자 된다고…."

내가 소심하게 항변하자 여기저기서 깔깔거리는 웃음소리가 들렸다. 그날부로 내가 연극부의 공식 상여자가 된 것은 비밀에 부쳐두겠다.

―

콕콕.

창문으로 땅에 흩뿌려진 벚꽃잎을 멍하니 바라보는데, 누군가 내 어깨를 찔렀다. 고개를 돌려 확인한 얼굴이 아는 얼굴이라 다행이었다.

"반장."

"응, 은향아. 너 진로 희망서 안 냈다고 선생님께서 재촉하셔서. 오늘까지 꼭 내야 하는데 가능할까?"

그녀의 얼굴에는 난처하다는 듯 어색한 미소가 걸려 있었다. 잠깐만, 지금 줄게. 턱을 괴고 있던 손을 떼고 부랴부랴 가방을 뒤져 진로 희망서를 찾아냈다. 별다른 파일도 없이 넣었던 터라 종이는 꾸깃꾸깃하게 뭉쳐 있었다. 민망한 웃음을 날리고 그 자리에서 진로 희망서를 작성하기 시작했다. 반, 번호, 이름. 희망하는 진로와 그 이유.

"여기."

서둘러 작성했던 터라 글씨체가 날아다녔다. 팔랑, 내가 종이를 넘겨주자 반장이 환한 표정으로 그것을 받아드는 것과 동시에 무어라 말했다.

"오, 은향이는 꿈이 배우구나! 잘 어울린다."

"… ."

너무나도 의외의 반응이라서 뭐라 할 말이 없었다. 그저 생각나는 대로 막 휘갈긴 것에 불과한 진로가 잘 어울린다니. 아무 생각도 들지 않아서 입을 다물고 있었는데, 내가 화났다고 착각한 것인지 그녀가 돌연 사과를 했다.

미안, 마음대로 봐서 기분 나빴다면 사과할게. 그렇게 말하는 표정이 꾸며낸 것 같지는 않아서, 잘 어울린다는 말이 빈말이 아닐 수도 있겠다는 생각이 들었다. 괜찮다며 늦게 줘서 미안하다고 말하자 반장은 그제야 몸을 돌렸다.

점심시간이지만 딱히 할 일이 없어서 나는 어제 부장 언니가 나눠준 연극 대본을 꺼내 들었다.

[지언 씨와 민아 씨]

심플한 제목이 대본의 윗부분에서 존재감을 뿜어냈다. 올해 처음으로 공연 가는 곳은 어린이 병동으로, 부장 언니가 그것에 맞게 어린이들이 보면 재미있을 법한 극본을 써냈다.

수려한 외모를 가졌지만, 그 외모 때문에 사회생활이 어려운 지언과 작업 능력은 최고 레벨이지만 외모 때문에 자존감이 부족해 타인을 대하기가 어려운 민아가 서로 도와가며 사회의 악들을 무찌른다는 이야기가 주된 줄거리였다.

화려한 액션으로 나쁜 놈들을 무찌르는 내용이라 아이들에게만 재미있을 거로 생각한다면 오산이었다. 사회의 외모지상주의, 입으로만 일하는 꼰대나 학력 차별 같은 사회의 문제점을 풍자하는 내용도 담고 있어 어른들이 가볍게 보기에도 나쁘지 않았다.

여기서 내가 맡은 역할은 주인공보다 비교적 대사가 짧은 엑스트라뿐이었다. 조금 짬밥이 있는 선배들이 주로 주역을 맡았고, 공연한 경력이 있다거나 연기 오디션을 통과한 전적이 있는 소수를 제외한 1학년들 대부분이 엑스트라로 등장했다. 암기력이 그다지 좋지 않은 나는 좋다고 했지만, 돋보이는 것을 좋아하는 유세리는 조금 실망한 기색이었다.

30분 남짓한 연극에서 내가 등장하는 시간은 대략 10분 정도. 자잘한 엑스트라치고는 꽤 많이 등장하는 게 아닐까 싶다. 골고루 등장할 수 있도록 세심하게 역할을 분배했을 부장 언니가 떠올랐다. 크흡, 당신의 노력에 무한한 박수를 보냅니다.

속으로 박수를 친 다음, 나는 내가 맡은 역할의 대사가 눈에 잘

띄도록 형광펜으로 표시하는 작업을 했다. 한적한 교실에 종잇장이 팔락이는 소리가 사각사각 흩어졌다.

—

좁은 대기실 안에서 사람들이 분주히 움직였다. 대학 병원 어린이 병동에 재능기부를 하러 온 사람은 꽤 많았다. 우리를 포함해 다섯 팀 정도가 온 것 같았는데 마술공연을 하는 학생들, 동요를 부르는 밴드 등등. 그 종류도 다양했다. 우리는 공연시간이 다른 팀에 비해 길었기 때문에 맨 마지막 순서였다.

"은향아, 빨리 와! 이제 우리 순서니까 의상 갈아입어야지!"

유세리가 대기실 문 앞에서 나를 부르며 손짓했다. 그 옆에 서 있는 서의상의 손에 들린 의상을 본 나는 작게 침음하고 말았다. 휘황찬란한 색채의 의상이 이 멀리서도 눈에 확 띄었다. 직장에는 보통 얌전한 색의 정장을 입고 가기 마련이건만, 어째서 연극 내에서의 직장은 형광 노란색 정장을 입고 출근하는 것이 가능한 것일까.

의상을 건네주며 나를 바라보는 서의상의 눈에 뻘쭘함이 서렸다. 자기가 만든 작품이 어딘가 요란하다는 걸 아는 것 같아 그나마 다행이었다.

주인공이 으레 그렇듯 주연을 맡은 선배들은 빨간색과 파란색이 어우러진 정장을 갖춰 입었다. 히어로 중 하나를 연상시키는 색 조합이었다. 나머지 사람들은 빨강과 파랑을 제외한 다양한 색으로 정장을 맞췄다. 가장 심한 건 역시 최종 보스였다. 형광 초록색에 화려한 스팽클이 붙은 정장을 입은 선배가 얼굴을 가린 채 서의상과 오시환 선배를 원망했다. 어찌나 다양한 각도로 반짝이는지, 눈이 멀 것만 같았다. 여담으로 부장 언니는 시환 선배의 작품인 형광 초록 정장을 극찬했다고.

공연 관계자가 킬킬거리던 우리에게 소리쳤다. 곧 연극부의 순서라는 말에 부장 언니가 서둘러 부원들을 집합시켰다. 곧바로 스물하나의 부원들이 한자리에 동그랗게 모였다.

"애들아, 실수할 때는 어떻게 해라?"

"최대한 자연스럽게요!"

부장 언니의 물음에 유세리가 씩씩하게 답했다. 싱긋 웃은 부장 언니가 손을 중간으로 내밀었다. 그 행동의 의미를 제일 먼저 알아챈 내가 부장 언니 위에 손을 포개자, 나머지도 우르르 손을 모았다.

"그렇지. 이때까지 점심시간 쪼개가며 열심히 연습했으니까 분명 잘할 거야. 끝나고 회식할 거니까 힘내고! 구호 한 번 외칠까?"

하나, 둘, 셋. 한바탕 즐기고 오자!

우렁찬 구호가 대기실 공중을 맴돌다 사그라들었다. 곧 무대에 올라갈 시간이 되었고, 작가나 의상 담당, 피디와 같은 부원을 제외한 열세 명의 배우들이 모두 무대에 올랐다.

어린아이들의 환호와 박수갈채 속에서 연극은 시작되었다. 표현에 거리낌이 없는 아이들이어서 그런지, 반응이 장난 아니게 뜨거웠다. 직장에서 만난 두 주인공이 상사에게 혼나는 장면에서는 불쌍하다는 아우성이 터져 나왔고, 부당한 대우를 받거나 차별을 받으면 소신 있게 한마디 하는 장면에선 그들을 응원하는 추임새가 오디오를 채웠다. 아이들의 맞장구 소리를 호응 삼아 배우들도 연기를 즐기는 것이 눈에 확연히 보였다. 확실히 긴장돼 보이던 처음과는 분위기도, 목소리의 떨림도 달랐다.

장면을 하나하나 지나오면서 연극은 점점 클라이맥스로 달려가는 중이었고, 이제 내가 등장하는 장면은 더이상 없었다. 연극이 막을 내릴 때까지 편하게 무대 구석에서 선배들을 구경하기만 하면 되었다.

"나 때는 말이야!"

　자잘한 악역들을 물리치고 드디어 형광 초록색 정장을 입은 최종 보스가 등장해 주인공들을 괴롭히려던 찰나였다. 환자복을 입은 한 아이가 난데없이 무대 위로 뛰어 올라오더니 고래고래 악을 썼다. 누군가 제지할 새도 없이 정말 순식간에 벌어진 일이었다.

"나쁜 놈! 우리 언니가 얼굴로 평가하는 게 제일 나쁜 거랬어!"

　무대로 난입한 아이가 최종 보스에게 마구 주먹질을 하며 소리쳤다. 무대 구석에서조차 들릴까 말까 한 소리였기에 무대와 거리가 있는 관객석에서는 듣지 못했을 테였다. 예정에 없던 뉴페이스의 등장에 배우들이 당황하자, 앉아 있던 관객들이 웅성거리기 시작했다. 배우들은 예상치 못한 일 덕에 대사를 칠 엄두조차 못 내고 있었다. 무대 밑에서 연극을 관람하던 부장 언니조차 멍하게 있었으니 말 다 했다.

　반대편에서 공연 관계자가 달려오는 게 보였다. 짧은 시간이었지만 상황이 어떻게 흘러갈지 예상하기란 어렵지 않았다.

　이대로 아이가 무대에서 끌어 내려지고, 어수선한 분위기 속에서 연극은 막을 내리겠지. 나는 내 첫 연극을 그런 식으로 망치고 싶지 않았다. 순식간에 결과를 도출한 내 머리도 빨랐지만, 그보다 몸이 더 빨랐다.

"유세리, 스텝분 안 올라오셔도 된다고 말해 줘!"

"뭐? 야! 어디가! 반은향!"

연극이 시작되기 전, 부장 언니가 짧게 연설할 때 사용한 핸드마이크가 눈에 띄었다. 단상 위에 얌전히 올려져 있던 그것을 잡아채고 냅다 구석에서 튀어 나갔다. 갑자기 쏟아지는 환한 조명에 눈이 멀 것 같았지만 빠르게 형광 노란색 재킷을 벗어 팔에 걸치고 감으로 무대 중앙까지 도달했다. 이제 돌이키기엔 글렀다는 생각이 뇌리를 스쳤다.

"세리야!"

모두의 이목이 갑자기 튀어나온 나에게로 쏠렸다. 뒤에서 스텝을 말리러 갔을 유세리가 황당한 표정으로 나를 쳐다보고 있으리라. 미안, 그렇지만 생각나는 이름이 딱히 없었어.

아무렇게나 뱉고 나니 후회가 몰려왔지만 지금 와서 아 죄송합니다, 하고 무를 수도 없는 일이었다. 나는 짧은 시간에 떠올린 시나리오를 머릿속으로 되새기곤 당황한 얼굴로 나를 쳐다보는 주인공들에게 간절한 눈빛을 보내며 아이에게 다가갔다. 나는 지금 애드립을 칠 거니 알아서 잘 맞춰 달라는 신호를 담은 눈빛이었지만 전해질지는 미지수였다. 에라 모르겠다, 자연스럽게만 하자 반은향. 자연스럽게. 꾹꾹 다짐한 나는 천연덕스럽게 생각해 둔 대사를 읊기 시작했다.

"오 세리야, 미안해. 엄마가 회식이 너무 늦게 끝났어. 아니 글쎄, 직장 상사가 나보고 술을 따라보라고 하는 거야! 이 엄마는 참을 수가 없어서 그 사람 얼굴에 사표를 던지고⋯."

걷기와 뛰기의 중간쯤 속도로 빠르게 다가가 아이를 덥석 껴안았다. 눈물에 젖은 눈동자가 화등잔처럼 크게 뜨여 있었다. 내가 난데없이 엄마를 자처해서 놀란 모양이었다.

'우리가 더 놀랐거든!'

껴안은 어깨를 짤짤 흔들고 싶은 욕구를 삼키며 대사를 이어갔다. 평소에는 믿지도 않던 신에게 제발 선배들이 이 애드립을 잘 넘겨주길 기도하고 또 기도했다.

이 넓은 공간에서 내 목소리만이 공기를 배회했다. 조용하면서도 시끄러운 이 적막 속에서, 말하는 게 나쁜인 지금 이 상황을 영원히 잊을 수 없을 것 같았다. 그러나 지금은 그게 중요한 것이 아니었기 때문에, 나는 연기하는 것에 집중했다.

속사포처럼 말하다 바로 앞의 상사와 주인공들을 발견하고 놀라는 모션을 취한 다음, 의도적으로 말끝을 흐리며 아이를 데리고 약간 뒤로 빠졌다. 아직 까지는 계획대로 되어가는 중이었다.

"헉, 부장님…?! 아니지, 사표를 냈으니 이제는 부장님이라 부를 필요가 없잖아?"

회식 자리에서 시원하게 사표를 던지고 나온 워킹맘이 당황한 표정을 짓다가 이내 깨달았다는 듯 소리치고 주인공들에게 고개를 휙 돌렸다.

"당신들이 요즘 꼰대를 족쳐, 아니 혼내주고 다닌다는 분들이군요? 저기 저놈이 엄청난 꼰대에요!"

얼빠진 얼굴로 나를 바라보는 주인공들에게 대사를 치면서 아까와 같은 눈빛을 보냈다. 제발, 제발—

"부디 혼내주세요!"

—제발 받아주세요!

나는 생각해 놓았던 대사를 끝마치고 눈을 감았다. 이대로 애드립을 못 받아친다면 연극은 그야말로 망하는 거였다. 관계자가 아이를 끌어내리는 상황보다도 더. 아, 그냥 가만히 있을 걸 그랬나.

괜히 연극을 더 망친 거면 어쩌지? 가만히 있는 편이 더 나았을 것 같아 얼굴을 일그러뜨리며 후회하는 순간-

"뭐라고요? 꼰대인 줄은 알았지만 그렇게까지 못돼먹은 꼰대일 줄은 몰랐는데!"

"그, 그러게나 말이에요! 에잇, 용서할 수 없다! 내 발차기를 받아라!"

다른 이의 목소리가 대강당을 메웠다. 살았다. 작게 한숨을 쉬고 눈을 살며시 뜨자 화려한 돌려차기를 날리는 주인공이 보였다. 사전에 상의 되지 않은 액션이었기에 최종 보스는 발차기에 그대로 맞고 나가떨어질 수밖에 없었다. 아이들이 환호하는 소리가 터져 나왔다. 웅성거리는 소리는 멎은 지 오래였다.

"어, 언니…?"

맞잡은 손에서 힘이 들어갔다. 멍하니 있다 정신을 차린 나는 관객들이 치열한 액션 신에 눈을 빼앗긴 것을 확인하고 황급히 무대 구석으로 빠졌다. 옆에서 울먹거리는 소리가 들렸다. 진짜 울고 싶은 건 나인데! 미치고 환장할 노릇이다.

"미쳤어, 미쳤어, 미쳤어! 무슨 생각으로 거길 올라간 거야, 반은향! 선배들이 안 받아쳤으면 쫄딱 망하는 거였어, 알아?! 내가 너 때문에 얼마나 걱정했는지….

짧은 시간이었지만 구석에서 꽤나 가슴 졸였을 유세리가 기다렸다는 듯이 나를 잡아챘다. 걱정이 가득 담긴 유세리의 잔소리가 귀에서 웅웅거렸다.

"와…."

다리에 힘이 풀려 스르륵 주저앉았다. 핏기가 가신 손이 파르르 떨렸다. 유세리의 말이 맞았다. 정말로 연극을 망쳐버릴 뻔했다. 아니, 이미 망쳤을지도.

무대 밑에 있던 몇몇 부원들이 대기실을 통해 내가 있는 쪽으로 황급히 달려오는 것이 보였다.

"선배, 물! 물 좀 주세요!"

정신이 하나도 없었다. 누군가가 전해 주는 물을 건네받고, 또 다른 누군가의 부축을 받아 달달 떨리는 다리를 억지로 이끌어 대기실 소파에 앉았다. 어쩌면 패닉 상태였던 것도 같다. 아무런 소리도 들리지 않았다.

"…가 보호자한테 애 데려다주고! 곧 …올라가야 하니까 준…!"

누군가 바쁘게 지시를 내렸다. 흐릿하게 들렸지만, 부장 언니라는 것을 충분히 알 수 있었다. 부장이 되고 나서 처음 하는 공연이었을 텐데, 내가 망친 것 같아 죄스러운 감정이 물밀듯 일었다.

물병을 꾹 쥐고 다리를 달달 떠는데, 별안간 쥐고 있던 시원함이 온데간데없이 사라졌다. 놀라서 물병이 사라진 방향으로 고개를 들자 서의상이 뚜껑을 열어 건네주는 모습이 보였다.

"자."

얼떨결에 물병을 건네받은 나는 고맙다는 말을 전한 뒤, 물을 쭉 들이켰다. 목마르지는 않다고 생각했는데, 착각이었는지 물은 끝없이 들어갔다. 갈증을 어느 정도 해소하고 나자 비로소 텅 빈 대기실이 눈에 들어왔다. 작게 주위를 두리번거리고 의문 가득한 얼굴로 서의상을 쳐다보자 그는 특유의 무심한 표정으로 입을 열었다.

"다 같이 무대 마지막 인사하러 갔어."

"아…."

마지막 인사…. 영혼 없이 고개를 끄덕이던 나는 갑자기 든 생각에 퍼뜩 일어섰다.

"그럼 너도 가야지, 왜 안 가고 여기서 이러고 있어."

보통 연극이 막을 내리고 마지막 인사를 하는 도중에 연극에 직접적으로 등장하지 않는 작가나 피디를 소개했다. 거기에는 의상 담당 또한 포함이었다. 자신이 활약한 부분을 공개하고 박수받을 유일한 기회인데, 이렇게 놓친다면 아까울 것이다.

빨리 무대로 올라가라며 보챘지만 서의상은 꿈쩍도 하지 않았다. 나를 다시 소파에 앉히며 이렇게 말할 뿐이었다.

"됐어. 나는 포트폴리오에 담는 것만으로 충분해."

"그래도-"

주목받지 못하는 것이 아깝지 않냐는 말을 하려다 그냥 관두었다. 주목받는 건 유세리가 좋아하는 거고. 얘도 나처럼 주목받기를 즐기지 않는 것일 수도 있으니까. 내가 더는 말을 잇지 않자 그는 그대로 몸을 돌려 맞은편 의자에 가 앉았다.

둘 다 말이 많은 성격이 아니었기에 대기실에는 적막한 공기가 감돌았다. 나는 다리를 떨며 어떻게 사과해야 할지 궁리하고 있었고, 서의상은 무슨 생각을 하는지 도통 모를 표정으로 앉아 있을 뿐이었다.

"…이상 혜성고등학교의 연극 공연이었습니다. 감사합니다!"

끝을 알리는 인사와 함께 환호와 박수갈채가 어렴풋이 들렸다. 이제 곧 대기실로 들어올 것 같아 자리에서 벌떡 일어선 나는 정신 사납게 무대와 대기실을 잇는 통로 주변을 배회했다.

불안함에 애꿎은 손톱만이 뜯겨 나갔다. 고등학교에 입학하면서 손톱을 물어뜯는 버릇을 고쳤다고 생각했는데. 예쁘게 기른 손톱은 그간 공들여 관리한 시간이 무색하도록 형편없이 뜯겨 나갔다.

곧 통로 쪽에서 여럿이 함께 걸어오는 발소리가 들렸다. 소리가 가까워질수록 나는 점점 초조해졌다. 제일 먼저 대기실로 들어온 부장 언니의 표정을 본 순간, 나는 직감적으로 알 수 있었다.

내가 실수했구나.

참담했다. 애써 부정했던 현실을 마주하자 가슴이 쿡쿡 쑤셔왔다. 설마 화내시겠어, 하는 얄팍한 희망은 그저 현실을 피하기 위한 도피처에 불과했다. 싸늘한 부장 언니의 얼굴이 내 시야를 가득 채웠다. 그녀의 뒤로 줄줄이 대기실에 들어오는 다른 이들의 표정 또한 안 봐도 뻔했다. 딱딱하게 굳은 표정이겠지.

"아, 그게⋯."

완벽한 사과를 구상해 놓았건만, 막상 현실이 되니 목이 꽉 막힌 듯 말이 잘 나오지 않았다. 조용한 분위기도 그에 한몫했을 터였다.

"제가⋯ 독단적으로 행동해서, 그래서, 연극을⋯ 망쳤어요. 정말, 정말 죄송해요. 언, 아니 선배⋯."

"⋯."

나에게 언니라고 부를 자격이 있을까. 문득 든 생각에 습관적으로 나오려던 호칭을 급히 바꿨다. 고개를 푹 숙이고 말했던 터라 선배의 표정은 볼 수 없었다. 몇 초간 침묵이 유지된 후에야 선배가 한숨 쉬듯 입을 열었다. 모진 말이 금방이라도 튀어나올 것만 같아 심장 부근이 뻐근하게 저렸다.

"그래 너는,"

한마디 상의도 없이 행동했더구나. 독단적으로 행동한 덕분에 연극을 보기 좋게 망쳤어. 잘못한 걸 알긴 알아서 다행이다. 상상하던 말이 실제로 그녀의 잇새로 새어 나올까 무서웠다. 눈에 물기가 어려 형광색 정장이 제 형체를 잃고 아른거렸다.

"-상황에 맞는 최선의 대처를 했어."

"…!"

그게 무슨 말이냐고 물을 생각으로 고개를 들자, 아까와는 달리 장난 가득한 얼굴로 웃고 있는 부장 언니가 보였다. 상황파악이 안 돼 얼빠진 표정으로 주위를 둘러보니 모두 마찬가지였다. 유세리가 아른거리는 부원들 사이에서 튀어나와 나에게 안겼다.

"에- 속았대요!"

그것을 기점으로 주변에서 어떻게 참았나 싶을 정도로 떠들썩한 목소리들이 튀어나왔다. 애드립 장난 아니던걸! 그냥 상여자가 아니라 철판 깐 상여자다! 곳곳에서 칭찬이 난무했다. 질책하는 목소리는 조금도 존재하지 않았다.

유세리가 뛰어 안겼던 탓에 조금 비틀거렸는데, 긴장까지 풀려 버려서 그대로 바닥에 주저앉아 버리고 말았다. 지독한 안도감과 함께 서러운 마음이 들었다.

"뭐야 유세리, 친구를 쓰러뜨릴 몸무게인 거야?"

"악, 아니거든요!"

또 한 번 와자지껄한 웃음소리가 주위에서 터져 나왔다. 나를 일으켜주는 손을 잡아 일어나는 것과 동시에 시야를 방해하던 눈물이 후드득 떨어졌다. 황급히 손으로 가렸지만 이미 눈물은 바닥에 점을 찍어버린 후였다.

"아… 나는 진짜, 아."

말이 두서없이 흘러나왔다. 눈물이 떨어져 시야가 깨끗해졌다. 내가 울 것이라고는 생각하지 못했는지, 언뜻 비치는 부원들의 얼굴에 당혹스러움이 묻어났다. 기껏 나를 위해 짜고 치는 판까지 벌여주었는데 여기서 내가 울면 분위기가 뭐가 되겠어. 나는 서둘러 눈물을 문질러 닦고 새침한 척 말했다.

"…철판 깐 상여자가 아니라 여우주연상 감인 상여자로 해두죠."

잠시 조용하던 대기실은 또다시 웃음소리로 가득 메워졌다. 우리는 나름 성공적인 첫 공연을 축하하기 위해 서둘러 대학 병동을 빠져나갈 채비를 했다.

　

―

뒤풀이가 끝나고 집으로 돌아가는 내 눈은 붕어처럼 퉁퉁 부어 있었다. 유세리가 뽑아다 준 캔 음료를 눈가에 문지르며 길을 가는데, 연극부 단체 메신저 알람이 울렸다. 뒤풀이 자리에서 콜라와 사이다를 섞어 맥주와 비슷한 색을 만들어낸 음료로 건배하기 전, 부장 언니가 했던 말이 떠올랐다.

'나도 부장은 처음이고, 이런 상황도 처음이었던지라 대처가 미숙했어. 어린이들의 돌발 행동을 예측하지 못한 내 잘못도 있고. 손도 못 쓰고 흐지부지 마무리될 줄 알았는데, 너희들이 순발력을 기막히게 발휘해 대처를 잘 해줘서 정말 감동했어. 앞으로 오늘 같은 불상사가 없도록 노력할 테니까, 부디 믿고 따라와 주면 좋겠어. 다들 수고 많았고 앞으로도 잘 부탁해! 아, 건배사가 너무 길었네. 다들 건배할까? 연극부를 위하여!'

'위하여!'

구호가 너무 구식이라며 툴툴대면서도 다들 똑같은 구호로 셀 수 없이 많은 건배를 했다. 그중에서도 나를 위해 건배를 할 때는 기분이 간질간질했었다. 핸드폰을 꺼내 메시지를 살펴보니, 단체 메신

저에 공지가 올라와 있었다.

[연극부 일정 공지입니다.
5/22 대학 병원 어린이 병동 재능기부 (완료)
8/13 어린이회관 공연
12/24 혜성고 한마음 축제 공연
확실한 일정만 적어 놓았습니다. 일정이 확정되는 대로 추가할 예정입니다.]

　학교 축제에서도 공연한다는 소식에 조금 놀랐다. 나는 언제나 공연을 보는 사람이었지 공연을 하는 사람인 적은 없었으니까. 불특정한 사람들에게 나를 보인다는 것은 아직 익숙하지 않았지만, 오늘 있었던 일을 생각하면 공연하는 상황이 되어도 좋겠다는 생각이 들었다.

　어딘가 잘못됐지만 그래도 반짝거렸던 무대의상, 나를 비추던 조명들, 커다란 박수갈채와 환호성까지. 처음 올라갈 때와 애드립을 할 때나 떨렸지, 그것을 제외하고는 그다지 떨리지도 않았다. 내가 무대에 올랐다는 묘한 흥분감이 마음속에서 피어났었다. 이런 걸 무대 체질이라고 하는 건가. 아무튼, 잊지 못할 경험이 될 것 같았다.

　갖가지 생각을 하며 걷다 보니 어느새 집 앞이었다. 시원한 바람이 귓가를 간질이며 도망갔다. 낮엔 분명 더운 날씨였는데, 밤이 된 지금은 딱 기분 좋을 만큼만 서늘했다.

　문득 아무렇게나 휘갈겨 써낸 진로 희망서가 떠올랐다. 오늘도 그렇고, 그때도 그렇고. 그 선택들이 절대 후회되지는 않으니. 나는 순발력이 꽤 좋은 편인 듯싶었다.

#2. 생긴 것 같습니다

　7월의 시작은 더웠다. 무진장 더웠다. 기말고사도 끝났건만 전혀 놀고 싶다는 생각이 들지 않았다. 평소에도 놀았기 때문이려나. 아무튼. 언제나 그랬듯 그다지 잘 본 것도, 못 본 것도 아닌 보통의 성적을 받았기 때문에 이렇다 할 느낌조차 들지 않았다.

　의욕 없이 비척비척 걸음을 옮겨 연극부실 문 앞에 다다랐다. 8월에 있을 공연 연습을 하기 위해서였다. 있는 힘 없는 힘을 다 짜내어 문을 열어젖히자 차가운 바람이 땀에 젖은 머리카락을 훑었다.

　"와 살겠다….."

　에어컨 최고! 현대문명 최고! 과학을 극찬하며 연극부실을 둘러보았다. 아무도 없는 줄 알았는데. 의상팀이 구석에서 진지하게 회의를 하는 것이 보여 최대한 소리 없이 문을 닫았다. 오시환 선배님과 서의상, 그리고 이름 모를 여자애가 조곤조곤 서로의 의견을 나누고 있었다.

　의상팀 여자애와 눈이 마주쳤고, 내가 먼저 인사했다. 안녕. 안녕하세요, 안녕. 오시환 선배님은 늘 그렇듯 인사를 받아주지 않았지만, 서의상은 고개를 까딱거리며 무심히 받아줬다. 그전까지는 그를 대하기 어려웠다면, 첫 번째 공연 이후로는 어딘가 편해진 느낌이 들었다. 아무래도 정신적으로 힘들 때 잠깐이나마 옆에 있어주었기 때문이 아닐까 싶다.

정수기에서 물을 마시고 에어컨 바람이 직방으로 불어오는 자리에서 대본을 읽고 있으니 부원들이 하나둘 모여들기 시작했다. 역할 분배는 진작 끝났고, 오늘은 각각의 팀 브리핑과 시간이 남는다면 대본 리딩을 할 차례였다.

지각 왕 유세리를 끝으로 모든 부원이 빠짐없이 한자리에 모였다. 인사를 간단히 나누고 바로 각 팀이 브리핑에 들어갔다. 첫 순서로 극본과 연출팀이 설명을 시작했다.

"이번 작품은 다들 아시는 유명한 고전인 '콩쥐 팥쥐'를 재해석해 새롭게 각색했습니다. 고전에서는 콩쥐가 남의 도움을 받아 고난을 헤쳐나가는 내용이었다면, 새롭게 재해석한 작품은 남의 도움 없이도 스스로 잘하는 콩쥐를 표현함으로써 진취적이고 진보적인 사람이 되자는 메시지를 담고 있습니다. 또한, 아이들을 위한 연극임을 고려해 개그 요소와 약간의 과장을 추가해 재미있고 가볍게 즐기기 좋은 극본을 짜 보았습니다."

극본팀이 설명을 마쳤다. 이번 극본은 1학년들이 썼는데, 부장 언니와 비슷한 것 같으면서도 문체에 나름대로 각자의 개성이 녹아 있었다. 아마도 처음이다 보니 부장 언니가 극본을 조금 손봐준 듯 싶었다. 이런저런 토의 끝에 결말을 더 임팩트 있게 손보기로 한 후 극본팀 브리핑이 끝났다.

다음은 연출팀이 오디오와 효과음이 들어갈 자리를 열심히 설명했다. 배우들의 동선도 어느 정도 짜 놓았고 연습을 진행하면서 겹치거나 어색한 동선은 바꿀 예정이라고 덧붙였다. 연출팀의 설명은 깔끔하게 끝났다.

"다음 배우팀."

"옙. 극본에 등장하는 배역은 콩쥐, 팥쥐, 계모, 사또, 소와 새, 그리고 선녀와 용왕으로 크게 여덟 명입니다. 나머지 배역들은 엑스트라입니다."

이번 공연의 놀라운 점은 1학년들에게 주연을 배정했다는 것이었다. 2학년들이 그동안 대사 외우기가 귀찮다며 엑스트라를 자처한 덕분에 1학년들 모두가 주연으로 무대에 오르는 영광을 얻을 수 있었고, 그중에서도 나는 무려—

"먼저, 콩쥐역을 맡은 반은향."

주인공을 배정받게 되었다! 내 짬밥에 과분한 배역이라 걱정되긴 했지만, 그래도 해보고 싶다는 욕심이 있었기 때문에 추천을 받았을 때 용케 거절하지 않았다. 짝짝짝, 부원들이 박수를 보내며 축하한다는 말을 보탰다. 이게 축하받을 정도로 대단한 일인가 싶었지만, 기분이 좋았으면 좋았지 절대 나쁘지는 않았다.

"다음으로 팥쥐역을 맡은 유세리."

벌떡 일어난 유세리가 디즈니 공주를 연상시키는 우아하지만 과장된 몸짓으로 고개를 숙였다. 큰 상을 받은 것마냥 박수하는 부원들에게 연신 감사합니다, 를 연발하는 유세리였다.

"유세리한테 팥쥐, 완전 잘 어울려! 어쩜 이렇게 찰떡일 수가 있지?"

"…칭찬으즈?(칭찬이지?)"

이를 악물고 썩은 미소를 지은 채 되묻자 부원들이 한바탕 웃었다. 이어서 나머지 배역을 공개한 배우팀 대표가 자리에 앉았다.

이제 의상팀의 발표만이 남아 있었다. 시계를 보니 대본 리딩까지는 어려울 것 같아 아쉬운 마음이 들었다. 하지만 그것도 잠시, 의상팀의 한복 디자인을 본 나는 대본 리딩에 대한 생각을 새카맣게 잊어버리게 되었다.

"틀에 박힌 한복은 심심하니까, 퓨전 한복 느낌으로 디자인해 보았습니다. 전통적인 한복을 베이스로 저고리나 치마의 원단을 바꾸거나 덧대어 포인트를 주고, 레이스나 리본, 체인, 테슬, 자수 등을 적절하게 배치해 동양과 서양의 느낌이 절묘하게 어우러지도록 했습니다."

콩쥐는 기본적으로 누더기 옷을 입지만, 후반에 가서는 번쩍번쩍하게 환골탈태를 했다. 연보라색 원단에 금색 테슬과 체인으로 디자인된 한복이 그렇게 예뻐 보일 수 없었다. 저번 연극에서 무대의상이지만 무대의상 같지 않은 형광 노란색 정장을 입었던 나로서는 이번에는 정상적인 옷을 입게 되어 정말 기뻤다. 선녀와 용왕의 옷에 장식을 더 추가하고, 유세리에게는 붉은색이 어울리지 않는다는 의견을 반영해 원단을 분홍색으로 바꾸겠다는 결정을 내리고 나니 타이밍 좋게 종이 울렸다. 점심시간 종료 5분 전을 알리는 종이었다.

주섬주섬 각자의 물건을 챙기고 연극부를 빠져나가는데, 부장 언니가 배우팀을 붙잡더니 무언가를 나누어주며 말했다.

"이번에 아는 지인이 웹드라마 오디션을 주최한다는데, 관심 있는 사람은 나가보면 좋을 것 같아서. 이제 곧 방학이니까 시간도 많고, 솔직히 공부 안 할 거잖아?"

"와 언니, 뼈 너무 심하게 때리시는 거 아녜요?"

유세리가 세게 맞았다는 시늉을 하자 부장 언니가 쿡쿡 웃었다. 아무튼, 잘 생각해 봐. 부장 언니는 오디션 관련 서류를 전해 주고선 연극부실을 나갈 채비를 했다. 새학기 때처럼 엎드려뻗쳐를 하기는 싫었기 때문에, 나는 빠른 속도로 걸음을 옮기며 유세리에게 물었다.

"너 이거 할 거야?"

유세리는 잠깐 고민하더니 단호하게 외쳤다.

"아니, 안 할 거야!"

"왜? 너라면 할 줄 알았는데."

의아한 눈빛으로 유세리를 추궁하자 씩 웃은 그녀는 그 이유를 설명했다.

"글쎄, 나는 지금이 딱 좋아. 여기 여주인공으로 덜컥 합격해버리면 많이 바빠질 거 아냐?"

"얼씨구."

참으로 유세리 다운 답변이었다. 허세 가득히 말했지만 애라면 진짜 붙을 수도 있을 것 같다는 생각이 들어 피식 웃음이 나왔다. 그러나 날아오는 것은 매서운 주먹이었다. 기분 나쁘게 웃었다나 뭐라나, 아무튼 내 명치만 불쌍하게 됐다.

'웹드라마 오디션….'

조금 더 생각해 보아야 할 것 같았다.

─

화창한 토요일 오전. 내일 있을 공연 때문에 연극부는 방학임에도 불구하고 학교에 모이게 되었다. 사실 매일같이 학교에 연극 연습을 위해 오긴 했지만, 휴일에 오는 것은 처음이었기 때문에 느낌이 색달랐다.

이 더운 날씨에도 운동장에서 땀을 뻘뻘 흘리며 축구 하는 선배들이 보였다. 쨍한 햇빛과 싱그러운 초록색이 어우러져 여름의 향이 물씬 묻어났다. 쏟아지는 뙤약볕에 피부가 다 타버릴 것만 같은 날이었다. 팔락팔락 손으로 부채질을 하며 다다른 교실 안에는 형형색색의 한복들이 줄을 지어 옷걸이에 걸려 있었다.

그랬다, 오늘 부원들이 한자리에 모인 이유는 바로, 의상과 소품들이 완벽한지 점검하기 위해서였다! 연극 날짜가 가까워질수록 마감에 쫓기며 퀭한 눈을 하던 의상팀도 오늘만큼은 의기양양한 모습이었다.

"은향아! 딱 맞춰 왔네? 자, 여기 네 의상."

"와, 감사합니다."

부장 언니가 화사하게 웃으며 의상을 건네주었다. 부드럽지만 힘 있는 원단이 손에 감겼다. 감탄하며 한복의 디테일을 구경하는데, 별안간 부장 언니가 말을 걸어왔다.

"그, 오디션 떨어졌다고 들었어."

"네에… 맞아요."

잘하는 사람들이 워낙 많았어야 말이지…. 나는 속으로 눈물을 삼키며 대답했다. 원래부터 여주인공으로 뽑힐 거란 기대는 없었기 때문에 엄청나게 마음 아프진 않았지만 그렇다고 해서 떨어졌다는 사실이 기분 좋을 리 없었다. 부장 언니는 내 반응에 허둥지둥 말을 이었다.

"감독님이 원래 점찍어둔 여주인공이 있었는데, 캐스팅 제의를 계속 거절하다가 오디션 당일에 수락했다나 봐."

네가 못해서 떨어진 게 아니라는 소리야. 그녀가 사려 깊은 목소리로 말했다. 아무래도 오디션에서 떨어지고 슬퍼하고 있을 후배를 위로해 주시려는 것 같았다. 위로를 받아야 할 정도로 슬프진 않았지만 설마하니 오디션에서 아무도 안 뽑힐 줄은 몰랐기 때문에 휘둥그레한 눈을 할 수밖에 없었다. 내 눈빛을 미소 지으며 마주하던 부장 언니는 또다시 말했다.

"아무튼, 지인이 네 연기 좋게 봤다고 전해달라더라."

그 말에 얼떨떨한 얼굴로 가만히 서 있는 나를 본 부장 언니가 싱긋 웃고선 제 할 일을 찾아 떠났다. 연기를 좋게 봐주었다니, 빈말이라 하더라도 좀 기뻤다. 의상을 들고 실실 웃으며 서 있다가, 서 의상이 나타나서 피팅을 재촉하자 그제야 커튼이 쳐진 구석으로 걸음을 옮겼다.

치마를 부풀려주는 파니에 위로 사각거리는 한복이 겹쳐졌다. 퓨전 한복이라더니, 확실히 내가 알던 보통 한복과는 장식이나 재질과 같은 자잘한 디테일이 조금 달랐다.

오묘한 크림색을 띠는 저고리의 소매 주변에는 화려한 금색 문양 자수가 자리해 있었고, 고름과 더불어 체인과 단추를 달아서 입고 벗기가 편했다. 연보라색 치마는 수채화 물감을 한 방울 떨어뜨린 것처럼 맑고 엷은 색을 띠었다. 과하지 않은 플레어 주름이 들어간 치마 위로 촘촘한 망사 원단이 두 겹 둘려져 있어 마치 꽃잎이 연상되었다. 원단 위로 은은한 펄이 들어가 있어 무대 조명을 받으면 다양한 각도에서 한층 더 반짝거릴 것 같았다.

아무렇게나 질끈 묶어 놓은 머리카락을 풀고 꼼꼼히 틀어 올린 다음에야 비소로 완성된 느낌이 들었다. 서둘러 옷을 갖춰 입고 밖으로 나가자마자 유세리와 눈이 마주쳤다. 땀에 젖어 있는 모습을 보아하니 방금 도착했다는 사실을 어렵지 않게 유추할 수 있었다.

"유세리."

예쁜 옷을 입어서 기분이 좋았기 때문에, 나는 그녀를 타박하는 대신 긴 치마를 손에 살포시 쥐어 잡고 한 바퀴를 빙그르르 돌았다. 여러 겹의 원단이 풍성하게 퍼져서 꽃봉오리가 피어나는 듯한 느낌이 들었다. 어때? 하는 내 물음에 갑자기 유세리가 손에 들고 있던 물병을 툭 떨어트렸다. 물병이 만들어 낸 둔탁한 소음에 나는 치맛자락을 내려놓고 의외라는 표정을 지었다.

칠칠맞게 물병을 떨어뜨릴 애가 아닌데. 친히 물병을 주워 유세리의 손에 들려주려는데, 이상하게 주위가 조용했다. 고개를 들어 주위를 둘러본 내 얼굴이 불에 덴 듯 붉어지는 것은 시간문제였다.

"와… 저번에 쟤한테 형광 노란색 정장 입힌 사람 누구냐."

"그러게. 저렇게 참한 애한테 그런 잔인한 의상을…."

"잔인하다니요."

서의상이 언짢은 얼굴로 말했지만 신경 쓰는 사람은 아무도 없었다. 나를 바라보며 내뱉는 감탄의 말을 맨정신에 들어도 아무렇지 않을 정도로 철판이 두껍지는 않았기 때문에, 얼굴에 피가 쏠리는 것을 느끼며 유세리의 뒤로 숨었을 때였다.

"어디 가."

서의상이 내 소맷자락을 살짝 잡더니 난잡한 느낌이 드는 책상 앞으로 나를 끌어당겼다. 뜬금없는 그 행동에 여전히 새빨간 얼굴을 하고서 의문 가득한 시선으로 서의상을 쳐다보자 옷 여기저기를 살피던 그가 담담히 말했다.

"마지막으로 옷에 부족한 게 있는지 보는 거야."

"아."

그렇군. 궁금증을 해결한 나는 미처 돌려주지 못한 유세리의 물병을 화끈한 뺨에 가져다 대며 열기가 식기를 기다렸다. 서의상이 진지한 표정으로 옷의 박음질을 확인하는 동안, 언뜻 보이는 그의 귀가 조금 빨간 것도 같았다.

쟤도 더운가?

—

바삐 움직이는 사람들에게서 데자뷔가 느껴졌다. 에어컨을 틀어 놓았음에도 불구하고 대기실 안은 사람들의 열기로 바깥 날씨만큼이나 후끈했다. 공연 준비가 한창인 다른 팀들을 구경하다가 피팅 룸에서 사람이 나오는 것을 확인하고 나도 후다닥 의상을 갈아입었다. 가장 마지막으로 옷을 갈아입고 대기실을 둘러보는데, 곳곳에서 보이는 한복에 눈이 즐거워졌다. 꼭 풍성한 꽃다발을 한 아름 놓아둔 것 같아서였다. 분홍색, 다홍색, 푸른색, 엷은 녹색. 그 종류도 참 다양했다. 한복이 곳곳에서 넘쳐나니 사극 드라마 대기실 같기도 하고, 한층 분위기가 밝아진 느낌이 들었다. 소파에 앉아 홀린 듯 그들을 바라보고 있으니 연극부의 차례는 금방이었다.

"자자 다들 모여서 구호 한 번 외칩시다!"

언제나 쾌활한 남자 선배가 부원들을 모았다. 모여든 옷자락이 정말 꽃다발처럼 보여서, 사진도 한 장 찍었다.

"하나, 둘, 셋, 한바탕 즐기고 오자!"

구호를 우렁차게 외치자 대기실에 있던 사람들이 호기심 어린 시선으로 우리를 쳐다보았다. 전 같았으면 그 시선들이 불편했을 테지만 희한하게도 오늘은 불편하긴커녕 좋기까지 했다.

"혜성고 학생들! 이제 올라갈 차례에요!"

관계자의 부름에 서둘러 무대에 올랐다. 몇 개월 동안 질리도록 마주해 이제는 익숙한 무대 소품들이 시야에 들어왔다. 굳게 내려진 자줏빛 커튼 뒤로 앉아 있을 많은 관객을 생각하니 심장이 둔중한 소리를 내며 뛰기 시작했다. 설렘과 긴장이 섞인 감정일까, 설명하기 어려운 감정을 느끼며 침착하게 시뮬레이션을 돌리고 있기를 잠시, 곧 가야금 소리가 들리며 커튼이 걷히기 시작했다.

"옛날 아주 먼 옛날, 콩쥐라는 소녀가 살았어요."

나긋나긋한 부장 언니의 내레이션이 묻혀버릴 정도로 큰 박수갈채가 쏟아졌다. 모든 이를 삼켜 버리겠다고 다짐한 것만 같은 강한 조명이 무대 위로 쏟아졌다.

완벽한 내레이션이 끝난 후, 본격적으로 연극이 시작되었다. 묵묵히 새엄마의 괴롭힘을 견뎌내는 것이 아니라, 부당한 일에는 당당하게 맞대응하며 소신껏 살아가는 콩쥐가 관객들에게는 새롭게 보일 터였다. 다행히도 새로운 내용을 나쁘게 받아들이지는 않았는지, 장면마다 관객들의 웃음소리가 끊이지 않았다. 애초에 코미디를 메인으로 쓴 극본이라 연극이 재미있는 건 당연한 일이었다.

"나도 팔자 좀 펴 보자!"

사또와 혼인해 편히 살아보겠다는 큰 꿈을 꾸던 콩쥐는 온갖 방해 공작을 물리치고 결국 부임식에 가게 된다. 사또의 화려한 부임식에서, 콩쥐는 결혼 외에 다른 방법으로도 권력과 부를 거머쥘 수 있다는 사실을 깨닫고 그 길로 사업을 시작해 큰 성공을 거두며 대부호가 된다. 부자가 된 콩쥐에게 이제야 가족인 척하는 새엄마와 새 언니를 멀리 보내버린 후, 화려하게 치장한 채 고고한 자세로 핀 조명을 받는 콩쥐의 모습을 끝으로 연극은 막을 내렸다.

"그렇게 큰 부자가 된 콩쥐는 죽을 때까지 잘 먹고, 잘 살았답니다."

"와아!"

짝짝짝, 홀이 무너지지는 않을까 걱정될 정도로 커다란 박수 소리가 쏟아져 나왔다. 조금 경쾌한 리듬의 국악 음악이 흘러나오고, 연극에 힘쓴 모든 이들이 무대로 올라왔다. 모두 한껏 상기된 표정으로 인사를 마치고, 우리는 무대에서 내려와 완벽한 공연이었다며 서로를 칭찬했다. 빈말로 치켜세우는 게 아니라, 정말 완벽했다. 연출도 적절했고, 배우들의 대사 실수도 없었으며 의상이 무대 위에서 문제가 되는 일도 없었다. 말 그대로 대성공을 거둔 우리는 기분 좋게 회식 갈 준비를 시작했다.

다른 친구들이 먼저 의상을 갈아입을 동안, 나는 아직도 채 가시지 않은 흥분을 가라앉히기 위해서 대기실을 빠져나왔다. 무대의상을 입고 나간다면 당장 쓰러진다 해도 이상하지 않을 정도로 더운 날씨여서, 나는 얌전히 건물 안에 머무르기를 택했다. 중앙 홀에 비치된 소파에 앉으니 탁 트인 창문으로 바깥 풍경이 보였다. 이름 모를 가로수 나무 위에 펼쳐진 청량한 하늘을 한 무리의 양떼구름이 느릿하게 가로질러 가는 중이었다. 평화롭기 그지없는 풍경을 바라보며 수런거리는 가슴을 진정시키고 있을 때였다.

"아앗! 저기 있다!"

앳된 여자아이의 목소리가 한적한 중앙홀의 적막을 깼다. 곧이어 뛰기 시작하는 발소리에 고개를 돌리자 분명 모르는 얼굴임에도 불구하고 어딘가 익숙한 여자아이가 보였다.

"언니!"

꽤 빠르게 나에게로 달려온 여자아이가 내 연보랏빛 치맛자락을 꼭 붙들었다. 어딘가 익숙하긴 하지만 여전히 모르는 아이였다. 자리에서 일어나 쪼그려 앉으니 그제야 눈높이가 맞았다. 의아한 눈으로 빤히 바라보자 여자아이가 머뭇대며 손에 무엇인가를 쥐여 주며 말했다.

"…저번에는 죄송해써여. 이제 언니한테 가야 해요. 안녕!"

이어진 사과에 나는 눈을 빠르게 깜빡였다. 갑자기 웬 사과냐고 되묻고 싶었지만, 여자아이는 벌써 저만치 멀어진 후였다. 얼떨떨한 기분으로 아직 온기가 가시지 않은 손바닥을 내려다보았다. 무엇인가 했더니, 서툰 손길로 꾹꾹 눌러 접은 쪽지였다. 천천히 쪽지를 펼치자 여기저기가 번지고 삐뚤빼뚤한 글자들이 종이에 빽빽이 채워져 있었다. 편지를 훑어 내리면 내릴수록 어느 정도 진정되었던 가슴이 다시금 쿵쿵거리기 시작했다.

멋진 언니에게.

안녕하세요. 여기서 언니가 다시 연극 한다는 말을 듣고 사과하고 시퍼서 찾아왔어요. 저번에 무대 위에 마음대로 올라가서 죄송해요. 만이 놀라셨죠? 아프로는 그러지 않을 거예요. 정말 정말 죄송해요.

저도 언니 가튼 사람이 되고 시퍼요. 약 잘 먹고 빨리 나아서 꼭 언니처럼 될거예요. 머찐 사람이 되서 언니한테 갈 거예요. 항상 응원해요.

언니의 1호 펜 장하연 드림

어긋난 맞춤법으로 두서없이 쓰인 편지였지만 그 뜻을 이해하기에 어려움은 없었다. 다시금 심장이 아려오며 형용하기 어려운 기분이 들었다. 쪼그려 앉은 채 무릎으로 고개를 파묻었다. 저절로 앓는 소리가 나왔다.

"…미치겠다, 진짜."

입술 사이로 웃음이 비싯 흘렀다. 이 아이는 알까, 내가 저로 인해 불확실하던 마음에 어느 정도 갈피를 잡게 되었다는 것을.

평생 잊지 못할 하루가 생긴 것이 벌써 두 번째였다.

—

신경 써서 차려입었다는 티가 역력한 여자가 크지도 작지도 않은 회색 건물 앞에 서 있었다. 그 여자는 다름 아닌 나였고, 내 심장은 무서운 놀이기구를 탄 듯 심하게 두방망이질 치는 중이었다. 그 이유인즉슨, 오늘이 바로 첫 촬영 날이기 때문이었다! 뜬금없이 첫 촬영 날이라니, 무슨 소리인가 싶을 것이다.

사건 발생일은 오늘로부터 약 한 달 전으로 거슬러 올라간다. 여느 때와 다름없던 그 날, 나는 부장 언니로부터 내가 중소기업의 웹드라마 주연으로 캐스팅되었다는 소식을 듣게 되었다. 처음 그 소식을 듣고는 눈알이 튀어나올 뻔했다. 지금껏 연기 경력이란 두 개의 연극 활동이 끝일뿐더러, 전문적으로 배우지도 않은, 연기의 연자도 모르는 애송이가 바로 나 반은향 아니었던가. 심지어 연기 경력이라 부르기도 민망한 그 경력은 공연 활동으로 생겨난 것이었다. 연극에서의 연기와 드라마에서의 연기의 차이점은 전문가가 아니더라도 충분히 알 수 있었기에 도통 이해가 되질 않았다. 실감이 나지 않는 이유도 그 때문이었다.

드라마의 연기, 즉 매체 연기는 부분 부분을 찍어서 보여주기 때문에 섬세한 감정선과 동작이 요구되었지만, 연극 연기는 전체적인 장면을 관객들이 생생하게 받아들일 수 있도록 조금 과한 감정과 큼직한 동작을 사용할 필요가 있었다. 이런 점에서는 큰 차이가 있기에 걱정이 되기도 했다.

그리고 불과 이주 전, 회사를 찾아가 미팅을 하고, 그 자리에서 계약하는 도중 이 사건의 전말을 알게 되었다. 이번 여름방학 때 보았던 오디션 관계자 중 내 연기를 좋게 봤다던 분이 연지애라는 조연 역할에 나를 적극적으로 추천했고, 그 결과 나는 이 웹드라마의 조연이 되었다고. 정말 운이 좋았기에 가능한 일이었다. 얼떨떨한 기분으로 열심히 대본을 외우다 보니 어느새 촬영 당일이 되고야 말았다. 촬영을 시작하기 전에 대본 리딩을 하지만, 보통 주연배우끼리만 진행하기 때문에 나는 배우들의 이름만 들었지 그들을 직접 본 적은 없었다. 몇 분 후면 쌩 초면인 그들과 호흡을 맞춰야 한다는 사실에 가슴이 미친 듯이 두근거렸다. 아, 정정하자면 나는 조무래기 조연이기 때문에 그들이 아닌 여주인공하고만 호흡을 맞추면 되었다. 어찌 보면 다행인 건가…. 긴장 반, 기대 반인 마음으로 회사의 문을 열고 들어가니, 낯설진 않지만 그렇다고 해서 익숙한 것도 아닌 건물 내부가 눈에 들어왔다. 너무 긴장한 나머지 숨 쉬는 것을 까먹어 버려서 심호흡도 몇 번 했다.

후들거리는 다리를 이끌고 전날 안내받은 대로 대기실 앞에 도착했다. 떠들썩한 사람들의 목소리가 문틈을 비집고 새어 나오는 중이었다. 주연이든 조연이든 그리 유명한 배우는 없었고, 큰 회사도 아니었기에 모든 배우를 한 대기실에 모아두는 것 같았다. 절대 한두 명의 목소리가 아니었다. 이대로 문을 열고 들어간다면 저 안에 있는 불특정 다수의 시선이 나에게 고정되리라. 와, 상상만으로도 벌써 불편한 공기가 느껴지는 것 같았다.

"욱…. 긴장돼서 토할 것 같아."

어떻게 들어가야 가장 존재감 없이 들어갔다고 소문이 날지 곰곰이 고민하다가, 별생각 없이 중얼거렸다. 당연히 대답이 돌아오리라 생각조차 하지 않은 혼잣말이었다.

"토하면 안 돼요."

"으억."

예상치 못한 답변에 이상한 소리가 입 밖으로 튀어나왔다. 아무런 기척도 느껴지지 않았기에 더 놀랐다. 사실 기척을 있는 대로 다 내고 다녔더라도 너무 긴장한 나머지 알아채지 못했을 테지만 지금 중요한 것은 그게 아니었다.

고개를 들자 소리 없이 등장해 날 놀라게 만든 사람과 눈이 마주쳤다. 새초롬한 눈매 위로 섬세히 얹어진 긴 속눈썹에, 눈과 잘 어우러지는 오목조목한 이목구비를 가진, 전체적으로 우아한 느낌이 나는 사람이었다. 미인의 정석 같은 그녀의 얼굴에 잠깐이나마 숨이 막히는 건 당연지사였다. 단호한 목소리로 내 혼잣말에 대답해준 그녀는 사시나무같이 떨리는 내 손에 바스락거리는 무언가를 쥐여 주고선 다시 제 갈 길을 가버렸다. 얼빠진 얼굴을 하고서 손을 내려다보니, 슈퍼마켓에서 팔 법한 박하사탕 두 개가 손바닥에 고이 올려져 있는 것이 보였다. 깨끗하고 청초한 향기가 코끝을 스쳐 뒤를 돌아보았을 때는 이미 그녀가 대기실로 사라져버린 후였다.

귀신처럼 등장했다가 요정처럼 퇴장하다니. 서둘러 따라 들어간 대기실은 이전보다 훨씬 더 시끄러워져 있었다. 제 자리를 찾아 앉는 그녀의 뒤로, 쏟아지는 박수갈채와 휘파람 소리에 섞여 드문드문 들리는 여주 소리를 듣자 하니 저 사람이 바로 여주인공인 것 같았다. 그래, 저 얼굴에 주인공이 아니면 뭐겠어. 혼자 납득하고 있을 때였다.

"어, 처음 보는 얼굴인데 누구세요?"

문 앞에 서서 저들을 멀뚱히 바라보는 모양새가 퍽 이상해 보였는지, 배우 중 하나가 나에게 말을 걸었다. 난데없는 뉴페이스의 등장에 이목이 끌리는 건 순식간이었다. 다수의 사람이 무슨 감정이 담겼는지 모를 눈으로 나를 쳐다보는 이 상황이 몹시 부담스러워졌다. 그대로 몸을 돌려 나가고자 하는 이성을 가까스로 잡아채고 자본주의용 미소를 지으며 공손히 허리를 살짝 숙였다가 폈다.

"안녕하세요, 연지애 역을 맡은 반은향이라고 합니다."

"연지애? 그런 역할이 있었어?"

그 무례한 언사 덕분에 완벽했던 자본주의용 미소에 살짝 금이 갔다. 아오, 조연이라고 무시하나. 아무리 대사가 몇 없는 조연이라지만 그래도 여주인공과 둘이서만 나오는 장면도 있는데, 오자마자 무시당하는 듯한 말을 들어서인지 입안이 썼다. 이게 바로 조연의 서러움인가.

하긴 작디작은 역할을 기억하지 못하는 게 어찌 보면 당연했다. 나조차 내가 등장하는 장면이 아니라면 쳐다보지도 않는데, 주인공도 아닌 조연을 기억할 수 있을 리 없었다. 웃는 얼굴로 친절하게 내 등장 신을 조목조목 짚어주려 할 때였다.

"38신에 나오잖아. 여주인공 연애상담 해주는 역할로."

줄곧 아무 말 않고 앉아 있던 여주인공이 입을 열었다. 분명 대본 위쪽에 주연들의 이름이 쓰여 있었는데. 생각 날듯 말듯 떠오르지 않는 그녀의 이름을 기억하려 머릿속을 뒤져보기도 전에, 그녀의 한쪽 눈썹이 위로 솟구쳤다. 흡사 맞지? 하고 대답을 재촉하는 듯한 표정에 얼떨결에 긍정하고 말았다.

"아 네…. 맞아요."

"와, 신예안 기억력 봐. 몇 신인지도 바로 아네."

그제야 사람들의 시선이 나에게서 떨어졌다. 조금 숨통이 트이는 기분이었다. 신예안. 맞아, 그런 이름이었지. 비로소 알게 된 이름에 개운함을 느끼며 주위에 있던 의자를 아무거나 골라잡은 후 손에 꾹 말아 쥐고 있던 박하사탕을 까 입에 털어 넣었다. 화한 맛이 입안에 퍼지자 미쳐 날뛰던 심장이 조금 진정이 되는 것도 같았다.

—

둥그런 테이블과 의자 두 개만으로도 가득 찬 느낌이 나는 자색 천막은 극 중 연애 박사로 소문난 연지애가 학교 친구들의 연애상담을 도와주는 곳이었다. 신비스럽고 범접하기 힘든 아우라를 뿜어낸다는 설정 때문인지, 천막 안은 연애상담보다는 타로점을 봐줄 법한 몽환적인 분위기가 났다. 이 어두운 천막에 빛이라고는 오직 양초 하나뿐이어서 더 그런 느낌이 나는 것일지도 몰랐다.

그 세트장이 마음이 들었기에, 천막 곳곳을 장식한 여러 테피스트리와 반짝거리는 구슬을 구경하며 나름 즐거운 대기시간을 보내고 있을 때였다. 천막의 입구가 사락거리며 젖혀지더니 여주인공 역할의 신예안이 들어왔고, 천막 안에는 우리 둘뿐이었던지라 차마 아이컨택을 피할 수 없었다.

"…."

"…."

숨 막힐 듯한 적막 속에서 침묵이 흘렀다. 나 혼자 있었을 때는 적막할지언정 편안하기라도 했지만, 친하지 않은 사람이 추가되자 분위기가 순식간에 가라앉아 버렸다. 원래 말을 먼저 거는 성격은 아니지만, 무거운 공기가 썩 내키지 않았고, 아까 받은 호의도 있기에 그것을 빌미로 말문을 열었다.

"아까 박하사탕 감사했어요."

"아, 별거 아니에요."

짤막한 대화를 끝으로 다시 정적이 흘렀다. 나도 말이 많은 성격이 아니었고, 그녀도 말이 많은 성격은 아니었는지 적막 속에서 오가는 말소리는 일절 없었다. 불편한 침묵 속에서 기다리기를 몇십 분, 드디어 스태프들이 하나둘 천막 안으로 모여들기 시작했다. 5분이 될까 말까 한 장면에서 내가 할 수 있는 대사는 그렇게 많지 않았다. 외우기도 어렵지 않았고, 연지애라는 캐릭터의 차분한 말투가 나와 비슷해서인지 연기하기도 쉬운 편이었다. 혹여나 실수하면 촬영장의 모든 분에게 민폐였기 때문에 나는 마지막 박차를 가해 열심히 대사를 되새기고 또 되새겼다.

"촬영하기 전에 간단하게 리딩으로만 합 맞춰 볼까요?"

"아, 네. 좋아요."

리딩을 이어가면 이어갈수록 감탄이 나왔다. 과연 주연배우다운 연기력이었다. 연기에 들어서자마자 내내 무표정하던 인상이 영락없는 사랑에 빠진 소녀의 표정으로 확 변하길래, 하마터면 그대로 대본을 땅에 떨어뜨릴 뻔했다. 연기자들은 다 이런 건가. 나는 감탄스러운 마음을 숨기며 차분히 대사를 읊어나갔다. 서로의 동선과 세세한 동작까지 하나하나 맞춰 보며 짧은 리허설을 끝내고 주위를 둘러보자, 언제 들어왔는지 모를 카메라가 눈에 띄었다. 곧 있으면 진짜로 촬영하는구나, 하는 생각에 머리에서 쥐가 날 것만 같았다. 연기가 어색하다는 소리만 안 들었으면 좋겠는데. 떨리는 마음을 진정시키고 감독님의 사인에 맞춰 자리를 잡았다. 내가 연지애라면 이런 포즈를 취할 것 같다 하는 자세로 고쳐 앉은 후 눈을 감고 자기 세뇌를 시작했다.

나는 연지애다, 연지애다, 연지애다…. 연애 박사 연지애…. 여유롭고 나른하며 왠지 모르게 신비한 느낌이 드는 연지애….

"테이크 원 갑니다. 레디, 큐!"

반짝, 눈을 떴다. 카메라가 천막을 걷고 들어오는 여주인공을 화면에 담는 것이 보였다. 다음 테이크에서나 내 모습이 카메라에 담기겠지만, 진짜 촬영한다는 마음으로 연기에 임했다. 메이크업팀이 붉게 칠해 준 입술을 끌어당기며 첫 대사를 꺼냈다.

"어서 오세요. 무슨 일로 오셨나요?"

—

연지애의 붉은 입꼬리가 부드러이 호선을 그렸다. 나른히 반쯤 감긴 눈이 마음속 깊은 곳까지 꿰뚫린 듯한 느낌을 주었다. 다가가기 힘든 아우라에 잠시 주춤한 여주인공은 이내 마음을 다잡았다는 듯 천막 안으로 걸어 들어갔다. 무엇이 고민이냐며 속삭이듯 묻는 연지애에게, 여주인공은 그동안 마음 졸이며 전전긍긍했던 모든 일을 속사포처럼 내뱉는다. 그러자 연지애는 여주인공이 이제껏 마음고생 한 것이 무색하도록 빠르게 답을 내놓았다.

"간단하네요. 고백은 하되, 사귀자고 하지 않으면 되잖아요."

"네에?! 고백하면 하는 거지 사귀지 않는 건 또 뭔가요?"

"쉽게 말하자면 이런 거죠. 만약 그 사람이 당신한테 관심이 없는 상태에서 고백한다면 그 사람이 당신을 신경 쓰게 만드는 계기가 될 것이고, 반대로 관심이 있다면 사귀게 되지 않겠어요?"

그런 방법이! 여주인공은 깨달았다는 듯이 외치고 자리를 박차며 천막을 빠져나가겠다. 고맙다는 말도 잊지 않았다. 그녀가 자리를 뜬 후, 천막 안을 밝혀주던 유일한 촛불이 훅 꺼지며 암흑이 찾아왔다. 익숙하다는 듯 전혀 놀라지 않은 연지애 또한 여주인공을 따라 천막을 벗어났다.

–

[좋아해!]

[…!]

다음 화에 계속.

"악! 뭐야! 여기서 끊는다고? 미쳤나 봐!"

유세리가 단말마의 비명을 지르며 핸드폰을 내던졌다. 침대 위로 던져진 핸드폰 화면으로 놀란 남주인공의 표정이 클로즈업된 채 멈추어 있는 것이 보였다. 저런, 저기서 끊다니, 아무래도 작가님이 끊기 신공인 모양이었다. 발을 동동 구르던 유세리는 다음 내용이 많이 궁금했는지, 의자에 널브러져 있는 나를 붙잡고 짤짤 흔들며 애원했다.

"너, 너 다음 장면 어떻게 되는지 알잖아. 알려주라, 응? 아 제발! 나 궁금해서 잠 못 잔단 말이야! 아 미리 알게 되면 다음 주를 기다리는 재미가 없는데. 그렇지만 이대로 기다리기엔 다음 화가 너무 궁금한걸!"

흔들던 손을 멈추고 자아분열을 일으키며 울상을 짓는 유세리를 무시한 채 그녀의 핸드폰을 집어 들었다. 이번 화는 잠깐이나마 내가 출연한 화였기에 시청자들의 반응을 보기 위해 천천히 댓글 창을 내렸다. 내가 실눈을 뜨며 보는 둥 마는 둥 하자, 유세리가 답답했는지 핸드폰을 채어가고선 대신 봐주겠다며 화면을 획획 넘겼다.

"어때? 반응 좋아?"

떨리는 마음으로 물었건만 유세리는 대답도 없이 댓글을 읽는 데에만 열중했다. 계속되는 무시에 게슴츠레한 눈을 하고 조용히 있으니 그제야 내가 말이 없다는 걸 눈치챘는지 유세리가 고개를 돌렸다. 곧 완전히 뒤를 돌아 마주한 그녀의 얼굴에는 흥분이 가득했기에 기대감이 서린 목소리로 물었다.

"뭔데. 좋아?"

"응, 완전! 대박이야!"

반짝반짝 눈을 빛내며 순식간에 곁으로 다가온 유세리가 내 눈앞으로 화면을 들이밀었다. 서둘러 핸드폰을 건네받아 댓글을 훑어보는데, 정말 유세리의 말대로 열 개 당 하나꼴로 나를 칭찬하는 댓글이 있는 것이 아닌가. 정말 너무나도 예상 밖인 이 상황에 나는 기쁘면서도 떨떠름한 표정을 짓고 말았다. 아니, 나를 좋아해 주시는 건 감사하지만…. 나 같은 걸 왜…?

얼떨떨한 마음으로 댓글을 찬찬히 읽어보았다. 외모를 칭찬하는 댓글이 주를 이뤘고, 나머지는 연기력이나 딕션이 좋다는 등의 능력 위주 칭찬이었다. 개인적으로는 외모에 대한 칭찬보다 연기를 잘한다는 칭찬이 훨씬 더 기분 좋게 느껴졌다. 간질간질한 기분으로 댓글 창에서 시선을 떼지 못하고 있는데, 유세리가 곧 하늘로 올라갈 것만 같은 입꼬리를 손으로 가리더니 나를 쿡쿡 찔렀다.

"이야, 곧 배우 하나 나오겠는데? 이참에 학생 대신 배우로 전향

할 생각 없어?"

"참 나, 그 정도는 아니거든. 비행기 태우지 마아."

답지 않게 몸을 배배 꼬며 내숭을 떨자 유세리의 표정이 차게 식었다. 그동안 내가 애교를 일절 부리지 않았던 것은 맞지만, 그렇다고 이렇게까지 정색할 줄이야…. 마음에 상처를 입은 나는 되지도 않는 애교를 집어치우고 원래 목적이었던 수학 문제집을 펼쳤다.

머릿속이 딴생각으로 가득 차 있기 때문일까, 분명 쉬운 문제인데도 싱숭생숭한 마음이 드는 것이 오늘따라 잘 풀리지 않았다. 문제집을 붙잡고 끙끙거리던 나는 어쩔 수 없이 책을 덮어버렸다.

─

"유세리, 나 결정했어."

"뭘?"

"배우가 될 거야."

나의 결연한 말투에 유세리가 마시려던 토마토 주스를 도로 뿜어냈다. 등굣길이라 시선이 많이 쏠렸지만, 그 시선에 아랑곳하지 않은 그녀는 잠시 콜록거리더니 토마토 주스의 뚜껑을 닫고 물었다.

"아니…. 갑자기 무슨 심경의 변화지? 응원은 하겠는데, 배우 될 생각은 없다고 하지 않았어?"

그랬다. 나도 얼마 전까지는 배우가 되고 싶은 마음이 딱히 없었다. 새로운 웹드라마의 주연으로 나를 쓰고 싶다는 연락이 오기 전까지는 말이다! 요즘 들어 연기에 관한 흥미가 생겨났기에 내릴 수 있었던 결정이었다. 그와 함께 제시한 출연료가 꽤 짭짤하기도 했고 뭐…. 나는 가방에서 휴대용 티슈를 꺼내 유세리의 입가에 흐른 토마토 주스를 닦아주며 말했다.

"음, 글쎄. 연기에 흥미도 느꼈고, 짬밥도 없는 주제에 무려 주연 제의를 받았는데 거절하기도 뭐하고…. 무엇보다 출연료가 나쁘지 않아서?"

"맨 마지막이 진짜 속마음인 것 같은데?"

"정답."

너는 날 너무 잘 안다니까. 키득거리던 유세리는 이번 웹드라마의 내용을 맞혀 보겠다며 조금 고민하는 시늉을 하다가 이내 외쳤다.

"여주인공이 짝사랑하는 내용이지?"

순간 유세리가 숨겨진 웹드라마의 작가가 아닌가 하는 생각이 들었다. 눈을 동그랗게 뜨고 그녀를 빤히 바라보자 씩 웃은 유세리가 말했다.

"시장 조사 좀 했지! 내가 또 웹드라마 덕후 아니겠어? 로맨스인 건 당연하고…. 네 회사 웹드라마 다 정주행하니까 남주가 짝사랑하는 내용, 주인공끼리 삽질하는 내용, 온갖 내용 다 있는데 여주가 짝사랑하는 내용은 없더라구."

"와…. 진심 소름 돋았어. 탐정해도 되겠다."

"긴가민가했는데, 운 좋게 맞힌 거지 뭐!"

짝짝, 박수와 함께 엄지도 세워주었다. 유세리의 말처럼, 여주인공이 매일매일 짝사랑으로 인해 설레다가도 어느새 실망하기를 반복하면서 결국에는 사랑을 쟁취해내는 것이 이번 웹드라마의 주된 내용이었다. 내가 과연 잘 해낼 수 있을지 걱정되긴 하지만, 저번처럼만 한다면 큰 문제는 없을 것 같았다. 잘 해내겠지, 뭐.

문제가 없기는 개뿔. 나는 머리를 헝클어트리며 침대 위로 엎어졌다. 지금 나에게 가장 큰 문제가 무엇인가 하면….

"여기서 왜 여주인공이 우는 거냐고."

여주인공의 감정 변화를 따라갈 수 없다는 게 문제였다. 여주인공인 윤소령은 소심한 성격에 툭하면 우는 아주 여린 성격의 소유자여서, 그와 정반대의 성격을 가진 나로서는 윤소령의 행동 하나하나가 답답하고 이해하기 힘들었다.

"연지애는 그냥 스쳐 지나가는 인물이라 캐릭터 해석이 쉬웠던 거였어…."

말 그대로 스쳐 지나가는 인물이라, 부족한 부분은 내 생각대로 채워 넣어서 연기해도 별다른 문제가 없었기에 나름대로 잘 해낼 수 있었다. 그러나 윤소령은 주인공이니만큼 세세한 설정들이 많아 확실히 연기하기가 까다로웠다. 특히 나같이 연기가 초보인 경우엔…. 자신감 넘치던 몇 시간 전의 반은향은 어디 가고, 걱정만 늘어난 반은향이 되어버렸다. 그래도 이대로 가만히 있을 수도 없는 노릇이라, 급히 유세리에게 도움을 청했다.

[-유세리ㅠㅠ 나 여주가 진짜 소심한 드라마나 영화 추천 좀….]
[ㅋㅋㅋㅋㅋㅋㅋㅋㅋㅋㅋ 기달]

자칭 드라마의 노예 유세리는 단 5분 만에 '여주가 엄청나게 소심한 작품 모음집'을 가지고 돌아왔다. 얼마나 많은 장르를 섭렵했으면… 놀라지 않을 수 없다. 고마운 마음을 담아 입술 근접사진을 찍어 보내준 다음 목록을 차례로 훑었다. 웹드라마 2개, 드라마 3개, 영화 2개, 총 7개인 작품들의 양은 실로 어마 무시했다. 이걸 언제 다 정주행하냐…. 달력을 보니 9월 모의고사까지 약 한 달 정도가, 촬영일까지는 약 두 달 정도가 남아 있었다. 어차피 둘 다 잡는 것은 나에게 있어서 무리였다. 둘 중에 뭐가 더 나에게 가치 있는지 각을 재본 후, 고민이랄 것도 없이 단기간에 결정을 내렸다.

좋아, 모의고사는 버린다.

#3. 이 길이 맞는 걸까

　그로부터 두 달 후, 시간은 유수처럼 흘러 벌써 10월 중순에 가까워지는 중이었다. 이는 촬영 날이 얼마 남지 않았다는 것을 뜻하기도 했다. 심란한 마음으로 침대에 아무렇게나 널브러져 몇 주 전에 건네받은 대본을 훑어보았다. 유세리의 끊임없는 주입식 교육 덕분에 이제는 윤소령의 입장이 어느 정도 이해는 갔다. 그동안 여러 드라마와 영화를 접하고 분석한 덕에 그럴듯하게 사랑에 빠진 소녀를 연기할 수 있게 되었지만, 눈물 연기는 여간 힘든 게 아니었다. 한 방울만 떨어뜨리기부터 시작해 주르륵 흘리기, 오열하기 등등 그 종류는 또 어찌나 많은지, 벌써 앞이 막막했다.

　후, 한숨을 내쉰 나는 어쩌면 교과서보다 더 많이 봤을지도 모르는 대본을 저만치 던져 버렸다. 도대체 감독님과 작가님은 이런 어려운 캐릭터를 어떻게 쌩 초보자한테 맡길 생각을 하셨을까…. 저번에 맡은 조연 역할을 너무 잘 해내서일까…. 그건 그냥 운 좋게도 나랑 비슷한 느낌의 캐릭터라서 잘할 수 있었던 건데. 촬영 날이 가까워지면 가까워질수록 잘해야 한다는 부담감이 어깨를 짓눌러 왔다.

"하아."

긴 한숨이 내 심정을 대신 말해 주는 것 같았다.

—

"NG! 은향아! 눈물 잘 보이게, 뺨 말고 땅으로 떨어지도록 흘리
라니까!"

"죄송합니다, 다시 하겠습니다!"

눈물 연기에 대해 걱정했던 지난날들의 내가 머릿속을 훑고 지나
갔다. 티어 스틱이고 슬픈 생각이고 뭐고, 다 필요 없었다. 봐, 몇
번 깨지면 그냥 눈물이 나오잖아. 생각과 동시에 금세 눈에 눈물이
차올랐다. 무언가 제대로 해내지 못해서 혼날 때마다 속상함에 어
김없이 흘러나오는 눈물이 너무 싫었는데, 이렇게 도움 될 줄이야.
역시 인생은 오래 살고 봐야 했다. 속으로 나 자신에게 감사하며 최
대한 노력해 눈물 한 방울을 땅으로 흘리는 데에 성공했다.

"좋아! 컷!"

"감사합니다."

끝났다! 기쁜 마음으로 눈에 고여 있는 눈물을 옷소매로 훔친 뒤
다음 촬영을 위해 장소를 이동하려고 할 때였다. 언젠가 한 번 맡아
본 적 있는 청초한 향기가 코끝에 스치는 것과 동시였다.

"연기 학원 다녔어요? 테이크 세 번 만에 눈물이라니 신인치고는
실력이 좋네요."

뒤를 돌자 역시나 예상했던 대로 신예안이 서 있었다. 오늘도 눈
이 부시는 미모에 잠시나마 숨이 막혔지만, 최대한 티를 내지 않으

며 왜 그녀가 여기에 있는지를 고민했다. 분명 유세리와 같이 신예 안이 여주인공인 웹드라마의 완결을 본 것 같은데. 새로운 드라마 촬영일리는 없고…. 생각에 생각이 꼬리를 물고 이어져 한동안 대답이 없자, 그녀의 한쪽 눈썹이 위로 들렸다. 그제야 정신을 차린 내가 퍼뜩 대답했다.

"아, 아니요. 따로 연기 학원을 다닌 적은 없어요. 칭찬 감사합니다."

친하지도 않은 그녀에게 사실 여주인공에게 이입해서 흘린 눈물이 아니라 연이은 NG에 몇 번 깨져 속상한 마음에 흘린 눈물이라 말할 수 있을 리가 없었다. 적당히 말하자 내 대답이 의외였는지, 그녀의 표정이 미세하게나마 변했다. 아무 변화가 없었다고 해도 좋을 만큼 작은 변화였지만, 분명 도도한 눈매가 살짝 커진 것을 분명히 보았다. 전혀 닮은 구석이 없었지만, 왠지 자기 일인 것처럼 나를 열심히 돕던 유세리가 떠올라 입꼬리가 올라가려는 것을 간신히 참아냈다. 한동안 말이 없던 그녀는 이내 결연한 표정으로 고개를 들고 말했다.

"대화 좀 나누고 싶은데, 시간 괜찮으세요?"

대화요? 무슨 대화요? 우리가 대화를 나눌 정도로 친한 사이였나요? 생각은 그렇게 하면서도 반사적으로 세트장에 걸린 전자시계를 바라보았다. 다른 이들의 촬영도 있고, 남주인공의 촬영도 있었기 때문에 나에게는 30분 남짓한 여유 시간이 있었다. 원래는 미리 다음 촬영장에서 대기하며 대본을 외울 예정이었지만, 어쩐지 그녀와 대화를 나누어보고 싶다는 생각이 들었다. 잠시 고민하던 내가 좋다고 대답하자, 그녀의 입꼬리가 미미하게 올라가는 것이 보였다.

—

　나와 그녀가 처음 만났던 장소인 대기실로 자리를 옮기고, 냉장고에 구비 된 캔 음료를 하나씩 골라잡은 후 마주 보고 앉았다. 어색함에 목이 타 캔을 따고 한 모금 마셨을 때였다.

　"저 오늘 그쪽 보고 싶어서 온 거예요."

　뜬금없는 돌직구 발언에 마시던 음료수를 뱉어낼 뻔했다. 가까스로 그녀에게 음료수 세례를 퍼붓는 것은 피했지만 결국 사레에 들리고 말았다. 연신 기침하며 당황을 숨기지 않은 얼굴을 하고 물었다. 방금 그거….

　"저 남자 좋아해요."

　"그런 거 아니에요."

　경계하는 내 눈동자를 정색하며 바라본 그녀가 티슈 한 장을 뽑아주며 제 말을 정정했다. 오해에요. 정확히는 그쪽 말고 그쪽 연기요. 한숨 쉬듯 뱉어낸 그 말에 티슈로 입가를 닦아내며 놀란 가슴을 쓸어내렸다. 깜짝이야, 두 번째 만남에 고백받는 줄…. 그나저나 내 연기라니, 예상치 못한 말에 속으로 고개가 갸웃거려졌다.

　"저번에 같이 촬영했던 날, 기억하죠? 그때가 정말 처음이었나요?"

　같이 촬영했던 날이라면, 조연으로 그녀와 함께 촬영했던 일을 말하는 것이렷다. 하지만 그날과 연기가 도대체 무슨 상관관계가 있는 건지 추측하기 어려웠다. 질문의 의도가 뭔지 감이 잡히질 않아 잠시 눈을 깜빡거리다가 입을 열었다.

　"연기를 말씀하시는 거라면 그때가 처음이었죠."

　"…그렇군요. 학원도 안 다니셨고. 역시 연기는, 재능인가 보네요."

뜸을 들이며 말하는 그녀의 표정이 어딘지 모르게 서글퍼 보였다. 연기에 대해 배운 적 없다고 하자 슬픈 표정을 짓는다, 라. 이제껏 나눈 대화와 그녀의 반응을 조합하니 그럴듯한 시나리오가 머릿속에 그려졌고, 추측이지만 그녀의 의도를 조금이나마 알 것 같았다. 그날 나의 연기를 보고 연기 학원을 다녔을 것이라 예상했지만, 예상과 다르게 내가 학원을 전혀 다니지 않았으며 처음이었음에도 괜찮게 연기했다는 사실에 낙담한 듯 보였다. 그저 조연 캐릭터가 나와 비슷했기 때문에 연기하기 쉬웠고, 오늘 또한 캐릭터에게 감정을 이입한 게 아니라 속상해서 나온 눈물이라는 사실을 모르는 그녀는 나를 재능 있는 사람이라 생각하는 것 같았다. 그냥 운이 좋았을 뿐인데, 순식간에 재능 있는 사람이 되어버렸다. 이대로 오해하게 놔둔 채 대화를 마무리 짓는다면 분명 한동안 불편한 마음이 사라지지 않을 터였다.

"저는 그렇게 생각 안 해요."

단호한 내 목소리에 캔 음료를 만지작거리던 그녀가 앞을 보았다. 아, 나 원래 친하지도 않은 사람한테 이런 얘기까지 털어놓는 사람 아니었는데. 그렇지만 이미 말문을 터 버린 것을 어쩌겠는가. 이미 엎질러진 물이었다.

"저 재능 없어요. 저번에는 운 좋게도 연기할 캐릭터가 저와 말투가 비슷해서 조금 더 수월하게 연기했을 뿐이에요."

"…."

"오늘 눈물 연기도 캐릭터한테 감정 이입해서 흘린 게 아니라, 감독님한테 깨진 게 속상해서 흘린 거예요. 재능 이런 게 아니라."

나도 모르게 술술 고백해 버렸다. 눈을 도르륵 굴려 그녀를 바라보자, 그녀는 무슨 생각을 하는지 모를 얼굴로 나를 빤히 쳐다보고 있었다. 유세리한테나 털어놓을 속마음을 다 뱉어내고 나서야 쪽팔림이 밀려 왔다. 다시 눈을 감았다 뜬 나는 어떻게 말을 마무리지어야 할지 고민하며 말을 이었다.

"오히려 그쪽이 더 재능 있어 보여요."

"전 재능 없어요."

"있어요."

"…그걸 어떻게 알아요?"

"그러는 예안님은 제가 재능이 있는 걸 어떻게 아셨는데요?"

"…."

낭패라는 듯 입을 꾹 닫은 그녀를 보니 안쓰러운 마음이 들었다. 단 몇 초 만에 표정과 말투를 바꾸는 것은 분명 어려운 일인데도, 그런 엄청난 일을 해낸 사람치고는 자신감이 많이 없어 보였기 때문이었다. 뛰어난 사람이 왜 이렇게까지 괴로워하고 있을까. 어렸을 적부터 배우 판에 뛰어들었는데, 워낙 뛰어난 사람들과 같이 있었던 탓에 자신감이 이렇게 떨어졌을 거란 추측이 제일 가능성 있었다. 어떻게 말해야 위로가 될지 한동안 고민하다가 조심스럽게 입을 뗐다.

"재능이 없다고 기죽을 필요 없어요. 없으면 없는 대로 노력하면 되죠. 재능의 유무로 모든 것을 판단하는 건 너무 섣부른 생각이에요."

"…."

"솔직히 재능도 있고 노력도 하는 사람들을 이기는 건 어렵겠죠. 그런데 그런 사람들은 생각보다 많이 없다는 것 또한 알고 계셨으면 해요."

"아니요. 그런 사람들은 널렸어요."

"음, 글쎄요. 예안님이 단편적인 모습만 보고 판단한 거 아닐까요? 마치 오늘처럼요."

"…."

그럴 수도 있겠네요. 찬찬히 대답하는 그녀의 눈이 새로운 사실을 깨달았다는 듯 살짝 커졌고, 이내 고개를 끄덕이며 수긍했다. 아무래도 이런 류의 가능성은 전혀 생각해 보지 않은 모양이었다.

"그러니까, 재능으로 모든 것을 단정 짓고 슬퍼하지 말아요. 예안님도 충분히 능력 있는 사람이에요."

"…."

캔 음료를 멍하니 쳐다보던 그녀의 눈시울이 살짝 붉어졌다. 그 모습에 조금 당황하다가, 그녀가 해준 것처럼 티슈 한 장을 뽑아 건넸다.

"저 안 울어요."

"알아요."

그냥 주고 싶어서요. 뒷말은 굳이 입 밖으로 내지 않았다. 그녀는 발개진 눈으로 티슈를 가만히 노려보다 결국에는 못 이기는 척 티슈를 가져갔다. 아무래도 창피해하는 것 같았다. 속으로 웃은 나는 시간을 보고 자리에서 일어날 준비를 했다. 별로 한 것도 없는 것 같은데, 벌써 15분이나 지나 있었다. 빨리 내려가서 다음 신을 위한 리허설도 해봐야 했기에 주섬주섬 주변을 정리하기 시작했다. 내가 하는 짓을 가만히 바라보던 신예안이 저도 함께 거들며 말했다.

"고마워요."

"네."

"…이건 제 명함이에요."

고맙다는 말에 당연하다는 듯 대답하자 실없는 웃음을 지은 그녀가 제 명함을 내밀었다. 제 주인과 똑같은 청초한 향기가 나는 명함에는 그녀의 이름과 소속사, 그리고 전화번호가 적혀 있었다. 이걸 나한테 왜 주냐는 눈빛으로 그녀를 가만히 쳐다보자 신예안은 부끄러운 건지 내 눈을 피하며 작게 말했다.

"제 전화번호에요."

"알아요."

"…연기 연습할 때 막히는 거 있으면 연락해요. 오늘 얻은 것에 대한 답례로 도와주고 싶어서 그런 거니까 사양하지 말고요."

아하. 그런 거라면 아주 땡큐죠! 고맙다는 말을 전한 뒤 그녀의 명함을 핸드폰 케이스에 고이 끼워 넣었다. 그러는 동안 먼저 정리를 마친 그녀가 대기실 문을 나서다 말고 돌아보았다.

"아, 말 편하게 해도 되나요? 자꾸 예안님이라고 불리니까 이상해서요."

"물론이죠. 그럼 뭐라 불러 드릴까요?"

"제가 한 살 더 많으니까, 편하게 예안 언니라고 부르세요."

"…."

언니셨어요? 당연히 나랑 동갑일 줄 알았는데, 너무나 예상 밖인 그녀의 나이에 순간적으로 말문이 막히고 말았다. 그런 내 모습을 기민하게 캐치해낸 그녀의 눈빛이 일순 날카롭게 변했다.

"방금 언니 아닌 줄 알았다고 생각했죠."

"아뇨, 그럴 리가요."

너무 빠른 내 대답에 피식 웃은 그녀가 갑자기 말을 놓았다.

"은향이 거짓말하는 법부터 알려줘야겠네. 다음에 또 봐."

그렇게 말한 예안 언니는 눈 깜짝할 새에 밖으로 나가버렸다. 아니 그렇게 웃으면서 반말로 훅 치고 들어오시면, 저는…. 홀린 기분으로 멍하니 서 있다가 시계를 확인하고선 서둘러 밖을 나섰다. 신나게 깨지러 갈 시간이었다.

—

"6시다! 6시! 뭐야, 왜 안 올라와! 새로 고침 눌러, 새로 고침!"

"아 기다려봐."

"올라왔다! 눌러! 클릭해! 와, 시작!"

유세리의 호들갑으로 귀에서 피나기 일보 직전, 다행히 웹드라마가 재생되어 고막이 터지는 불상사를 막을 수 있었다. 일어나서 방방 뛰던 유세리는 컴퓨터 앞에 자리를 잡고 앉아 집 앞 편의점에서 사 온 팝콘을 뜯었다. 마지막 화까지 모두 촬영을 끝냈지만, 첫 화 방영은 오늘이었기 때문에 유세리와 더불어 나 또한 기대하는 중이었다. 광고가 끝나고 조금 있다가 화면 가득 내 얼굴이 나타났다. 부끄러움에 괴상한 소리를 내자 유세리가 깔깔 웃으며 별 도움 되지 않는 말만 늘어났다. 익숙해지라는 둥, 화장이 잘 먹었다는 둥, 한동안 시끄럽게 떠들던 유세리는 스토리가 진행될 듯한 기미가 보이자 금방 조용해졌다. 약 15분가량의 웹드라마 한 편이 끝나고, 나름대로 만족한 나와는 달리 유세리는 조금 애매한 표정을 지었다. 연기력이 별로였나? 하긴, 거의 모든 웹드라마를 보아온 그녀로서는 내 연기가 성에 찰 리 없다고 그 전부터 생각해 오긴 했었다.

"역시 연기가 좀 어색하지?"

"아니, 어색한 건 아닌데…."

조심스레 묻는 내 말을 부정한 유세리가 어떻게 표현할지 골똘히 생각하다가, 표현할 말이 떠올랐는지 안고 있던 쿠션을 탁- 하고 쳤다.

"그래, 약간 이런 느낌이야. 장면 하나하나마다 상황에 맞는 연기이긴 한데, 다 모아놓고 보면 통일성이 없는 느낌이랄까?"

"….."

"연기는 잘해! 아주 그냥 성격이 180도로 바뀌어버렸네."

통일성이 없다, 라…. 그다음으로 이어진 말은 한 귀로 듣고 한 귀로 흘려버린 채 그 이유를 심각하게 고민하는 동안, 유세리는 댓글 창을 휙휙 내리며 시청자들의 반응을 확인했다. 그러기를 몇 분, 고민에 빠져 있던 나조차도 확연히 알아볼 수 있을 만큼 어두워진 표정으로 댓글을 보고 있는 유세리가 시야에 들어왔다. 밀려오는 불안감에 컴퓨터를 자세히 들여다보자, 칭찬이 난무하는 댓글 사이에서 눈에 띄는 댓글은 따로 있었다.

'여주 존* 이쁘고 연기도 앵간한데, 뭔가 어색함. 근데 그게 뭔지는 모르겠음.'

'뭐냐. 얘 저번에 '마음을 열어줘'에서 나왔지 않음? 그때는 연기 잘하더니만 여기선 왜 이런데.'

'장면들이 이어지지 않는 느낌이에요.'

'여주 맡은 배우 캐 해석 안 했냐? 왜 이렇게 정신 사나워;'

따로따로 봤을 때는 괜찮지만, 모아놓고 보니 이상하다는 댓글이 많았으니 유세리의 분석은 꽤 정확했다고 말할 수 있겠다. 이런 종류의 댓글들은 시간이 지날수록 점점 더 많아졌고, 그것의 수가 많다는 것은 확실히 내 연기에 무언가 문제가 있다는 것을 뜻했다. 분명 감독님은 촬영할 때 별말씀 없으셨는데…. 하는 생각이 드는 것도 잠시, 합쳐서 보지 않았기 때문에 그랬던 것이 아닐까 하는 합리적인 추측이 들기 시작했다.

말이 없는 나를 유세리가 안절부절못하며 위로했지만, 지금 나에게 필요한 것은 위로가 아닌 해결책이었다. 그냥 빈말로 잘했다고 칭찬해 주는 것이 아니라 문제점을 솔직하게 말해 주어 고맙다는 인사를 하며, 떠나지 않으려 버티는 유세리를 간신히 집으로 돌려보냈다. 힘들게 그녀를 집으로 보낸 뒤 나는 다시 컴퓨터 앞에 앉아 영상을 돌려보았다. 장면이 바뀌는 부분을 유심히 관찰하자 아까 전까지만 해도 스스로에 대한 만족감에 취해 보지 못했던 부분들이 보이기 시작했다. 그전까지는 왜 느끼지 못했을까 하는 생각이 들 정도로 매 장면에 대한 연기에 통일감이 느껴지지 않았다.

'심각한데…?'

그제야 상황의 심각성을 깨달은 나는 먼저 댓글을 하나하나 읽어 보았다. 이 문제의 해결책에 대한 단서가 있지 않을까 싶어서 한 행동이었지만 문제점에 대한 지적만 있을 뿐 문제의 근본적인 원인을 다룬 이는 없었다. 말 한마디 한마디에 가시가 콕콕 박힌 댓글들이 자꾸만 떠올라 괜히 읽었다는 후회가 밀려왔지만 그래도 댓글 읽기를 통해 얻은 것이 있으니 다행이었다. 저번에 연지애로 연기했을 때부터 느꼈던 것이지만, 이번 웹드라마 활동이 그것을 더욱 확실하게 느끼도록 만들어준 계기가 되었다. 의자에 올린 다리의 무릎 사이로 얼굴을 파묻은 나는 조용히 중얼거렸다.

"…실력으로 인정받고 싶어."

그전까지는 무엇 하나에 특출나다거나, 잘하는 것도 없었기에 내 실력으로 받은 칭찬은 없다시피 했다. 외모 칭찬은 지겹도록 들었지만, 외모는 부모님이 주신 것이지 내가 스스로 이루어 낸 것이 아니었기 때문에 별 감흥이 없었다. 그러다 보니 연지애를 연기하고 나서 들은 실력에 대한 칭찬이 나에게 있어서는 처음이었고, 그때서야 내 실력을 인정받는 일이 얼마나 가슴 뛰게 하는 일인지를 깨달을 수 있었다. 과거의 나는 이를 몰랐기에 무념 무상하게 살았지만, 지금은 인정받는 기분을 알아버렸기에 다시 한번 그것을 느껴보고 싶었다. 무언가를 하고 싶은 일이 생긴 것도 처음이었고, 무언가를 갈망하게 된 것도 처음이었으며 잘하고 싶다고 생각한 것 또한 처음이었다. 매사에 시큰둥하던 나에게 있어서 연기란 모두 재미있고 신기하며 처음 경험하는 것들 투성이기에 더 마음이 갔다.

"…근데 모르겠어."

과연 이 길로 가는 것이 맞는 건지. 내가 열심히 한다고 해서 잘할 수 있을지. 저번에 예안 언니에게 재능이 있고 없고는 상관없다고 말하긴 했지만, 사실 예체능 계열에서 재능의 유무는 중요한 게 아닌가 하는 생각 때문에 더욱더 회의감이 들었다.

결국 고민만을 계속하다가 이렇다 할 돌파구를 찾지 못한 채 하루가 끝나 버렸다.

—

'ㅋㅋㅋㅋㅋㅋㅋ아 장면 넘어갈 때마다 여주 연기 너무 극과 극이라서 못 보겠다. 저는 여기서 하차요.'

'12;03 여기서 여주가 왜 이렇게 심하게 화내는지 나만 이해 못했나? 작가가 이렇게 하라고 한 거야, 아님 배우가 연기를 못하는 거야?'

'진짜 뭐가 문제지? 이상하긴 이상한데 어디가 이상한지 모르겠네.'

응, 나도 모르겠어…. 오늘도 원인 찾기는 글러 먹었다고 생각이 들어 나는 신경질적으로 컴퓨터 전원을 꺼 버렸다. 검은 화면으로 퀭한 눈가가 비쳤다. 침대로 뛰어든 나는 머리를 헝클며 앓는 소리를 냈다.

연재되는 화마다 처음부터 끝까지 유심히 뜯어보며 분석하려 노력했지만 역시나 찾을 수 없었다. 댓글에서 찾기는 이미 포기한 지 오래였다. 연기에 대한 지적으로 시작한 댓글들은 금세 연기에 대한 비난으로 바뀌었기 때문이었다.

그냥 포기하고 시간이나 때울 생각으로 핸드폰을 집어 들었다. 어젯밤부터 계속 충전기를 꼽아 놓았더니 핸드폰이 뜨거웠다. 기기가 뜨거워서 좋을 게 없기에 나는 서둘러 폰 케이스를 뺐고, 그와 동시에 사이에 끼워져 있던 종이 한 장이 팔랑거리며 떨어졌다.

"…!"

예전에 넣어 놓고 잊어버린 비상금인가 했는데, 그 종이의 정체는 다름 아닌 예안 언니의 명함이었다. 머릿속에서 그녀와 나눈 마지막 대화가 떠올랐고, 나는 곧바로 실행에 옮겼다. 그래, 아직 포기하긴 일렀다.

—

뚜르르, 뚜르르.

신호음이 길어질수록 애간장이 탄다는 말이 어떤 뜻인지 알 것 같았다. 마른 침을 삼키며 기다리기를 잠시, 곧 상대방이 전화를 받았다.

[여보세요?]

"아 안녕하세요. 저 반은향인데요. 저번에 연기 때문에 문제 생기면 연락해도 된다고 하셔서…. 혹시 통화 가능하세요?"

그 말이 끝남과 동시에 핸드폰 너머로 우당탕거리는 소리가 들렸다. 내 경험으로 유추해 보건대 아마 침대에서 떨어진 것 같았다.

"저, 괜찮으세요?"

[…어 괜찮지. 아주 괜찮아. 네 연기를 분석해 놓은 게 있는데, 지금 만날 수 있어?]

"… ."

그녀가 기다렸다는 듯이 말하기에, 나는 묘한 표정을 지으며 말이 없었고 그녀 또한 내 말을 기다리느라 말이 없었다. 그렇게 잠깐의 정적이 계속되다 나의 수락 끝에 통화는 끝이 났다. 예안 언니가 보낸 메시지에 적혀 있는 주소를 보고 집을 나섰다.

─

"왔어?"

초인종을 누르자 나온 건 예안 언니였다. 나는 어마어마한 대저택에 입을 다물지 못했다. 카페 같은 곳에서 만나겠거니 생각했던 것과는 달리 내가 도착한 곳은 예안 언니의 집이었다. 자연스럽게 집 안으로 발을 들이자 보이는 정원은 내 두 눈을 휘둥그레하게 만들어주기에 충분했다. 최대한 두리번거리지 않으려 노력했지만, 워낙 눈에 띄는 것들이 많았기에 여간 어려운 일이 아니었다. 예안 언니를 따라 복도를 지나 이층으로 올라갔고, 이층 바로 옆방이 그녀의 방인 것 같았다. 널따란 방 안에 고풍스러운 분위기가 한가득 넘쳤다.

"여기 앉아."

그렇게 말하며 의자를 당겨주는 그녀의 표정이 묘하게 상기되어 있었다. 나는 대수롭지 않게 생각하며 자리에 앉았다. 뭐, 후배한 테 가르쳐줄 생각에 신이 나실 수도 있는 거지…. 곧 책상을 뒤적거려 파일 한가득 담긴 종이를 꺼낸 그녀가 내 옆으로 와서 앉았다. 맞은편에 앉을 것이라 생각했던 터라 티는 안 냈더라도 당황할 수밖에 없었다. 이런 특급 대우라니 황송한데요.

"네가 연기하는 영상은 꼼꼼히 봤어?"

내가 그 특급 서비스에 황송해하는 동안 예안 언니가 종이뭉치에서 눈을 떼지 않으며 물었다. 나는 나름대로 꼼꼼히 봤다고 생각했기에 그렇다고 답했다.

"그런데…. 확실히 어딘가가 어색한 건 알겠지만, 왜 어색한지는 모르겠어요."

"그걸 알려주는 게 멘토로서 해야 할 일이지."

종이뭉치를 뒤적이며 너무나도 여상히 말했기 때문에 하마터면 지나칠 뻔했다. 나 같은 걸 멘티로 삼아도 괜찮나 싶었지만, 그녀의 기분이 좋아 보였기에 별말 하지 않기로 했다.

종이뭉치를 정리하는 것을 끝낸 그녀가 방 한편에 자리 잡고 있던 빔프로젝터를 꺼내곤 웹드라마를 재생했다. 문제가 되는 구간으로 스킵한 그녀는 영상을 재생하며 말했다.

"왜 어색한 건지 모르겠다고 했지?"

"네."

내가 고개를 끄덕이자 예안 언니가 한결같이 도도한 표정으로 물었다.

"보통 연기할 때, 어떤 식으로 연기해?"

"음, 제가 캐릭터라고 생각하고 연기해요."

내가 뱉은 말에 그녀가 고개를 절레절레 저었다.

"정말 그래? 연기하려는 상황과 비슷한 다른 사람의 연기를 따라 하는 게 아니라?"

연기해야 하는 상황과 비슷한 상황의 다른 사람 연기를 따라 한다.

순간 머리를 한 대 맞은 것만 같은 기분이 들었다. 그녀의 말을 듣자마자 내가 연기할 때 썼던 방법들이 머릿속을 훑고 지나갔다. 예안 언니의 말이 맞았다. 나는 캐릭터에 감정 이입하는 것 대신에 내가 그동안 보아왔던 다른 사람들의 연기를 떠올리며 그대로 흉내 내며 연기해왔다. 각각의 장면마다 떠올리며 연기하는 사람이 달라지니 당연히 통일감이 없다고 느껴지는 것은 당연지사였다.

"…맞아요. 그게 맞는 것 같아요."

드디어 풀린 의문에 홀가분하면서도 놀란 표정으로 예안 언니를 바라보자 그녀가 들고 있던 종이뭉치를 내게 건넸다. 얼떨결에 그것을 받아들고 이게 뭐냐고 물으니, 그녀가 살짝 웃으며 말했다.

"숙제야."

아니 저를 위해 이런 것까지 준비해 주시다니…. 또다시 황송해 하기도 잠시, 그 엄청난 양의 숙제를 본 내 표정이 급속도로 어두워졌다. 내 표정이 어두워진 만큼 예안 언니의 얼굴에 걸린 미소가 짙어졌다.

"연기는 표정이나 디테일이 세심해야 해. 그런 이유에서, 다른 사람의 표정이나 행동, 몸짓, 말투 등등을 관심을 가지고 꼼꼼히 관찰해서 적어오는 게 숙제야."

어떤 사람이든 상관없어. 덧붙여지는 말에 미간이 찌푸려졌다. 사람을 관찰하라니….

"아무튼, 그건 천천히 하도록 하고."

"넵."

빠르게 숙제들을 가방에 넣자, 예안 언니는 특유의 무표정으로 다시 돌아와서 설명을 시작했다.

"연기의 기초는 발성과 호흡이야. 그다음으로는 표현력과 전달력 같은 것들이 있는데…."

답지 않게 말끝을 흐리는 그녀를 의아하게 쳐다보자, 짧게 고민한 그녀가 갑자기 스카웃을 시도했다.

"우리 연기 학원에 들어온다면 배울 수 있어."

"…네?"

이렇게 모든 준비를 끝내어 놓고 기다렸다는 듯이 설명하기에 당연히 그녀가 알려 주는 것인 줄 알았는데. 하긴, 별다른 대가도 없이 이 각박한 세상에서 타인의 기술을 전수받으려고 하다니, 너무 도둑놈 심보잖아. 반성해라 반은향.

"강요하는 건 아니고! 우리 아버지가 차리신 …소속 학원인데, 너랑 같이 다니고…."

그나저나 연기 학원이라, 엄마가 허락해 주시려나. 학원비도 만만치 않을 거고, 하는 여러 생각들 때문에 예안 언니의 말을 거의 한 귀로 듣고 한 귀로 흘리다시피 해 버리고 말았다. 열심히 학원을 어필하는 그녀에게 생각해 보겠다는 말을 전한 뒤 종이를 한 아름 들고 방 밖으로 나섰다.

—

나는 결국 집요한 설득 끝에 연기 학원을 다닐 수 있게 되었다. 엄마는 진지하게 연기를 하고 싶다는 내 말을 듣고 의외로 순순히 허락해 주셨다. 딸아이가 하겠다는 건 뭐든지 응원하시는 아빠는 말할 것도 없었고. 다음 달부터 연기 학원을 다니기로 했기에 나는 남은 시간 동안 예안 언니가 내준 숙제를 하기로 마음먹었다.

그녀가 내준 숙제는 바로 타인을 관찰해 오는 것이었다. 불과 며칠 전에 나눴던 대화가 다시금 떠올랐다.

'연기는 모방에서부터 시작해. 그럼 모방은 어떻게 하느냐, 그건 간단해. 타인을 관찰하는 거지.'

'관찰….'

'응. 혹시 이번에 같이 촬영한 애들 이름, 기억하니?'

'표의범이랑 김나래, 이종현….'

기억나는 대로 이름을 읊었지만, 그녀는 고개를 살래살래 저었다.

'작품 내에서의 이름 말고. 배우의 진짜 이름 말이야.'

'….'

그 물음에 나는 꿀 먹은 벙어리가 되어버리고 말았다. 돌이켜보니 같이 호흡을 맞춘 배우들의 이름조차 몰랐다. 이렇게 심각할 정도로 타인에게 관심이 없었다니. 확실히, 내가 아직도 연극부원들의 이름을 다 외우지 못한 걸 보면 타인에게 관심이 없는 것이 맞았다.

'괜찮아. 이제부터라도 관심을 가지고 자세히 관찰한다면 늦지 않았다고 했어.'

연극부 부원들에게 선물할 간단한 간식들을 가지고 예안 언니가 해준 말을 되새기며 연극부실 문을 열어젖혔다. 오랜만에 왔지만, 전혀 변함없는 풍경에 슬며시 웃음이 새어 나왔다. 각자 제 할 일을 하던 부원들이 반갑게 나를 맞아 주어서인지는 몰라도 미안한 마음이 들었다. 그동안 바쁘다는 이유로 연극 공연에서 빠지더라도 이해해 주었던 부원들이기에 고마운 마음도 적지 않았다. 매의 눈으로 내 손에 들려 있는 간식 봉투를 발견한 부원들이 잽싸게 그것을 채어갔다. 그중에서도 유세리가 제일 신나 보였다.

"은향아! 잘 지냈어? 못 보던 새에 살이 더 빠진 것 같아."

부장 언니가 환한 얼굴로 나에게 말을 걸었다.

"저야 잘 지냈죠. 언니는요?"

"너 보고 싶어서 잘 못 지냈어."

"헐."

혹시나 어색하지는 않을까, 했던 걱정이 무색하게도 부장 언니는 여전히 사람 좋은 얼굴로 나를 친근하게 대해 주었다. 그렇게 서로 장난을 주거니 받거니 하고 있을 때였다.

"지아야! 밴드부 애들 이번 축제 때 노래 겁나 잘 부르는 애 보컬로 세운대! 어떡해! 우리랑 비교되는 거 아니야?!"

"뭐라고?"

오랜만에 만난 부장 언니와 일상적인 대화를 나누기가 무섭게 그녀는 다른 부원의 부름을 받고선 난처한 표정으로 말을 이었다.

"미안 은향아. 너도 알겠지만, 축제 시즌이라 너무 바빠서…. 먼저 가 봐도 될까?"

"물론이죠! 저 혼자서도 잘하니까 걱정 안 하셔도 돼요."

"고마워. 편하게 있다 가!"

그 말을 끝으로 부장 언니가 다급하게 부실을 나서며 외쳤다.

"그래서 그 노래 잘 부른다는 애가 누군데?"

"하나! 백하나!"

사람 몇이 나갔을 뿐인데, 금방 소란스러움이 덜해졌다. 나는 다른 부원들에게 마저 인사를 하고선 부실 한구석에 자리를 잡았다. 서의상과 눈이 마주친 건 자리에 앉은 지 얼마 되지 않아서였다.

"안녕."

"아, 안녕."

소란스럽게 떠들었기 때문일까, 구석에서 작업하다가 나왔을 그가 나를 보고 인사했다. 조금 더 말을 걸어볼까 고민했지만 금방 관두었다. 밖에 나와서도 의상 디자인 스케치에 여념이 없어 보였기 때문이었다.

서의상에게서 눈을 거둔 나는 부원들을 하나하나 관찰하기 시작했다. 그러자 저 안에 섞여 있었을 때는 미처 보지 못했던 것들이 관찰자의 입장이 되자 보이기 시작했다.

저 친구는 손가락에 반지가 몇 개고, 저 선배는 오른쪽 볼에 보조개가 있고, 또 다른 선배는 일이 잘 풀리지 않으면 손가락을 맞부딪혀 소리를 낸다는 그런 세세한 것들이 눈에 띄었다. 그저 관찰을 조금 했을 뿐인데 저 사람에 대해 조금 더 알게 되었다는 느낌이 들었다.

"시환아!"

이 느낌을 더 느끼고 싶어 서둘러 다음 타자에게 눈을 돌렸다. 이번 타자는 오시환 선배였다. 그는 할 수 있다면 되도록 구석에 머물러 있는 것을 좋아하는 것 같았다. 부장 언니가 자신을 부르지 않는 이상 절대 구석에서 나오지 않았다. 그러면서도 항상 시야는 바깥

쪽으로 향하고 있었다. 보통 구석에 있는 걸 좋아하는 사람들은 벽 보는 걸 좋아하지 않나 하는 궁금증이 생기기도 잠시, 나는 곧 그 이유를 알게 되었다.

그는 열심히 작업하다가도 꼭 한 번씩은 고개를 들어 어딘가를 뚫 어져라 쳐다보곤 했다. 처음에는 숙였던 목이 아파서 그 때문에 고 개를 드는 거로 생각했지만, 그렇다기에는 어딘가 석연찮은 구석이 있었다. 의아함에 그의 시선을 따라 고개를 돌릴 때마다, 그 끝에 는 어김없이 부장 언니가 존재했다.

나는 혼란 속에 빠지고 말았다. 관심이 없으면 시선이 가지 않는 다. 이건 나의 경험담이기도 했다. 연애 경험이 한 번도 없는 내가 봐도 다 티가 날 정도로 오시환 선배의 눈빛은 정말 스윗하다 못해 꿀이 뚝뚝 떨어졌다. 심지어 부장 언니조차 그를 애정 어린 눈으로 바라보고 있었다. 불현듯이 부장 언니와의 첫 만남에서 들었던 것 이 생각났다. 분명 우리 학교 미친놈의 여자친구라고….

'그게 시환 선배였구나.'

이렇게 티가 나는 것을, 조금만 관심을 기울이고 들여다보면 보 이는 것을 왜 이제야 알게 되었을까. 남 얘기에 무심했던 과거의 내 가 한심했다. 인간관계가 협소했던 이유도 알 것 같았다.

충격에서 헤어나오지 못한 채 마지막 타자인 서의상을 향해 고개 를 돌렸다. 곧바로 눈이 마주치고 말았다. 당황했는지 속눈썹을 파 르르 떤 그가 자연스럽게 고개를 돌려 스케치를 이어나갔다. 정말 자연스러운 움직임이라 순간 우연의 일치로 일어난 눈맞춤이었다고 착각할 정도였다. 그러나 나 반은향, 착각 따위에 빠지지 않지. 내 가 잘못 본 것이 아니라면, 서의상은 한쪽 손을 사용해 턱을 괸 채 꽤나 각 잡고 나를 바라보고 있었다. 첫 번째 혼란이 채 가시기도 전에 두 번째 혼란스러움이 찾아왔다. 뭐야, 뭔데. 왜 그런 사랑스러워 죽겠다는 눈빛으로 날 보고 있었던 건데? 알쏭달쏭한 기분으로 오시환 선배에 빙의한 것처럼 그를 뚫어지게 쳐다보자. 내 시선을 눈치챈 그의 귀가 점점 붉게 달아오르는 것이 보였다.

스케치에 집중하던 그가 살며시 고개를 틀어 비스듬히 나를 바라봤다. 금방이라도 터져버릴 것 같이 붉어진 귀와는 다르게 얼굴은 평소와 다름없이 무표정했다. 이렇게 보면 또 아닌 것 같기도 하고. 유심히 서의상의 표정을 관찰하고 있자니 그가 말을 걸었다.

"…왜?"

"아. 숙제, 숙제 때문에. 다른 사람을 관찰해 오라고 연기 멘토가 내줬거든."

나답지 않게 횡설수설하며 너무 많은 부연설명을 붙였다. 그것까지는 눈치채지 못했는지, 눈동자만 도르륵 옮겨 내 손에 들려 있는 종이뭉치를 본 그가 머뭇거리며 물었다.

"연기, 안 힘들어?"

반사적으로 안 힘들다는 말을 하려다 멈칫했다. 비난 섞인 댓글들에 상처도 받았고, 해결책을 알지 못해 답답하던 나날들이 머릿속을 스쳐 갔다. 솔직히 안 힘들다고 한다면 그건 거짓말이었다. 굳이 나 자신을 속이는 말은 하고 싶지 않았다.

"안 힘들다고는 할 수 없지."

"….."

"그런데 이 일이 너무 재미있어서, 몸은 힘들어도 머리는 하나도 안 힘들더라고."

그렇게 말하며 살짝 웃는 나를 본 서의상이 마주 웃어주었다. 그 얼굴을 보고 홀린 것일까, 어느 정도 확신하던 것을 충동적으로 입

밖에 내었다.

"…너 나 좋아하지."

몇 초 후, 내가 무슨 말을 했는지 자각하자 순식간에 부끄러움이 몰려들어 시선을 피했다. 너 나 좋아해? 도 아니고 좋아하지, 라니! 지금 당장 쥐구멍에 숨고 싶은 심정이었지만 그의 표정이 궁금했기에 쪽팔림을 무릅쓰고 서의상의 얼굴을 마주했다. 그러나 뜻밖에도 그의 얼굴에 서린 감정은 어이없다거나 당황한 기색이 아닌 전혀 다른 것이었다. 미동도 없던 그가 눈매를 곱게 접으며 웃었다.

"응, 들켜버렸네."

"…."

"좋아해 은향아. 보고 싶었어."

나에게만 들릴 정도로 작은 목소리에 당황한 눈동자가 이리저리 방황했다. 그런 내 눈동자와는 달리 그의 시선을 올곧게 나만을 바라보는 중이었다. 내 표정에서 의문이 드러났는지, 그가 설명을 덧붙였다.

"다들 당황해서 아무것도 못하고 있을 때, 네가 나서서 상황을 해결했잖아."

"…."

"그때 네가 멋있어서 반했어."

그렇게 말하는 그의 입술이 부드럽게 호선을 그렸다. 그때라면, 첫 연극 무대에 올랐을 때를 말하는 건가? 귀는 터질 것처럼 달아오른 주제에, 잘도 그런 소리를 내뱉었다. 도대체 그 많고 많은 사람 중에서 왜 하필 나를 좋아한다는 거지. 지금은 해결하지 못할 여러 의문과 함께 얼굴로 피가 쏠리는 느낌이 들어 자리에서 벌떡 일어나자, 서의상은 내가 이대로 부실을 나갈 거라고 생각했는지 내 옷자락을 서둘러 잡았다.

"지금 가 버리면 나 고백한 거 차였다고 생각할 건데."

"…."

마음만 먹으면 언제든지 뿌리칠 수 있을 만큼 약한 힘이었다. 아무런 말도 못 한 채 입술만 달싹이던 나는 생각해 보겠다며 전화번호를 적어 준 다음 서둘러 부실을 빠져나왔다. 이제 가을이 끝나고 겨울이 찾아왔다고 해도 과언이 아닐 정도로 추운 날씨였지만, 내 얼굴만큼은 한여름의 뙤약볕 아래 있었던 것처럼 뜨거웠다.

#4. 다시 한번

　그로부터 2년이라는 시간이 흘렀다. 나는 어느덧 고3이 되었고, 고1 끝자락에 다니기 시작한 연기 학원을 지금도 다니는 중이었다. 짧다면 짧고 길다면 긴 그 시간 동안 나는 참으로 치열하게 살았다. 누가 10억을 준다 해도 절대 그 시절로 돌아가고 싶지 않을 정도로 토 나오게 노력했기에 후회란 없었다.

　괜찮은 대학의 연극 영화과에 들어가기 위해 생애 처음으로 열심히 공부했고, 내가 희망하던 대학교에 지원할 수 있을 만한 내신을 따내기에 성공했다. 지금은 대학교 입학을 앞둔 시점이었다. 공부는 공부대로 하면서 연기까지 챙기기란 정말 쉽지 않은 일이었다. 오직 미래의 나를 상상하며 그 힘든 시간을 버텼다.

　그리고 오늘은, 유명하다는 영화감독의 오디션 합격 발표날이었다.

　띵동-

오디션 합격의 여부를 알리는 문자 알람음이 유난히도 크게 들렸다. 터질 듯이 두근거리는 가슴을 붙잡고 핸드폰의 잠금을 해제했다. 만약 실눈으로 화면을 보는 둥 마는 둥 하는 나를 유세리가 보았다면 답답하다며 대신 봐줬을지도 모르는 일이었다. 하지만 유세리는 지금 여기에 없으니까. 기어코 실눈으로 문자에 쓰여 있는 두 글자를 읽었다.

"아….."

핸드폰이 바닥으로 툭 하고 떨어졌다. 떨어뜨린 폰을 주울 생각조차 하지 못한 채 거실에서 티비를 시청하고 있을 엄마를 향해 달려갔다. 문짝이 부서져라 문을 연 탓에 벽에 금이 가지는 않을까 걱정될 정도로 큰 소음이 났지만 전혀 개의치 않았다. 환한 얼굴로 엄마에게 슬라이딩한 내가 소리쳤다.

"엄마! 나 붙었어!"

몇 번의 탈락 끝에 얻은, 이토록 반가울 수가 없는 두 글자. 나는 드디어 그 유명하다는 감독의 오디션에 합격했다.

—

"유세리! 여기야, 여기."

"한참 헤맸네! 진짜로 더워 죽는 줄 알았어. 역시 시내는 나랑 안 맞아."

"역시 길치 어디 안 간다니까. 빨리 가자, 영화 시간 늦겠어."

"오늘 네가 다 쏘는 거 맞지? 신난다!"

그녀는 팔짝팔짝 뛰며 어느 방향인지도 모르면서 앞장을 섰다. 우리는 상기된 얼굴을 하고서 영화관을 향해 뛰다시피 걸었다. 내 첫 영화가 개봉하는 날이었기에, 둘 다 기쁜 표정을 감추지 못했다. 유명 감독의 영화라 그런지 사람들이 많이 붐볐다. 유세리의 취향에 맞춰 팝콘과 음료수를 사고 미리 예매해 놓은 좌석으로 가 앉으니 시간이 딱 맞았다.

"어떡해, 내 새끼 첫 스크린 데뷔야! 이건 역사에 길이 남겨두어야 해."

그녀의 반짝반짝 빛나는 눈이 스크린에서 떨어지질 못했다. 호들갑 떨며 사진을 찍어대는 그녀의 모습에 절로 웃음이 나왔다. 유세리가 사진을 sns에 업로드하는 것까지 끝냈을 무렵, 영화관의 불이 일제히 꺼지고 영화가 시작되었다.

이번 영화는 작은 호텔에서 투숙객들에게 일어나는 소름 끼치고 미스터리한 사건들을 다룬 호러물이었는데, 나는 여기서 7번째로 사망하는 조연, 나 린을 맡았다. 무서운 귀신 분장과는 다르게 촬영 현장의 분위기는 그렇게 따뜻할 수가 없었다. 덕분에 마지막까지 하하 호호 웃으며 잘 마무리할 수 있었다,

이야기가 진행되며 촬영장에서의 기억들이 하나둘 떠올랐다. 저 장면에서 내가 너무 구슬프게 우는 바람에 상대 배우는 물론 촬영팀까지 놀랐었지. 신인인데 연기력이 대단하다며 놀라던 선배들의 얼굴이 아직도 생생했다. 연기 학원에서 배운 것들과 더불어 예안 언니에게서 배운 스킬들이 있기 때문이었을까, 캐릭터에 감정을 이입하는 것이 이제는 어렵지 않았다. 어떨 때는 내가 캐릭터 그 자체라는 느낌이 든 적도 있었으니 말 다 했다. 갈고닦은 실력으로 인해 별다른 NG 없이 무사히 촬영을 마칠 수 있었고, 그 결과물은 나를 뿌듯하게 만들어주었다.

짧게만 느껴진 1시간 40분가량의 영화가 끝이 났다. 나는 깊은

여운에 젖어 한동안 자리에서 일어날 수 없었다.

—

결론부터 말하자면 영화는 엄청나게 흥행했다. 최고의 출연진들로 구성되었으니 작품이 흥행하는 것은 당연한 수순이었다. 그리고 그 덕분에, 나는 현재 연말 시상식의 자리 하나를 차지한 채 영광을 누리는 중이었다.

"제 57회 백상예술대상, 영화 여자 신인연기상 부문."

긴장감을 조성하는 음악이 홀을 가득 채웠다. 시상자의 말이 떨어지기 무섭게 후보들의 얼굴이 전광판에 커다랗게 실렸고, 믿기지 않게도 전광판 한구석에 내 얼굴이 자리하고 있었다! 영화가 엄청나게 흥행해서, 꽤 비중이 있는 조연이었던 나까지 대중들의 관심을 받을 수 있던 덕분이었다.

두구두구두구. 긴장감이 최고조에 달했을 무렵이었다. 연신 뜸을 들이던 지난해 수상자가 봉투 속 이름을 확인하고서 크게 외쳤다.

"'In the other'의 반은향 님, 축하드립니다!"

그 말과 동시에 전광판의 구석에 있던 내 얼굴이 그 큰 화면을 오롯이 채웠다. 커다란 박수 소리와 함께 주변에서 축하한다는 말이 터져 나왔다. 얼떨떨한 기분으로 감사합니다, 를 연발하며 무대 위로 올라갔다. 오랜만에 올라온 무대가 반갑다는 생각을 하기 무섭게 내 품으로 꽃다발과 트로피가 들어왔다. 환하게 웃으며 수상 소감을 위해 마이크 앞에 서자 시끌벅적했던 장내가 순식간에 조용해졌다. 마치 3년 전, 첫 연극 무대에 올랐을 때가 떠올라 웃음이 나왔다.

"안녕하세요, 반은향이라고 합니다."

수상 소감이랄 게 뭐 있나. 남들 하는 다하는 것처럼 부모님, 친구들, 예안 선배님, 영화 스태프분들, 그 밖에도 나에게 도움을 준 사람들을 한 번씩 호명한 다음 인사하고 내려왔다. 그러는 동안에도 솔직히 잘 실감 나지 않았다.

시상식이 끝난 후, 꺼 놓았던 핸드폰의 전원을 켜자 수상을 축하한다는 연락이 물밀 듯이 쏟아졌다. 정말 친한 사람들의 메시지에만 답장한 다음, 나머지 사람들의 연락은 내일 확인할 생각으로 메신저 앱을 종료하려고 할 때였다.

띵동-

또 축하한다는 메시지겠거니 생각했지만, 전혀 아니었다. 나는 메시지의 내용을 확인하자마자 황급히 드레스룸으로 뛰어가 거추장스러운 드레스를 벗어 던졌다. 서둘러 사복으로 갈아입고 개인 사정으로 인해 뒤풀이에 참석하지 못할 것 같다는 연락을 남긴 후 대기실을 나오자, 문 바로 앞에서 노크하기 일보 직전이던 예안 언니와 마주쳤다. 시상식이 시작하기 전 잠깐 눈인사만 나눴던 터라 직접 대기실까지 찾아온 그녀가 반가웠다.

"예안 언니! 오늘 상 받으신 거 축하드려요."

"고마워. 너도 상 받은 거 축하해."

살풋 웃으며 말한 그녀가 미처 다듬지 못한 내 옷매무새를 보고서 물었다.

"무슨 급한 일 있어?"

"네, 만나야 할 사람이 있어서 지금 가 봐야 해요."

"누군데?"

"중요한 사람이요."

씩 웃으며 한껏 흐트러진 블라우스 카라를 정리했다. 그런 내 모습을 본 예안 언니의 표정이 조금이지만 부루퉁하게 변했다.

"나보다 중요한 사람이야?"

"둘 다 비교할 수 없을 만큼 중요하죠. 그런데 지금은 이 사람한테 지금 당장 급하게 해야 할 말이 있어서요. 정말 죄송해요, 언니."

자신도 중요하다는 말에 예안 언니의 입꼬리가 슬쩍 올라갔다. 옛날부터 표정에는 커다란 변화가 없었지만, 나름 오래된 사이로서 그녀의 미미한 표정 변화를 다 알아챌 수 있게 되었다.

"중요한 사람 잘 만나고 와."

"네, 조심히 들어가세요! 조만간 날 잡아서 밥 먹어요! 약속!"

엘리베이터를 향해 뛰어가며 속사포처럼 외치는 나에게 예안 언니가 웃으며 고개를 끄덕여 주었다. 엘리베이터의 속도는 평소와 같았지만, 상황이 달라서인지 거북이보다도 느리게 느껴졌다. 안 타던 택시를 잡아 집에 도착하고 책상 위에 고이 올려져 있던 작은 벨벳 상자를 집어 들고선 버스를 탔다. 곧 문이 닫히고, 버스는 학생들이 다 빠져나가 텅 비어 있을 그곳을 향해 달리기 시작했다. 휙 휙 지나가는 익숙한 풍경에 3년 전 일이 새록새록 떠올랐다.

서의상이 나를 좋아한다는 것을 알게 된 그 날, 나는 그의 고백을 차마 받아 줄 수 없어 내 꿈을 핑계로 거절하고 말았다. 싫지는 않았지만 그렇다고 해서 좋은 것 또한 아니었기에 내린 결정이었다. 그는 내 거절의 말을 듣고 씁쓸히 웃더니 그래도 어색한 사이는 되지 말자는 소리를 했다. 나는 그 부탁을 흔쾌히 들어주었고. 그렇게 마무리되는 줄 알았던 고백 사건은 나의 변덕으로 인해 다시금 일어나게 되었다.

생애 처음으로 좋아한다는 고백을 들었기 때문인지, 날이 갈수록 그에게 신경이 쓰인 것이 그 시작이었다. 내가 처음 맡았던 역할인 연지애가 했던 말이 사실이 될 줄은 몰랐다. 신경이 쓰이니 시선이 갔고, 시선이 가니 세세한 것들을 알게 되었으며, 그런 것들을 알게 되면서 조금씩 그를 챙겨주는 지경에 이르렀다. 정신을 차렸을 때는 이미 그가 내 일상에 스며든 후였다.

서의상을 좋아한다는 감정을 자각하고 얼마 후, 겨울임에도 불구하고 유난히 볕이 좋았던 날이었다. 서의상과 함께 부장 언니의 심부름을 하는 도중에, 나는 하늘을 보며 웃는 그의 옆모습을 멍하니 바라보다 나도 모르게 마음의 소리를 내어버렸다.

나 너 좋아하나 봐.

그 말에 하늘을 보고 있던 서의상이 살짝 커다래진 눈동자로 나를 바라봤을 때에서야 내가 방금 무슨 말을 했는지 깨닫고서 수습하기 위해 애를 썼더랬다.

'아니, 그러니까. 내 말은….'

'고백이야?'

'……그런 것 같아.'

결국엔 이렇다 할 변명을 찾지 못한 채 수긍해 버리고 말았다. 눈을 피하며 웅얼거린 말을 기어코 들은 서의상이 환하게 웃었다.

'기쁘다.'

'….'

처음 보는 환한 미소에 설마 오늘부터 1일인가, 하고 김칫국을 들이마시던 나는 다음으로 이어진 말에 얼굴이 달아오를 수밖에 없었다.

'나도 좋아해. 그렇지만 사귀는 건 내 꿈을 이루고 나서 하고 싶은데.'

'…'

'너도 그렇지?'

아니라고 말할 수가 없었다. 왜냐하면, 그가 내뱉은 말이 내가 그의 고백을 거절하며 했던 말과 거의 똑같았기 때문이었다. 그때의 수모를 갚아주려 이런 말을 하나 보다 싶어 아무 말도 할 수 없었다. 그렇게 적막한 분위기 속에서 연극부 창고 안으로 들어가 물품들을 찾고 있을 때였다.

'그럼 우리는 지금 무슨 사이지?'

서의상이 뜬금없이 중얼거린 말에 나도 같이 진지해졌다. 연기학원 아이들에게서 배운 단어를 요긴하게 써먹을 수 있을 것 같았다.

'썸타는 사이?'

'그렇구나.'

그러고선 묵묵히 제 할 일을 하길래 그대로 대화가 일단락된 줄로만 알았다.

'…나랑 약속할래?'

갑작스러운 그의 제안에 내가 되물었다. 무슨 약속?

'우리 둘 다 서로 좋아하니까, 각자의 꿈을 이룬 다음에 사귀기로. 어때?'

그렇게 말하는 그의 귀가 매서운 겨울바람에 꽁꽁 언 것처럼 붉게 변했다. 참고로 연극부 창고는 실내였고, 사방이 막혀 있어 바람한 점 불지 않았다. 제 손을 가만히 두지 못한 채 만지작거리는 것에서 어쩔 줄 몰라 하는 그의 감정이 고스란히 전해졌다.

'…그러는 동안 좋아하는 마음이 사라질 수도 있잖아.'

'적어도 내가 그렇게 될 일은 없어.'

그렇게 말한 서의상이 눈꼬리를 휘며 웃었다. 사람 일은 어떻게 될지 모른다고 생각해 왔지만, 그날만큼은 미래를 자신 있게 말하는 그가 나쁘지 않았다. 결국 그 요망한 눈웃음에 정신이 팔려 그의 제안을 수락하고 말았다.

―

밤이 내린 학교는 무척 어두웠다. 늦은 시간이어서인지 교문이 굳게 닫혀 있었다. 헹, 하고 웃어준 나는 교문을 돌아 어딘가에 있을 개구멍을 찾아다녔다. 곧 나와 유세리가 점심시간에 학교를 탈출하는 목적으로 사용하던 개구멍이 눈에 띄었다. 약 1년 만에 다시 보게 된 개구멍으로 몸을 욱여넣으며 학교에 들어가는 데 성공했다.

들어서자마자 보이는 텅 빈 학교에 나와 유세리, 그리고 부장 언니의 첫 만남이 새록새록 떠올랐다. 이제 와 생각해 보면, 내 주변에는 참 고마운 사람들이 많았다. 생각난 김에 자리를 만들어 대접해야겠다고 생각한 뒤 건물을 통해 운동장으로 걸어갔다.

저 멀리서 기다란 그림자가 보였다. 조용한 학교에 울리는 조급하면서도 일정한 하이힐 소리에 그 자취가 몸을 돌려 내 쪽을 바라보았을 때는 그 높은 하이힐을 신은 채로 뛰기까지 했다. 사랑의 힘은 그만큼 위대한 법이었다.

"서의상!"

"조심해. 넘어질라."

그리고 진짜 넘어질 뻔했다. 가까스로 균형을 잡은 나는 놀라 달려온 서의상을 끌어안았고, 그도 익숙하게 나를 마주 안아주었다. 고개를 들어 그의 얼굴을 보자, 그는 조금 놀란 것 같은 표정을 지으며 혼잣말처럼 중얼거렸다.

"…진짜로 왔네."

"그럼 가짜로 와? 네 꿈 이뤘다는데, 당연히 축하해 줘야지."

"바빠서 안 올 줄 알았어."

"그럴 리가."

내 3년간의 썸이 종지부를 찍을 수 있는 날인데 당연히 달려와야지. 씩 웃으며 덧붙이자 그의 표정이 부드럽게 풀렸다. 마주 웃어 준 나는 마치 우리가 친분이 두텁지 않은 사이인 것처럼 축하 인사를 건넸다.

"승급하신 거 축하해요, 서의상 디자이너님."

"저야말로 대배우님이 기다려주셔서 감사하죠. 오늘 상 받으신 거 축하드려요."

그도 내 상황극에 기꺼이 합을 맞춰 주었다. 대배우라는 호칭에 어이없다는 웃음을 흘린 나는 껴안고 있던 손을 풀어 겉옷 주머니를 뒤적거렸다. 그런 나를 의아한 시선으로 바라보던 서의상의 눈매가 동그랗게 뜨였다.

"짠!"

벨벳 상자에 들어 있던 두 쌍의 반지 중 크기가 큰 것을 꺼내 그의 중간 손가락에 끼워 넣었다. 그의 것이라는 것을 주장하듯 사이즈가 딱 맞았다. 고개를 들자 안 그래도 큰 그의 눈이 더욱 커진 것이 보였다. 오늘따라 그의 놀란 표정을 자주 보는 것 같았다.

"이제 저랑 썸 그만 타시고 연애하는 게 어때요?"

눈을 맞추고 능글맞게 웃는 나를 보며 서의상이 못 말린다는 듯이 웃었다. 그가 나머지 반지를 내 손가락에 끼워주며 말했다.

"말만 썸이고, 거의 연애나 다름없지 않았나요?"

그랬다. 정확하게 정의한 관계가 썸이었지, 대학생이 된 우리는 근 1년간 그냥 사귀는 연인처럼 서로를 대하며 지내왔다. 공부하기 바빴던 고3의 우리가 아니었으니 거리낄 것이 없었다. 그러나 고1의 끝자락에서 했던 약속 때문에 사귀는 건 꿈을 이루고 난 다음에 하기로 했고, 결국 우리는 계속 썸타는 관계에서 머무를 수밖에 없었다.

마침내 오늘부로 우리 둘의 꿈이 모두 이루어졌고, 열일곱이던 나와 그가 했던 약속을 지킬 수 있게 되었다. 썸 타는 사이에서 연인이 되는 것은 어감이 달랐기 때문에 나는 고개를 저었다.

"뭘 모르시네요. 약속을 지킨 거잖아요. 엄연히 달라요."

진지한 내 표정에 웃음을 터뜨린 그가 바지 주머니를 뒤져 무언가를 내게 내밀었고, 이제는 내가 놀랄 차례였다.

"…뭐야?"

"설마 너도 준비했을 줄은 몰랐어."

우리 진짜 운명인가 봐. 그렇게 말하며 요망한 웃음을 흘리는 그의 얼굴을 멍하니 쳐다보느라 중지 손가락에 반지가 두 개나 끼워진 것을 미처 알아차리지 못했다. 곧 자신의 손가락에도 반지를 끼운 그가 보란 듯이 손을 펼쳐 들었다. 신기하게도 디자인이 비슷한 두 반지가 이질감 없이 어울렸다. 내 손 또한 같았다.

"웃길 줄 알았는데, 꽤 괜찮네."

"그러게."

"예쁘다. 그지."

그렇게 말하며 똑같이 손가락을 펼치고서 배시시 웃으니, 그도 마주 웃으며 펼쳐진 내 손을 자연스럽게 잡더니 깍지를 꼈다. 빈틈 없이 맞물려진 손가락에서 온기가 전해졌다. 무언가 할 말이 있다는 듯 잠시 머뭇거리던 그가 허리를 숙여 눈높이를 맞추더니 내게 조심스러운 목소리로 물었다.

"…키스해도 돼?"

무언가 진지한 말을 할 것 같은 표정으로 고작 키스 허락을 구하는 모습이라니. 터져 나오려는 웃음을 간신히 참은 채 고개를 살짝 기울이며 말했다.

"그런 거 일일이 허락받지 말랬잖아."

그 말을 끝으로 두 사람의 입술이 포개어졌다. 연인으로서의 첫 키스였다.

–

"언니! 너무 예뻐요! 반할 것 같아요!"

"여기 한 번만 봐주세요! 꺅!"

"다음 작품은 무조건 로맨스 찍어주세요!"

사인회 현장을 둘러싼 팬들에게 미소 지으며 손을 흔들었다. 로맨스 찍으면 남친이 질투해서 안 돼요, 하는 말이 목구멍까지 올라왔지만, 가까스로 참아낸 채 자리에 앉았다.

어느덧 연기 활동을 시작하고서 5년이란 시간이 훌쩍 가 버렸다. 그동안 매년 공백기 없이 꼭 한 작품 이상 촬영했고, 점차 대중들에게 배우 반은향으로서 알려지게 되었다. 그렇게 점점 인지도를 쌓

다가, 이번에 주인공으로 캐스팅된 작품이 대박을 터트리면서 내 인기도 더불어 정점에 달하게 되었다. 덕분에 국민 여배우란 별명까지 얻었으니 기쁜 일이 아닐 수 없었다.

"언니, 진짜 많이 응원해요! 적게 일하고 많이 버세요!"

"감사합니다."

폴짝폴짝 발랄한 것이, 꼭 고등학교에 다닐 적 유세리를 닮았다. 그녀의 근황을 풀어보자면, 덕업일치라는 아주 희귀한 케이스에 속해 행복하게 잘 먹고 잘 사는 중이었다. 대학교를 졸업한 그녀는 자신의 이름으로 엔터테인먼트를 하나 차렸다. 피나도록 노력해 아이돌 그룹을 구성하고 우여곡절 끝에 데뷔시켰던 게 벌써 3년 전이었던가. 내 새끼들 장하다며 울던 때가 엊그제 같았는데, 유세리가 처음 만들었던 그룹은 이제 아이돌 판에서 꽤 이름을 떨치고 있었다.

내 친구지만 장하다니까. 오랜만에 추억에 젖을 뻔했지만 쏟아지듯 들어오는 팬들 덕분에 다른 생각을 할 여념이 없었다. 그렇게 정신없이 싸인을 해주고 있을 때였다.

"안녕하세요!"

"안녕하세요. 이름이 어떻게 되세요?"

"장하연…이요!"

장하연. 사인한 종이 아래에 이름을 적은 내가 고개를 들었다. 눈이 마주치자 그녀가 머뭇거리며 물었다.

"그, 혹시 저 기억하세요?"

나는 그 물음에 미안하다는 미소를 지으며 다음부터는 기억하겠다고 답하려 했다. 한 번 본 팬분을 기억할 정도로 머리가 좋은 편은 아니었기 때문이었다. 그러나 다음으로 이어진 말에 나는 드물게도 놀란 표정을 짓고 말았다.

"선배님 고등학생일 적에 연극 공연하셨잖아요. 그때 무대 위로 난입하고 그랬던 앤데…."

머쓱한 듯이 볼을 붉적이는 그녀의 얼굴을 다시 한번 찬찬히 뜯어 보았다. 20대 초반으로 보이는 앳된 얼굴에서 13년 전에 보았던 여자아이의 얼굴이 희미하게나마 남아 있었다. 그걸 어떻게 잊을 수 있을까. 내가 놀란 기색을 감추지 못하며 기억한다고 말하자 그녀의 표정이 단번에 환해졌다. 활짝 웃은 그녀가 사인 된 종이를 받아 들고선 선물을 담은 것으로 추정되는 종이가방과 작은 종이 하나를 건네며 말했다.

"저, 약속대로 배우 돼서 왔어요! 아직 단역이지만, 선배님처럼 유명해져서 꼭 다시 찾아올게요."

이건 제 명함이에요. 그녀는 그 말을 끝으로 경호원의 따가운 눈총을 이기지 못한 채 서둘러 나가 버렸다. 그녀가 나가자마자 다른 사람이 그 자리를 채웠기에, 나는 명함을 주머니에 넣고 다시 사인하는 것에 집중했다.

폭풍같이 휘몰아치던 사인회가 끝나고 대기실로 돌아온 나는 주머니에 넣어두었던 명함을 조심스레 빼어 들었다. KSM 엔터테이먼트 소속 배우 장하연이라는 소개 글과 함께 그녀에 관한 간략한 정보가 적혀 있었다.

"왜 선배님이라 부르나 했더니, 나랑 같은 소속사여서 그랬구나…."

작게 중얼거린 나는 형용하기 어려운 감정을 느끼며 대기실 소파에 몸을 기댔다. 머릿속에서 보람차다, 뿌듯하다, 기쁘다, 등등 여러 감정의 이름이 한데 뒤섞였다. 내가 누군가의 우상이 되었을 줄은 꿈에도 몰랐기에, 그 감정이 더 크게 다가왔던 것도 같다.

문득 과거의 내가 했던 노력이 하나둘씩 떠올랐다. 되짚어보면 여기까지 오는 길이 절대 평탄하지만은 않았다. 여러 번 구르고 깨지며 셀 수 없이 아팠지만, 그 경험 덕에 지금의 반은향이 만들어질 수 있었고 또 다른 고난이 오더라도 전보다 수월하게 헤쳐나갈 수 있었다. 과거에도, 지금에도 내가 한 선택들이 절대 후회되지는 않으니, 나는 여전히 운이 좋은 편이었다.

입가에 은은한 미소를 띤 나는 연락처에 그녀의 번호를 저장하고 난 후, 쭉 기지개를 켰다. 오랜만에 느껴보는 들뜬 기분에 나도 모르게 마음의 소리가 입 밖으로 나왔다.

"…배우 하길 잘했네."

너도 장하다, 반은향.

해가 뉘엿뉘엿 저물며 만들어낸 아찔한 노을이 그동안의 내 노력을 수고했다고 말해 주는 것만 같았다.

Chapter:2

#1. 네? 저요?

"네? 저요? 제가요…?"

갑자기 다가온 2학년 선배들은, 하나에게 밴드부 보컬 역할을 맡을 생각이 없냐고 물었다. 하지만 동아리 공식 모집 기간은 훨씬 지났고, 이렇게 직접 와서 영입하는 경우는 잘 없었다. 당황스러워진 하나는 자신의 손을 만지작거리며 땀을 뻘뻘 흘렸다.

"우리도 모집 기간 지난 거 알아, 아는데… 한 번만!"

인상이 좋아 보이는 여자 선배는 하나의 작은 손을 꽉 잡으며 울먹거리는 눈으로 빤히 쳐다보았다. 교복을 아주 단정하게 입어 모범생 같았고, 눈매마저 굉장히 아래로 길게 내려가 있던 터라 순진하지 않을 수 없는 얼굴이라 생각했다. 이렇게 쳐다보면 뭐, 어떻게 반응해야 하지…? 비 맞은 아기 강아지 같아서 어떻게 손을 뿌리치지도 못하겠고, 안 하겠다는 말의 안도 못 꺼낼 것 같았다.

"아, 그냥 니가 베이스 하면서 노래 불러~!"

방금 하나의 손을 잡던 선배와는 반대로 아주 매서워 보이는 남자 선배는… 왜인지 안 봐도 일렉기타를 맡았을 것 같다고 생각된다.

사복을 입은 데다가 유명 스포츠 브랜드에, 투명이었지만 귀에 피어싱도 수두룩해서, 하나는 겁을 먹었다.

"아니, 야, 다희가….

둘은 하나에게 안 들리게 소근거렸고, 그 선배는 납득한 뒤 화난 표정은 원래대로 돌아왔다. 좀 다혈질 기질이 있는 듯했다.

'근데, 저번에 지나가면서 본 밴드 영상에서는 기타 연주하는 사람이 노래도 하던데… 그건 뭐지?'

하나가 잠시 손을 턱에 받치고 멍때리며 고민했더니, 인상이 아까 선배와 비슷하면서도 다른, 표현하자면 순하기보단 차분한 남자 선배가 혹시 문제가 있냐며 물어보았다. 왜인지 이미지로 봐서는 흠… 키보드? 신디사이저? 어릴 때부터 피아노를 친 이미지였다. 외동아들의 느낌이 폴폴 풍겨져 나왔다.

"문제는 없고요…. 보통 밴드는 기타치시는 분들께서 노래하시던데, 왜 저를 보컬로 데리고 가시려는 거예요?"

하나를 찾아온 세 명은 아… 하며 각자 다른 방법으로 탄식하더니 아까 그 순해 보이는 남자 선배가 다시 말했다.

"사실 우린… 노래를 잘 못해. 그나마 한다고 하면 악기 연주나 노래 둘 중에 하나에 집중을 못하고. 이렇게 직접적으로 말하니까 조금 쑥스럽긴 하네."

그 선배는 매우 세게 눈을 회피하며 말했다. 하나는 만화에 나오는 것처럼 머리를 쟁반으로 맞은 기분이었다. 아니면 쟁반 노래방? 가위바위보 뿅망치 게임 하다가 양은 냄비로 맞은 기분? 되게… 놀랍다고 해야 하나. 노래는 잘 못하는데 악기를 잘하는 거라니. 이런 사람들 처음 본다. 물론 잘못된 건 아니지만 그냥 좀… 당황스러웠다! 요리를 잘하는 사람이 라면을 잘 끓이는 것, 국어를 잘하면 다른 과목도 이해하기 쉬운 편이라거나… 그런 경우를 본 적은 많은데 반대의 경우는 본 적이 없었다.

"그래서, 들어올 거야, 말 거야?"

아까 그 매서운, 아니 앙칼진? 선배가 물어보았다. 마침 자율 동아리는 들지도 않아서 학교에 오면 공부만 주구장창 하고 하교하기의 반복이었기 때문에, 노래 부르기에 자신 있었던 하나는 한 번 도전해 보기로 했다.

"흠… 할게요!"

"한다고?"

셋은 화들짝 놀라며 얼굴을 들이밀었다. 그렇게 대답할 줄 몰랐다는 표정이었다. 마치 쿼카를 닮은 두더지 세 마리였다. 모두들 똑같이 눈을 동그랗게 한 거나 목소리, 억양이 각각 다르게 귀에 들어와서 하나는 굉장히 놀랐다.

아니, 아깐 하라며! 진짜 웃긴 사람들이네. 목구멍 밖으로 웃음이 터져 나왔다. 흔쾌히 대답한 내게 당황한 건지, 아니면 다른 이유인 건지…그냥 웃겼다. 선배들은 애 귀엽다~ 라며 하나와 같이 웃었고 쉬는 시간이 다 갈 때까지 같이 웃었다. 물론 그 매서운 선배만 빼고.

집에 와서 다시 생각해 보니 괜히 든 것 같기도 하고…. 그나저나 밴드는 보통 5명 정도 아닌가? 분명 온 선배님들은 3명이었는데. 신디사이저, 드럼, 베이스, 일렉… 손가락을 하나하나 접어가며 센 악기를 합하면 모두 4가지였다. 그럼 일렉기타 담당이 없는 건가? 흠… 한번 보고 싶었는데. 아니야, 그 매서운 선배가 일렉기타 같았는데. 그럼 드럼이 없는 건가? 밴드에 드럼이 없다고? 밤잠을 설칠 정도로 고민이 되어 결국 밤을 새 버렸다. 이게 뭐라고 밤까지

샌 거지. 아침에 일어나서 밥을 먹으며 든 생각이 있었다. 한 명이 더 있을 수도 있는 것 아닌가? 라는 생각이 뜬금포로 들자마자 이마를 두드리고 싶었다. 왜 이 생각을 못했지. 와, 진짜 어이없어 백하나.

하나는 밥이 입으로 넘어가는 건지 코로 넘어가는 건지 모르게 위장에 아침 식사를 쑤셔넣고 학교로 향했다. 아침 일찍 밴드부 연습하는 음악실로 오라고 했으니, 평소보다 일찍 준비했지만…. 그닥 빠르게 도착한 건 아니었다.

"오, 신입 왔다!"

"뭐? 신입?"

"야 1학년, 빨리빨리 안 다녀?"

"아 맞아, 너 어제 같이 안 갔잖아! 너 쟤 모르지?"

진짜로 새로운 얼굴이 한 명 있었다. 여자 선배였는데, 머리카락이 완전 새카맣고 길었다. 비단이었다면 천 냥을 주고도 못 샀을, 국보급의 비주얼이었다. 그리고 완전 찰랑거렸다. 하나의 머리카락은 저렇게 만들려고 하면 일단 트리트먼트를 하루에 반 통은 기본적으로 쓰고, 거기에 에센스, 스프레이… 상상만 해도 대단했다. 어쨌든, 새로운 선배님이 한 분 더 계셔서 하나의 입은 동그랗게 쩍 벌어졌다.

'그럼… 밴드부 1학년은 나뿐인 건가? 나 혼자… 잘 헤쳐나갈 수 있을까. 어우… 무서워.'

사실 하나는 낯을 가린다. 심심풀이로 한 심리테스트에서 좀 생각이 많은 타입이라는 설명을 본 적 있었다. 생각이 많은 건 나쁜 게 아니지만… 좀 소심하고 낯을 가려서, 치킨 주문할 때 양념 치킨을 달라는 말을 차마 못하고 애꿎은 치킨 무를 달라고 한 적이 있다. 물론 자기 자신이 하고 싶은 일에는 최선을 다한다고 생각하지만.

처음 밴드부 권유를 받았을 때는 놀랐지만, 선배님들 사이가 화목한 걸 보고 재밌어 보이고 해보고 싶다고 생각했다. 단순하게 그냥, 생활기록부에 뭔가라도 쓰기 위해서… 가 아니고, 평소에도 노래 부르는 걸 다른 것보다 좋아했기에 밴드부 활동도 해보고 싶어서 승낙했다. 절대, 절대로 '그냥' 받은 건 아니었다.

아, 또 생각에 빠져버렸네. 물론 생각은 빨라서 선배님들끼리 서로 얘기하고 계셨다. 아마 좀 더 꼬리에 꼬리를 물고 더 생각했다면 난 멍 때리는 아이가 되었겠지?

하나가 주절주절 생각하는 동안 나머지 네 명은 서로 의논 아닌 의논을 하더니 하나에게 말을 걸어왔다.

"아! 생각해 보니까, 자기소개부터 해야겠다. 아, 자기소개가 아니고 왜 스카우트 했는지, 그것부터 알려 줘야지!"

어제의 그 순한 여자 선배가 이야기를 먼저 꺼내셨다. 하나는 그래요, 저도 그게 궁금했어요. 왜 동아리 모집 기간이 끝나고 절 영입하신 건가요? 를 속으로 백 번, 천 번 외치고 있었다.

"음… 그러니까, 네가 설명해."

말하는 기회는 까칠 선배한테로 넘어갔다. 인상을 찌푸리며 왜 내가 하냐며 성질을 내긴 했지만… 저도 그쪽한테 별로 설명받고 싶지는 않거든요.

"간단하게 설명할게, 원래 같이하던 애가 한 명 있었는데 대타 구하지도 않고 나갔어. 걔한테 연락하면 모르는 척, 차단하고… 걔 친구들한테 부탁해서도 얘기 건네면 발뺌한다더라. 학교에 밴드부인지도도 없어서 SNS에 올려도 아무도 안 들어오더라고. 너 혹시

2학년 중에 김지혁이라는 애 보면 당장 끌고 와. 성 김에, 지혜 지, 빛날 혁…. 걔 이름 한자도 외운 수준이야.”

'도대체 이름 한자는 왜 외우신 거지? 어쨌든 한 명이 나간 거였구나….'

하나는 진짜 몰랐다. 사실 하나도 동아리 모집 때는 필수 동아리는 친구에게 이끌려 들어갔고, 자율 동아리에는 관심도 없었기 때문이다. 근데 자율 동아리 정했던 애들도 밴드부의 존재는 몰랐던 것 같다… 학교에는 연극부라든지… 유도부처럼 아예 유명하거나 학교에서 밀어주는 동아리에 들어가려 하는 애들이 많았기 때문에.

뭐 어때, 내가 들어왔는데!

“이제 대충 이해됐지? 자기소개부터 하자! 우리 다 2학년인 건 알고 있겠고… 난 하다영! 악기는 대충 알겠지만 베이스 기타고… 밴드부 부장인가?”

…왜 확신이 없는 걸까. 저렇게 말하는 걸 봐서 부장 격은 맞는 듯했다. 믿음직스러운 느낌이 은근하게 풍겨왔다.

“난, 일렉기타 맡고 있는 하다겸이야. 하다영이랑 쌍둥이!”

네? 쌍둥이요? 일렉기타? 엄청 순해 보여서 신디사이저를 맡은 줄 알았던 그 선배… 가 일렉기타였다. 그나저나 둘 다 동글동글 귀엽게 생긴 게 쌍둥이여서 그랬던 거였나 보다.

“신디. 류시온.”

네? 그 매서워 보이는 이미지와는 다르게 신디였구나. 생각해 보니 하나는 너무 얼굴만 믿고 판단한 것 같다. 물론… 헷갈릴 정도로 악기 하면 생각나는 이미지처럼들 생기셔서요….

하나는 악기랑 얼굴은 전혀 상관없는데. 다음부턴 그러면 안 되겠다… 라며 반성했다. 진짜 왜 그랬어, 고의가 아니지만 하나는 오버하며 자신을 타박했다. 마음속으로 정수리를 다섯 번은 때렸다.

그나저나, 남은 한 명은 드럼인가, 생각하고 있는 와중 굵지만 높은 매력적인 목소리가 하나의 귀에 들려왔다. 목소리가 매끈하게 굴러가는 옥구슬 같기도 하고 반대로 하늘에 날리는 다 진 낙엽같은 이미지이기도 했다.

"드럼이고, 내 이름은 지현이야, 손지현!"

'우와, 그나저나 드럼 하시면 머리카락 엄청… 날리실 텐데. 엉키지 않나? 저 머릿결이 너무 부럽다….'

하나는 이런저런 생각을 머릿속으로 하며 또 혼자만의 세계에 빠져 있었다. 한 번 저 머릿결을 만져보고 싶다는 생각이 거의 대부분이긴 했지만.

"흠, 흠…."

다영 선배가 얘기를 하려는지 목을 가다듬었다.

"솔직히 말하자면, 우리는 지금 2학년이고… 내년에 음악 관련 입시를 한다고 해도 밴드부 활동은 하기가 어려워. 그래서 올해라도 재밌게 즐겨보고 수능 준비를 하고 싶어."

아, 맞네. 내년엔 대학 입시로 바쁘실 테니까… 그나저나 신입은 받으려나? 내년엔 나 혼자? 아니면 그 전에 신입부원 모집? 들어오는 애가 있어야 모집을 하지, 없는데 모집을 어떻게 해! 큰일 났다, 큰일 났어!

하나는 정말 생각이 많다.

"물론, 내년에 너만 남겨지지 않게 해야지."

'진짜 알쏭달쏭하게 말하네, 후배들 인수인계 해주고 간다는 뜻인가? 아니면 동아리를 없애거나…? 아니면 1년 꿇는다는, 그, 그

러니까… 유급한다는 뜻인가!'

"악! 유급은 하지 마세요!"

"얘가 갑자기 뭔 소리야?"

쌍둥이들은 배꼽이 빠지고 눈물샘이 열릴 정도로 웃었고, 지현은 자신의 건강한 치아를 자랑하는 듯이 웃으며 하나의 머리카락을 쓰다듬었다. 남은 한 명은… 평소와 같은 굳은 표정이었지만 이내 살짝 입꼬리를 올리고 피식 웃었다.

"아니, 교내에서 유명해져서 신입들 받을 거라는 뜻이었어. 너 진짜 귀엽다."

언제 웃었냐는 듯 쭈그렁 재수 없는 표정을 지은 시온만 빼고 하나를 다 어린 염소 보듯이 초롱초롱 쳐다보며 머리를 쓰다듬고 볼을 꼬집었다. 당겨진 뺨 부분이 빨갛게 물들고 저릿저릿하긴 했지만 하나는 어린 취급 받아서 기분이 좋았다. 자신이 여기서 제일 어리다는 걸 새삼스럽게 깨달았다.

외동이었지만 어딜 가도 믿음직스럽다는 이유로 맏이 취급을 받았다. 심지어 동갑내기나 언니, 오빠 사이에서도. 그런데 여기서는 그런 압박감이 들지 않아 편안하고 좋았다. 그렇기에 또 다른 생각을 했다.

'그나저나 유명해지려면 내가 한몫해야 하는 거 아닌가…? 너무 자신만만하게 들어온 건 아닐까!'

겉으론 하하 웃으면서 속은 걱정부터 하고 있는 하나는 자기 자신이 어이없다. 어제부터 오늘까지 몇 번 어이없는 건지, 참.

"근데, 일단 노래 한번 불러볼래?"

네 명은 하나를 의자로 들이밀더니 바로 아무 노래나 불러보라며 박자에 맞춰 손뼉을 쳤다.

'큰일 났네, 무슨 노래 부르지…. 아무, 아무거나 부르라는 게 더 헷갈리는데! 어떡해. 노래방에 유행하는 노래라도 부를까? 아님 옛날 노래? 아니면 아이돌 노래…? 역시 밴드니까 밴드 노래라든지 버스킹 할 때 쓰이는 노래라든지….'

아마 만화였다면 눈이 핑핑 돌아가는 연출이지 않았을까. 머리를 굴려가며 (정말 굴리진 않았다.) 노래를 생각하는 와중 다영이 한 노래를 추천해 주었다.

"정하기 힘들면… 이 노래 알아?"

그 노래는 유명한 솔로 가수의 노래였다. 곡 분위기는 차분했고, 가사는 솔직했다. 중독성보다는 편안하게 듣기 좋은, 껴안고 자는 부드러운 베개 같은 느낌의 곡이었다.

하나는 노래 가사와 음을 생각해내다 이내 입을 열고 목소리를 밖으로 흘려보냈다.

"사실은, 나도 잘 모르겠어."

선배님들은 하나가 무안하지 않게 하려고 입으로 오~ 모양을 하거나, 주접을 떨며 칭찬해 주었다. 그게 좀 더 쑥스러웠지만.

"그건 아마 우리의 잘못은 아닐 거야…."

어느덧 노래를 다 불렀고, 노래를 들은 네 명은 박수를 짝짝 치고 있었다. 다른 사람한테 노래 부르는 걸 보여주는 게 오랜만이라 조금 쑥스럽기도 하고, 귀가 화끈거려서 하나는 얼굴을 살짝 손으로 가렸다.

근데, 생각해 보니… 밴드면 사람들 앞에서 노래해야 되는 거잖아? 갈 길이 멀다, 백하나…. 4명 앞에서 부른 것도 이렇게 쑥스러운데, 더 많은 사람들이 보고…. 학교 축제같은 건 어떻게 나가려고? 막 시내 버스킹도 시키는 거 아냐? 미쳐버리겠네, 정말. 어릴 땐 막 시끄럽게 뛰어놀았던 것 같은데….

하나는 머리가 터질 것 같아 양손을 깍지 끼듯이 하곤 머리를 쥐어뜯었다. 다들 쟤가 미쳤나? 싶은 표정이었지만, 그런 건 중요하지 않았다. 하나는 심각하진 않지만…. 아니, 심각한 고민이 하나 생겼다.

#2. 노래를 모르는 버스킹

하나가 밴드부에 들어가고 며칠이 지났다. 가끔 연습도 하고, 이 것저것 얘기 나누고 밴드부에 대한 것도 알아가며 화목하게? 지냈다. 그리고… 노래 잘 부른다는 얘기도 들어서 좋았고. 하나는 가끔 듣는 칭찬에 부끄러워 죽을 뻔했다.

'근데, 공연은 언제지? 2학기에 있는 축제에서만 하면 별로 유명해지진 않을 것 같은데. 그, 그럼 SNS 홍보라거나… 아냐, SNS는 아무도 안 본댔잖아. 아니면 주에 한 번 버스킹? 와, 큰일 났다.'

하나는 부실 안에서 혼자 별생각을 다하고 있었는데, 갑자기 다겸이 와서는 하나의 어깨를 뒤에서 톡톡 치고는 입을 열었다. 화들짝 놀란 하나를 보고 다겸은 무안해졌는지, 살짝 목을 가다듬은 뒤 말을 시작했다.

"하나야! 혹시, 주말에 시내 가서 버스킹 할 수 있어?"

"아, 당, 당연하죠! 불러만 주세요!"

'아! 이놈의 입이 방정이지, 진짜.'

하나는 마음속으로 입을 한 오억 이천만 번은 때린 것 같다. 생각해 보겠다고 말해야 하는데…. 이왕 이렇게 된 거, 긍정적으로 생각해서 실력 올리는 겸, 열심히 해야겠다며 또 하나는 생각에 빠지기 시작했다.

…그리고, 소심한 것도 좀 고쳐야 하니까. 이런 마음가짐으로는 버스킹은커녕 버스 타지도 못하겠네. 진짜! 이렇게 소심해서 공연은 어떻게 하고, 밴드부에서는 어떻게 지내고, 사회생활은… 아, 또 너무 멀리까지 와 버렸다. 그런데, 어디부터 해야 이 성격을 고칠 수 있을까.

어쨌든, 버스킹 하기로 했으니까 옷도 챙겨입고, 그나저나 왜 노래는 안 알려 주시지.

하나는 부를 노래를 알려주지 않은 다겸이 궁금했다. 노래를 알아야 연습을 하는 것이 아닌가.

하나는 원래 이런 건가… 하며 주말을 기다렸다. 시간은 빠르게 지나가고, 고민하며 기다리다가 결국 토요일이 되어 버렸다. 주말이라고 하고 나서 일방적으로 토요일에 밴드부실에서 만나서 가자며 전하고 갔기 때문에….

내가 제일 먼저 온 건가? 하며 하나는 다섯 명만 딱 들어갈 수 있는 조그마한 밴드부실로 들어가려 문을 여니 그 매서운 선배가 있었다. 아니, 재수탱 선배? 뭐라고 해야 하지, 그 신디 선배. 류시온.

"다른 선배님들은요…?"

"아직 안 왔어."

짧게 대답하고는 다시 자기 휴대폰을 만지며 무시하는 시온이었다. 화면을 언뜻 보니 무슨 악보처럼 보이기는 했다. 반주 없는 멜로디 악보.

근데 버스킹 간다는 말과 다르게 부실에는 신디사이저가 세팅되어 있었다. 버스킹을 하려면 챙겨야 되는 것 아닌가. 문득 궁금해진 하나는 조심스레 말을 걸었다.

"악기는요?"

"…다겸이한테 얘기 못 들었어?"

"네? 곡도 안 알려 주셔서….."

"아, 진짜….."

시온은 머리를 벅벅 긁더니 나에게 설명을 시작했다. 저번에도 이 선배가 설명했던 것 같은데.

"…오늘 노래, 로미오와 줄리엣, 뭔지 알지? 하다영이 베이스 하고, 우리 둘이 노래 불러야 돼. 그나저나 걔가 노래 설명도 안 했어?"

이 무슨 청천벽력 같은 소리람? 하나의 머릿속에서 폭풍우가 휘몰고 있었다. 다행인 점은, 아는 노래였다는 것…? 좋아하는 프로그램에 나왔는데, 노래가 좋아서 알고 있었다. 저번부터 자꾸 어물쩍 넘어가는 느낌인 건지, 운이 좋은 건지… 차라리 운이 좋은 거면 다행인 걸지도. 아니 근데, 이 선배랑 같이 노래를 하라고? 그것도 그, 가, 가사가… 그런 노래를? 낯부끄러워서 못하겠네, 정말.

그래도 시키는데 해야지, 뭐….

"곡 설명 안 해주시던데요, 그나저나 그 노래 불러요? 그 곡만? 그럼 너무 짧지 않아요? 아닌가? 박수 칠 때 떠나라는 게 이 말인가?"

"물음표 살인마냐, 하나씩만 말해. 거기서 신청곡 받아서 부를 거고. 뭔 박수칠 때 떠나."

시온은 툴툴거리며 하나가 물어본 것들에 꼬박꼬박 대답을 해주었다. 평소 이미지라면 무시했을 것 같은데, 이렇게 보니 그리 나쁜 사람 같지는 않았다.

그나저나 신청곡, 내가 아는 노래만 나올까? 모르는 노래 나오면 어떡하지. 재롱잔치라도 해야 하는 건가. 일어나서 춤이라도 춰?

누구라도 처음 버스킹을 한다면 하나처럼 고민할 것이다. 깊게 생각하던 도중, 시간에 딱 맞게 다영이 왔고, 셋은 출발했다. 오늘은 웬일인지 하영이 통기타를 들고 왔고, 물어보니 기타 쪽은 다 어느정도 연주할 수 있다고 했다. 시온은 원래 알던 일이라는 듯 그냥 넘겼고, 하나는 엄청 놀랐는지 눈이 반짝거렸다.

지하철을 타고, 버스를 타고… 큰 악기들이 없었던 게 다행일까. 아주 몸 가볍게 도착했다. 물론 다영은 등에 짊어진 통기타 때문에 내가 통기타인지 통기타가 나인지 하며 쓰러져 가고 있었다. 물론 중간중간 하나와 시온이 번갈아 들어주긴 했지만 역부족이었나 보다. 시온은 스피커가 작다며 괜찮다고 들고 왔다. 끌고 다니는 거라 굉장히 무거워 보였는데, 센 척하고 싶었던 건가?

어찌저찌 도착하고 장소를 찾으니 사람이… 매우 없었다. 어떡해, 큰일 났다. 우리 노래 연습하러 온 거 아니잖아. 하면서 다 같이 걱정했다.

하지만 하나는 속으로 안심했다. 왜냐하면 노래 연습도 해 봐야 했기에. 근데 이렇게 없으면 진짜 어떡해? 처음 하는 버스킹인데! 마음속 자아들이 충돌해서 서로 의견을 박박 우기는 중이었다.

마침 걸어온 곳은 공원 같은 곳이었고, 돗자리를 피거나 화단 옆에 앉으면 됐기 때문에 먼저 돗자리를 펴서 앉았다. 하나는 잠시 아무래도 다영과 시온이 주머니에서 뭐든 나오는 귀 없는 파란 고양이가 아닐지 고민했다, 그럴 리 없지. 혹시 맞다면 단팥빵이라도 사줘야겠다.

먼저 목을 풀라고 말하며 시온이 물을 건넸다. 하나는 넙죽 받아 들고 아, 아. 하며 소리를 냈다. 목이 아프면 뚜껑을 열어 물도 한 모금, 두 모금 마시고. 베이스 기타도 조율을 다 끝냈다는 말에 한 번 연습해 보기로 했다.

다영의 손이 기타 울림통을 몇 차례 두드리고 피크가 현과 맞닿을 때, 시온이 딱 붙어 있던 입술을 떼고 노래를 불렀다.

"날, 바라보는 너를 느끼듯이~"

파트를 번갈아 가며 부르는 노래인 걸 알고는 있었지만 너무 당황 한 나머지 하나는 삑사리가 나고 말았다. 애써 부끄럽지 않은 척 고 개를 치켜들었다.

"니!,가 남…긴…. 죄송해요."

둘 다 웃는 기색이 역력했지만 다시 시작하기로 하고 처음 부분으 로 돌아가 다시 다영이 기타 울림통을 두드렸다. 통, 통 하는 소리 가 적막했던 공기에 소리를 채웠다.

"날 바라보는 너를 느끼듯이~"

"네가 남긴 향기엔…."

"비로소 그런 느낌이 있지-"

"그저 눈을 감아도, 다 보이는…."

어떻게 저떻게 연습이 잘 되어 가고 있었다. 문제는 하이라이트 에 화음을 넣어야 한다는 것인데, 하나는 잘 될지 정말 고민이었 다. 시도 때도 없이 이 노래를 들었던 때가 있긴 했지만 그렇다고 서로 파트의 화음은 잘 모르고 있었기 때문이다. 그렇지만 눈을 질 끈 감고 시도해 보았다.

"날, 울리는 널 버리는 슬픈 얘긴 하지 마요,"

예상외로 엄청 좋은 화음이 흘러나왔다. 다영은 입 모양으로 오
~ 를 만들며 시온과 하나를 번갈아 쳐다보았고, 하나는 자신이 쭈
그러들어서 겨우 목소리를 내고 있다고 생각하고 있었다. 잠시 나
오지 않는 부분에 안도하며 휴~ 하고 숨을 내쉰 건 자신만 몰랐다.

뒷부분에 랩이 나온다는 것도 마찬가지로 다 다다라서 알게 되었
다. 다시 당황한 하나는 어버버하다가 생각해 보니 원곡은 모두 시
온의 파트가 랩이라는 걸 알았다.

그러나 시온이 잠시 멈춰보라며 다영에게 신호를 주고 가사를 보
고 있던 하나에게 말을 걸었다.

"너 원곡 말고 프로그램 버전 들어봤냐?"

"네? 당연하죠, 저 그 프로그램으로….."

원래 사람들은 자기가 좋아하는 주제의 얘기가 나오면… (이하
생략)

"그럼 랩 파트 알지? 알아서 나와."

하나는 잠시 당황했지만 다영이 바로 반주를 시작했기 때문에 자
연스레 입에서 나왔다. 머리로는 생각하지 못했지만 몸이 반응했
다.

"가슴 아픈 사랑은 이제 그만, 난 널 품고 잠에 들고 싶어….."

가사가 낯간지러운 건 나중에 알게 되었다. 하이라이트 구간을
다시 반복하고 나니 노래가 끝났다. 하나는 목이 타고 있었기 때문
에 생수병을 열어 청소기처럼 물을 빨아들였다.

화음을 맞추고 왠지 신청받을 것 같은 유행하는 곡들을 몇 개 연
습하고 나니 벌써 사람이 몰리는 시간이었다. 물론 셋의 주변엔 열
명 남짓한 사람이 모였지만, 하나는 그 정도도 과분하다고 생각했
다.

"…노래 시작할게요."

시온이 말을 꺼내고 몇 초 되지 않아 다영이 기타 연주를 시작했다. 노래는 척척 진행되어갔고 긴장했던 하나도 편하게 노래를 이어갔다. 동영상을 찍는 사람이 있어서 조금 당황했지만, 그래도 노래를 무사히 끝마쳤다.

"…어, 감사합니다! 신청곡 받을게요!"

열 명 남짓한 사람 중 세 명이 손을 들었고 지목을 하니 익숙한 노래를 신청했다. 하지만 하나에게만 익숙할 법했지 시온과 다영은 처음 듣는 곡인 눈치였다. 모르는 곡이니 당연히 연주도 못하고 노래도 못 부를 수밖에.

옆을 보니 다영은 땀을 삐질삐질 흘리며 시선을 피했고, 시온은 작은 목소리로 알면 니가 부르라며 속삭였다.

물론 시킨다면 부를 수 있었지만, 무반주로 어떻게 불러? 하지만 하나는 안 부르고 모르겠다고 하고 분위기가 망가지는 것보다는 무반주로 부르는 게 낫다고 생각했기 때문에, 숨을 크게 한 번 들이쉬고 노래를 부르기 시작했다.

노래는 최신곡은 아니었고, 잔잔한 분위기였다. 리메이크도 많이 되는 곡이긴 했다. 인디 가수 팬이었던 하나가 아주 좋아했고, 가사가 예뻤다.

혼자 머릿속으로 노래 반주를 생각했고, 원곡의 피아노 반주와 리메이크 버전의 기타 멜로디가 섞여 조화를 이루어냈다. 이내 반주가 끝나고 노랫소리가 나올 때가 되었다.

"너의 웃는 모습은, 내가 아는 모든 것들을 전부 잊게 만들었지만."

시작하니 기억 속의 가사가 입에서 마음대로 흘러나왔다. 무반주로 하니 음정이 불안정한 것 같아서 무척 떨리고 걱정되었다. 하지만 한 번 꽂혔을 때 휴대폰 스피커가 닳도록 들은 음악이라 자연스럽게 목소리에서 음이 나왔다.

"눈을 뜨면 더 어두운 밤, 눈을 감으면 환하게 빛나는 밤."

노래는 하이라이트를 지났고, 점점 끝으로 가는 중이었다. 반주가 없으니 원곡보다 더 간질간질한 첫사랑의 느낌이 났다. 초반부에 박수를 치며 박자를 맞춰 주던 사람들도 홀린 듯 노래를 들었다.

시온은 살짝 당황스러웠다. 이렇게 잘 부를 줄 몰랐던 것이다. 아까 전 고민하는 하나를 보며 어떻게 대처할지 생각 중이었는데 이렇게 잘하는 걸 보니 놀랍기도 하고 조금은 멋져보였다. 하지만 애써 부정하며 포커페이스를 유지했다.

노래가 끝나니 사람들은 호응하며 박수를 쳤고, 영상 촬영을 종료하는 소리가 들렸다. 이내 한 사람이 다가와서 하나에게 조심스레 말을 걸었다.

"혹시, SNS 페이지에 제보해도 될까요? 너무 노래를 잘 부르셔서…안 된다면 영상 삭제할게요!"

하나는 좋은 기회라고 생각했다. 화제가 되면 사람들이 우리 학교 밴드부에 대해 더 잘 알게 될 것이기 때문에. 그래서 한 가지 더 얹어서 부탁했다.

"당연하죠! 한 가지 부탁이 있는데, 저희 학교 이름 좀 같이 끼워서 제보해 주실 수 있나요?"

"헉, 네네! 어디 학교 다니시는데요?"

화기애애한 장면을 보며 다영은 흐뭇한 미소를 지었고, 시온은 입이 삐죽 튀어나와 있었다. 하지만 홍보하는 건 뭐라고 할 수 없었기에 그냥 가만히 있었다.

아까 손을 들었던 나머지 두 사람의 신청은 하나는 남자 발라드 노래, 다른 하나는 연습했던 노래가 나왔기에 무난하게 불렀고 호응도 좋았다.

어떻게 자리를 접고 집으로 가는 지하철에서 다영이 곰곰이 고민하다가 말을 꺼냈다. 아주 심하게 고민하는 듯했다. 솔직히 말하자면 약간 정신없었다.

"…하나야."

"네?"

"곱창 좋아해?"

그 다섯 글자를 이후로 각자 악기, 스피커를 집에 보관하고, (스피커는 학교 거지만 늦은 시각이라 들어갈 수 없었다.) 오늘 버스킹에 함께하지 않은 둘까지 불러 주변 곱창도 같이 파는 고깃집에 들어갔다.

"여기 곱창, 막창, 대창, 삼겹살 1인분이요~ 된장찌개랑 사이다 두 병도 주세요."

다겸이 부드러운 줄만 알았던 크고 카랑카랑한 목소리로 주문을 했다. 근데 웬 삼겹살? 종류별로 시키는 건가? 여러 가지 먹을 수 있으면 좋긴 하지.

"우리 아가야는 곱창도 못 먹으니까~"

지현이 시온의 볼을 꼬집으며 깔깔 웃었다. 볼이 꼬집힌 시온은 안 그래도 더러운 인상에 째려보는 눈빛이 더해져서 무서워 보였다. 지현은 신경도 안 쓴다는듯 양 볼을 꼬집으며 웃었다. 시온의 얼굴 크기에 비해 많이 늘어났다.

"아니, 곱창같은 걸 왜 먹는 거야?"

지켜보고 있던 하나는 화가 치밀어 올라 한마디 했다. 곱창전골,

야채곱창, 곱창구이 안 가리고 먹을 때마다 천상의 맛이라며 행복해했던 하나는 화가 났다.

"저기요, 지금 취향 존중 안 해주시는 거예요? 그러면 삼겹살도 맛 없다! 퉤퉤퉤!"

분명 모두 고등학생인데 하나의 시작으로 점점 정신연령이 낮아져가고 있었다. 다들 모습은 출근을 해도 다들 믿을 것 같았지만, 하는 짓은 놀이터에서 뛰어놀며 물총을 쏘거나 모래로 장난을 치는 어린 유치원생 아이나 다름없었다.

다른 테이블도 토요일이라 시끄러웠지만 유독 이 다섯의 테이블만 왁자지껄 시끄러웠다. 곱창을 왜 먹냐, 곱창도 못 먹냐로 싸우다가 직원이 와서 불판 위에 고기를 올렸다. 불판 위에 고기가 올라가는 소리만으로 싸우던 게 잠잠해졌다. 전쟁이 나도 이 소리 하나만으로 평화 협정이 가능할 거란 생각이 들었다.

창 종류는 초벌구이가 되어 있었기 때문에 금방 익었고, 삼겹살은 지현이 굽고 잘랐다. 육즙과 크기가 딱 적당하고 너무 맛있게 익어서 하나의 롤모델은 지현이 되었다. 고기를 구울 때마다 매일 집게와 가위를 뺏겼기 때문에 더욱 그랬다. 하나는 젓가락으로 고기를 뒤집다가 불판 밑구멍에 젓가락을 빠트린다든지, 철판구이 집에서 계란을 기름구멍에 흘러가게 만들어 흔자로 길이 생긴다든가, 하는 일이 다반사였기 때문이다.

"아니, 근데 진짜로 곱창 막창 대창 다 못 먹어요?"

하나가 진심으로 궁금하다는 듯 물어보았다. 하나의 배에 있는 창은 본인의 것보다 더 많을 수도 있기 때문이었다.

"당연하지, 닭발도 못 먹고, 고수 들어간 음식이랑 오이랑… 특히 오이, 비누 먹는 느낌이야."

오이랑 고수는 향 때문에 못 먹는다고 해도 곱창은 진짜 아니었다. 이렇게 맛있는 음식을 못 먹는다니 시온이 애잔해 보이기도 했고 측은지심이 들었다.

이렇게 다 행복하게 먹고 있는데 혼자서 삼겹살만 먹다니, 물론 삼겹살도 맛있지만… 곱창 곱이 얼마나 고소한데… 대창 기름이 얼마나 그득한데… 막창이 얼마나 쫄깃한데… 이 셋을 못 즐기는 시온이 불쌍해만 보였다.

얼마 지나지 않아 된장찌개와 같이 공깃밥이 나왔고, 잊고 있던 사이다 뚜껑을 열었다. 경쾌한 소리가 나며 뚜껑이 열렸다. 각자 나눠서 잔에 따랐고, 건배 아닌 건배를 하기로 했다. 건배사는 부장인 다영이 외치기로 했다.

"밴드부 화이팅~!"

다영은 그냥 아무렇게나 외쳤다. 뭐 건배사 그게 중요한가. 다들 똑같은 목표만 있으면 되지. 유리잔 다섯 개가 맞부딪치며 날카로운 소리가 났고 목으로 넘어간 사이다는 따끔하면서도 시원했다. 곱창은 안에 곱이 가득 들어 있어서 고소했고, 대창은 기름져서 매우 맛있었다. 신발을 튀겨도 맛있다던데 기름진 음식은 뭐든지 다 맛있지. 막창은 가끔 턱이 아플 때가 있는데 이건 그렇지 않았다. 쫄깃쫄깃하고 막장과의 조화가 정말 좋았다. 하나는 마음속으로 하늘을 날고 있었다. 삼겹살도 마늘과 같이 기름장에 찍어 먹으니 그것도 맛있었다.

하나가 된장찌개 두부를 떠서 먹으려는 순간, 아주 드라마… 소설처럼 지현과 다영이 서로 사이다를 주고받으려는데 고기를 집던 시온의 젓가락과 하나의 숟가락에 엉켜 사이다병은 떨어져 쏟아졌고, 고기는 불판 아래로 떨어졌다. 차가운 사이다와 뜨거운 불판이 맞닿는 소리는 그리 좋지 않았다…. 그리고 시온의 손목 위에 두부가 떨어졌다. 불과 2초 정도 만에 벌어진 일이었다.

"아-!"

손목을 데인 시온이 놀라서 저도 모르게 소리를 냈다. 반응 속도가 빨랐던 지라 바로 두부를 덜어냈지만, 이미 얇은 손목 위는 빨갛게 익은 후였다. 저 정도로 손목이 얇은데 도대체 어디 있는 근육으로 피아노를 쳤던 걸까. 당황한 하나는 죄송하다며 눈을 질끈 감고 소리를 지른 뒤 지갑을 챙겨 주변 약국으로 뛰어갔다. 물론 다른 넷은 하나가 도망간 줄만 알았다.

하나는 화상에 도움 되는 물품이라곤 모조리 쓸어서 샀다. 화상용 밴드, 일반 밴드, 화상 연고… 그리고 편의점에서 작은 크기의 얼음 컵 한 개를 사서 다시 고깃집으로 달려갔다. 다행히 시온이 찬 물컵을 손목에 대고 있는 상태였고, 둘은 밖으로 나와 치료 아닌 치료를 했다.

어떻게 하는지 몰라 어버버거리는 하나를 보며 시온이 연고를 바르고 알아서 밴드를 붙였다. 자신이 폐만 끼친 것 같다고 생각되는 하나는 고개를 푹 숙이고 있다가, 사과는 해야지. 라는 생각에 다시 고개를 들어 시온과 눈을 마주쳤다.

"저, 죄송해요. 저 도망간 줄 아셨죠? 뜨거운 거 들 땐 조심해야 했는데… 선배 더군다나 피아노 치시는데 손목 다쳐서 어떡해요. 아, 진짜 죄송해요."

괜스레 걱정하는 하나의 모습에 시온은 걱정 주기 싫어 살짝 웃으며 말을 꺼냈다. 평소답지 않은 행동이었다. 살짝 긴장한 듯 보이기도 했다.

"왼손 손목이라 일상생활에는 지장 없어. 나 오른손잡이거든. 그리고 바깥쪽이라 많이 아프지도 않고 뭐… 걱정하지 마."

"아…."

고깃집 안에 있던 세 명이 다 먹었는지 계산하고 나오려는 기미가
보여서 얼른 둘은 일어섰다.

"류시온, 괜찮아?"

"시온아악~!!"

무뚝뚝하게 부르는 지현과 울상을 지으며 달려오는 쌍둥이였다.
시온은 괜찮다며 신경 쓰지 말라고 다친 왼손으로 휘이휘이 흔들었
지만 이내 아픈지 몰래 부여잡았다.

다섯 명의 분위기는 이제 집으로 갈까? 였다. 쌍둥이는 같이 집
으로, 집이 먼 지현은 버스 정류장으로 떠났다.

하나가 미안하다는 눈빛을 초롱초롱 보내자 시온은 괜히 불편해
져서, 집에 바래다준다는 명분으로 이야기를 꺼내기 시작했다. 둘
이 걷다가 멈춘 곳은 아주 작지만 선명한 별이 떠있는 밤하늘에 선
선한 공기가 불고 있는 동네 아파트 놀이터 벤치였다.

시온은 앉아서 잠시 놀이터 구조물을 구경하다가 말을 꺼냈다.
요즘 놀이터는 바닥 고무칩이구나… 하면서 신기해하다가. 아차,
하며 다시 말을 꺼냈다.

"진짜로 신경 쓰지 마, 한두 번 다치는 것도 아니고."

"저 말고도 이렇게 다친 적 있으신 거예요…?"

시온은 괜히 쓸데없는 말을 해 귀찮아진 느낌이 들어, 이마를 짚
으며 한숨을 내쉬었다.

그런 시온의 모습에 하나는 긴장되어 그냥 입을 꾹 다물고 있을
뿐이었다. 화 난 건가 싶으면서도 또 그런 건 아닌 것 같고, 마음
상한 것 같기도 하고….

"죄송해요, 말 더 안 꺼낼게요. 손목 더 아파지면 말해 주세요!"

시온은 이랬다저랬다 하는 자신의 기분 때문에 자신을 몇 번 의심하고는, 다시 한번 하나에게 말했다.

"진짜로 신경 안 써도 돼. 일어나자, 너 집 어디야?"

둘은 집으로 가는 길에 한마디도 하지 않았다. 그냥 바람이 주변 나무에 스치는 소리만 날 뿐 고요했다. 그 흔한 자동차 경적 소리, 가까운 거리에 있는 시끄러운 번화가 소리도 들리지 않았다.

어색하게 헤어지고, 하나는 진심으로 시온의 한숨에 겁을 먹어나 찍힌 건 아닌가, 를 몇 번이나 되뇌어 생각했고 시온은 여전히 집에서 땅이 꺼질 듯한 한숨만 푹푹 내쉴 뿐이었다. 하나가 이제서야 살짝 편해졌는데, 이렇게 다시 멀어지는 건가 싶기도 하고, 조금 우울했다.

#3. 한번 시작해 보자

 버스킹을 하고 곱창을 먹은 주말이 지나고, 학교에 갔더니 주변 학생들이 모두 하나를 바라보며 자신의 휴대폰을 가리킨다든지, 귓속말을 한다든지, 말을 걸기 일보 직전이라 겁이 많은 하나는 거의 뛰듯이 교실로 들어왔다. 들어오니 반에서 조용히 지나가는 애였던 하나는 소위 말하는 인싸이더가 되어 있었다.

 "하나야! 이거 너 맞지?"

 뒷자리에 앉은 두 명이 휴대폰을 보여주며 하나에게 물었다. 휴대폰 화면에는 한 명이 노래를 부르는 영상이 재생되고 있었는데, 아니나 다를까 그 노래를 부르는 사람이 하나였던 것이다. 심지어 좋아요 4700개에 공유 106개? 댓글에는 음색이 좋다, 노래 잘 부르네. 등의 댓글이 있었고 게시글에 학교도 적혀 있었기에 친구를 태그해서 여기 너희 학교 아니냐며 묻는 사람도 많았다.

 하나의 추측으로는 어제 영상을 SNS에 올려도 되냐고 한 사람 같았는데, 이렇게 인기를 얻을 줄을 몰랐다. 물론 밴드부가 유명해지니까 좋은 걸지도. 근데 진짜 하루아침에 이렇게 유명해졌기에 기뽐보단 당황스러움이 더 컸다.

하나는 일단 물어본 친구에겐 대답을 해주어야 했으니 맞다고, 대답을 하기는 했다. 응, 나 맞아. 어제 버스킹 갔다 왔어.

대답을 들은 친구는 우와, 대박. 같은 추임새를 하며 하나를 올려다보았다. 연예인을 보는 수준의 눈빛이라 살짝 기분 좋으면서도 머쓱했다.

사실 하나는 조용하지만 관심을 좋아하는, 그런 사람이었기 때문에 관심이 부담스럽지는 않았지만 그냥 당황스러웠다. 하루아침에 인기쟁이와 몸이 바뀌어서 원래 몸을 찾아가는 그런 만화 속 주인공이 된 것만 같아서 굉장히 부담스러웠다. 그러니까 요약하자면, 관심은 좋지만 주변의 눈길이 부담스러웠다는 거다. 자세히 생각해보면 둘이 별 차이 없는데도.

어쨌든 자신의 감정 말고 지금 현재를 생각하면 좋은 일이었다. 밴드부가 내년이 되면 폐부될 수도 있었고, 사람을 모집해야 했기 때문에 밴드부의 시선으로 봤을 때는 굉장히 좋은 일이었다.

좋지만서도 지나가는 사람들의 시선은 끊이지 않아 하나는 교실에만 있거나 화장실에 갈 때는 실눈을 뜨고 주변을 신경 쓰지 않으며 갈 수밖에 없었다. 흐린 눈, 흐린 눈… 눈을 찡그리고 가는 게 더 눈에 띄었을 테지만.

하지만 밴드부실에 가보니 하나는 자신이 느낀 당황스러움은 약과라는 걸 알게 되었다. 진짜 잠시 영상에 찍힌 시온을 보러 온 애들이 한둘이 아니었다. 안 그래도 좁았던 밴드부실이 사람으로 꽉 차 마치 서랍장에 갇힌 기분이었다.

하나는 시온을 처음 보는 애들이 사진 찍어 달라, 노래를 불러 달라, 이것저것 말하는 것과, 당황스러워하는 선배의 표정 하나하나가 다 웃겼다. 하지만 웃으면 좀 이상한 애 취급을 받을 것 같아 필사적으로 웃음을 참았다. 하지만 얼마 가지 않아 실패했다.

사실 둘은 밴드부의 존재가 드러난 것은 기분이 좋았지만, 이렇게 후폭풍, 아니 허리케인이 올 거라곤 전혀 생각하지 못했기 때문이다. 둘이 생각한 정도는 우와, 밴드부가 있네? 공연 때 호응 열심히 해야지~ 정도였을 뿐, 이렇게 강렬한 환영은 원하지 않았기 때문에, 이 상황이 매우 당황스러웠다.

평소 목소리가 작았던, 아니 차분하고 잔잔했던 다영도 방음 전혀 안 되는 밴드부실 벽을 쾅쾅 치며 밴드부실에 들어오지 말라고 소리를 쳤다. 지현은 종이에 출입금지! 라고 깜찍하게 써 놓곤 이내 뻑뻑한 부실 출입문에 붙였다. 그렇지만 오래된 나무, 유리에 얼마 안 가 떨어져 버려서 아예 테이프로 붕대 감듯이 감아 붙였다.

다섯 명 모두 지쳤는지 신나는 방과후였지만 축 쳐져서 비슷한 타이밍에 한숨을 푹 쉬었다. 좁은 부실에 소파도 없어 각자 의자에 앉아 있었더니 더 신세가 초라해 보였다.

"어휴, 인기쟁이들 때문에 힘들어 죽겠다~"

라고 하소연을 하며 어깨를 통통 치는 지현을 보고, 쌍둥이는 하하 웃었고 하나는 안마를 해주려 안절부절못하고 있었다. 그러나 시온은 그냥 바라보며 인상을 찌푸릴 뿐이었다.

다겸은 짜증을 내는 시온을 힐끗 보더니, 회의를 하자고 제안했다. 지금 상황이 계속되면 공연이 힘들지 않겠냐며.

솔직히 맞는 말이었다. 하나가 영입된 때는 5월, 버스킹이 5월 말이었고 학교 축제는 7월 말쯤이었다. 모의고사와 시험이 있는 한국 고등학생 다섯 명이기 때문에 시험도 무시할 수 없었다.

시험공부를 빼도 축제 준비는 시간이 간당간당했기 때문에, 바로 연습을 빡세게 해도 겨우 올릴 정도일 것이다.

일단 지현이 부실 앞에 종이를 붙여놓긴 했는데, 과연 사람들이 안 올까 싶었다. 그래서 생각난 방법은…

"저번에 그 페이지에 요청해 보면 어때요?"

"…뭘?"

하나는 자신의 아이디어를 나란히 설명했다. 대충 내용은, 영상 아래 댓글에 부탁을 하자는 것이었다. 어차피 밴드부가 궁금해서 찾아올 사람들은 영상을 한 번만 보진 않을 테니, 댓글로 연습에 차질이 생긴다고 전하는 것이었다.

"오, 괜찮은데?"

다겸은 잠시 휴대폰을 만지다가, 해결했다는 말을 전했다.

그리고 다음 문제는, 밴드부에서 축제 때 무슨 곡을 해야 할지였다. 비중을 많이 차지하지 않았고, 학교에 다른 동아리들도 많았기 때문에 많아봤자 세 곡이었다.

마침 그때 좁디좁은 문을 두드리는 소리가 두 번 나자, 화가 난 지현은 문을 쾅 열고, 누구냐며 짜증을 냈다.

문을 두드린 사람은 1학년 같아 보였는데, 지현의 태도에 움츠러들었는지 고개를 들지 못하고 있었다.

괜히 미안한 마음이 든 다른 넷이 무슨 일이냐 묻자, 그 애는 조심스레 얘기를 꺼냈다.

"저… 도, 신디 할 줄 알아서… 아, 이게, 아닌데… 혹시 지금 입부 신청될까요…?"

예상치 못한 신입 부원에, 원래 있던 다섯은 흔쾌히 승낙했고, 몇 분 뒤, 그 애의 친구인 것 같은 애들도 서너 명 들어와 입부 신청을 했다. 위에는 비싼 브랜드의 기능성 티셔츠, 바지는 형광색 통

반바지였다. 다들 그 모습이 우스워 웃음을 터뜨릴 뻔했지만, 기분이 당연하게 나쁠 것 같기에 참고 있었다.

새로 들어온 애들 안내해 주랴, 여러 가지 때문에 곡은 정하지 못했고, 그렇게 또 며칠이 지났다. 시간이 참 빠르게 느껴졌다.

하나는 부실에 가야 할 일이 생겨 아무도 없는 부실에 문을 열고 들어갔는데, 예상치 못한 냄새가 났다. 처음엔 뭔가 타는 냄새인 줄 알고 불이야를 크게 소리칠 뻔했는데, 매캐한 향도 나는 걸 보니 담배 냄새였다. 코를 막고 들어가 보니 새로 들어온 애들이 악기를 막 만지며 담배를 피고 있었던 것이다. 안 그래도 비전공자인 줄은 알고 있었지만, 누가 미쳤다고 기타 현을 늘리려 하고, 드럼 윗부분을 찢어지도록 때리겠는가.

하나는 경악하며 2학년 층으로 달려갔다. 하지만 다겸과 다영네 반은 문이 잠겨 있었기에 다른 두 반을 찾아 달렸다. 중간에 뛰지 말라고 혼나기도 했다.

"선배!! 새로, 헉, 들어온, 애들이, 담, 으억, 담배, 를,"

"…뭐?"

하나가 횡설수설했지만 다른 둘은 대충 알아들었기에 급하게 부실로 달려갔다. 문을 여니 그 애들은 대부분이 어이가 없다는 표정으로 서 있었고, 처음 신청한 다른 애는 울기 일보 직전인 표정으로 서 있었다. 옷차림을 보아하니 친구 같았는데. 성격이 소심한 건가?

"니네, 뭐야?"

"저희여? 어제 들어왔던 애들인데~ 기억 안 나세요?"

"진짜 논점파악 지지리도 못하네. 불 끄자?"

지현과 시온이 그 애들과 말다툼을 하는 사이, 하나는 조심스레 소화기의 핀을 뽑기 위해 소화기 쪽으로 다가갔다. 도둑으로 전직해도 될 정도로 발걸음이 조용했다.

"뭐, 그래~ 니네만 손해지. 폐 썩고 이 누래지고~"

지현의 도발에 그 애들은 작정한 듯 짜증이 나 있었다.

마침 그때 하나가 몰래 소화기 핀을 뽑는 데 성공했는데, 어디가 이상한 건지 원래 그런 건지 바로 분사되어 그 애들의 얼굴과 소화기 속 내용물이 만났다. 그 아이들의 얼굴은 마치 13호 파운데이션을 바른 듯한, 매우 밝은 색이 되어 있었다.

"아, 미친! 퉤, 으엑!"

갖가지 욕을 다 써가며 난리 치는 것이다. 마침 운 좋게도 지현과 시온은 맞지 않았고, 그 애들은 문을 열고 다짜고짜 뛰어나갔다. 몸이 소화기 내용물에 뒤덮여 화장실로 우르르 몰려가는 꼴은 볼만했다.

"저렇게 보내도 괜찮아요?"

"어차피 입부 신청서 쓸 때 이름이랑 다 쓰게 되어 있잖아. 괜찮아!"

"…일단 교무실을 가든지 해야 할 것 같은데."

셋은 본 교무실에 계신 학생주임 선생님께 가서 자초지종을 말하자, 선생님은 알겠다는 듯 고개를 끄덕였다. 아마도 원래 골칫덩이인 애들이었나 보다. 다들 그 아이들의 근황을 별로 알고 싶지 않아 했다.

점심시간이 얼마 안 남았을 무렵 다겸과 다영이 와서는 지독한 냄새에 콜록대며 페X리즈를 지독하게 뿌려댔다. 둘 다 머리가 아픈 건 매한가지였지만 담배 냄새보다는 나았다.

밴드부실 안이 복숭아 냄새로 가득 차고 있을 때, 딱 동아리 관리

담당인 선생님이 문을 열고는 큰소리로 외쳤다. 모두 문을 이렇게 세게 여니 안 부서지는 게 이상할 지경이었다.

"너희 뭐니?!"

"ㄴ. 네?"

"너희 부실 안에서 담배 피웠다며! 게다가 아침에 학교 분위기 어수선한 것도 너희였지? 인원도 안 되는데 음악 동아리라면서 부실 주는 게 잘못이었지, 내가… 너희, 일주일 안에 폐부 처리될 거니까 알고 있어!"

"일, 주. 일주일이요? 아니, 담배 저희 아닌데…!"

"쌤, 너무 짧아요!"

"그럼 뭐, 전적이 이렇게 화려한데 참아야 하니?"

"아니, 그럼 축제 때까지만 시간 좀 주세요! 저희 축제 때 공연 올리고, 아니, 공연 올리는 거 보고 정해 주세요!"

하나는 홧김에 얼굴이 시뻘개져서는 소리쳤다. 안 돼, 어떻게 이렇게 행복하게 지내고 있었는데. 조금이나마 음악에 흥미도 더 생겼고. 어차피 정리해야 한다면 축제 때 공연이라도 올리고 싶었다.

"그러면, 축제 때까지만 기회 줄 거야. 너희 만약에 잘 안 된다면 축제 이후에 합창부 개설해야 해. 교장 선생님께서 또 어디서 보고 오셔서는 합창부 만들자고 하시거든."

물론 선생님만의 고충도 있었겠지만, 다섯은 밴드부 살리는 데에 더 급급했다. 한 번 공연을 올리고 나면 작별인사를 해야 할지도 모르는 상황인데.

학교를 마친 뒤 다시 부실에 모여, 곡부터 정하기로 했다. 연습을 하려면 곡이 있어야 하지.

하나는 생각해 온 곡이 있었는데, 좀 옛날 노래긴 했지만 편곡을 한다면 꽤 괜찮을 노래라고 생각해 갖고 왔다.

공연 때 세 곡을 선보일 수 있었는데, 지현은 매사 열심히 하지만 자기 의견을 내보이지는 않았기에 나머지 넷의 의견 중 하나는 떨어져야 했다.

"나는, 그, DAY 1이라는 노래 알지. 조금만 만지면 될 것 같은데."

먼저 시온이 얘기를 꺼냈다. 아마 이 곡에선 보컬로 참여할 생각인 듯했다.

이때다 싶어 하나는 자신의 의견을 피력했다.

"저는, 좀 옛날 노래긴 한데… 쥬뗌므(Je t'aime)라는 노래요…!"

다영이 살짝 당황하는 눈치로 우물쭈물하다 입을 열었다.

"나도 그거 생각해두고 있긴 했는데… 편곡이 어려울 것 같아서 말 안 했지. 내가 생각했던 곡은 어젯밤 이야기! 당연히 너희 밴드쪽으로 생각 안 해올 것 같아서 반주 있는걸로 찾아봤어."

"엇… 좀 찔리는데요."

"왜 이렇게 다들 생각 잘 해왔어, 나만 또 안 되는 거지."

다겸이 시무룩하게 얘기를 꺼냈다. 당황한 몇은 아니라며, 말해보라며 다독여주었다.

"아니? 근데 나 지금 나온 노래 너무 마음에 드는데? 저걸로 하자!"

네? 너무 긍정적인 다겸의 말에 다들 벙쪘다.

하자면 뭐 해야지 어쩌겠나. 편곡하는 다영만 힘들게 됐다. 편곡도 빨리 해야 하고 연습도 해야 하니 시간이 빠듯했다. 이제부터 주말에라도 나와 연습해야 될 지경이 됐다.

일주일 뒤, 원래 있던 악보와 편곡한 악보를 모아보니 난이도가 꽤 쉽지 않아 보였지만, 시온의 손목도 다 나았고, 드럼도 오늘따라 소리가 잘 났고, 기타들에는 이상이 없었고, 하나의 목 상태도 좋았다. 아침에는 목이 결려서 우울했는데,

"아, 아"

순서는 DAY 1, 어젯밤 이야기, 쥬뗌므 순이었다. 첫 곡에서 하나는 중반부에 처음 나오기 때문에, 조금 더 긴장되긴 했지만 목을 풀 시간이 있었다.

지현이 하이햇으로 시작 박자를 맞추고 시온이 노래를 부르기 시작했다. 원곡과는 다른 분위기지만 나름대로 개성도 있었고 시온의 음색과 반주가 잘 어우러졌다. 첫 리딩이었기에 다들 편한 분위기로 부르고 있었다.

"You'll always be my day one"

하나는 자신의 파트에 알맞게 들어갔다. 속으로 다행이다를 백만 번은 세었을 것이다. 저번 버스킹 때처럼 삑사리라도 났다면 아마 삑사리 인간으로 낙인찍혔을지도 모른다.

"Day zero when I was no one"

가사도 예뻤고 노래도 좋았기 때문에, 모두 곡을 연주하고, 부르는 내내 재밌고 행복했다. 이대로만 되면 연습만 열심히 한다면 밴드부 보호는 완벽하게 될 예정이었다. 하나가 딱 그 생각을 하고 있을 즈음 밴드부 문을 두드리는 소리가 났다.

문에 제일 가까이 위치했던 다영이 다가가 문을 여니 저번에 얘기했던 선생님이었다. 다크써클이 쭉 내려온 얼굴이었고, 궁시렁대는 투로 말을 내뱉곤 떠나셨다.

선생님이 했던 말은, 일단 어떻게 될지 모르니 부실을 옮길 곳이라도 생각해 놓고 있으라고 했었다.

다섯 명 모두 고민에 빠져 턱을 괴거나, 팔짱을 끼고 생각을 하고 있을 무렵 하나가 말을 꺼냈다.

"강당 무대 쪽은 어때요? 리허설 할 때 악기 옮기기도 괜찮을 거고…."

"앞으로 쭉 거기서 하긴 어려워. 운동 관련 동아리들이 거의 다 거기서 활동해서, 생각은 좋은데…."

마땅히 좋은 곳이 없었다. 방음이 되거나, 완전 넓어서 방음이 안 돼도 되거나 둘 중에 하나는 만족해야 했고, 실내여야 했기 때문에 폭이 더 좁았다.

그렇다고 연습실을 빌려 쓰기엔 악기 운반이나 가격 등의 문제가 있어서 어려웠다.

한 가지 남은 방법은….

"축제 잘 해내야 하겠네…."

"축제…."

"축제 망치면 안 된다?"

"축제 때 열심히 하자!"

"연습 열심히 해요!"

모두가 입을 모아 말했다. 맞춘 것도 아니었다. 공간이 없다면 진짜로 축제 때 잘 해내야 하는 방법밖에 없기 때문에, 모두 마음을 굳게 먹었다.

갑자기 시작된 회의 아닌 회의에 연습이 중단됐지만, 연습을 열심히 하게 할 기폭제가 생겨서 다섯은 해가 질 때까지 열심히 연습했다.

5월 말부터 꾸준히 연습하다 보니 서로 조언도 주고받고, 부족한 부분을 보완하기도 했다. 아무래도 전문적이지 못하고, 담당 선생님도 없는 동아리여서 더 어려웠지만, 서로 머리를 맞대고 해나가니 어느정도 잘 돼 가는 중이었다.

연습에만 집중해 시간이 지나가는 사이, 6월의 어느 날 갑작스레 누군가가 밴드부실 문을 열었다. 얼마나 세게 열었는지 부서지기 직전이었다. 언제나 부서지기 직전인 문이지만.

미닫이 문이었던 밴드부실 문이 다락문이 되려고 할 때쯤, 열심히 연습하고 있던 다섯이 문 쪽을 바라보니 저번에 담배를 피다 도망친 그 애들이었다. 정확히는 제일 처음 왔던 애가 앞장을 서고 있었다.

그 애는 도와달라는 눈을 하고 있고, 창백한 얼굴이었지만 대부분이 왜 다시 왔는지, 짜증이 나서 화가 나 있었기에 그 애를 도와줄 수 없었다.

"너희 왜 다시 왔니?"

"저희 아직 탈퇴, 아, 안 했는데, 부실 오는 것도 안, 되, 나요…?"

"그럼 탈퇴시킬게~ 지금 나가면 되겠네."

우당탕.

앞장서 있던 애가 넘어지는 소리였다. 우두머리 격인 애가 발로

꼬리뼈와 허리 사이쯤을 걷어찬 건지, 넘어진 애는 그 부근을 잡고 있었고 걷어찬 애는 미안하지도 않은 건지 무표정, 아니 미간을 구기고 있었다.

그 애는 가까이 가서 뭐라고 속삭이고 떠났지만 다섯 중 아무도 그 말을 들은 사람은 없었다. 엎드려 있는 그 애만 들었을 뿐이었다. 무슨 말이었을진 모르지만, 협박 같은 거였는지 매우 떨고 있었다.

갑자기 험악해진 분위기에 다들 당황했고, 우두머리 격인 애가 나가자 나머지들은 다 그 애를 쫓아 나섰다. 진짜 우두머리가 맞았던 것 같다. 친구는 동등한 거라는 말이 적용되지 않았나 보다.

그 애는 우는 듯싶었다. 하나가 자세히 보니 원래 학년에서 좀 놀던 애였고, 이름은 손지후였던 것 같았다. 명찰에도 그렇게 쓰여 있었고, 명단에도 그렇게 쓰여 있었다.

다들 별로 그 애가 달갑지 않았지만, 그래도 아파하는데 도와줘야 하니 손을 내밀어 일으켜주었다. 그 애는 얼굴이 눈물로 범벅이었고 시뻘갰다. 저렇게 울었는데 소리가 나지 않은 게 더 신기했다.

"너, 손지후… 맞지?"

"흑, 흐윽, 키힝…."

눈물을 흘리고 코 먹는 소리밖에 안 나다가, 조금 진정되었는지 그 애가 대답을 하였고, 하나가 다시 질문했다.

"너 걔네랑 같은 무리였던 걸로 알고 있었는데, 아니야? 그리고 처음 일부터 끝까지 설명해 줬으면 좋겠어."

"그, 그게-"

그 애가 했던 이야기는 요약하자면, 자신은 원래 그 애들하고 친

했으며 어느 계기로 인해 사이가 틀어졌고, SNS에서 마침 그 게시물을 보고 피아노 관련 직종이 꿈이던 자신을 이용하고 협박해 밴드부에 왔다는 거였다. 원래 애들이 담배도 피고, 험악해서 막을 수 없었고, 그 애들이 깽판 치려는 의도는 없었을 거라고 말했다. 끝까지 나쁜 애들을 감싸주려고 하는 태도에 다들 어이가 없었지만, 미안하다며 거듭 사과하는 모습에 그나마 기분이 풀렸다.

"걔네가 잘못하긴 했지만, 너도 잘못 없는 건 아닌 거 알지?"

시온이 특유의 그 까칠한 목소리로 말하니 지후는 또 풀이 죽어 시무룩하고 낮게 대답했다.

다섯, 아니 여섯 명 모두 그 애들한테 되갚아 주자고 생각했지만 당장 폐부될 마당에 더 사고 아닌 사고를 친다면 축제 전에 당장 뿔뿔이 흩어질 게 뻔했다.

갑자기 좋은 아이디어가 떠오른 지현은 지후의 어깨를 붙잡고 짤짤짤 흔들며 큰소리로 외쳤다.

"너 이번 공연에서 신디할래?!"

원래 신디사이저를 맡고 있었던 시온은 벙찐 표정으로 지현을 바라보았다. 그럼 나는…? 이라고 묻고 있었고 꽤나 당황했는지 평소 나오지 않는 표정이 나와있었다. 지현은 시온에게 하지 말라는 의미로 한 말이 아니었기에 급하게 변명 아닌 변명을 했다.

"아, 아니, 내 말은…. 니가 보컬로 나오는 곡 있잖아!"

좋은 생각이었다. 지후가 기뻐하는 모습을 보면 그 애들도 기분이 썩 괜찮지는 않을 것이고, 마침 신디사이저 소리가 사라진 노래는 어딘가가 부족하고 심심해서, 지후가 신디사이저를 맡아준다면 나쁠 것이 없었다.

하지만 돌아온 대답은 그다지 좋지 않았다. 사람들 앞에 서는 게 무섭다는 말이었다. 모두 탄식했지만 그래도 다겸과 다영이 특유의 밝은 텐션으로 지후를 위로해 주려고 노력했다.

"아냐! 괜찮아~! 어차피 너는 한 곡만 서주면 될 거고….."

"맞아! 그리고 악보도 쉽고… 연습하다 보면 무대에 서서 눈 감아도 쳐질걸?"

하지만 자존감이 떨어질 대로 떨어진 지후는 한 귀로 듣고 한 귀로 흘리는지, 제대로 듣지 않고 있었다. 아까 울어서 빨갛게 부은 눈만 보일 뿐이었다. 빨갛게 부은 눈은 어떻게 보면 속상해 보이기도, 예뻐 보이기도 했다.

어떻게 그냥 실패하는 듯 싶어, 연습은 흐지부지 되고, 혹시나 해코지 당할 까 다섯이 지후를 집 앞까지 데려다 주고 각자 집으로 향했다.

하나는 밥을 먹고 딱 소화되는 느낌이 들 쯤, 밴드부원 목록에서 전화번호를 찾아 지후에게 메시지를 보냈다.

[-나 하나인데, 혹시 한 가지만 말해도 될까?]

[뭔데?]

[-난 네가 포기 안 했으면 좋겠어. 솔직히 그 애들이랑 싸우기 전이나 싸운 후나 학교 분위기를 흐리는 너희들이 마냥 좋게 보이지 않았고, 지금도 그닥 그런 애들을 좋아하는 건 아니지만 너한테는 포기하지 말라는 말을 하고 싶어]

[무슨 소리야?]

[-신디 한번 해봐. 절대 강요하는 게 아냐. 너 내 영상 봤지? 난 저 때 첫 공연이었어. 남들 앞에 처음 섰는데, 내가 좋아하는 걸 하니까 떨리지도 않고 자연스럽게 잘 되더라고.]

[그, 그래서 뭐! 난 신디 안 할 거야!]

[-그래, 딱히 강요는 안 할게. 네가 피아노에 남다른 애정을 갖고 있다는 거 알아! 넌 할 수 있어.]

[…화내서 미안. 한번 해볼게.]

[-(대충 알겠다는 이모티콘)]

앗싸! 하나는 속으로 쾌재를 불렀다. 여러모로 좋은 일을 했기 때문에 기분도 뿌듯했고.

하나는 너무 신난 나머지 밴드부 다섯 명이 있던 단체 채팅방에 아무렇게나 기호를 남발하며 써서 보냈다.

[-신디 영입 성공이요!!! ^_^]

[ㅁ, 머?]

처음 제안했던 지현이 당황해 저렇게 보내버린 뒤, 살짝 후회했다. 하지만 신디를 맡을 지후를 영입한 건 좋은 일이었기 때문에 메시지를 읽은 넷은 모두 기분이 좋았다. 시온은 빼고. 기분이 나쁘진 않았는데 다른 신디 연주자가 온다니 기분이 살짝 싱숭생숭했다.

뭔가 이상한 기분 때문인지 시온은 가끔 지후를 못살게 굴었다. 텃세라는 표현이 어울리는데, 지후가 착해서 견뎠다는 말이 맞는 듯했다.

"코드 틀렸네. Em7…. 이 마이너 세븐이잖아. 이 마이너(Em)가 아니고."

"네? 아… 네."

"야, 류시온! 질투 나냐? 푸헬헬!!"

장난 친 지현의 말에 시온은 괜히 찔려 얼굴이 벌개져 화만 냈다. 자기 자신이 왜 자꾸 지후를 못살게 구는지도 이해가 잘 안 갔기 때문에.

"아, 아니거든! 틀려서 알려준 거야…!"

"애뉘궈듄~ 틀려쉬 알려준 건뒈~!"

지현이 시온의 말을 따라하자 모두가 깔깔 웃었다. 지후도 눈치를 보더니 이내 피식 웃었다. 자연스럽게 휘어지는 눈매와 씩 벌어지는 입꼬리는 정말 상쾌하고 싱그러웠다. 이온음료 모델을 해도 될 정도로.

다들 지후의 미소를 보고 당황스러워했다. 원래 저렇게 귀여웠나? 걔네들이 잘못했네. 이런 애 조용해지게 만들고.

괜히 자신의 말을 이상하게 따라하는 지현 때문에 시온은 웃음거리가 되어 화가 나 무시하고 노래 연습만 주구장창 했다. 지현 덕분에 노래 실력이 조금 더 좋아진 것 같기도…?

이런 재밌고 행복한 상황 속에서 축제 공연 날은 서서히 다가왔고, 여섯의 실력은 계속 상승했다. 거의 오존층을 뚫을 정도였다.

공연이 사흘 남은 시점, 모두들 컨디션 관리에 들어가기 시작했다. 쌍둥이들은 손가락에 물집 잡힌 곳을 중요시했고, 지현은 드럼 스틱을 소중히 했다. 만약 연주 전 부러진다면 새 스틱에 적응하는 데 시간이 오래 걸릴 것이었다. 지후는 손목을, 시온은 목도 소중히 여겼다. 하나도 마찬가지로 물을 자주 마시며 목 상태가 좋아지도록 노력했다.

공연 전날은 축제 1일차였다. 부스를 둘러보고 체험도 할 수 있었는데, 무언의 압박이 있었는지 동아리마다 다 특별하게 준비한 듯 싶었다. 복도가 시끌벅적하고 바닥에 사람들이 다닌 흔적이 가득했다.

몇몇 학생들은 교장 선생님이 유별나다고 생각했을 것이다. 수련회, 체육대회, 축제에 목숨을 거는 수준인 것부터가 그랬다. 상금이 장난이 아니어서 모두 행사 때 공연이나 경기를 한다면 상금을 얻기 위해 이런저런 짓을 다하고 끼를 부렸다. 그리고 선생님들과 밴드부 애들밖에 모르는 일이지만 합창부도 만들 예정이기 때문에. 좋게 말하면 학교 운영에 자부심이 있는 거였고, 나쁘게 말하면 유별나고 이상한 거였다.

하지만 하나는 좋게 생각하려고 노력했다. 축제에 공들이지 않았다면 공연도 없었을 것이기 때문에, 교장 선생님을 좋게 생각하려고 노력했다.

부스를 둘러보기 전에, 어쩌다 보니 조가 나뉘었는데, 다겸과 다영은 각자 혼자서 둘러보고 싶다고 했고 (그래도 가족이라고 조금 닮기는 한 것 같다), 지후는 그래도 학교 생활을 잘 해내가고 있는지 새로 사귄 친구들과 함께 다니기로 했다고 한다. 남겨진 하나, 시온, 지현 셋은 어쩌다 보니 같이 붙어 다니기로 했다.

밴드부실을 나가자마자 보이는 것은 넓은 카페였다. 처음 보는 동아리인 걸 보니 축제를 위해 만들어진 모임인 듯했다. 카페라는 이름으로 주먹밥과 컵라면을…… 팔고 있었다. 셋은 되게 이상하게 흥미로워서 한 번 가 봤는데, 카페 메뉴라고는 믹스커피 한 잔뿐이었다. 그것도 선생님들을 위한 것이었다.

하나는 매운 컵라면, 시온은 사람들이 기피하는 라면의 순한 맛, 지현은 어떻게 된 건지 믹스커피를 주문했다. 시온이 노안이라고 했지만 팔꿈치 한 방에 시온은 입을 다물었다.

어느새 라면이 다 익었고, 매운 걸 못 먹는 시온은 다른 애들이 어릴 때나 물에 타 먹던 아주 순한 라면을 차가워질 때까지 후후 불고만 있었다.

"선배, 곱창도 못 먹고, 매운 것도 못 먹고···. 완전 애기 입맛이네요. 지현 언니 말이 틀린 게 아니었어."

그 와중에 자존심만 세서 계속 부정했다. 자신은 매운 걸 잘 먹는다고. 하는 짓만 보면 청양고추 먹으면 울 것 같은데.

"···아니거든? 잘 먹어!"

시온은 평소답지 않게 큰 소리로 말을 내뱉고 크게 한입 물고 씹어서 목구멍으로 넘겼다. 코가 빨개지는 걸 보니, 매워 보였지만 지현과 하나는 애써 무시해 주기로 했다. 어휴, 저 자존심만 더럽게 센 바보 같으니라고.

하나는 평소에 편식을 안 하는지라 매운 국물을 벌컥벌컥 잘 마시고 있었다. 잘 먹다가 잘못 삼켰는지 사레가 들려 기침을 계속 하기 시작했다.

"콜록, 케헥, 어억, 물, 좀···."

당황한 시온과 지현은 바로 하나의 멀리에 있던 생수병을 동시에 집었다. 니 거니 내 거니 하는 사이에 하나는 웃기지만 계속 나오는 기침에 죽을 맛이었다.

"콜록, 아, 빨리···."

지현이 힘싸움에서 이겨서 뚜껑을 열고 바로 하나에게 내밀었다. 저번 일 이후 하나를 잘 챙겨주고 싶었기에 지현이 짜증났다.

사레가 그다음에도 한 번 다시 들리니 이번엔 시온이 지지 않겠단 마음으로 물을 낚아채 하나에게 건넸다.

"어우, 감사해요···."

시온은 정말 뿌듯해했다. 하나는 은근 착한 사람이란 생각이 들었다. 물 한 번 챙겨준 거에 저렇게 뿌듯해하다니… 근데 도대체 뭐가 저 선배를 그렇게 앙칼지게 만든 거지?

다음으로 간 곳은 본관 3층 복도였다. 본관이라기엔 그냥 처음 지어진 건물이었고, 신관은 매우 좁았다.

둘러보다 보니 DIY 동아리가 보였다. 발견하고 마치 아이처럼 도도도 뛰어간 하나는 특이한 무늬의 손목 보호대를 발견했다. 그리고 신기한 무늬의 마스킹테이프도 발견했다.

보호대는 시온에게, 테이프는 지현에게 선물하고 싶었다. 시온은 손목을 다치게 해서 미안했을뿐더러 손목이 약해 보였기 때문에, 그리고 지현은 드럼스틱에 테이프를 약간 감아 놓으면 개성있을 거라 생각했기 때문이다.

멀리서 시온과 지현이 궁금해하는 사이, 하나는 DIY동아리 부원이었던 친구 다희에게 돈은 기부된다는 말을 듣고 손목 보호대와 테이프의 가격을 넘는 돈을 전해 주고 다시 아이처럼 웃으며 뛰어왔다. 시온에게 먼저 손목 보호대를 전해 주니 광대와 뺨 사이가 붉어지는 게 확연히 보였다.

"저번에 죄송해서… 이거 쓰세요!"

"…고마워."

얼씨구. 시온은 거만한 표정으로 키 차이가 별로 나지 않는 지현을 바라보았다. 입꼬리 한쪽을 올린 채. 두꺼운 입술이 입꼬리를 따라 얇게 늘어났다. 지현과 키 차이가 별로 나지 않는다 해도 10cm는 차이나지만. 지현이 170cm 즈음이니 180cm 정도가 되는 키로 내려다본 것이다.

시온이 지현에게 계속 거만한 표정을 짓는 사이에, 하나는 등 뒤에서 한 가지를 더 꺼내며 그것을 지현에게 건넸다.

"그리고 이건 언니 쓰세요! 드럼스틱에 작게 붙이면 괜찮지 않을까 싶어서….."

아까 샀던 테이프였다. 지현은 똑같이 시온을 올려다보며 거만하게 웃었다. 하나는 대충 눈치챘다. 뭐야 뭐야, 내가 그렇게 귀여운가?

"고마워, 하나야! 너무 고마워서 심벌에도 붙이고, 페달에도 붙이고 다 붙여야겠다!"

이건 나중에 안 일이지만, 지현은 언제나 드럼 스틱 잡는 쪽에 테이프를 붙이고 있었고, 시온은 무대에 오를 때마다 손목 보호대를 하고 있었다.

계속 시온과 지현이 기싸움을 하고, 시온이 언니라는 호칭에 질투하는 걸 구경하다 보니 시간은 굉장히 빠르게 지나갔다. 벌써 저녁이었고, 모두 집에 가서 다음 날 있을 공연에 대비해 컨디션 관리를 하기로 했다.

대망의 공연 날이 왔다. 일찍 가서 세팅을 해야 해서 하나는 6시에 일어났다. 아침 6시에 일어난 건 정말 오랜만이었다. 밤을 새다가 6시를 넘어본 적은 많았지만…

준비하기 전, 날씨를 보려고 창문을 여니 보이는 장면은 정말 기분 좋았다. 일찍 일어난 터라 더운 여름임에도 날씨가 선선했다. 하늘은 구름 한 점 없이 아주 푸른색이었다. 동네는 조용했고 새들이 푸드덕거리며 날아가는 소리만 들릴 뿐이었다.

바쁘게 씻고 옷을 챙겨 입으니 어느덧 학교 갈 시간이었다. 살짝 늦을 것 같기도 했다. 평소보단 훨씬 이른 시간이었지만 연습 시작

시간에는 아슬아슬해서 하나는 온 힘을 다해 뛰었다. 학교에 도착하니 밴드부 모두가 자신을 기다렸다는 걸 알아챈 하나는 머쓱하게 머리를 긁으며 강당에 세팅하러 들어갔다.

목 상태도 오늘따라 유난히 좋았다. 조금만 풀었는데도 노래 부를 준비가 쉽게 되었다. 피부 상태도 좋아서 기분도 최상이었다. 굳이 비유하자면 백설기처럼 하얗고 젤리처럼 탱글했다.

마이크를 보컬, 신디사이저, 드럼, 베이스, 일렉기타 모두 설정하고 리허설을 한 번 한 뒤, 다른 팀 리허설도 기다리니 어느덧 공연할 시간이었다.

물론 버스킹 경험도 있고, 이런 일엔 전혀 부끄럼이나 긴장을 타지 않았던 하나였기에 자신 있게 기다리고 있었다. 혹시나 구겨지지는 않았을까 화장실에 사서 교복 옷매무새를 다듬었다. 셔츠 단추를 끝까지 잠그고 나니 모든 것이 완벽했다.

시간이 지나고 지나 밴드부 공연 직전의 금연 캠페인 연극이었다. 유명한 배우도 왔다고 하던데, 밴드부는 무대 아래 분장실에서 차례를 기다리고 있었다.

"헐, 저 사람 이번에 영화 찍은⋯."

"맞아, 이름이 뭐였더라⋯반⋯반은향?"

"대박, 이름도 예뻐"

"니네 그거 몰라? 쟤 우리랑 같은 학년이잖아."

"엥? 진짜? 촬영 때문에 못 봤나."

영화는 나중에라도 보면 되는 것이니, 금연이라는 것만 마음에 새기고 하나는 자신의 목소리에만 집중을 하고 있었다. 혹시나 음이탈이 나거나 하면 안 되니까.

하지만 예상했던 것과 달리 갑자기 긴장되기 시작했다. 앞 공연의 호응이 너무 좋아서 그런 건가, 하고 하나는 합리화가 되기 시작했다. 음, 괜찮아, 괜찮아.

하지만 당황한 티가 꽤 난 나머지 거의 모두가 눈치챘다. 하나가 지금 매우 긴장하고 있다는 걸.

시간은 정말 빨랐다. 밴드부가 올라갈 차례가 되자, 방황하고 있는 하나에게 시온이 한 마디만 해줬다.

"야, 첫 노래 중반부부터 나오지? 그때라도 괜찮아지면 무대로 나와."

대기실 안에서는 무대의 소리가 잘 들렸다. 애들의 환호성, 드럼 소리, 기타 이펙트 소리와 시온의 노래까지. 그리고 마지막으로 지후의 반주까지 아주 생생하게 들렸다. 마치 연습할 때처럼.

하나는 무의식적으로 자신이 처음 들어가는 파트를 불렀다.

"You'll always be my day 1~"

아?

긴장되어 잘 나오지 않던 목소리가 아주 매끄럽게 나왔다. 당황할 시간이 없었다. 하나는 당장 무대로 나갈 준비를 하고, 핸드마이크를 사회자에게 받아 올라갔다.

하나가 무대로 올라갈 때는 마치 뮤지컬의 주인공이 등장하는 것마냥, 커튼 안쪽에서 나오며 노래를 부르기 시작했다. 안쪽의 계단은 턱이 높아 올라가기 힘들었다. 무대 커튼에는 먼지도 있었고, 바닥도 미끄러웠지만 무사히 올라갈 때의 기분은 최고였다.

조명도 뜨겁고, 사람도 많았지만, 그런 건 신경 쓰이지 않았다. 노래를 부르는 게 행복했다. 재밌고, 신났다. 목에서 흘러나오는 음이 좋았다.

노래의 후반부로 갈수록 서로 주고받는 가사와 화음이 어우러져 보는 이들의 말문을 막히게 했다.

노래가 끝나자 분위기가 어색했지만, 한 몇 초 뒤 박수 소리가 들려왔다. 환호 소리를 지르는 사람도 있었다.

다음 노래는 어젯밤 이야기라는 노래였다. 유명한 노래였기에 모르는 사람이 거의 없었다. 지후가 안쪽으로 들어가려던 찰나 시온이 손짓을 하며 옆 의자에 앉으라고 했다.

처음 부분은 신디사이저 음을 조정한 반주로 나왔다. 노래가 원곡처럼 열정적인 분위기는 아니었지만, 다른 두 곡과는 분위기가 확실히 달랐다.

서로의 악보 연습을 서로 봐주던 지후와 시온은, 합주를 시작했다. 높은음과 낮은음이 어우러지며 내는 소리는 신디사이저 소리가 아닌 합창단의 알토와 메조소프라노 같았다.

"어젯밤에, 난 네가 미워졌어."

이 노래를 부를 때 응원법 아닌 응원법으로 떼창을 하거나, 함성으로 박자를 맞추는 게 소위 말하는 국룰인데, 다 분위기를 따라줘서 모두들 너무 기분이 좋았다.

"빙글빙글 돌아가는, 불빛들을 바라보며"

"나 혼자, 가슴 아팠어."

모두들 정신 차리고 보니 노래는 클라이막스에 다다르는 중이었고, 끝까지 호응이 엄청났다. 보는 사람들 중 많은 사람들이 체력을 좀 썼는지 힘들어하다 마지막까지 뜨거운 박수를 보냈다. 뜨거운 박수라고 하면 너무 레크리에이션 진행자 같나? 하지만 환호성과 박수가 합쳐지니 땅이 울리는 느낌이 났다.

다음 노래는 쥬뗌므였고, 편곡했던 악보는 피아노 반주와 일렉기타의 주 선율로 시작했다. 재즈 느낌이 나면서도 살짝 빨라진 곡은 즐거운 느낌이 났다.

"…창문을 두드리는, 깨끗한 빗소리에."

"널 만나기 전 설렘이 더해가고."

드럼과 베이스가 나왔다. 악기들의 반주 소리가 원곡과 달랐지만 더욱 잘 어울렸다.

"영화를, 보러 갈까. 어디로든 떠나볼까."

"투명하게 물든 거리를 함께 걸어볼까."

사람들 사이에서 수근대는 소리가 들려왔다. 박수 소리보다 더 큰 것 같기도 해 하나는 조금 아쉽고 억울하기는 했다. 하지만 노래를 시작할 때마다 웅성거렸기 때문에 엄청 화가 나진 않았다.

"너 이 노래 알아…?"

"아니 몰라… 근데 개 좋아, 진심."

대충 살펴보니 아는 사람이 조금 있긴 한 것 같았다. 아는 사람은 추억을 되돌아보고 있고, 모르는 사람은 노래 감상을 하고 있었다. 몇은 입을 헤벌쭉 벌리고 보고 있기도 했다.

"널 사랑하나 봐~ 사랑에 빠졌어."

"이 기분 좋은 느낌이 변함없길 바라."

후반부로 갈수록 노래는 원래 노래보다 훨씬 빨라졌다. 원곡이 재즈 느낌이었다면, 지금은 완전한 밴드 음악 느낌이었다. 모르는 사람도 어느새 주 선율이 익숙해졌는지 흥얼거리는 게 보였다.

"언제나 투명하게 나만 사랑해 줘~"

마지막은 프랑스어로 너랑 나는, 이라는 말로 끝나는데, 하나는 그 뒤를 비워두기로 했다.

관객석에서 나오는 호응은 정말로 좋았다. 박수를 치고, 환호 소리를 지르고. 사랑에 빠진 눈빛도 보였다. 다들 이 노래를 들어봤으면 싶다.

"···오, 대박인데?"

아까 무대에 올라왔던 그 배우도 좋은 반응을 보이고 떠났다. 물론 밴드부 애들은 전혀 듣지 못했지만.

이 정도면 당연히 폐부되지 않을 거라고 모두가 자신만만하게 생각했다. 그 여파는 엄청났다. 저번 그 페이지에 이번 공연 영상이 풀버전으로 올라오기도 했고, 밴드부 SNS 계정과 개개인의 SNS 계정의 팔로워가 벌떼처럼 늘어나 알람을 꺼야 하기도 했다.

학교에서는 팬클럽이 생길 지경이었고, 눈에 띄지 않았던 지현, 다영, 다겸. 그리고 지후까지 유명해졌다. 그 일진 애들은 기가 죽었는지 조용했다.

진짜 만화 같은 이야기였지만, 밴드부실에 가끔 아무도 모르는 간식거리들이 놓여 있기도 했다. 종류도 매우 다양하게. 조그마한 에너지바부터··· 키 크는 어린이용 홍삼까지. 어쨌든 그건 되게 좋았다. 연습하다가 중간중간 피곤할 때 조금씩 먹을 수 있어서, 다섯은 자주 간식거리들을 꺼내 먹었다.

마지막으로, 저번의 그 선생님이 찾아오셨다.

"솔직히 학교 분위기 흐려지긴 했는데, 홍보도 되고 하니까 이번은 넘어갈게. 그리고 담배 너희 아니라며? 아니면 아니라고 말을 해. 요 짜식들아. 축하한다."

"헐! 감사합니다~! 선생님 사랑해요!"

하나가 하트를 만들어 보이며 다른 넷에게 눈치를 주었다. 다영과 다겸은 금세 만들어 보이더니 응용까지 했지만, 지현과 시온은 부끄럼을 타는지 안 하고 있었다. 결국 그 둘은 끝까지 하트를 만들지 않았다.

공연이 끝나고 며칠 뒤, 방학 직전일 때쯤 밴드부실에서 파티를 하기로 했다. 조촐하게 케이크를 사서 모여 노래를 부르고 있었다. 물론 지후도 같이.

"아무리 조촐하게 한다 해도 케이크 크기는 너무한 거 아니냐?"

"그냥 주는 대로 먹어, 시온아."

그때였다. 다영이 시온의 입에 포크를 욱여넣고 있을 때, 저번처럼 또 문이 부서질 기세라 열리는 게 보였다. 소리가 커서 들렸다는 표현이 더 맞을지도 모른다. 또 그 애들이었다.

"너희 혹시 우리 사랑하니?"

지현이 말했다. 알고 보면 지현은 드럼 실력뿐만 아니라 언어 능력 또한 출중했다. 말을 얼마나 잘하는지, 이길 사람이 없는 듯했다. 계속 지현이 말로 승부하자, 그 애들은 주춤했다.

"아니, 뭐, 개소리⋯."

"그럼 돌아가자~"

평소에 포근한 솜사탕 같았던 다영의 성질이 나왔다. 한 입 밖에 먹지 않은 생크림 케이크를 그 애들한테 집어 던졌다. 우두머리 격인 애가 당연히 몰아서 맞았고, 다른 애들은 도망갔다.

하나와 지후는 깜짝 놀라 아까 던져진 케이크가 들어갈 만큼 입이 벌어졌고, 다른 셋은 그러려니 하며 넘어갔다. 아무래도 한두 번 나오는 성질은 아닌 듯했다.

"윤, 성진⋯."

아무래도 그 우두머리 격인 애의 이름은 윤성진인 듯했다. 지후는 떨면서도 그 애를 걱정했다. 모두 그 모습을 보고 어이없어 했지만서도, 친구였던 애를 걱정하는 모습을 보니 딱히 할 말이 없었다.

"이름이 윤성진이었지~? 명단에 적혀 있는데도 까먹었네. 빨리 사과해."

다겸과 다영은 닮은 점이 많은 듯했다. 다겸이 평소와는 다른 모습으로 활짝 웃으며 윤성진에게 조곤조곤 말했다. 표정만 보면 사랑고백을 하고 있었지만, 말은 전혀 그렇지 않았다. 발음이 뭉개지지도 않고 또박또박했다.

"제, 제가 뭘요! 사과할 거 없는데….."

쯔쯔, 뻔뻔한 모습에 지현은 혀를 찼다.

"진짜 없어?"

뻔뻔하게 버티다가 결국 뭔가 찔리는 게 있었는지 그 애는 욕을 하며 뛰쳐나갔다. 얼굴에 녹아가는 미지근한 생크림을 묻히고 도망쳐 나가는 그 애의 달아오른 얼굴은 볼만하고 우스웠다.

한편 매번 미꾸라지처럼 빠져나가는 그 무리들의 모습에 골려주지 못한 건 모두 좀 아쉽다고 생각했다. 다 같이 한 번 망해 봐야 정신을 차리지.

다영은 성진의 얼굴에 맞고 떨어진 케이크 조각을 금방 치우더니, 배달 앱으로 이것저것을 주문하기 시작했다. 다들 벙찐 표정으로 다영을 바라보았지만 다영은 왜? 라고 물으며 웃을 뿐 할 일을 묵묵히 했다.

똑똑, 하는 소리에 문을 여니 떡볶이가 배달이 와 있었다. 비닐을 뜯으니 3인분 정도의 떡볶이가 들어 있었기에, 다섯은 어이가 없었다. 머릿수가 몇 갠데 이것만 시킨다고?

곧이어 치킨과 피자가 함께 배달왔다. 피자 브랜드에서 치킨도

파는 건지 같이 배달왔고, 그제야 6인분을 조금 넘는 양이 되었다.

다들 각자 SNS에 사진을 찍어 올리고, 각자 접시와 젓가락을 가졌다. 일회용 접시인 게 조금 아쉽긴 했지만. 좁아터진 밴드부에 그릇이 있을 리가.

피자는 토핑의 조화가 좋았고, 호불호 없는 슈프림 피자였다. 치킨은 또 다영이 센스가 좋았는지 반반이었고, 떡볶이는 중국 당면 사리가 추가되어 있었다. 매콤달콤한 냄새가 입맛을 자극하기도 했다.

하나는 갑자기 시온과 지현의 태도가 생각나 둘을 먼저 챙겨주고 반응을 한 번 보기로 했다. 피자랑 치킨을 각자의 일회용기 위에 얹어 주자 어쩔 줄 몰라 했다. 여기까지는 그냥 치킨이나 피자를 엄청 좋아하는 사람처럼 보일 수 있었다.

하나는 조금 선을 넘어보기로 했다. 지현의 입가에 묻은 피자에서 나온 기름을 손수 휴지로 닦아줬는데, 시온이 지현만을 째려봤다.

"헐, 하나야… 고마워!"

지현은 매우 고마워하는 티를 냈고, 시온은 극대노하기 직전이었다. 하지만 포커페이스를 유지하는 건지 원래 날카로운 인상이어서 그런 것뿐인지 하나만이 알아봤다.

지현과 시온은 서로 질투하고, 그걸 하나만 알고 있는 사이 다른 세 명은 맛있게 음식들을 먹고 있었다.

가벼운 분위기 속 지후가 무거운 목소리로 말을 꺼냈다.

"저… 예고로 편입해요."

"뭐?"

하나에만 정신이 빠져 있던 둘도 정신을 차리고 지후의 얘기를 듣기 시작했다. 갑자기 편입을 간다니 놀라지 않을 수 없었다.

"이번에, 무대 한 번 올려봤잖아요… 아무래도 저는 이쪽이 맞는 것 같다고 생각이 들었어요. 물론 전공자분들이 아니꼽게 볼 수도 있지만, 편입 시험도 봤고… 다른 지역 예술고 피아노과로 들어가게 되었어요."

하나는 많은 감정이 속에서 교차했다. 한편으로 꿈을 이루게 해 주어 뿌듯하면서도 주변에선 이렇게 꿈을 찾아가는데 자신은 뭘 하고 있는지. 진로희망조사서가 나올 때마다 전혀 상관없는 공무원, 회사원 같은 보편적인 직업을 적어서 내곤 했는데, 이렇게 가까이서 보니 머릿속이 혼란으로 가득 차려고 했다.

하지만 일단 축하해 주는 게 우선이었다. 질 나쁜 아이들과 모여 놀며 방황하던 시기가 얼마 지나지 않았는데, 이렇게 꿈을 찾아 바로 실행하는 것이 쉽지는 않았기 때문이다.

모두들 당황해 있다가 축하해 주는 말을 한마디씩 했다. 격려랑 응원에 용기와 힘을 얻었는지 지후는 입을 더 열기 시작했다.

"사실 너무 감사한 감정도 있어요. 선배님, 그리고 하나가 없었으면 아마도 계속 그 애들 밑에서 시달리거나, 아니면 극단적으로 자퇴를 한다거나, 그런 일도 있었을 수 있는데, 이렇게 나서서 그 애들도 뿌리쳐주시고… 그리고 걔네 감정이 밴드부 쪽으로 튀어서 억울하셨을 것 같아요… 진짜 죄송하단 말을 백 번 해도 모자랄 것 같아요."

지후는 구구절절 말하더니 죄송하단 말을 연달아 했다. 저번에도 이런 일이 있었던 것 같은데, 데자뷰인가? 전혀 미안하지 않아도 될 일이었다. 밴드부 관련 글에 처음 보는 애가 피아노 반주하는 것도 잘했다는 내용도 가끔 보였기 때문에, 반주가 없었으면 밋밋할

뻔하기도 했고, 어쨌든 지후는 좋은 존재였다.

"휴, 어쨌든 아쉽다. 오늘 맘껏 즐기고 가야겠네 그럼!"

다영은 조금 아쉽기는 했다. 객원 말고 당장이라도 밴드부로 영입하고 싶었다. 딱히 말로 하진 않았지만 피아노 반주든, 연주든 모두 수준급이었기 때문에. 그리고 당장 네 명이 3학년이 된다면 인원을 모집하는 것도 어려울 거기 때문에 차근차근 모집하고, 지후는 아는 사이였기 때문에 더 영입하기 쉬웠을 것이다.

"뭐 어쨌든, 다들 콜라 잔 한번 들어!"

다영이 다겸에게 소곤거리더니 이내 다겸이 건배사 아닌 건배사를 외쳤다.

"청춘은 바로 지금, 청바지!"

다겸과 다영은 건배사가 재밌다고 생각했는지 콜라 잔을 부딪히고 한 모금 마신 다음 거의 누운 정도로 앉아 웃고 있었다. 시온은 한숨을 쉬고, 지현은 그래도 피식 웃었는데, 서로 꼴 보기 싫었는지 기 싸움을 했다. 지후와 하나는 그닥 재밌다고 생각하진 않았는데, 쌍둥이들의 반응이 웃겨 그만큼은 아니지만 웃어 보였다.

어느새 웃고, 떠들며 먹다 보니 떡볶이 통은 바닥을, 치킨은 뼈가 쌓였고, 피자는 기름에 절은 피자 박스 바닥밖에 보이지 않았다.

모두들 은근 양이 충분했는지 배를 통통 두드리며 콜라로 입가심을 하고 있었다. 어쩌다 보니 학교에서 나갈 시간이 되어 밴드실 안을 쭉 훑어보고, 모두들 나와 자물쇠로 다 부서져가는 밴드실 문을 잠갔다. 하나는 생각을 계속 곱씹었다. 다시 못 오는 것도 아닌데 이렇게 보니 감회가 새롭네.

#4. 진짜 정말 최종 시작

시간은 빨랐다. 그때 그 축제가 끝나고 2학기에도 자주 버스킹을 다녔고, 2학년들이 나이를 한 살 더 먹고 3학년이 되었을 때는 밴드부에 신청을 많이 해 부장이 됐던 하나는 꽤나 힘들었다. 하지만 그 네 명이 자주 찾아와 줘서 완전 힘들지만은 않았다. 지후에게서는 잘 지내고 있고, 실기 시험 때문에 죽겠다는 웃기지만 안쓰러운 연락을 자주 받았다.

2학년, 아니 3학년들이 수능도 보고 대학에 붙었을 무렵, 하나가 수험생이 되어 연락이 자주 끊겼다. 하나는 자주 찾아오는 네 명이 바빠 보이지는 않았기 때문에 수험생이 이렇게 바쁠 줄은 몰랐다.

하나는 2학년 동안 잠시 방황하기도 했지만, 계속 버스킹을 다니며 노래가 자신의 길이라는 생각이 들어 급하게 보컬학원을 다니기 시작했다. 하지만 실력 덕분에 상대적으로 일찍 시작한 애들에게 뒤처지지 않았다.

정신없이 내신, 실기… 이것저것 다 준비하다 보니 정신을 차릴 쯤 입시가 끝나 있었다. 다행히 주변 좋은 대학교 실용음악과에 붙은 뒤였다. 모르는 사람이 더 많았지만, 다행히 학원에서 같이 배운 친구들이 같이 붙어 걱정이 없었다.

그 축제 이후로 2년 반쯤 지난, 하나가 대학교 1학년일 때 밴드부 다섯과 지후가 만나기로 약속을 잡았다. 모두 성인이었기 때문에 음주도 가능했다.

약속장소는 여전히 저번 그 고깃집이었다. 마침 지후가 동네에 들릴 일이 있어 그 참에 만나기로 했던 것이다.

집이 먼 지현이 제일 먼저 도착하고, 다음은 쌍둥이들이 도착했다. 그다음엔 주변에서 볼일을 마친 지후, 집이 가까운 하나와 시온. 정말 아이러니한 게 집이 가까운 사람이 더 늦는다는 것이다.

다들 달라진 모습이 많았다. 하나는 그대로인 느낌이었지만, 다영은 좀 더 인상이 시원해졌고 다겸은 더 순해진 느낌이었고, 시온은 성장판이 안 닫힌 건지 키가 조금 더 컸다. 지현은 찰랑거리는 긴 생머리를 아예 짧게 잘라 투블럭이었다. 지후는 손에 굳은살이 눈에 띄게 많아졌다.

항상 그렇듯 곱창을 못 먹는 시온 덕분에 삼겹살 하나와 곱창을 어느 정도 시켰다. 지후가 곱창을 못 먹을까 다들 걱정하긴 했지만 필요 없는 걱정이었다. 여섯 명 죽에 지후가 가장 뭐든지 잘 먹었다. 큰 키의 비결이었을지도 모른다.

다겸과 다영은 순진한 얼굴에 비해 성격이 센 편이었다. 물론 술도 셌다. 곱창에는 소주라며 소주를 시키고는, 소맥을 말아먹자며 맥주도 몇 병 시켰다. 술을 자주 먹어보지 않은 하나는 경악했고, 지후는 고등학생 때 자주 먹었는지 아무렇지 않은 듯했다. 당연히 미성년자는 음주가 금지였고, 자신도 반성하고 있는 듯했다.

하나는 전과 같은 실수를 하지 않기 위해 된장찌개를 조심히 퍼

먹었고, 지현과 다영은 이제 사이다병을 주고받을 일이 없어졌다. 그리고 시온 때문에 삼겹살을 시키긴 했지만 이제 곱창을 먹으려는 노력은 했다.

하나는 많은 양을 마시지는 않지만 술이 약했기 때문에 금방 바닥이 물렁물렁해지고 젓가락을 자꾸 떨어트렸다.

역시 다들 배가 컸던 게 맞았는지 금방 시킨 양을 다 먹었고, 가게에서 나왔다.

지후는 친구네 집에서 자기로 해서 금방 갔고, 쌍둥이들과 지현은 궤짝으로 사서 2차 파티를 벌일 예정인 듯했다. 결국 남겨진 건 또 시온과 하나였다.

데자뷰가 일어난 것처럼 작년과 상황이 똑같았다. 위치는 달랐지만 작년의 그 바람이 살랑살랑 불던 느낌. 물론 계절도 다르고 바람이 뺨을 때렸지만 술기운에 딱히 춥지 않았다.

하나는 별로 마시지 않는데 기분 탓인지 본심이 나오기 시작했다.

"스언배애액……"

"어, 왜, 어깨에 힘 좀 줘라, 앞으로 넘어가겠네."

"선배 저 좋아해요?"

하나의 기억은 여기까지였다. 술 취한 김에 말한 거긴 했지만 머릿속에서 빅 데이터를 종합해 말한 거였기 때문이다. 매번 하나의 행동에 반응하는 모양이나, 하나를 위한 행동들. 하지만 모르는 척하려고 했는데, 갑자기 입에서 툭 튀어나왔다.

하나는 다른 사람이 봐도 자유로운 영혼이었고, 연애를 할 생각이 없어 보였다. 여자든, 남자든. 그래서 그냥 거절하려고 했는데 입에서 말이 튀어나왔다.

휴대폰을 보니 딱히 그 뒤에 말은 없는 듯했다. 단체 채팅방에 문자를 하나 보내고, 시온에게 개인 문자로 하나를 더 보냈다.

[-어우… 다들 속 괜찮으세요??]
[-선배 저 혹시 어제 좀 추태 부렸어요?]

답장은 그리 늦게 오지 않았다.

[딱히?]
[-저 어제 무슨 말 했는지 기억하시죠?]
[어 알아. 근데 너 그 말 하고 바로 잠들었어. 그래서 자취방으로 데려다 준 거고.]
[넹!]

대화는 길지 않았고, 어제 술자리에서 잡은 약속인 청년 밴드 경연? 대회도 아니고 공연도 아닌… 그런 거에 나가보자는 약속이 있었다. 아무래도 지후는 이미 알 사람은 알 정도로 유명해졌고, 바빠서 나오지 못한다고 했다. 결국 원래 밴드 멤버였던 다섯이 나가게 되었기 때문에, 모두 감회가 새로웠다.

하나가 대충 찾아보니 남은 기간은 그렇게 길지 않았고, 자유곡 1곡을 선택해 나가면 되는 것이었다. 상품도 좋았고, 경험도 쌓을 수 있는 기회였다.

당장 모여서 곡을 정하기로 했다. 만날 곳은 카페였는데, 하나는 먼저 도착해서 카라멜 마끼아또를 주문했다. 뒤늦게 올라온 쌍둥이들은 카페모카와 민트초코라떼를 들고 올라왔고, 지현은 아메리카노를 들고 왔다. 시온은 예상에서 안 벗어나게 초코라떼를 주문하고 초콜릿 아몬드 파운드케이크도 사왔다. 무언가 잔이 얼룩진 걸 보니 시럽도 뿌린 듯했다. 혼자서 사이드메뉴를 사 와 놓고는 넷에게 사이드메뉴를 왜 시키지 않았냐며 핀잔을 줬다. 모두 시온을 귀엽게 바라보고 있었고, 쓰다듬기 직전이었다.

매일 회의할 때마다 찾아오는 그 분위기가 어김없이 찾아왔다. 여러 가지 의견이 나와야 하는데 너무 오랜만이라 그런지 다들 조용히 눈치만 보고 있었다.

"뭐지, 다들 생각 안 해 오셨어요?"

지현은 원래 그렇다 쳐도, 아이디어가 샘솟는 셋이 생각을 안 해왔을 리 만무했다. 하지만 다영의 얼굴을 바라보니 땀을 뻘뻘 흘리며 눈동자를 옆으로 돌렸다. 다겸 역시 마찬가지로 생각을 못해 온 듯 싶었다. 시온은 그냥 화가 난 건지 아무 생각 없어 보였다.

"저는! 한 페이지가 될 수 있게, 라는 노래요. 원래 밴드 곡이기도 해서 편곡 없이 해도 될 것 같아요!"

이때다 싶어 하나는 의견을 피력했다. 다들 눈치 보는 사이에 이렇게 정해버리면 아무 말 못하겠지? 진짜로 아무 말 못했다. 이렇게 중요한 한 곡이 아무렇게나 정해진 거였다.

"혹시 다들 어디 아프세요…? 숙취?"

"…아니?"

평소 대답을 하지 않던 시온의 대답에 모두들 깜짝 놀랐다. 이때부터 분위기가 풀어지면서 모두들 웃고 넘겼다. 분위기가 오랜만에 만난 지 얼마 안 됐지만 예전과 같았다.

준비는 빨랐다. 다영이 지인에게 부탁해 연습실을 빌렸고, 지현이 드럼을 옮기는 건 빨랐다. 신디사이저도 금방 옮겼고, 위치도 가까웠다.

하나는 매번 보컬 연습을 하긴 했지만, 마이크를 손에 쥐는 감각은 오랜만이었다. 마이크를 들고 노래를 하는 건 오랜만이어서. 예전의 느낌이 되돌아오는 것 같아 좋았다.

"아, 아."

마이크의 소리 크기와 울림 정도를 확인하고, 악기들도 얼추 세팅이 다 되었다. 이펙터에 연결을 하거나, 스피커에 연결을 하고.

"솔직히 말할게 많이 기다려왔어."

다른 넷은 감탄했다. 고등학생 때도 음색이나 호흡이 좋았지만, 전공을 하며 전문적으로 배우고 나서부턴 아예 달라졌다는 것이다. 눈에 띄게, 그리고 더 말끔하고 음색이 더 잘 들리게.

"아잇, 아무리 저 혼자 목 푸는 거라 해도 그렇게 바라보면 연습 못해요!"

"흐흥, 미안해 미안해!"

이후로도 계속 넷은 하나의 노래를 감상하다가 겨우 연습을 시작했다. 졸업 후에 전공을 하지 않아도 악기를 잡고 있었고, 전공을 한 이도 있었기 때문에 실력은 떨어지지 않았다.

"어우 지친다, 늙었어 늙었어!!!"

다영은 악기를 조심히 놓고 바닥에 주저앉더니 말했다. 익살스럽게 허리를 통통, 주먹으로 친 뒤 팔을 쭉 늘여 스트레칭을 했다.

"우리 뭐 시켜 먹을까?"

"좋아요!"

"…뭐 시켜 먹어?"

그러게 말입니다. 다영은 잠시 고민하다가 큰 목소리로 외쳤다. 연습실 내에 목소리가 쩌렁쩌렁 울려 퍼졌다.

"떡볶이!"

하지만 다영에 의해 그저께 떡볶이를 먹은 다겸에게 저지당했고, 지현이 조심스레 햄버거라고 작게 말하자 의견이 일치했다. 먹는 밴드부, 역시 변함이 없다. 햄버거만 시키는 게 아니라, 감자튀김, 치즈스틱, 지파이 등등 이것저것 많이 시켰다. 콜라는 당연히 시켜야 하는 거 아니냐며 논쟁을 하기도 했다.

시킨 햄버거들에는 먹음직스러운 향이 가득했다. 불고기버거 패티에는 윤기가 좌르르 흘렀고, 치킨버거 속 치킨은 안 먹어봐도 바삭해 보였다. 감자튀김은 간이 잘 배어 있었고, 치즈스틱은 치즈가 조금 새긴 했지만 식지 않아 잘 늘어났다. 지파이는 위에 올려진 매콤한 가루가 잘 어울렸다. 콜라는 언제나 그렇듯 햄버거와의 조화가 좋았다. 그다지 끌리지 않던 버거 속 채소들도 드레싱과 잘 어울리고 아삭했다.

말 한마디 없이 모두 자신의 버거를 집어 먹었다. 연습실 안에는 감탄사와 바삭거리는 소리, 무언가를 씹어먹는 소리 외엔 딱히 무슨 소리가 나지 않았다.

어느새 다 먹은 채였고, 이때다 싶어 시온은 하나의 입 양 옆에 묻은 샐러드 드레싱을 닦아 주었다.

"오~ 좀 설레는데~"

안 그래도 전날의 일 때문에 어색하던 참이라 하나는 시온에 대한 일을 엄청나게 의식하고 있었다. 저 아무 생각 없이 한 다겸의 말 때문에 엄청 당황한 상태가 되었다. 목덜미가 빨개진 것은 덤이었다.

"하나야, 어디 아파?"

말을 건 것은 쓰레기봉투에 포장지들을 담고 있는 다영이었다.

하나는 자신의 목덜미가 빨개진 줄도 몰랐기 때문에 연습실 앞에 있는 거울을 슬쩍 보며 말했다.

"아, 아뇨? 안 아파요!"

정리를 하다 보니 어느새 늦은 시간이었고, 모두들 집으로 돌아갔다.

밴드부의 시간은 언제나 빨랐다. 대회 겸 공연까지 남은 기간은 길지 않았었고, 연습하랴 학점 채우랴 바쁘게 살다 보니 4월쯤 있던 공연이 빠르게 다가왔고, 결국 당일날과 마주치게 되었다. 소설이었으면 이런 걸 급전개라 할지도 몰랐다. 하지만 진짜로 시간이 빨리 간 것을 하나는 약간 아쉬워했다.

공연 장소는 가까운 문화센터였으며, 야외에서 공연했다. 다섯 명의 차례는 2시쯤이었고, 초반도 후반도 아닌 그 어딘가였다. 1시쯤에 도착해, 차례를 기다리며 다른 팀의 공연을 감상했다.

"날 바라보는 너를 느끼듯이~"

어딘가 익숙한 멜로디였다. 처음 버스킹을 했을 때 불렀던 노래였다. 이런 노래 가사 하나하나가 모두에게는 추억이 되었고, 나중에 회상할 수 있는 것들이었다.

"참가번호 8번 팀 올라오세요~!"

벌써 다섯의 차례였다. 하지만 긴장한 사람은 아무도 없었다. 굳이 꼽자면 뒷 차례의 참가자일 뿐, 다섯 중 긴장한 사람은 아무도 없었다.

"아, 아."

원래 세팅돼 있던 마이크에서 날카로운 잡음이 나지는 않는지 확인해 보며 하나는 자신의 자리에 편하게 서서, 심호흡을 한 번 했다.

오늘 다 같이 입은 니트는 이상하지 않은지 다시 한번 둘러보고, 야외무대 앞에 앉아 구경하고 있는 사람들은 어떤지도 한 번 확인했다. 서로 다른 사람들 모두가 자신을 쳐다보고 있고, 자신의 노래를 들을 거라 생각을 하니 매우 설렛다. 보통 사람들은 이런 것을 긴장된다고 하겠지만, 하나는 전혀 그렇지 않았다. 자신이 연습한 것을 어떻게 보여줄지, 사람들은 자신의 노래에 어떻게 반응할지, 하나하나가 모두 마음에 와닿았고 행복했다.

노래는 역시나 피아노의 선율로 시작됐다. 이 정도면 마스코트…가 아니고, 밴드부의 상징이라고 할 수 있는 것이었다.

노래는 원래 남자 음계였지만, 키를 적당히 조정하니 하나가 편하게 부를 수 있었다. 마이크를 잡고, 배에 있는 힘을 끌어올려 목소리를 뱉어냈다.

"솔직히 말할게, 많이 기다려왔어. 너도 그랬을 거라 믿어."

노래는 매우 밝은 느낌이었다. 드럼이 시원하게 나오니 모두 속이 뻥 뚫리는 느낌이었고, 지현은 스트레스가 풀릴 지경이었다. 스틱 끝으로 심벌과 북을 두드리는 그 타격감이 너무 좋았다.

"오늘이 오길, 매일 같이 달력을 보면서~"

가사 하나하나가 마음을 울리고 소위 말하는 하이틴 재질이었다. 노래가 청량하고 레몬을 썰어 넣은 탄산수 같은 느낌이었다. 무더운 여름의 더위를 씻겨 내리는, 끈적하지 않은 음료수 같았다. 이온 음료에 가까울지도 모른다.

"아름다운 청춘의 한 장, 함께 써 내려 가자."

"너와의 추억들로 가득 채울래."

지금 이 순간이 다시 넘겨 볼 수 있는, 한 페이지가 될 수 있게.

은근 아는 사람들이 있는 노래였는지, 자리에서 따라부르는 사람이 많았고, 박수를 치는 사람들도 많았다. 모두들 평범한 공연이 아닌, 상이 걸린 걸 잊은 것마냥 분위기를 즐겼다.

하이라이트 구간을 더 반복한 후, 노래가 끝이 났다. 조명이 더 웠는지 다섯 명 모두 땀을 흘리고 있었다. 그리고 곧 환호성이 들렸고, 시원하게 웃으며 무대에서 내려왔다.

분명 4월 날씨에 니트는 시원하지 않았고, 얇았지만 더울 수 있었다. 마침, 조명이 밝고 뜨거웠기에 땀을 흘리기에 충분한 이유가 있었다. 물론 땀이 났고, 모두 찜찜했지만 이유는 모르게 상쾌하고 시원했다. 햇빛을 직선 수준으로 받고 있는 아주 쨍쨍한 하늘도 오늘따라 시원해 보였다.

참가한 팀이 많은 편이 아니어서, 기다렸던 시간만큼 더 기다리니 끝이 났다. 공연마다 평가를 바로 했는지 결과는 금방 나왔다. 결과는 특별상 같은 걸 받았는데, 대부분의 사람이 상의 이름을 기억하지 못했다. 컨셉이었던 건지 원래 그런 건지 이름이 매우 길었기 때문에, 상에 적힌 글씨를 읽지 않는 이상 바로 말할 수 있는 사람은 아마 없었을 것이다.

한창 놀고먹을 나이, 스무 살과 스물한 살인 다섯은 회식이라는 이름으로 이번엔 시온의 자취방에 들렀다. 어이가 없는 점 하나는 모두 사는 동네는 그대로였기 때문에 시온은 원래 살던 본가와 자취방이 5분 거리인 것이다.

어쨌든 역시는 역시인지 술과 대충 육포같은 질긴 씹을 거리를 사 낮은 빌라로 향했다. 어떻게 구한 건지 외관에 비해 내부가 넓고 깨끗했다. 다 같이 이야기를 하며 놀다가, 게임을 하기로 했다.

"아니 뭔 진실게임이야!!!"

"왜, 시온아? 비밀이라도 있나 봐? 우후훙~"

"하다영 그렇게 좀 웃지 마!!!!"

의외의 케미인 다영과 시온이 서로 티격태격 싸우는 중이었다. 쌍둥이들이 진실게임을 하자 해서, 여러 가지 할 말이 많은 시온은 발악하는 중이었다.

"재밌을 것 같은데~"

다겸이 계속 자신의 의견을 적극적으로 펼치니 시온은 무슨 말을 할 수 없었다. 평소에 평화로운 쌍둥이는 화내는 게 훨씬 무서웠기 때문에, 시온은 조심하는 중이었다.

"그럼 시작한다~"

활기차고 차분한 말과 함께 아까 전 바닥에 떨어졌던 젓가락 한 짝이 빙글빙글 돌아갔다. 아니나 다를까 첫 차례에 맞춰진 사람은 시온이었다. 다겸은 스물하나라는 나이를 먹고 어린 초등학생처럼 굴었다.

"좋아하는 사람 있나요~!"

시온은 바로 잔을 들어 술과 호불호 많이 갈리는 음료수들이 왕창 섞인 액체를 목으로 넘겼다. 묽은 식혜 맛 숙취 음료, 박하 맛 음료수. 물을 탄 것 만 같은 초코우유 같은 것들이 가득 섞인 액체를. 맛은 새콤하고, 떫고, 이상했지만 대답을 하는 것보단 나았다. 하나도 모르지만 대충 눈치를 챘고, 지현은 당연히 알고 있었고. 쌍둥이들은 둘 다 정체를 알 수 없기 때문에 알고 질문하는 것일 수도 있었다.

"오호홍~ 있나 봐."

알고 있는 지현은 일부러 장난치며 놀리려고 모르는 척을 하며 설레발을 쳤다.

시온이 다시 젓가락을 돌리자, 다시 시온을 향했다. 화난 시온은 다 엎어버리고 육포를 질겅질겅 씹었다. 음식을 많이 가리는 시온이지만, 화가 났는지 육포를 이가 갈리도록 씹어먹었다.

지현은 거의 누운 채로 웃었고, 하나는 뭔가 이상하다는 반응이었다. 쌍둥이들은 대충 뭔가 눈치를 챈 느낌이었다.

점점 분위기는 달아올랐고, 다들 잠들기 일보 직전이었다. 별로 뭘 먹지 않은 시온과 하나는 늦게까지 깨어 있었고, 서로 본심이 나올 때쯤이었다.

"선배!!!! 제가 사실….."

"…그래, 말해."

하나는 홧김에 얘기를 털어놓았다. 친구 다희와 가족만이 알고 있던 것.

하나가 호흡과 발성이 좋았던 이유는 사실 어릴 적 노래를 배운 적이 있었었기 때문이었다. 계속 그대로 그 길을 걸어 예술 중학교, 예술 고등학교를 가는 방법도 있었지만, 어릴 때부터 목을 항상 썼기 때문에 성대에 무리가 있었다. 뿐만 아니라 복식호흡 때문에 호흡기관도 건강한 편은 아니었다. 건강이 제일 중요했기 때문에 이른 시간에 그만뒀고, 부모님의 기대에 부응하지 못해 반은 내놓아 진 자식으로 자란 것. 그렇기 때문에 밴드부에 들어온 지 얼마 안 됐을 때도 다른 넷 덕분에 적응하기 쉬웠고, 낯을 많이 가렸던 것.

그리고 한 가지 더 얘기했다. 김지혁을 만난 것. 알고 보니 하나의 대학 선배였고, 왜 부활동을 그만둔 것인지 알려주지 않았지만, 어쨌든 만났다고. 행복하게 지내는 것 같다고.

갑자기 확 어두워진 분위기에 둘은 어색해졌다.

"뭐, 그래도 지금 선배들하고 같이 노래하고 있잖아요!"

"그래, 뭐….."

시온은 자신이 괜히 들은 것 같아 미안해 자신의 이야기도 하나하나 털어놓기 시작했다.

대충 내용은 자신도 하나의 상황과 비슷했다는 것. 다른 것은 사고 때문에 그만뒀다는 것이었다. 콩쿨을 하러 가는 길에 사고가 나서 그만 손목들이 다 약해졌고, 그로 인해 취미로만 피아노를 연주했던 것이었다. 그리고 밴드부에서는 피아노와 비슷한 신디사이저를 했던 것이고.

하나는 새삼 놀랐다. 2년 반쯤 전, 두부 때문에 시온을 다치게 했을 때 시온이 한두 번 다치는 것이 아니라고 했기 때문에. 측은지심이라 할 건 없고 그냥 미안해서 안아주고 싶었다. 그리고 하나는 시온을 꼭 끌어안았다.

시온은 마음을 추스리고 싶은 건지 밖으로 나갔고, 하나는 얼마 지나지 않아 주변에 있던 담요를 끌어 곤히 잠들었다.

아침이 되니 지현은 어디 가고 없었고 쌍둥이들은 먼저 일어나 라면을 끓여 먹고 있었다. 시온은 생각한 것보다 늦게 들어왔는지 소파 위에 누워 끙끙거리고 있었다. 아마도 하나가 밤에 잘 때 더웠던 이유가 시온이 제 담요를 하나가 모르게 덮어주었기 때문인 듯했다.

쌍둥이들은 라면만 끓여 먹고 본인들 몫의 설거지만 하고 떠났다. 아마 속이 덜 풀렸는지 더 잘 생각인 듯했다. 하나는 시온이 앓는 소리를 내자 가까이 가 봤는데 열이 펄펄 끓고 있었다. 당황해 어떻게 고민하다 약을 찾다가, 빈속이라는 걸 알게 되어 죽을 끓이기 시작했다.

밥은 덜 익고, 일찍 넣은 야채에 물은 줄어들어 야채죽이 아닌 야

채 볶음밥 수준이었지만, 시온은 꼭꼭 씹어먹고 약까지 먹은 후 잠들었다. 하나는 휴식에 방해가 될까 몰래 보다 쪽지를 남겨두고 떠났다.

[선배 빨리 나으시고 괜찮아지면 연락하세요!]

시온이 일어나자 이미 정오는 한참 넘긴 시각이었고, 조금만 더 기다리면 해가 질 때쯤이었다. 열은 내렸지만 목이 부어 침을 삼키는 게 힘들었다. 원인은 어제 잠시 바람을 쐬러 나갔다가 늦게 들어온 것이 분명했다. 일교차가 심했기 때문에 공연 때는 땀을 흘리고, 밤에는 추워서 감기몸살이 난 것이었다.

시온은 뒤늦게 쪽지를 발견하고 하나에게 연락을 했다. 그 순간 어제 있었던 일이 생각나 오른손으로 얼굴을 반쯤 가렸다. 하지만 그 가느다란 손가락으로 얼굴이 가려지지는 않았다. 그렇기에 붉어진 뺨이 더욱 잘 보였다.

한편 그 시각 하나는 시온에 대한 고민을 하고 있었다. 시온의 마음은 진작 눈치챘고, 자신이 어떻게 해야 할지를. 하지만 머리가 너무 아픈 나머지 3분 만에 그만두고 딴짓을 했다.

시온이 감기에 걸린 그날 밤 이후로 둘은 연락을 자주 하지 못했다. 시간은 빠르게 갔고 둘 다 모두 진로를 정했다. 시온은 피아노 전공으로 확실히 정했고, 작곡 쪽을 배워보고 있었다. 하나는 보컬 쪽으로 이미 SNS에서 유명해지고 있었다. 고등학생 때 활동까지도 회자되고 있었다.

서로 승승장구하고, 시온 대신 지후가 신디로 들어와 밴드부 활동을 같이하는 사이, 시온과 하나는 점점 멀어져갔다.

지후는 유튜브를 시작했는데, 예대생 브이로그 컨셉에 맞춰 올리다 보니 유명세를 탔고, 하나가 한 번 출연한 영상이 대박을 터뜨렸다.

하나는 점점 입지를 넓혀, 인지도 있는 연예인들과도 안면을 트는 중이었고, 시온은 자신이 아직 그대로라고 생각했다. 일 년도 지나지 않았는데 너무 달라진 서로의 모습에 자신들이 어색해져가는 중이었다.

10개월 정도가 지났을 때였다. 4월이었던 그때는 훨씬 지났고, 다시 날씨가 따뜻해지는 즈음인 2월이었다. 딱 꽃샘추위 때.

어느 날 친해진 배우인 은향을 만나러 간 촬영장에서 한 소식을 듣게 되었다.

"작가님! 그, 그 작곡가 아세요?"

"아, 류시온 작곡가? 완전 신인인데, 이번에 히트쳤잖아!"

"맞아요. 언론에서도 잘생겼다고 난리던데~ 고양이상이라나 뭐라나. 저희 이번 새 예능에도 한 번 섭외해야 하는 거 아녜요?"

"일단 드라마 촬영에나 집중해라, 막내야."

틀림없는 시온의 이야기였다. 작가와 신입 계약직의 이야기 내용 중 하나는 류시온이라는 이름밖엔 듣지 못했다. 고작 일 년 덜 지났는데, 벌써 이렇게 유명해지다니.

하지만 만나고 싶어도 만날 수 없었다. 딱히 호감이 있었던 것도 아니었고, 이제와서 연락하면 농락이나 다름이 없으니. 바빠진 탓에 시온은 밴드부 활동도 어려웠다.

갑자기 생각난 탓에 머리에 맴도는 시온을 애써 없애며 하나는 은향과 시내 거리를 걷는 중이었다. 그때 딱 마침 옆에 딱 시온의 체격인 남자가 허겁지겁 지나갔다. 하나는 뒤돌아봤지만 알 수 없었다.

아리송한 기분을 갖고, 다시 혼자가 되어 쌍둥이들을 만나러 가는 길이었다. 유익한 이야기들을 얻을 수 있었다.

사실은 하나의 친구인 다희가 다영에게 소개를 시켜준 것, 하나가 슬퍼하는 것을 본 다희는 너무 마음이 아파 취미로나마 노래를 다시 했으면 해서 다영에게 추천을 했고, 이렇게 된 것이었다. 그리고 한가지 더, 사실은 다영, 그리고 다겸은 다희의 사촌이었다는 것. 어쩐지 다자 돌림이더라.

하나는 얘기를 듣고 울기 일보 직전이었다. 다음에 다희에게 아주 풀코스로 대접해야겠다는 생각을 하고, 쌍둥이들과 신나는 시간을 보냈다.

갑자기 시온이 생각난 나머지 시온의 집 쪽을 지나가기로 했다. 어차피 또다시 이사를 여러 번 했다는 이야기를 들어 시온의 집 근처에 가더라도 무용지물이었다. 아쉬운 나머지 주변 건물이나 풍경들을 구경하고 돌아가려는 찰나에, 어깨가 잡히는 느낌이 들었다.

하나는 시온이길 바라며 뒤를 돌았다. 아니나 다를까 시온이 맞았다. 원래 날씨 때문에 붉었던 하나의 뺨은 붉어지고 밝은 검은색이었던 짧은 머리카락은 휘날렸다.

"여기 왜 왔어?"

"아, 그게."

"…잘 지냈어?"

평소와는 다르게 다정한 느낌이었다. 어딘가 전 애인 느낌이기도 했다.

바람은 시원했고, 매번 데자뷰가 일어나는 느낌이었다. 달라진 점은 날씨, 서로의 모습뿐이었다. 하나는 더 나이를 먹었고, 시온은 이유를 모르지만 키가 더 커졌다. 물론 조금이었지만.

"선배, 어….."

"너 솔직히 예전부터 알고 있었지?"

"당연하죠."

"어떻게 생각해?"

"…저는,"

대답은 서로만 알고 있었다. 아무도 모르게. 시온은 하나가 불렀던 노래 가사의 한 소절을 조곤조곤 말해 주었다.

그날따라 유독 바람은 시원했고, 날씨는 맑았다. 저녁이었지만, 하늘은 맑았다.

밴드부 모두가 모이는 데는 그리 오랜 시간이 걸리지 않았고, 평소와 같았다. 시끌벅적하고, 먹을 것도 자주 먹고. 그리 연습을 많이 하지 않아도 본인들의 실력으로 커버가 가능하다는 것.

노래를 부르는 건 항상 즐거웠고 행복했다. 악기 역시 연주하는 것이 상쾌했다. 날씨가 어떻든, 관객이 어떻든. 시간이나 장소가 뒤죽박죽이라도 노래를 부르고 악기를 연주하는 건 즐거웠다.

"아, 아."

언제나 똑같이 마이크 테스트를 하는 중이었고, 반주가 시작되면 매번 목에서 음이 차오른다.

…앞으로도 많은 일이 있겠지. 음 이탈이 난다거나 사고가 생긴다거나, 하지만 포기하고 싶지 않아. 실패하는 일이 있어도 일어나고 싶어.

하나는 매번 노래를 부르기 전 생각한다. 날 보고 노래를 부르는 사람들이 있을 거라고.

"…널 사랑하나 봐, 자꾸 보고 싶어~ 매일 모닝커피를 너와 들고 싶어."

자기 자신이 제일 좋아하는 노래도 함께 머릿속에서 되뇌이며.

chapter:3

#1. 시작

　가득한 교실에 들리는 건 오직 연필 소리. 교탁과 멀지도 가깝지도 않은 창가 쪽 자리는 유일하게 들려오는 소리의 시작점이 있었다. 열어둔 창문을 통해 들어오는 부드러운 바람은 창문과 가까이 있는 사람의 긴 머리칼을 움직이기 충분했다. 가볍게 날리는 머리카락을 귀찮다는 듯 한 번 넘기고는 계속 무언가를 적어 내렸다.

　"아…. 머리 아파….."

　손가락으로 이마를 몇 번 툭툭 두드리며 낮게 속삭였다.

　"뭘 하길래 머리가 아파?"

　갑자기 귀 바로 옆에서 들려오는 큰소리에 놀라 어깨를 약간 들썩였다. 너무 집중한 탓일까 누군가 다가오는 인기척조차 느끼지 못했다. 나는 곧바로 쓰던 노트를 덮으며 말했다.

　"아 그냥 뭐 좀 적고 있었어. 별거 아니야."

　별거 아니라고 하는 말과 다르게 급히 노트를 닫는 모습이 이상했는지 옆에서 계속 질문을 쏟아냈다.

　"왜 뭔데? 뭔데 그렇게 급하게 숨겨? 응? 아아 예슬아~ 우리 사이에 그런 거 하나쯤은 말해 줄 수 있잖아~."

계속 답하지 않자 윤하가 이젠 내 팔을 잡고 흔들면서 떼를 썼다. 그런 윤하의 손에서 팔을 슬쩍 빼며 말했다.

"진짜 아무것도 아니야. 그냥 심심해서 아무거나 적어본 거야. 제발 관심 꺼줘."

내가 단호하게 말하니 서운했는지 윤하는 입을 쭉 내밀며 구시렁 댔다. 하지만 이렇게라도 안 했다간 윤하를 떼어내는 건 불가능했 다.

"힝…. 진짜 미워…. 윤하 삐졌어…."

"아, 제발 애교 자제 좀…. 너 남자 친구 있잖아. 왜 나한테 그 래…."

남자친구 이야기가 나오니 언제 서운했냐는 듯 갑자기 얼굴이 확 밝아지면서 미소를 지었다. 남자친구 얼굴을 상상이라도 한 건지 아주 기분이 좋아 보였다. 누구는 연애도 못해 봤는데 그 누구의 바 로 옆에는 사랑꾼이라니.

"헤헤. 남자친구 보고 싶다."

"나도 보고 싶다."

"엥?? 너 남자친구 생겼어? 누구야??"

그럴 리가. 그냥 한 말인데 윤하는 그걸 믿었는지 눈을 크게 뜨고 나에게 다가와 물었다.

"아니. 없으니까 보고 싶다고."

"아…. 그런 뜻이…."

하는 뒷말을 생략하고 자신의 입을 손으로 막았다. 그 뒤로 몇 분간 정적이 흘렀다. 아직 이른 등교 시간으로 나와 윤하 말고는 아무도 없는 교실이라 그런지 나와 윤하가 말을 멈추니 아무런 소리조차 들리지 않았다. 아 딱 한 가지, 바람에 머리칼이 흩날리는 소리만 나지막이 울려 퍼졌다. 전혀 거슬리지 않는 기분 좋은 소리. 이어지는 정적에 내가 잠깐 생각에 잠겨 있을 바로 그때 창문을 통해 나뭇잎이 하나 날아오고 동시에 반에 사람이 들어왔다. 일찍 온 나와 윤하를 한번 힐끔 쳐다보고는 제자리를 찾아 앉았다. 그 후 그 아이는 책을 꺼내 읽는 것 이외에는 아무것도 하지 않았다. 정말 아무것도.

"쟤는 무슨 책을 저렇게 읽기에 저렇게 집중하지?"

오직 책만 읽는 아이가 신기했는지 윤하는 나에게만 들릴 정도로 속삭였다.

"몰라. 재미있나 보지. 아니면 꼭 읽어야 한다든가."

내 말을 끝으로 아이들이 하나둘씩 무리를 지어 반에 들어오기 시작했다. 시계를 보니 어느덧 등교 시간과 가까워져 있었다.

'이제 하교 전까지는 노트 못 꺼내겠네.'

혼자 비밀스레 적는 나의 노트는 그 누구에게도 보여주기 싫었다. 그게 친구든 부모님이든. 그래서 더욱 혼자 있을 때만 보거나 남이 볼 땐 숨기기 급급했다. 윤하가 잠시 한눈을 판 사이에 나는 재빨리 노트를 가방으로 넣었다. 그리곤 가방의 지퍼를 완전히 닫았다. 아무도 나를 못 봤겠지라는 생각을 하며. 하지만 너무 안심한 탓일까 내 가방을 바라보는 시선 하나를 눈치채지 못했다.

—

항상 매일매일 똑같은 하루였다. 학교, 학원, 집, 숙제, 학교, 학원, 집, 숙제. 그 어떤 특별한 점도 없이 지겹도록 반복되는 생활에 난 아무런 생각이 없었다. 매일 그래왔던 거니까. 생각을 가진다 한들 바뀌는 것도 아니니. 다들 그런 건 줄 알았다. 나만 그런 게 아니라 모두가 나처럼 평범하고도 반복적인 삶을 살거라 생각했다. 하지만 그 아이들은 나와 달리 행복해 보였다.

'저 아이는 뭐가 행복해서 웃는 걸까.'

'쟤는 뭐가 저렇게 즐거울까.'

그렇게 하나둘 가지게 된 의문점들. 처음엔 나와 같은 삶을 사는데 저 아이는 행복하고 난 왜 이런 거냐는 그저 작은 불평으로 시작되었다. 그런 불평들이 모이고 모이니 짜증이 되었고 짜증이 모이니 자연스레 지치고 삶의 의욕을 잃게 되었다. 모든 게 의미가 없는 것만 같고 해야 할 것들을 하지 않는 일이 많아졌다. 이런 나에게 마치 선물처럼 다가온 게 있었다. 무언가로부터 도망치듯 들어온 도서관에서 발견한 두꺼운 책 한 권. 왜인지 궁금했고 왜인지 펼쳐보고 싶어졌다. 홀린 듯 다가가 집은 책을 펼치니 거기엔 오직 한 그림의 사진과 이름, 화가의 이름이 덧붙여져 있었다.

-퐁파두르 부인- 프랑수아 부셰(1703.9.29.~1770.5.30.)

뭐가 그렇게 예뻤던 걸까. 그 그림만 5분을 넘게 빤히 지켜보았다. 그림을 처음 봤을 때 가장 먼저 든 생각은 '부드럽다'였다. 왜 그랬던 건지는 지금까지도 궁금한 점 중 하나이다. 종이에 그린 그림이 부드럽다는 느낌이 들 수 있을까? 그림 속 진한 녹색에 분홍 꽃의 자수가 새겨진 드레스는 마치 눈앞에 있는 것처럼 생생했고 그 드레스를 입고 있는 여인은 인자하면서도 위풍당당해 보였고 다소곳하면서도 털털해 보였다. 점점 그 그림에 빠져들게 되었고, 불평도 짜증도 아닌 순수한 의문점들이 머릿속을 가득 메웠다.

'저 여자의 시선은 어디를 보고 있는 걸까.'

'이 여자는 무슨 책을 읽고 있었던 걸까.'

'이렇게 아름다운 여자는 과연 어떤 남자와 결혼했을까.'

'이 배경은 이 여자의 저택일까.'

끝도 없이 쏟아지는 질문에도 그림 속 여자는 대답해 줄 리 없다. 그렇다고 그림에 대한 설명이 적혀 있는 것도 아니었다. 고작 내 머릿속의 생각일 뿐인데 미치도록 궁금했고 내 머릿속은 온통 그 생각들로 가득 차기 시작했다. 학교를 마치고 얼른 집으로 돌아와 컴퓨터의 전원을 켰다. 다급히 찾아본 건 다름 아닌 아까의 그림 한 폭.

－퐁파두르 부인－

검색하자마자 나오는 것은 아까 봤던 멋진 그림이었다. 아까 이미 본 그림이었지만 다시 보니 또 다른 느낌이 머릿속에서 생겼나 혼자 그 생각들을 급히 정리했다. 그렇게 서랍에서 꺼낸 노트. 그 노트의 시작은 여기서부터이다.

달칵달칵

그 어느 때보다도. 심지어 수행평가를 조사할 때보다 더욱 열중하여 그 그림에 대해, 그리고 그 그림을 그린 화가에 대해 찾아보았다. 앉아서 가만히 있는 걸 싫어하는 내가 그렇게 오래도록 스스로 앉아 있었던 적은 처음인 듯했다. 열심히 찾아본 결과, 생각보다 많은 걸 알게 되었다.

첫 번째, 그 화가는 생각보다 유명하다는 것.

두 번째, 그 화가의 그림은 다 예쁘다는 것.

솔직히 내가 전문적인 사람도 아닌 그저 학생일 뿐인데 어떻게 표현할지, 어떻게 감상할지 무얼 알겠는가. 하지만 그 그림을 그린 화가의 작품은 다 아름답다는 것, 그것만은 확실히 알았다. 저 그림의 주인공인 퐁파두르 부인은 프랑스 왕 루이 15세의 정부였다고 한다.

'가만…. 정부라면 왕비는 아니라는 거네…?'

어릴 때부터 문학과 미술을 익혔고 미모와 재치를 겸비했다는 이 완벽한 여인은 루이 15세의 총애를 받아 후작 부인의 칭호까지 받았다고 한다. 그러나 그걸 이용하여 권력과 권세를 잡고 오랜 사치 생활을 하여 프랑스혁명을 유발한 원인이 되었다니…. 그냥 평범한 귀족일 것만 같았던 그녀는 루이 15세의 정부였다니…

'이리도 예쁜 이 여자는 과연 어떤 남자와 결혼했을까.'

내 질문의 답이 채워지는 순간 나는 왠지 모를 희열이 생겨났다. 이렇게 내 새로운 취미가 생겼다. 그림과 화가를 알아보고 노트에 작성하는 것. 중 2부터 시작된 나의 소소한 취미.

—

고1이 된 지금까지 그 노트는 한 번도 끊이지 않았다. 노트가 가득 차서 새로운 노트를 사야 하는 상황이 생기더라도 절대 끊긴 적은 없다. 누가 시키라고 강요하지도 않았지만 내가 좋아하니까 저절로 쓰게 되었다. 중2 때부터 지금까지 쓴 노트는 총 4개, 다 합하여 대략 250장. 누가 듣기엔 많은 양이겠지만 얼마나 쓴지도 모른 채 그냥 자연스레 쓴 나에게는 그리 놀라운 양은 아니었다. 그저 쓰다 보니 많아진 거고, 쓰다 보니 노트가 쌓인 것이었다. 아, 말이 길어졌네. 그래서 오늘은 윤하와 함께 미술관을 가기로 했다. 이 노트를 처음 쓰게 해준 화가인 프랑수아 부셰의 전시회가 열린다고 하였다. 그 소식을 접하자마자 바로 나는 같이 갈 친구를 구하였고 결국 윤하와 가게 되었다. 윤하는 나의 노트의 존재를 모른다. 사실 나 말고는 아무도 모른다. 아 혹시라도 저번에 그 아이가 알고 있을까?

'아니겠지….'

"예슬!! 무슨 생각해?!!"

"아냐ㅋㅋ 그냥 아무 생각 안 했어."

'또 딴 생각하다 들켜버렸네. 좀 조심해야겠다. 걘 모를 거야. 신경 쓰지 말자.'

나는 괜히 노트가 들어 있는 가방을 꼭 껴안았다. 윤하는 그런 나를 살짝 흘겨보고는 콧노래를 불렀다. 시선은 빠르게 움직이는 창밖 속 풍경을 향해 있었고 창밖 속 풍경은 풍경들을 눈에 담을 시간도 주지 않은 채 순식간에 지나가 버린다. 그렇게 우리 둘은 가는 동안 시시콜콜한 시답잖은 이야기들을 나누며 미술관으로 향했다. 윤하와 이야기를 하며 미술관을 향하니 순식간에 도착해버렸다. 가는 과정마저 즐겁고 너무 설렜다. 그 화가가 국내에서 전시회를 연다는 소릴 듣고 얼마나 기뻐했는지…! 이날만을 몇 년간 손꼽아 기다렸다. 몇 년간 참아왔던 만큼 아주 섬세하고도 깊게 오랫동안 여러 번 봐야겠다고 미술관 앞에서 다시 한번 더 다짐했다. 드디어 미술관 입구에 도착하였고 떨리는 마음을 심호흡으로 진정시켰다.

"후…."

"내가 드디어 프랑수아 부셰의 전시회에 오다니…. 진짜 떨린다… 이게 뭐라고 이러냐…."

두근거리는 심장을 오른손으로 두어 번 툭툭 치며 가라앉혔다.

"야 그냥 미술관 온 건데 뭘 그리 긴장을 하고 있냐? 누가 보면 몇 년 동안 손꼽아 기다린 날인 줄 알겠다ㅋㅋㅋ."

움찔

순간적으로 정곡을 찌른 말이라 나도 모르게 몸을 찔끔 떨었다.

'응… 그거 맞아…. 몇 년 동안 손꼽아 이날만 기다렸어….'

윤하는 모르는 게 당연하다. 내가 왜 당황하며 몸을 떨었는지. 그리고 내가 왜 이날만을 기다렸는지. 다들 내가 그저 미술에 조금 관심이 있는 아이라고만 알고 있다. 내가 무엇을 쓰고 무엇을 조사하고 누구를 좋아하고 그런 걸 하나도 모른 채. 난 아무에게도 알려주지 않았고 되도록 아무도 몰랐으면 좋겠다. 괜히 알려졌다가는 노트를 보여 달라느니 귀찮은 짓을 사서 한다느니 그런 말을 들을 게 뻔하니까.

윤하에게도 미안하지만 알려줄 생각은 전혀 없다. 하여튼 나는 조마조마한 상태로 미술관을 드디어 들어갔다. 미술관의 입구와 미술관 안은 고작 많아 봐야 세 발자국인데 안과 밖에서 볼 때는 너무 차이가 났다. 밖에선 그저 북적거려 보이기만 했는데 안으로 들어가 보니 사람들의 모습과 소리는 전혀 보이거나 들리지 않은 채 오직 그림과 단둘이 있는 것만 같았다. 모든 소음은 전혀 내 귀에 들어오지 않았고 그림 말고의 다른 것들은 아무것도 보이지 않고 흐릿했다. 그 흐릿함 속에 유일하게 선명한 빛. 또 그때처럼 무언가에 홀린 듯 작품에 다가갔다. 그림을 처음 본 그때처럼. 한 발 두 발 다가가 뚫어져라 보고 있는 이 그림은 퐁파두르 부인과 비슷한 느낌인데 뭔가 조금 달랐다.

–마담 베르제레– 프랑수아 부셰(1703.9.29.~1770.5.30.)

'마담 베르제레… 처음 들어본다…'

그림 속에는 너무나 예쁜 여성이 정원처럼 보이는 곳에서 자세를 취하고 있었다. 마치 웨딩드레스와 같은 풍성한 흰 드레스를 입고 있었고 포인트로 있는 큰 리본은 너무 귀여웠다. 주변의 꽃들과 그리고 드레스를 입은 여인이 잘 어울려 조화가 느껴지는 그림이었다. 정원과 여자가 정말 생생하여 그림에서는 벌이나 나비가 튀어나올 것만 같았다. 괜히 꽃향기가 살짝 나는 것 같아 코를 작게 한번 찡긋거린다. 당장이라도 가방 속 노트를 꺼내 마구마구 써 내리고 싶은 걸 간신히 참으며 그림을 계속 바라보았다. 내가 그 그림만 보고 있을 때 윤하는 이미 4개 정도의 작품을 보고 온 거 같았다. 계속 같은 자리에 서서 하나의 그림만 보고 있는 나를 의아하게 보더니 내 어깨를 툭툭 쳤다.

"야 뭐 그렇게 오래 보냐…. 별 볼 것도 없는 거 같구만. 나 이미 4개 보고 왔어."

내가 그렇게 오래 봤나… 아닌 거 같은데.

"미술관 다 둘러보려면 텐트 치고 숙박까지 해야겠어~ 얼른 보자? 하하."

윤하는 말의 마지막에 웃음 아닌 웃음을 날렸고 왠지 모르게 협박을 받은 듯한 기분이었다.

'내일 또 와야겠어… 그땐 그냥 혼자 와야겠다….'

윤하보다 느리게 감상을 하는 건 사실이니 반박을 할 말도 찾지 못하고 그냥 체념했다. 꼭 내일 다시 보러 올 거다. 무조건 무슨 일이 있어도. 절대 까먹지 말자. 별명이 금붕어일 정도로 기억력이 나쁜 나에게는 이거 하나 기억하는 것조차 버거웠다. 매번 무언가 하나를 빼놓고 잃어버리고 잊어버리고…. 설마 이것까지 잊어버리진 않겠지. 결국 나는 윤하의 속도에 따라 발걸음과 시선을 옮기는 수밖에 없었다. 윤하는 그림을 정말 보기만 하는 건지 한 번 스쳐보고는 빠르게 자리를 옮겼다.

"저기…윤하야… 너 혹시 잠자리니…?"

뜬금없는 내 말에 윤하는 휙 뒤돌아보았다.

"잉? 갑자기 뭔 개 풀 뜯는 소리야?"

"아니…ㅎㅎ. 한 번 스쳐보고 막 지나치는 거 보니까 혹시 눈이 여러 개인 잠자리인가 싶어서…."

"…….."

"그래서 존경한다고. 엄청 대단해. 대단한 시력을 가졌구나! 내 친구ㅎㅎ. 난 네가 자랑스러워."

"…….."

"너에게 아낌없는 박수를 보낼게. 나도 너처럼 되고 싶은걸? 자자 그럼 우리 다시 그림을 볼까? 너의 그 따가운 시선 나같이 여린 피부를 가진 사람에게는 매우 해롭거든."

싸늘해지는 윤하의 시선을 애써 무시하고 윤하의 어깨에 팔을 두르고는 끌고 가다시피 걸어갔다.

"와아- 이 그림 좀 봐 우리 윤하랑 너무 잘 어울리는걸? 하하."

말도 안 되는 소리를 지껄이며 윤하의 관심을 다른 곳으로 돌리려고 했지만.

"야 말에 영혼은 좀 넣고 말하지? 그리고 이 벌거벗고 있는 그림이 나랑 잘 어울리니?"

처참히 실패했다. 무슨 그림인지 보지도 않고 그냥 말했더니….

하필 골라도 이런 그림을….

"아니…. 그게 벌거벗은 사람처럼 숨기는 거 없는 솔직한 게 너랑 어울린다는 거지~. 우리 솔직하고 털털한 윤하 짱짱."

말 같지도 않은 헛소리를 마구 쏟아내며 엄지척을 날렸다. 윤하의 표정은 이제 짜증 난 것도 아닌 그저 무념무상인 표정이었다. 결국 나는 윤하 달래기를 포기하고 빠른 걸음으로 윤하를 앞질러 걸어갔다. 지금 상황으로는 그냥 얼굴을 보이지 않는 게 가장 좋은 방법이라 판단되었기에. 윤하의 주먹이 내 얼굴에 꽂히지 않은 게 그나마 다행이었다. 요즘 복싱 배운다던데… 선생님이 실력 좋다고 엄청나게 칭찬하고 지금 대회도 준비한다던데… 상상만 해도 소름이 바짝 끼쳤다. 그 단단한 샌드백만 치던 단련된 주먹이 물렁물렁한 내 코를 가격했더라면 내 코는 이미 밑으로 꺼졌을지도 모른다. 숨도 물고기처럼 뻐끔뻐끔 쉬었겠지. 갑자기 다시 끼치는 소름에 팔을 빠르게 문지르며 빠르게 그림을 지나쳤다. 출구에 가까워지자 뒤에서 누군가가 내 어깨를 탁 잡는 소리가 들렸다.

'이 묵직하고 단련된 것 같은 손… 설마…?'

나는 내 어깨에 올려진 손의 주인이 누군지도 확인하지 않고 그대로 출구를 향해 달렸다. 그냥 그렇게 달렸으면 다행인데.

"어억. 아… ㅎㅎ…."

넘어졌다. 그것도 출구 정중앙에서. 그것도 내가 내 발에 걸려 한 바퀴를 굴렀다. 얼굴이 시뻘게진 채로 아무 일도 없었다는 듯 벌떡 일어나 옷을 탁탁 털었다. 뒤에서 윤하의 웃음소리가 들리는 건 기분 탓이겠지…. 아 아니었네…. 모든 사람이 시선은 나에게 쏠렸고 윤하의 웃음소리뿐만 아니라 여러 웃음소리가 곳곳에서 들렸다. 그때 유치원에서 단체로 견학을 온 것으로 보이는 어떤 꼬마가 나에게 손가락질을 하며 큰 소리로 말했다.

"얘드랑 저 누나 봐찌? 우리 엄마가 절대 뛰지 말래써. 뛰면 저로 케 되는 거양."

'이놈 자식이… 저 땅콩만 한 걸 콱….'

그 아이의 말로 인해 여러 사람이 더 웃기 시작했고 그 아이의 친구들은 맞장구를 치기 시작했다.

"나는 절대 저러케 되지 않을 꼬양!!!"

"앞으로 안 뛰어야게따…. 넘어지면 넘 아포…."

"아아앙!! 안 뛸 꼬야아ㅠㅠㅠ엉어유ㅠㅠ저러케 되기 시로ㅠㅠㅠ"

급기야 어떤 아이는 주저앉아 울기 시작했다. 아이들의 특징인지 한 명이 우니까 다 같이 자리를 펴고 울기 시작했다.

"으애애ㅠㅠㅠ 시러시러ㅠㅠㅠ 저렇게 되기 시러이잉ㅠㅠㅠ"

아이들의 울음소리는 사람들의 관심을 주목시키는 데에 확실히 효과가 있었다. 몇 사람들은 내가 울린 거로 착각하는 것 같았다.

'저기요…. 전 그냥 제 발에 걸려 한 바퀴 구른 죄밖에 없는데….'

이 말이 목구멍까지 차올랐다 다시 삼켜졌다. 점점 많은 사람이 몰리자 급히 윤하를 아련하게 쳐다보았다. 하지만 그 자리에 윤하 는 없었다.

'이년이… 도망을….'

윤하는 이미 자리를 피한지 오래였다. 급기야 나도 서러워지면서 눈물이 났다. 달리다 내 발에 걸려 한 바퀴를 구르고 그런 나를 보고 울고 있는 아이들. 그런 우리를 쳐다보는 사람들. 이런 나를 두고 도망간 우리 윤하.

"내가 더 울고 싶은데 왜 너희들이 울어어어억…! 흑…아아앙 진짜아ㅜㅜㅜㅜ"

결국 나도 자리를 깔고 울기 시작했고 아이들과 누가 더 울음소리가 크나 대결을 하며 미친 듯이 울기 시작했다. 이젠 다들 우리를 대놓고 구경하기 시작했고 아무도 말릴 생각이 없어 보였다. 좀 울고 나니 점점 이성이 돌아오면서 얼굴이 붉어지고 쪽팔리기 시작했다.

'와…. 최예슬…. 미친 건가…. 지금 고1이나 돼서 유치원생 코찔찔이랑 기싸움하다가 운 거야??'

나는 급히 손등으로 붉어진 눈가를 더 붉어질 때까지 벅벅 문지르며 자리에서 벌떡 일어났다. 그리고는 엉덩이를 탁탁 털고 얼굴을 최대한 가린 채로 전시회를 빠져나갔다. 나가자마자 보이는 건 나를 버리고 도망간 윤하가 버블티를 마시며 웃고 있는 모습이었다. 내 머릿속을 차지했던 쪽팔림은 점점 사라지고 배신감과 분노가 그 자리를 대신했다.

지금 자신의 머리가 뚫릴 때까지 쳐다보고 있는 나를 전혀 눈치채지 못한 윤하는 버블티를 쪽 빨면서 은근한 콧노래를 부르고 있었다. 소리소문없이 윤하에게 다가가 윤하가 마시고 있는 버블티를 손으로 꽉 쥐었다. 그러니 버블과 음료가 한순간에 빨대를 통해 윤하의 입속으로 쑥 밀려 들어갔다. 그렇게 급격히 들어온 버블과 음료를 놓치지 않겠다는 듯 입안 가득 물었지만, 결국엔 버블티를 뿜어내고 말았다. 분수가 터지는 듯한 광경을 옆에서 지켜보던 나는 그제야 기분이 살짝 나아졌다. 솔직히 사람 북적거리는 곳에서 곤란한 상황에 놓인 친구를 버리고 간 대가치고는 가볍지 않은가? 내 소심한 복수는 여기서 막을 내렸다. 한참 동안 입에서 무언가를 뿜어대던 윤하는 조금 진정하자마자 나를 째려보았다.

"뭐. 왜. 불만 있어? 그 사람 널린 곳에서 친구 버리고 도망간 사람이 할 말이 있나?"

나를 째려보던 윤하에게 톡 쏘아대며 말을 뱉었다. 짜증을 낼 것만 같았던 윤하는 내 얼굴을 보더니 다시 깔깔 웃기 시작했다.

"풉ㅋㅋㅋㅋㅋㅋㅋ개웃겨ㅋㅋㅋㅋㅋㅋ아 나만 보기 아까웠는데ㅋㅋㅋㅋㅋ"

이 새끼가? 지금 쟤 또 나한테 비웃음 날린 거 맞지? 점점 일그러져 가는 내 표정을 보고는 급기야 손가락질까지 하며 웃었다.

"아ㅋㅋㅋㅋ진짜 예술 점수 백점 퍼포먼스 점수 백점. 네가 텀블링까지 마스터한 줄은 몰랐네ㅋㅋㅋㅋㅋ"

"……?"

진짜 정신이 나간 걸까.

"ㅋㅋㅋㅋ얼빠진 표정 백점 만점에 삼백점이다ㅋㅋㅋ"

내가 진짜 이런 미친 애를 친구라고…. 윤하는 이제 거의 땅바닥을 구르면서 웃고 있었다. 내가 회심의 일격으로 버블티 공격한 건 아예 잊었는지 오직 나를 보며 웃기 바빴다. 이젠 대응하기도 지쳐버려 결국에 백기를 든 건 나였다. 한번 웃기 시작한 윤하를 누가 말려…. 벌써 힘 빠지네… 나는 윤하의 웃음이 멎을 때까지, 윤하의 눈에 맺힌 약간의 눈물이 사라질 때까지 뾰로통한 표정을 지은 채로 옆에서 기다렸다. 웃음이 거의 다 사그라들자 그제야 나는 다시 말을 하기 시작했다.

"다 웃었냐."

내 말에 약간 고개를 끄덕인 윤하는 자리에서 일어나 몸에 붙은 흙먼지를 살짝 털었다.

"그럼 집에 가자. 이제 할 것도 없잖아. 그냥 제발 집 가자."

짧은 시간 안에 일어난 많은 일에 대해 지쳐버린 나는 노트고 전시회고 나발이고 모든 걸 내일로 미루고 지금은 그저 격하게 집에 가고 싶었다. 내 말에 윤하는 고개를 끄덕이고 버스정류장으로 발걸음의 방향을 틀었다.

"집에 가서 빨리 쉬고 싶다아~."

'네가 무슨 힘든 일이 있었다고 피곤하니'

이 말이 목구멍 끝까지 올라왔다가 다시 내려갔다. 지금은 그저 얼른 집에 가고 싶은 마음밖에 없었다. 나도 같이 발걸음의 방향을 틀어 빠른 걸음으로 걷기 시작했다.

"나도 너무 피곤해서 쉬고 싶네. 얼른 집 가자."

거의 뛰다시피 걸어가 버스정류장에 도착하였고 거기엔 마치 우리를 기다렸다는 듯 버스가 때마침 도착했다. 그렇게 우린 버스를 타고 각자의 집으로 돌아갔다.

'너무 피곤하고 쪽팔려… 씻고 자야겠어.'

아직 오후 여섯 시밖에 되지 않은 이른 시간이었지만 내 몸은 삼일 밤낮으로 뛰어논 것처럼 몸이 노곤했다. 무슨 힘이 남아 있었는지 모르겠지만 씻고 머리도 덜 말린 채 침대로 다이빙하여 뛰어들었고 곧 잠이 들었다. 자기가 얼마나 큰일을 저질렀는지 그리고 또 얼마나 큰일이 다가올지도 전혀 가늠하지 못한 채 꿀 같은 잠을 자는 나였다.

#2. 비밀

이른 저녁에 잠든 탓일까 이른 아침에 일어난 나는 멘탈이 탈탈 털린 채로 온 집안을 뒤지고 있었다. 이것저것 손에 집히는 대로 다 열고 쳐다보고 심지어 세탁기 안까지 들어가서 뒤져보았다. 하지만 내가 원하는 건 코빼기도 보이지 않았고 나의 멘탈은 더 깨져갔다. 곤히 자는 엄마와 아빠가 있는 안방에도 쳐들어가 고래고래 소리를 지르면서 난리를 피워댔다. 거의 모든 물건을 한 번씩 다 만져보고 들춰보고 나서야 나는 깨달았다. 정말 잃어버렸다는 것을. 아무도 모르는, 오직 나만 아는, 내가 가장 아끼는 내 노트를. 급하게 머리를 부여잡고 기억을 되짚어보았다.

'어제 버스를 타고⋯. 도착해서⋯. 구경하다가⋯. 도망가고⋯. 넘어지고⋯'

그때 갑자기 어제의 기억이 떠오르면서 나의 노트가 언제 사라졌는지 어디서 떨어졌는지 어떻게 떨어졌는지 등 모든 걸 알게 되었다. 기억이 나자마자 나는 바로 챙겨서 나갈 준비를 했다. 원래도 가려고 했던 전시회였지만 오늘은 더더욱 더 가야 했다. 버스를 타면서 드는 생각은 오직 두 가지.

하나는 공책이 제발 그 자리 그대로 있기를. 두 번째는 아무도 보지 않았기를.

나의 간절한 마음이 통했는지 오늘따라 버스도 빠른 것 같고 차도 막히지 않아 빠르게 도착할 수 있었다. 거의 튕겨 나오다시피 급하게 뛰쳐 나와 전시회 입구로 달려갔다.

'어제 내가 여기쯤에서 뛰고, 여기쯤에서 넘어졌을 텐데….'

이제부턴 좀 느릿하게 한 걸음씩 떼며 천천히 둘러보았다. 일단 어제 내가 넘어진 장소에는 노트가 있지 않았다. 이 정도까지는 예상하였던 터라 크게 절망하거나 좌절하진 않았다. 하지만 나의 이 여유로운 듯 아닌 듯한 생각은 전시회 한 바퀴를 싹 돌고 난 후로부터 아예 사라졌다. 얼굴이 창백해지며 점점 손발이 덜덜 떨리기 시작했고 고친 줄 알았던 나의 옛 습관이 다시 튀어나와 손톱을 물어뜯기 시작했다. 떨리는 몸으로 전시회를 천천히 한두 바퀴쯤 더 돌았을 때 나는 아예 절망했다. 곧 눈물이 한 방울 떨어질 듯 붉어지는 눈과 눈 주변을 한번 닦으며 그 자리에 주저앉아 버렸다.

'정말 잃어버린 걸까…? 그럼 이젠 다신 못 찾겠네….'

절망하여 그 자리에 털썩 주저앉은 나는 얼마 안 지나 다시 그 몸을 이끌고 일어나 데스크로 터덜터덜 걸어갔다. 혹시라도. 아주 작은 기적이 일어난다면 내 노트를 분실물 신고한 사람이 있지 않을까? 언젠가부터 다시 생기기 시작하는 희망에 무겁기만 하던 발걸음이 아주 조금 가벼워졌다.

"혹시 어제 노트 같은 거 하나 분실물로 들어온 거 하나 없나요? 그냥 보통 노트보다는 조금 작고 스프링 달린 거요!"

조금 희망찬 목소리로 데스크 직원에게 물어보았다.

"아뇨…. 없는….”

“혹시 이거 말하는 거야?”

소리가 나는 쪽으로 고개를 돌리니 또래처럼 보이는 남자애 한 명이 있었고 나의 노트를 소중하다는 듯 품에 꼭 쥐고 있었다. 찬찬히 그 아이의 품에 있는 노트를 한 번 훑어보고는 점점 확신이 생기고 있었다. 급기야 나는 한 손으로 그 아이의 노트를 휙 가져가 요리조리 더 살펴보았다. 이리보고 또 돌려서 다시 보고 펼쳐서 내용과 글씨체를 열심히 확인한 결과 이건 내가 잃어버린 노트가 맞았다.

'아 미친 못 찾을 줄 알았는데ㅠㅠㅠ 하느님 부처님 알라신 정말 감사합니다….'

이 노트를 찾아준 아주 착하고 상냥한 아이에게 감사 인사를 하기 위해 고개를 들고 얼굴을 바라보니.

'어…? 애 우리 반 애 아닌가…? 너무 익숙한데…'

같은 반 남자아이로 보이는 사람이 서 있었다. 나는 워낙 반에서 조용하고 존재감 없이 지내는 터라 아직 반 아이의 이름조차 다 외우지 못했다. 얼굴을 봐야 겨우 우리 반인지 아닌지를 판별할 수 있었는데 내 앞에 있는 이 아이는 아무리 봐도 내가 아는 사람인 것 같았다. 확신이 들지 않아 계속하여 그 아이의 얼굴을 뚫어지라 쳐다보았다. 그런 나의 시선을 살짝 이상하게 바라보다 먼저 말을 걸었다.

“그거, 네 공책 맞아?”

낮은 목소리에 조금 정신을 차리고는 말을 살짝 더듬으며 대답을 했다.

“어…? 어어…. 이거 맞아….”

내 말이 끝나자마자 미친 듯이 어색하게 이어지는 정적. 너무 어색한 나머지 아무 말이나 뱉어버렸다.

"이거 어디서 주운 거야? 어제 전시회 왔었어?"

'당연히 전시회에서 주웠겠지 바보야….'

속으로 내가 뱉어버린 멍청한 질문들을 다시 생각하며 스스로에게 욕을 했다. 맘 같아선 머리도 한 대 때리고 싶지만 그러기엔 진짜 이상한 사람으로 낙인이 찍힐까 봐 겨우 참아냈다.

"어. 어제 전시회 갔었는데 너 노트 떨어트렸기에 주워서 주려고 했는데 갑자기 뛰더니 넘어지고 울다가 어딘가로 가버리더라."

아니 저렇게 쪽팔린 일을 아무렇지 않게 말한다고? 웃음기 하나 없이 저렇게 다정한 얼굴로? 그나저나 그 일을 다 봤단 말이네….

"아하하… 그랬구나…. 그래도 찾아서 다행이야."

지금 내 머릿속은 세 가지 생각으로 온통 가득 차 있었다. 저 아이는 왜 초면에 반말이지. 쟤는 진짜 우리 반 아이가 맞나? 그리고 혹시 내 노트 안에 있는 내용 본 건가. 내 궁금증들을 해소하기 위해선 이 어색한 상황을 뚫고 직접 물어보는 수밖에 없었다.

"근데 저 아세요? 초면 같은데 말을 막 친근하게 하시는 것인지?"

너무 딱딱하게 말했나 라는 생각이 잠깐 들었지만 할 말은 하고 사는 나였기에 그 생각은 빠르게 머릿속에서 지워버렸다. 나의 예상치 못한 딱딱한 말투와 질문에 살짝 놀란 듯한 얼굴로 나에게 대답했다.

"나 모르는구나. 우리 같은 반인데…. 하긴 말을 안 해보긴 했지. 근데 그럼 너는 왜 반말 같이한 거야?"

아 다정한 표정으로 팩트 날리네. 은근히 저격하는 말투에 흠칫 놀랐다. 근데 우리 반 아이 맞구나…. 역시 내 안목과 기억력 아직

죽지 않았어…!!

"그야 네가 먼저 반말 쓰길래 그랬다. 뭐…. 그리고 너 어쩐지 좀 익숙하더니 같은 반이었구나….."

내 말에 이번엔 그 아이가 상처받은 듯 살짝 커진 눈동자로 나를 쳐다보며 전보다 더 낮아진 목소리로 칭얼거렸다.

"어쩐지…? 진짜 몰랐구나…. 그럼 내 이름은 당연히 모르겠네?"

그게 왜 당연하냐고 달래주고 싶었지만 정말 모르는 터라 만약 이름을 물어보기라도 하면 정말 더 낭패될 것만 같아 입 밖으로 나올 뻔한 말을 다시 삼켰다.

"어…. 워낙 반에 관심도 없고 반에서 존재감도 없는 편이라 아직 우리 반 애들 이름 다 몰라. 너만 못 외우는 거 아니니까 너무 신경 쓰지 마!"

위로 아닌 위로를 그 아이에게 말해 주자 양옆에 자리 잡힌 그 아이의 보조개가 보기 좋게 들어가며 입꼬리가 살짝 휘었다.

"아냐, 괜찮아. 앞으로 친해지면 되는 거고 이름은 알려주면 되는 거니까."

와 잘생겼다. 웃는 게 이렇게 밝고 예쁜 사람을 본 적이 있었나?

"내 이름은 최예슬이야. 너랑 같은 반. 너는?"

먼저 용기 내 이름을 말한 나는 곧이어 내 앞에 있는 남자아이에게 질문했다.

"나는 정하늘. 너랑 같은 반이고. 아까 뚫어지라 쳐다볼 때 이미 같은 반인 거 아는 줄 알았는데."

오 똑똑한데 이름도 예쁘네. 어쩜 저러지? 아 맞다. 내용을 봤으려나? 순간 저 예쁜 미소에 잊어버린 생각들이 다시 떠올랐다.

"근데 너 혹시 이거 안에 있는 내용 봤어?"

제발 제발 아니어라… 보지 말았어라….

"어 봤어."

응?

순간 그의 말에 이때까지 쌓아왔던 호감들이 다 사라지고 점점 비호감으로 바뀌기 시작했다.

'아니 저 새끼는 왜 남의 걸 함부로 보는 거지? 애 좀 이상한 거 아닌가?'

표정이 점점 굳으며 슬며시 올라갔던 입꼬리는 점점 내려왔다.

"뭐? 이걸 네가 왜 봐? 왜 함부로 보는 거야."

내 말에 하늘이는 살짝 머리를 쓸어 넘기며 말했다.

"나도 이게 뭔지, 뭐하는 건지, 주인이 누군지 이런 걸 알아야 분실물 신고든 뭐든 하지. 다 보진 않았고 그냥 첫 페이지 몇 장 정도에 앞에 살짝? 기분 나빴다면 미안."

너무 맞는 말이라 말문이 막혔다. 나라도 길 가다 노트를 주웠다면 한 번쯤 펼쳐 봤을 것 같기 때문이다. 그래도 살짝 화나는 건 여전했다.

"야… 이 노트랑 어제 있었던 일들 모두 다 아무한테도 말 안 하고 너도 좀 잊어주면 안 될까?"

"왜? 어제 있었던 일들은 그렇다 쳐도 노트는 왜?"

이걸 말해야 하나 말아야 하나… 어쩌지… 점점 더 많은 비밀을 알려주고 있는 거 같은데 지금 얘한테 말리는 건가….

"아니… 사실 저 노트 내가 아무도 모르게 몰래 쓰고 있는 비밀스러운 취미랄까? 부모님도 친구도 아무도 모르고 나만 아는 건데 거기에 뜬금없이 네가 껴버리면 좀….."

내 말에 한쪽 눈썹을 살짝 올리더니 말을 이어갔다.

"좀? 좀 뭐."

하 진짜 저 눈치 없는 자식. 이 정도 말했으면 좀 알아먹지 왜 꼬치꼬치 캐묻고 있는 거야.

"아 그러니까 아무도 모르는데 너만 알면 좀 그렇잖아! 나도 좀 쪽팔리고!! 이미 넘어지고 울고불고한 것까지 다 보여줬는데 그것까지 보여줘야 해? 나에 대해 너무 많은 걸 알고 있다는 생각 안 드니? 우리 이제 겨우 이름 하나 알고 몇 달이 지나도록 몰랐다가 오늘 같은 반인 거 알게 됐는데?"

답답함과 분노가 섞여져 조금 흥분한 목소리로 말을 와다다다 쏟아내었다. 발뒤꿈치까지 들면서 까치발인 상태로 소리를 지르는 모습이 우스워 보였는지 나와는 비교도 안 되는 큰 키로 나를 내려다보며 피식 웃었다.

"왜 안 되는데? 많은 걸 알수록 좋은 거 아닌가. 차차 알아가면 되는 거지."

급기야 무릎까지 굽히며 나와 눈높이를 맞추며 말을 하였다.

"그리고 원하는 게 있으면 그것에 따른 보상이 있어야 하는 거 아닌가?"

아 말린 거 맞네. 이 능글맞고 얄미운 여우 같은 놈….

"뭘 원하는데. 원하는 게 뭐야?"

자존심 상해 죽을 거 같지만 그래도 내 소중한 노트는 지켜야 했다. 내 물음에 아까처럼 웃더니,

"네가 쓴 그 노트 한 달에 한 번씩만 보게 해줘."

헛소리를 펼쳤다.

얘는 진짜 미친 걸까. 그의 너무나 당당한 말에 얼이 빠져 넋을 놓기 시작했다. 내 머릿속은 가득 차다 못해 터져서 넘치고 있었

다. 그 넘쳐흐르는 생각의 절반은 어떻게 해야 애의 입을 다물게 만들 수 있을까 혹은 사람의 급소가 어디 있더라 같은 생각뿐이었다.

"왜 말이 없어? 이 정도면 괜찮은 거래 아닌가?"

급소가 진짜 어디 있더라?

"아니 네 모든 비밀을 숨기고 나만 아는 대신 네가 쓰는 노트를 한 달에 딱 한 번, 딱 한 번만 본다는 건데 이 정도면 금상첨화지."

멍청한 나는 그 아이의 말에 점점 설득되고 있다가 급하게 정신을 차리고 반박을 하기 시작했다.

"애초에 말이 안 되잖아. 네가 모든 비밀을 숨겨주고 네가 본 모든 걸 잊어버리는 게 내 조건인데 노트를 보여 달라고? 진짜 애 뭐라니."

기가 찬다는 듯 콧방귀를 끼고는 그 아이를 한 번 위아래로 흘겨보았다. 키 크고 멀쩡하게 생겼다고 정신이 멀쩡한 건 아니었구나.

"이미 본 걸 어떻게 잊어. 난 그렇게 못하겠는데? 게다가 그 노트 엄청 재밌더라. 특이해."

오, 말이 되는데…? 내 노트가 재미…. 아, 설득되고 있어 미치겠네.

"그냥 그림 몇 개 적으면서 끄적이는 게 뭐가 그리 흥미롭고 재밌고 특이한데? 좀 잊으면 안 돼? 다른 거 원하는 건 없고?"

내 말에 잠시 고민도 하지 않고 바로 고개를 도리도리 내저었다.

"응. 없어. 이게 싫으면 그냥 뭐 넘어진 거랑 유치원생이랑 전시회에 땅바닥에 자리 깔고 울고불고한 거 다 말하는 거지."

이 새끼야…. 선택권들이 다 너무 극단적인 거 아니냐…. 하늘이는 안 그래도 갈등하고 있는 나에게 점점 쐐기를 박았다.

"아, 근데 너 반에서 꽤 조용하지 않아? 친구도 그 좀 키 크고 시끄러운 여자애밖에 없는 것 같던데…. 소문나면 재밌긴 하겠다.”

순간 잠깐 내 학교생활을 상상해 보니 끔찍했다. 반에서 말도 잘 안 하는 조용한 아이가 유치원생들이랑 같이 울었다고…? 와 벌써 소름 돋네. 절대 감당 못하는데…. 이건 졸업은 물론 성인이 돼서도 그리고 동창회까지 길이길이 남아서 이야깃거리가 될 꼬리표이자 흑역사였다. 평생을 평범 그 자체로 살아오고 그 생활에 매우 만족하는 나로서는 굉장히 소름 끼치고 충격과 공포 그 자체였다. 인생 최대 갈등에 놓인 나는 짧은 시간 동안 미친 듯이 머리를 굴리기 시작했다.

‘일단 노트를 보여주는 건 피할 수 없어…. 저놈 고집이 장난이 아니야…. 나도 조건을 내걸어야 하는데….’

순간 어두컴컴하기만 했던 내 머릿속에 한 줄기 빛이 생기면서 아이디어가 팍하고 떠올랐다.

“아, 나 시간 많이 없는데 싫으면 그냥 우리 반톡에 뿌리지 뭐.”

하늘은 참을성과 예의를 밥 말아 먹은 것인지 바지 주머니에서 휴대전화를 주워들었다. 그런 그의 손을 재빨리 턱 하고 붙잡으며 있는 힘껏 꽉 쥐었다.

“악! 좀 기다려! 확 손 뭉개 버리기 전에 진짜.”

나의 이런 모습은 처음 봤는지 눈이 커지며 나를 계속 쳐다보았다. 그리곤 그의 손을 잡은 내 손과 내 얼굴을 번갈아 보면서 당황스러운 표정을 지었다. 아니다. 이건 황당한 표정인가? 하지만 그의 그런 멈칫하는 행동들과 나의 당당한 행동들은 그다지 오래가지 못했다. 그의 손을 잡은 내 손에서 자신의 손을 빠르게 빼내어 나오는 차원이 다른 힘으로 부드러우면서도 놓기 싫다는 듯 꽉 움켜쥐는 하늘의 행동 때문이었다.

"와 너 이런 말도 할 줄 알아? 이 자식?ㅋㅋㅋ. 되게 의외네. 마냥 조용할 줄만 알았더니 아니었구나."

"아니 이봐 아저씨. 하늘인지 구름인지."

"하늘."

"그래 어쨌든 하늘씨."

"그래 어쨌든 하늘씨 아니고 하늘. 정하늘. 아깐 욕할 것처럼 대들더니 이제는 갑자기 존댓말? 컨셉 특이하네."

"아 진짜 말 끊지 마. 욕하려다가 참으려고 존댓말 쓰고 있었구면…."

"응 그래 예슬아, 안 할게. 말해 봐."

'와 갑자기 목소리 내리까는 거 봐…. 개 좋아 방금 성 떼고 이름만 부른 거 맞지? 진짜 미쳤네.'

이 와중에도 발동되는 나의 얼빠…. 진짜 시도 때도 없이 그냥 잘생기면 다 좋나 보다.

"미친 방금 좀 설렜다."

"어…??"

아 방금 속마음이 입 밖으로 나가버렸네. 뭐 그렇게 드물게 있는 일은 아니라 나는 좀 익숙했다. 좀 자주 이렇게 속마음이 입 밖으로 나가는 편이라. 이젠 좀 적응이 된 듯하다. 근데 오히려 놀란 건 저쪽 같은데?

"어…."

큰 덩치에 안 어울리게 손을 아주 잘게 떨더니 내 얼굴을 똑바로 바라보지 못했다. 여전히 나의 손은 걔의 손에 잡혀 있었고. 하지만 전보다 많이 약해진 힘에 내 다른 쪽 손으로 그 아이의 손을 벌려 쉽게 나올 수 있었다. 그런데 내가 반대 손으로 그 아이의 손을 잡자마자 얼굴이 점점 붉어지더니 급기야 터질 것 같이 빨개졌다. 마치 딸기나 토마토처럼. 그리곤 급히 내 손을 뿌리치더니 뒤돌았다. 뜬금없이 이상하게 행동하는 하늘에 의문이 든 나는 하늘의 어깨를 붙잡고 내 쪽으로 돌리려고 했다. 그때 어깨를 붙잡자마자 갑자기 어깨를 비틀거리며 꿈틀댔다.

'뭐… 뭐야…. 얘 지금 앙탈 부리는 거니?'

"저기…. 혹시 그 경악스러운 몸짓은 뭘까…? 어깨에 쥐가 난 걸까?"

내 말에 한숨을 살짝 푹 쉬더니 아주 조금. 정말 아주아주 조금 뒤돌아서 기어가는 목소리로 말하였다.

"너… 무슨 그런 말을… 그렇게 부끄럼도 없이… 그렇게 막… 막 하고 그러냐…."

헐… 얘 지금 부끄러워하는 거야? 아까 그 말 때문에??

'덩치만 크지 진짜 애기다ㅜㅜ. 그래서 그렇게 유치한 건가….'

큰 키와 덩치에 비해서 하는 짓이 너무 귀여워서 귀여운 것에 환장하는 내가 나도 모르게 또 속마음을 밖으로 뱉고 말았다.

"와…. 겁나 귀여워 어떡해. 그 말 한마디 가지고 지금 이러는 거야? 이런 말 자주 안 들어봤나 보네."

거의 아기를 다루는 듯한 나의 말투와 너무 솔직한 나의 말에 흠칫하며 휙 뒤돌더니 양손 주먹을 꽉 쥐고 아까보다 높아진 목소리 톤으로 나에게 말을 했다.

"야 넌 진짜 너보다 키도 훨씬 크고 나이도 이렇게 먹은 남자한테 막 귀엽다고 그렇게 대놓고 말하고 싶냐!"

와, 나 얘 갑자기 너무 좋아. 내 노트고 뭐고 그냥 다 퍼주고 싶어. 귀여움이 세상을 구한다….

"어. 원래 크면 클수록 더 귀여운 거야. 크기와 귀여움은 정비례하는 거 몰라? 왕크왕귀 왕 크니까 왕 귀엽다."

"아 좀!! 귀엽다고 하지 마! 보통 그런 건 속마음으로 하지 않냐? 이걸 이렇게 대놓고 말한다고?"

"왜, 안 되나? 귀여운 걸 귀엽다고 하지. 속마음에서 계속 입 밖으로 튀어나가는걸. 어떡해."

너무나 당당한 내 말에 할 말을 잃은 채 다시 점점 붉어지는 자신의 얼굴을 커다란 두 손으로 감싸며 다시 뒤돌았다. 고개를 푹 숙인 채 자신의 얼굴을 가리는 행동은 다시 내 마음에 불을 지폈다. 귀여워라고 소리칠 뻔한 걸 겨우겨우 참아내고 깊게 심호흡하며 자신을 진정시켰다.

"야 너 그러고 있으면 더 귀여워. 그러고 있지 마."

하늘이는 내 말을 들은 척도 하지 않은 채 계속 뒤돌아 얼굴을 가리고 있었다.

'얘 설마 내가 계속 귀엽다고 해서 삐졌나? 아 그것도 귀여운데…. 하 진정하자.'

계속 아무런 움직임도 반응도 없자 나는 계속 고민하다 결국 돌이킬 수 없는 말을 해버렸다.

"내가 네가 말한 그거…. 한 달에 한 번씩 노트 보여줄까?"

'아, 내가 미쳤지 돌은 년이지…. 결국 내가 내 무덤을 파는구나….'

내 말 한마디에 절대 열리지 않던 철옹성같이 굳게 닫힌 그 아이의 입이 열렸다.

"그 말 무르기 없다. 나 분명히 들었다. 너도 분명히 네 입으로 말한 거고."

언제 시무룩했냐는 듯 휙 뒤돌아 내 눈을 똑바로 바라보며 말했다.

'뭐야 얘 삐진 거 아니었어? 또 낚인 거냐 설마?'

내가 잠시 미쳤었나 보다. 사람을 이렇게 쉽게 믿다니⋯. 그것도 오늘 알게 된 사람을. 얘 설마 내가 이렇게 하면 넘어갈 거라는 거 알고 있었던 거야? 의문과 당혹만이 가득한 내 표정을 보고는 즐겁다는 듯 웃어댔다.

"아 너 진짜 재밌다. 넌 표정에 다 드러나ㅋㅋ."

"너 설마 나 속인 거냐? 내가 잘생긴 거랑 귀여운 거 좋아하는 거 다 알고? 와 진짜 계획적인 또라이네."

지금 내 심정은 원고지에 천자로 서술해도 모자랄 것이다. 어떤 놈이 내 취향을 알려준 것인지 정말 정확했다. 거기다 완벽하게 연기한 하늘에게 정말 큰 배신감이 들었다. 억울함과 배신감, 서러움과 슬픔, 분노와 인내가 함께 섞여 흉내 내지도 표현하지도 못할 복잡한 감정과 표정이 나를 휩쓸었고 입을 열면 욕밖에 나오지 않을 것 같아 최대한 입을 꾹 다물고 있었다.

"아니 네 취향 같은 거 누구한테 묻지도 않았어ㅋㅋ. 물을 사람이 어디 있다고 묻냐? 그리고 연기한 거 아니야. 너 지금 연기했다고 배신감 든다고 그런 생각 하고 있지?"

얘는 또 이 와중에 내가 친구가 없다는 걸 이렇게 콕 집어 말하네. 거기다 내 생각은 또 어떻게 알고⋯.

"너 지금 자기 생각 맞춰서 신기하다고 생각하고 있지?"

헐, 뭐야. 어떻게 안 거지.

"넌 진짜 표정에서 다 드러난다니까? 그래서 아까 너도 내가 속였지 바보야."

뭐 이 새끼야?

"헤이, 거기 잠깐 능구렁이 새끼 같은 당신 아까 분명 안 속였다고 그러지 않았나?"

"연기한 게 아니랬지 속인 게 아니라곤 안 했다."

오 듣고 보니 그렇네? 가 아니지 또 넘어갈 뻔했어….

"아니 맞는 말이긴 하지만 그럼 진짜 얼굴 벌게지고 손 덜덜 떨고 그런 게 연기가 아니었다고?"

이게 연기라면 얘는 여기 있을 게 아니라 당장 연습생을 하고 있어야 했다. 너무 리얼했는데….

"어 연기 아니었어. 진짜야."

엥, 뭐지. 그럼 진짜 그게 리얼이라고?

"와… 대박 너 이러는 거 친구들은 아니? 막 귀엽다고 하거나 칭찬하면 이렇게 되는 거?"

만약 다른 사람들이 모른다면 이걸로 협박하며 내 노트를 어떻게든 보여주지 않으려는 내 치밀한 계획이 있었다.

"아는 사람은 알고 모르는 사람은 모르고."

이번에도 처참히 실패했다.

"아, 그래서 노트 보여주기로 한 거다? 맞지? 나 그럼 그날만 기다릴 거니까 절대 말 바꾸기 없어!"

"안 돼!! 나도 조건을 걸어야겠어. 이거 안 지키면 나도 안 보여 줘. 배 째던가."

완전히 강력하게 나온 나의 요구에 하늘은 흥미로운지 킥킥 웃으며 물었다.

"뭔데? 거의 다 맞춰 줄게."

"일단 첫째, 이 노트를 누구와 공유하거나 존재를 누설하지 않을 것. 그 사람이 혹시 부모님이라고 하더라도 안 돼. 꿈에서 나타난 천사가 물어도 입 닥치고 있어."

"그건 당연한 거지 나 그런 것도 모르는 멍청이 아니야."

"아니 너 멍청이 맞아. 둘째, 한 달에 딱 하루만 빌려준다. 24시간이 지나면 바로 다시 돌려줘야 해. 얄짤 없어."

여기까진 말실수 없이 순조로웠다. 절대 재한테 말리지 않아야 한다는 생각을 계속 되뇌며 정신을 바짝 차렸다.

"셋째, 내가 보지 말라는 페이지는 보지 말 것. 나한테도 프라이버시라는 게 있는 거야. 절대 보지 마!"

이때까지 계속 가만히 있던 하늘이 처음으로 눈을 살짝 찌푸리더니 입을 열었다.

"야, 그럼 만약에 네가 다 보지 말라고 하면 어떡해? 그러면 아예 못 보는 거잖아."

사실 그것도 생각을 해봤다. 저 조건은 내 글을 아예 못 보게 하려는 일종의 사기? 같은 거였다. 하지만 나는 저 능글맞은 하늘과는 달리 솔직하고 착한 사람이기에 그럴 생각을 일찌감치 접어버렸다.

"내가 넌 줄 아니?"

"오케이, 거기까지~ 더 들으면 나 상처받아."

"아쉽네. 더 하려고 했는데. 아예 고막에 딱지가 앉도록 욕을 퍼부으려고 했더니."

저 말은 매우 진심이었다. 원한다면 피날 때까지 할 생각도 있었다. 아까 급소를 기억해내지 못한 아쉬움이 아직 남아 있었기 때문에.

"일단 기본적인 조건은 이 정도야. 나중에 너 하는 거 봐서 더 추가할 수도 뺄 수도 있어."

"음 그럼 더해질 일은 없겠다ㅎㅎ. 내가 워낙 완벽하고 깔끔하잖아."

아 진짜 급소 어디였지? 관자놀이? 명치? 한 번에 입 못 열게 하는 급소는 없나…. 듣기론 아래턱이나 인중이 최고라던데…. 확 이빨을 다 털어버려?

"지금 그 눈빛 매우 위험해."

하여튼 눈치는 빠르네. 인중 한 번 훑어보고 있었는데 들켰다.

"내 눈빛 매우 선량하지 않아? 너 나 아닌 다른 사람한테 이랬으면 이미 쌍욕 먹고 몇 대 맞았어. 그건 아니?"

내 말에 콧방귀를 한 번 뀌더니 나를 다시 기분 나쁘게 내려다보며 무릎을 살짝 굽혔다.

"아니. 몰라 그리고 너 눈빛 지금 나 한 대 칠 기세인 건 아니?"

"당연히 알지. 곧 한 대 칠 예정이었는데."

그 말을 끝으로 나는 그 아이의 이마를 손바닥으로 턱 하고 밀어버렸다. 원래는 주먹으로 칠 예정이었지만 보기보다 평화주의자라. 그리곤 나는 냅다 도망갔다. 뒤도 돌아보지 않고 초등학교 때 운동회 계주를 하던 기억을 되살리며 매우 매우 빠르게. 아 물론 내목적이자 이유였던 소중한 노트는 잊지 않고 품에 꼭 껴안으며 재빠르게 정류장까지 뛰어갔다. 뒤에서 억 하는 소리가 들리지만 그건 내 상관이 아니고.

"야! 최예슬! 잠시만 기다려 봐! 야! 너 진짜 후회한다??"

빠르게 뛰어가고 있는 나의 이름을 다급하고 애처롭게 부르는 하늘이다.

'하. 지가 부르면 내가 진짜 네~ 하고 갈 줄 아나ㅋㅋ 내가 바보

도 아니고 날 너무 무식하게 보는 거 아니냐? 후회는 개뿔. 행복하다.'

하늘의 다급한 외침을 듣고 아주 잠깐 멈춰 서서 뒤돌아,

"너 쥔짜 후회한다?"

얄밉게 말을 한 번 따라 말하고는 다시 뒤돌아 미친 듯이 뛰는 나였다. 어느새 정류장에 도착하니 하느님도 나의 도주를 돕는 것인지 때마침 버스가 딱 도착해서 바로 타고 갈 수 있었다. 소중한 나의 노트는 가방에 고이고이 모셔두고 자리에 앉으니 더없이 행복하고 통쾌했다.

'아 행복해'

기분이 좋아지니 저절로 콧노래가 흥겹게 나왔다. 버스에는 기사님 말고는 사람도 없어서 들을 사람도 없었다. 그나마 계신 기사님마저도 이미 라디오에서 나오는 노래에 심취하셔서 따라부르고 계셨다. 오늘은 정말 얄미운 애 한 명을 만난 것만 빼면 더없이 즐거운 하루인 것 같았다. 잃어버린 줄만 알았던 노트를 되찾았으니 이것보다 더 행복하고 즐거울 일이 있을까? 하늘인가 걔 뭐 노트의 존재를 가지고 협박할 것 같진 않던데…. 모르겠다. 일단 노트가 지금 내 품에, 내 가방 속에 있다는 게 중요하니까. 나중에 다시 만나서 얘기하든 말든 그건 미래의 내가 할 일이지 현재의 내가 할 일이 아니었다. 현재의 나는 오직 집에 가서 쉬고 싶을 뿐. 오늘도 결국 그림은 보지 못했다. 그나마 노트를 찾는다고 한 바퀴 돌았을 때 힐끔힐끔 본 정도? 이미 일주일의 시작이자 마지막이라 할 수 있는 일요일이 시작되었고 다시 전시회에 갈 수는 없는 노릇이었다.

결국 나는 또 토요일에 가기로 했고 그땐 정말 아무 일 없이 그 누구와도 만나지 않으며 평화롭게 전시회를 관람하고 노트를 작성

할 수 있길 빌었다. 제발. 뛰느라 지쳤던 건지 말싸움을 하느라 지쳤던 건지 버스에 타서 자리에 앉고 얼마 안 지나 바로 잠들어버리는 나였다. 다행히 집에 도착하기 몇 정거장 전에 일어나 정거장을 놓치지 않을 수 있었다. 집과 정거장 사이에 있는 짧은 거리를 걸으며 밝게 비추는 햇살을 만끽했다.

"와…. 날씨 진짜 좋다…. 딱 소풍하기 좋은 날씨네."

그렇다고 소풍을 할 건 아니었지만. 그냥 날씨만 좋다고…. 길을 가던 도중 나는 반짝거리는 것을 발견해 우다다 뛰어가보니

"헐 2만 원이다. 이게 왜 여기 떨어져 있어?"

무려 2만 원이나 되는 돈이 길바닥에 굴러다니고 있었다. 누군가가 떨어뜨린 걸까? 하긴 어떤 미친놈이 길에 2만 원을 뿌리겠어. 나는 돈을 주우며 순간 생각했다.

'이걸 그냥 가져 아니면 경찰서 가져다줘?'

내 머릿속은 악마와 천사로 나누어져 서로 싸우기 시작했다. 머릿속 악마의 입장은 이랬다. 떨어뜨린 사람이 잘못이지 길 가다 주운 사람은 잘못이 없다고. 내가 더 가치 있게 쓰면 된다고. 다른 사람들은 다 그냥 주워가는데 이런 걸 뭐 고민하고 있느냐고. 당장 가지라고.

너무나 설득력 있는 생각과 말주변에 넘어갈 뻔했지만, 그 반대인 천사의 입장도 매우 말이 됐다. 이걸 떨어뜨린 사람은 얼마나 속상하겠냐고. 만약 그 사람이 나라고 하면 얼마나 슬플까. 얼른 경찰서에 가져다주라고. 나는 사실 이때까지 주운 동전 말고는 거의 다 경찰서에 가져다주곤 했다. 하지만 이렇게 큰돈을 주운 건 처음이라 아주 잠깐 고민했다. 하지만 내 답은 변하지 않았다. 나는 그 길로 바로 경찰서에 가서 돈을 주웠다고 자초지종 설명하니 경찰관

분이 웃으며 나에게 말했다.

"아이고, 이거 주워서 주인 찾으려고 가져온 거야? 착하네! 그냥 가질 수도 있었을 텐데. 그거 여기 위에 두고 가. 아저씨가 주인 찾아줄게."

"네! 감사합니다. 안녕히 계세요!"

돈을 올려두고 곧바로 문을 향해 걸어가 문고리를 잡았다. 그때 다급히 나를 부르는 경찰관 아저씨의 목소리에 뒤돌았다.

"어어, 그냥 가지 말고 여기 전화번호 한 번만 써주고 가. 그리고 갈 때 저기 있는 사탕 먹고 싶은 만큼 가져가. 기특해서 주는 거야."

갑자기 공짜로 생긴 사탕에 기분이 매우 좋아진 나는 높아진 목소리로 네라며 대답을 하고 기분 좋게 전화번호를 쓰고 사탕까지 가지고 나왔다.

"앗싸 딸기 맛이다!"

그냥 막 집어왔는데 다 내가 좋아하는 맛의 사탕들이라 기분이 더 좋아졌다. 원래 이런 사소한 행복들이 모여서 큰 행복이 되는 거라고 했다. 오늘따라 왜 이렇게 행복하지? 집에 가면서 신호등 걸리는 것 하나 없어 매우 순탄하고 빠르게 집에 도착할 수 있었다. 집에 가자마자 침대에 벌러덩 누워 기지개를 한 번 쫙 폈다. 그리곤 피곤했는지 아까 잤던 거에 모자라 다시 낮잠을 자기 시작했다. 아주 곤히.

요즘은 어떠한 꿈을 꾸는 것보다 아무런 꿈을 꾸지 않는 게 좋더라. 그런데 또 나에게 맞춰진 듯 아무런 꿈을 꾸지 않고 정말 조용하고 편안하게 잘 수 있었다. 오늘이 진짜 무슨 날이려나? 과도한 행복에 점점 불안감이 느껴진 나는 낮잠을 자다 깨어나 골똘히 생각해봤다. 무언가를 두고 온 거나 실수한 게 없는지. 하지만 아무리 생각을 해봐도 짚이는 게 없어서 더욱 불안하고 소름이 끼쳤다. 그 순간 섬광처럼 밝게 잠깐 빛났다 사라진 것이 있었다. 짧은 순간이지만 그걸 포착했고 다시 떠올리자마자 침대에서 벌떡 일어나 가방을 확인했다. 왜 불안한 예감은 항상 틀리질 않을까. 가방을 뒤집어 탈탈 다시 한번 확인을 했다. 하지만 같은 결과에 기분은 나아지긴커녕 그저 더 허탈해졌다.

"아 *됐다. 내 노트."

노트를 두고 왔다. 그럼 내가 아까 품에 들고 온 그건 뭐지?

"아 팸플릿…. 환장하겠네"

그럼 팸플릿을 그렇게 고이 품에 소중히 안고 온 건가? 등신같이? 하늘이는 얼마나 날 우습게 봤을까…. 그래서 그렇게 다급하게 부른 거였네…. 난 그걸 따라하면서 즐겁게 도망친 거고…. 그때를 떠올릴수록 생각나는 한심한 나의 행동에 손과 발끝이 오그라들었다.

'아까 그래서 그렇게 행복했던 걸까…. 역시 세상에 공짜는 없어….'

점점 절망에 빠지는 나는 갑자기 든 생각에 정신을 번쩍 차리기 시작했다.

"아, 이러고 있을 때가 아니야!"

스스로 정신을 차리기 위해 오른손을 번쩍 들어 뺨을 두어 번 내리쳤다. 짝-짝-

"존* 아파… 너무 세게 때렸네…."

그래도 덕분에 번쩍 든 정신에 내가 지금 해야 할 일이 무엇인지 정확히 떠올랐다. 어떻게든 노트를 되찾아 와야 한다는 것. 그렇기 위해서는 하늘을 다시 만나야 한다. 그 능구렁이 같은 놈을. 벌써 너무 불안했다. 내가 걔를 다시 상대할 수 있을까. 아니다, 걔를 다시 찾을 때쯤이면 걔가 이미 나에 대한 소문과 노트의 존재를 이미 다 까발렸지 않았을까?

'그럴 성격은 아닐 것 같던데… 아니다. 걔라면 충분히 가능해. 거기다 내 노트를 복사해서 복사본을 뿌리고 다닐 수도 있어….'

벌써 그려지는 나의 미래에 오소소 소름이 돋았다. 언제부턴가 하늘이를 간절히 믿기 시작했고 제발 아무런 일이 벌어지지 않길 빌면서 내일을 기다릴 수밖에 없었다. 현재 나에겐 아무런 방도가 없었기 때문이다. 하늘이의 전화번호조차 몰랐던 나는 내일 학교에서 만나길 기다렸다. 내가 아는 건 오직 하늘이의 이름 그리고 학년 반뿐이었기에. 두려움과 걱정에 떨며 침대에 누워 잠을 청했다. 밥을 먹을 힘도 없었고 오직 오늘이 지나가길 빌 뿐이었다.

–

다음날, 평소와 다르게 일찍 눈이 떠지고 준비가 술술 빨리 되었다. 스스로 밥도 차려 먹고 아침 일찍 학교로 나섰다. 원래 학교에 갈 때 아무도 나에게 신경을 쓰지 않아 아주 편하게 갔지만, 오늘은 뭔가 평소보다 거울을 좀 더 많이 본 것 같았다.

'아무리 그래도 부탁하는 처지에서 단장이 좀 깔끔해야지….'

떨리는 마음으로 학교까지 걸어가 도착을 하니 이상하게 아무도 나에게 관심을 주지 않았다. 평소와 같이. 솔직히 나는 그 놈이 나에 대해 이미 다 퍼뜨리고 다녔을 줄 알았는데. 몇 명이 나를 쳐다보며 삿대질하는 그 정도는 예상하고 왔었다. 하지만 이상하게도 평소와 다를 것 없이 주목도 관심도 받지 않는 나는 은근히 들뜨기 시작했다.

'오오. 얘가 보기보다 입이 무겁네?'

아까보다 훨씬 가벼워진 발걸음으로 계단을 한칸 한칸 오르다 보니 순식간에 2층에 도착했다. 혹시나 하늘이가 먼저 반에 와 있을까 반의 문을 열고 들어가기 직전에도 머리를 두어 번 매만지고 들어갔다. 조심스레 문을 열고 들어가니 나에게 향하는 눈동자들은 많이 없었다. 이번에도 이른 시간에 도착한 나는 반에 겨우 1명밖에 없다는 걸 알게 되었고 그 1명은 내가 기대하던 사람이 아니라는 것도 알게 되었다.

"오~ 최예슬. 빨리 왔네? 한 번 구르더니 정신 차렸구나?"

내가 구른 걸 아는 사람은 그 전시회에 있었던 사람들 그리고 그 중에서도 윤하와 하늘밖에 없었다. 하늘은 아직 학교에 도착하지 않았으니 이 얄미운 목소리와 말의 주인공은

"그러게ㅎ. 정신이 번쩍 들더라고 나 버리고 혼자 도망간 너 덕분도 있고."

윤하였다. 뒤끝이 강한 나인지라 아직도 이틀 전에 그 일을 잊지 않고 있었다. 솔직히 이건 뒤끝이 강하지 않더라도 짜증나는 일 아닌가…? 내가 정말 예민한 걸까.

어쨌든 윤하는 내 얼굴만 봐도 즐거운지 싱글벙글 웃고 있었다. 웃는 얼굴엔 침을 못 뱉는다고 했던가? 누가 그런 거지. 입에 침이 잔뜩 고여서 지금 당장 뱉을 수 있을 것 같은데. 저 얄미운 표정은 하늘보다 한 수 위인 것 같았다.

"하늘이는 귀엽기라도 했지…."

또 속마음이 튀어나가 버렸다. 하지만 다행히 작게 중얼거리는

정도라 윤하는 듣지 못한 것 같았다.

"응? 뭐라고? 내 욕했니?"

이게 욕이라면 욕이라고도 할 수 있긴 있지.

"아니. 내가 하려면 앞에 대고 하지 이렇게 작게 속삭이겠니?"

내 성격을 아는 윤하는 한 번에 이해하고 하긴 네가 그렇지 라며 작게 속삭였다. 나는 내 자리를 찾아 책상에 가방을 올려두고 가방 정리를 했다. 그리곤 가방을 책상 옆 고리에 걸고 자리에 앉아 윤하와 수다를 떨며 하늘이가 오기를 기다리고 있었다. 어깨너머 문으로 드르륵거리는 소리와 함께 누군가가 들어오자마자 고개를 살짝씩 돌려 누구인지 확인했다. 마음 같아선 목이 꺾일 듯 휙휙 뒤돌아서 확인해 보고 싶었지만 그럴 수는 없었다. 반에 한 3명이 더 왔을까? 아직 하늘이는 오지 않았다. 내가 빨리 오긴 했지만 그래도 좀 늦게 오네 싶은 생각에 살짝 시무룩해졌다. 그때 뒤에서 누군가가 문을 열고는 내 이름을 불렀다.

"여기 혹시 예슬? 최예슬? 있어?"

내가 생각한 목소리가 아닌 탓에 의문을 가지며 뒤돌았더니 처음 보는 남자아이가 날 찾고 있었다. 그 아이와 눈이 마주치자 그 아이는 나에게 말을 걸었다.

"최예슬 아직 안 왔어?"

내가 최예슬인 걸 모르는 건가. 작게 손을 들며 나와 눈이 마주친 아이에게 대답했다.

"내가 최예슬인데…?"

반 아이들 모두 나를 찾아온 아이는 처음 봤는지 쟤한테도 친구가 있나? 싶은 눈빛으로 나와 그 아이를 번갈아 보았다. 나를 찾아온 아이는 내가 최예슬이라는 걸 몰랐는지 눈을 아까보다 크게 뜨며 대답했다.

"아 정말? 몰랐다 미안. 너 잠깐 나와 볼래?"

앤 누군데 아침부터 날 찾아와서 불러내는 거지? 한 번도 본 적이 없는 낯선 얼굴에 약간 의심하며 밍기적거리면서 자리에서 일어났다. 그 상황을 계속 옆에서 바라보던 윤하는 자리에서 일어나고 있던 나의 팔목을 딱 붙잡더니 밑으로 당겨 내 귀를 자신의 입 쪽으로 가져갔다.

"너 쟤랑 서로 아는 건 아닌 거 같은데 뭔 일 있냐?"

오직 나에게만 들리게 귀에다 대고 작게 속삭였다. 나도 저 아이를 오늘 처음 보는 터라 아무런 영문도 모르는 나는 윤하의 귀에다 대고

"몰라…. 쟤 누구야…. 내가 너무 예쁜가? 왜 찾아온 거지….'
라며 작게 말했다. 윤하는 그런 내 말에 정색하더니 주먹을 쥐고 내 어깨를 두 번 내리쳤다.

"개 풀 뜯어 먹는 소리 하지 말고 나가. 눈앞에서 사라져."

나는 윤하에게 몇 번 얻어맞고 나서야 나를 밖에서 기다리고 있는 아이에게 다가갔다. 내가 오는 걸 눈치챘는지 몸을 뒤돌아 나와 눈을 맞췄다.

"무슨 일로…?"

처음 보는 사람이라 그런지 저절로 목소리가 줄어드는 나였다. 뒷말을 약간 흐리며 그 아이에게 먼저 말을 걸었다.

"너 정하늘 알지?"

정하늘? 내가 아는 그 정하늘 말하는 건가? 상상치도 못한 이름이 상상치도 못한 사람의 입에서 나오자 약간 당황스러웠다.

'뭐지…. 쟤가 정하늘을 어떻게 알지? 친군가?'

약간 당황스럽고 의심스러웠지만, 그 아이의 질문에 약간 고개를 끄덕이며 대답했다.

"응 아는데 왜?"

내가 정하늘을 안다고 대답하자 아까보다 아주 약간 더 올라간 목소리로 나에게 말을 하면서 주머니에서 펜을 꺼냈다.

"너 종이 있어? 작은 거라도 괜찮은데."

"아니…. 없는데…."

급하게 나온 터라 종이는커녕 아무것도 챙겨오지 못해서 없다고 대답할 수밖에 없었다. 내 말에 약간 고민하더니 무언가 떠올랐다는 듯 펜 뚜껑을 열고 내 허리 근처에서 방황하던 내 오른손을 자기 쪽으로 당겨 가져갔다. 전혀 예상치 못한 행동에 눈을 동그랗게 뜨면서 그 아이를 똑바로 바라보았다. 손을 뺄 생각은 하지 못한 채 내 손을 가져간 아이만을 뚫어지라 쳐다보고 있었다. 내 시선이 향해 있는 아이는 뚜껑을 연 펜을 내 손으로 가져가더니 무언가를 쓱쓱 적기 시작한다. 간지러움을 느꼈지만, 티를 내진 못하고 꾹꾹 참아냈다.

'애 지금 뭐하는 거니? 미친 건가?'

내 손이 펜의 잉크로 적힌 글씨로 점점 가득 차고 있을 때 갑자기 생각난 사람이 있었다. 그 사람을 향해 다급히 고개를 돌려 간절히 구조 요청의 눈빛을 보냈다. 아주 다급하고 간절하게. 내 구조 요청을 느꼈는지 입 모양으로 왜를 크게 외치며 나의 요청에 응답하는 윤하였다. 차마 소리를 내진 못하겠는지 오직 입 모양으로만 응답하였다. 나도 윤하를 따라 오직 입 모양과 눈빛으로만 대화를 시도했다.

'애가 내 손을 가져가더니 거기에 뭘 적어!'

최대한 또박또박하게 입 모양으로 말을 하기 시작했지만

'얘가 네 손녀를 가져갔더니 거지에 막 꺼져?'

전혀 소통되지 않는 우리였다. 솔직히 4년 친구인데 이 정도는 쉬울 줄 알았지…. 흡사 고요 속의 외침을 하듯 계속 외쳐봤지만, 아예 소통할 수 없는 우리였고 그새 아이는 내 손에 무언가를 다 적었는지 펜을 떼고 고개를 들었다. 내 손을 풀어주자마자 다급히 손을 가져가 뭐가 적혔는지 확인하였다.

하늘 010-1248-ㅇㅇㅇㅇ σㅠσ ㅈ▽ㅈ

뭐 하자는 거지? 신종 기 싸움인가…. 귀여운 이모티콘 두 개와 함께 진짜인지 가짜인지 모를 하늘의 전화번호가 적혀 있었다. 내가 의심스러운 눈으로 그 아이를 째려보자 걘 예상했다는 듯 픽 웃으면서 말했다.

"하늘이가 말한 반응 그대로네. 표정에서도 다 드러나고ㅋㅋ."

뭐야 정하늘이랑 친한가 보네. 아니 근데 잠깐 왜 내 이야기를 쟤한테 한 거지? 설마 노트 이야기를 했나…? 두려움과 걱정에 살짝 고개를 들어 그 아이를 쳐다보니 그 아이가 입을 열었다.

"너 노트-"

"하, 그럴 줄 알았어! 하여간 믿은 내가 바보 멍청이지 그래 어디까지 말하든? 내용도 다 말해 주디?"

조용하다 갑자기 커진 내 목소리에 걘 살짝 당황하더니 이내 크게 웃기 시작했다.

"와ㅋㅋㅋㅋ. 진짜 반응 똑같아ㅋㅋ. 정하늘 걔가 네 앞에서 노트 한 번만 말하면 너 화나게 할 수 있댔는데ㅋㅋㅋ."

나 설마 본인한테 직접 낚인 것도 아니고 걔 상상 속 계획에서 낚인 거니? 그래도 다행히 앤 노트에 대해 아직 모르는 것 같았다.

"그럼 너 노트에 대해 몰라?"

"응. 관심도 없어. 걱정하지 마."

다행이다. 아직 그 하늘인가 구름인가 걔가 아직 말을 안 했나 보네. 근데 앤 왜 갑자기 날 찾아와서 걔 전화번호를 적어주는 걸까? 전화번호 주는 것도 이해가 안 갔지만 왜 본인이 아닌 친구가 그것도 내 손에 적어주는지 모르겠다.

"근데 이건 왜 적어준 거야? 정하늘은?"

"아 다 이유가 있어. 난 걔한테 부탁받은 거고 자세히는 잘 몰라!"

'모르는 게 자랑이다.'

끼리끼리 논다더니 정말 애도 만만치 않은 능글거림을 가지고 있었다. 아까처럼 또 낚이지 않게 정신을 바짝 차리고 있었다. 그 아이는 부탁받은 일이 다 끝났는지 슬슬 갈 준비를 하고 있었다.

"음. 그럼 난 이제 볼일도 끝났고 가볼게. 곧 종도 치겠네."

그 아이의 말에 뒤돌아 시계를 보니 정말 시간이 언제 지나갔는지도 모르게 곧 아침 종 시간이 다가오고 있었다.

"어, 그래⋯."

아직 상황파악이 덜 되어 조금 얼떨떨한 나는 마지못해서 하는 것처럼 말을 흐리며 대답했다.

"궁금한 거 있으면 1학년 2반으로 와!"

그럴 리가. 아무리 궁금한 게 있어도 절대 안 가.

"응 그렇게. 잘 가."

그래도 부탁 들어주러 온 사람에 대한 예의는 있어 약간 손을 흔들며 배웅해 줬다. 그런 나의 행동에 살짝 웃고는 뒤돌아 제 갈 길을 갔다. 한 두 걸음 걸었을까? 그 아이는 걸어가며 아주 낮아 자기밖에 모를 정도의 목소리로 어떤 말 한마디를 읊고 갔다.

"정말 정하늘이 말한 그대로네… 똑같다. 놀라는 모습도 걔 말대로 조금 귀엽고…."

뭐가 즐거운지 약간 입꼬리까지 올리고 싱글벙글 웃으며 걸어갔다. 그 아이가 가고 나서 한바탕 소동을 마친 듯 기가 쭉 빠졌다. 이대로 수업을 들을 수 있을까 싶을 정도로 힘이 빠져나갔다. 터덜터덜 자리로 돌아와 앉으니 옆에서 윤하가 달라붙어 온갖 질문들을 쏟아내기 시작했다. 어깨를 붙잡고 흔들어 대며 질문했지만 대답해 줄 기운조차 없어서 묵묵부답인 나였다. 끝까지 대답을 해주지 않고 종이 칠 때까지 버틴 나는 결국 윤하에게 뒷통수 한 대를 맞고 나서야 내 어깨에게 자유를 줄 수 있었다. 종이 치고 선생님이 오실 때까지 그리고 시간이 흘러 종례를 할 때까지 하늘이는 코빼기도 보이지 않았다.

'뭐야…. 설마 이 새끼 같은 반 이랬던 거 구라였어? 아닌데 분명히 본 것 같았는데…'

결국 나는 윤하에게 도움을 청하는 수밖에 없었다.

"야 우리 반에 정하늘이란 애가 있냐?"

내 터무니없는 물음에 윤하는 헛웃음을 치더니 나를 이상한 사람 보듯이 쳐다보았다.

"너 진짜 몇 달이 지나고 아직 반 애 이름 하나 모른다는 건 너무하다는 생각 안 드니?"

그렇긴 하지…. 나조차도 스스로가 너무하다는 생각이 드는데….

"게다가 걔가 얼마나 존재감이 넘치는데 걜 이제 알았다고? 애 진짜 이상하네? 아니면 정말 관심이 코빼기도 없는 걸까?"

엥 존재감이 넘친다고? 그럼 내가 이름이라도 한 번 들어보지 않았을까? 왜 이렇게 이름이 처음 들은 것처럼 생소한 거지.

"걔가 존재감이 넘쳤었나…?"

나의 조심스러운 물음에 윤하는 아까보다 더 세게 콧방귀를 뀌더니 격양된 목소리로 말을 했다.

"당연하지! 얼굴 멀쩡하지 기럭지 길지 그냥 가만히 있어도 존재감 넘치는 사람인데 걜 몰랐다고?"

하긴 잘생기고 키 크면 존재감이 넘치긴 하지. 그런 사람은 맨 끝자리만 골라 앉아도 존재감이 넘친다. 내가 만약 여기서 더 부정한다면 윤하의 폭풍 잔소리가 쏟아질까 봐 대충 아는 척을 하고 넘기려고 했다. 그런데 그런 나에게 갑자기 건네는 윤하의 의미심장한 말 한마디가 내 머리에 팍 꽂혀 들어갔다.

"근데 걔… 조금 이상하다고 해야 하나?"

"응? 어디가 어떻게 이상한데?"

처음 들어보는 소리에 한껏 궁금해진 나는 윤하에게 시선을 고정하며 물어봤다. 그런 나의 행동에 윤하는 아주 잠깐 고민하더니 조금 낮아진 목소리로 고개를 약간 낮추어 나만 들리도록 말했다.

"학교를 가끔 안 나온달까…?"

별 시답잖은 이야기에 실망한 나는 실망한 티를 내며 윤하를 꾸짖었다.

"뭔 말 같지도 않은…. 학교 안 나오는 게 이상해? 뭐가 그렇게 큰일이라고 난 또…."

잔뜩 실망한 나를 달래며 윤하는 변명을 시작했다.

"아니! 이게 네가 생각하는 그런 가벼운 조퇴나 결석 같은 게 아니라!"

"아니라? 아니면 뭔데."

"진짜 두 달에 최소 3일 정도는 매번 빠지고 가끔 그것보다 더 빠지는데 그래도 선생님이 되게 무덤덤해."

아까보다 아주 조금 흥미가 생긴 나는 조금씩 더 캐묻기 시작했다.

"그러면 자주 빠지는데 선생님은 무반응이다. 이거지?"

"응응. 그리고 거기다 걔 생긴 거에 비교해 친구가 많이 없다? 원래 그 정도 생기면 친구는 넘쳐나길 마련인데 친구도 아까 온 걔랑 한두 명 정도밖에 없어."

"성격이 너무 더러운 거 아니야? 그러니까 친구가 없을지도 모르지."

내 말에 윤하는 미간을 찌푸리며 하늘이의 편에 섰다.

"야… 너무해 진짜… 그리고 몇 번 말해봤는데 나쁜 아이 같진 않던데?"

"몇 번 말한 거 가지고 어떻게 아냐? 너 걔랑 마주 보고 5분 이상 이야기 나눠 본 적 없으면 그냥 조용해."

어제의 그 끔찍한 기억에 약간 몸을 부르르 떨었다. 윤하는 그런 나의 행동과 무언가를 알고 있다는 듯한 말에 의아한 표정을 지으며 나를 의미심장한 눈빛으로 바라보았다. 그리곤 슬쩍 물어보았다.

"너… 걔랑 아는 사이지?"

순간 당연하지! 라며 소리를 지르고 윤하의 멱살을 부여잡으며 어제 당했던 수치와 일들을 모두 쏟아내고 싶었다. 그러나 순간 빠르게 상황 파악을 하며 내 감정들을 모두 진정시키며 울분을 가라앉혔다. 그리고는 윤하에게 시치미를 떼며 아무것도 모르는 척을 했다.

"아니? 모르는데?"

"넌 알아도 이상하고 몰라도 이상한 거야. 알면 왜 알지? 모르면 같은 반인데 왜 모르지? 어느 게 더 나은 답일까 생각해 봐."

나는 잊고 있었다. 윤하는 하늘을 훨씬 뛰어넘는 능글맞음이 있고 그것을 뒷받침해 주는 똑똑한 머리가 있었다. 순간 나는 정신이 팔린 듯 하늘이를 안다고 말을 할 뻔했다.

"어…. 사실…. 아니, 나 몰라."

와 속아 넘어갈 뻔했다. 내가 그래도 4년 친군데 이거에 이젠 안 속지.

"흠…. 쓰레기네. 진짜 몇 달을 같이 지내놓고선…."

내가 모른다고 하자마자 윤하는 기다렸다는 듯 욕을 하기 시작했다. 하지만 괜히 안다고 했다가 쏟아지는 질문을 다 대답할 생각을 하면 벌써 힘이 빠져 축 처지는 나였다. 다행히도 윤하가 던진 미끼를 물지 않은 나는 그런 끔찍한 불상사를 피할 수 있었다.

"응. 그래, 나 쓰레기 맞아. 그러니까 이제 집에 가서 공부하자. 우리 고1이야 알지?"

"응, 알지. 근데 내가 너보다 성적 더 높은 건 알지?"

얄밉게도 말하네…. 그걸 모를 리가 있을까. 윤하는 은근 보면 완벽한 아이였다. 흔히 말하는 엄친딸. 엄마 친구 딸. 모든 것이 완벽한 사람을 뜻하는 단어에 걸맞게 윤하는 얼굴, 키, 운동, 공부 뭐 하나 빠진 것이 없었지만 뭔가 나사가 하나 빠진 것만 같은 정신 상태를 가지고 있었다. 그런데 그건 오직 나에게만 해당하는 이야기인 것 같았다. 나는 그저 윤하는 내가 제일 편한 거겠지 하고 대수

롭지 않게 생각하지 않은 채 매일 자연스레 지내고 있었다. 하여튼 괜히 이런 애한테 공부 이야길 꺼내다니…. 내가 제일 심각한걸… 갑자기 미뤄뒀던 숙제들도 생각나면서 내 질문에 오히려 공격을 받은 건 나였다. 그렇게 나는 오늘도 윤하와의 말싸움에서 밀리고 도망치듯 집으로 달려왔다. 다행히 학교와 집은 크게 멀지 않아서 조금만 걸어도 도착하는 정도였다. 집에 도착하자마자 가방을 침대 너머 저 멀리 던지고는 침대에 아무것도 없는 것을 확인하자 바로 뛰어들었다.

'아~ 역시 침대는 뛰어들어야 제 맛이지 너무너무 좋다!'

조금 뛰느라 약간 붉게 물든 여린 볼들을 베개에 마구 비벼댔다. 잠시나마 아무런 생각 없이 오직 편안함만을 느낄 수 있었던 시간인 건 같았다. 하지만 그런 시간은 오래가지 않은 채 내 모든 감각과 신경 그리고 생각들은 내 오른손에 적힌 오직 단 하나의 전화번호로 향해 있었다.

'이걸 저장하고 먼저 연락을 할까…? 아니면 내일까지 기다려볼까…'

오늘 하늘이 학교를 오지 않을 거라는 건 내 예상과 계획에 전혀 없던 일이었다. 그래서 내가 어제 작게나마 세워두었던 모든 계획은 무너졌고 결국 노트도 가져오지 못했다.

'근데 걔는 왜 학교를 안 온 거지? 무슨 일 있나?'

그때 불현듯 윤하의 말 한마디가 머리를 스치고 지나갔다.

'근데 걔…. 조금 이상하다고 해야 하나…?'

'학교를 가끔 안 나온달까…?'

정말 무슨 일이 없는 걸까? 내가 여기서 신경을 꺼도 되나? 걘 지금 괜찮을까? 끝도 없이 생겨나는 무한의 질문들은 오직 매번 내 머릿속에서만 존재했다. 나는 아무것도 몰라서 아무것도 하지 못했던 어제의 나와는 달랐다. 오늘은 더 알아낸 게 있으니. 나는 급히 내 오른손을 책상 위에 올리고는 왼손에 펜을 들어 아무 종이에 하늘이의 전화번호를 하나하나 옮겨 적었다. 그런데 문득 든 생각이 있었다.

"근데 이게 얘 진짜 전화번호가 맞나…? 아니면 어쩌지….."

나는 갑작스레 들어버린 생각에 전화번호를 옮겨 적는 것을 멈췄다. 하지만 곧 다시 이어갔다. 일단 한 번 전화라도 걸어보자고. 다 옮겨 적은 후 휴대전화를 꺼내 천천히 전화번호를 입력했다. 그리곤 떨리는 심장을 붙잡고 통화 버튼을 눌렀다. 버튼을 누른 손을 떼자마자 화면이 바뀌며 통화 연결이 되었다. 화면에서는 신호음이 두어 번 울리더니 낮은 목소리의 누군가와 전화를 연결했다.

[여보세요.]

"…여보세요?"

일단 전화를 걸긴 걸었는데…. 막상 걸고 나니 하늘인지 아닌지 물어보기가 민망했다.

"저 혹시….."

용기 내 한 마디를 뱉었을 때, 전화 속 그 사람은 나보다 더 빠르게 치고 들어왔다.

[안녕, 예슬아.]

이 의문의 사람은 하늘이 맞았다. 갑작스럽게 불러준 내 이름에 조금 당황, 아니 좀 많이 당황했다. 하지만 얼른 정신을 차리고 본론에 들어가기로 했다.

"너 하늘이 맞지?"

내 물음에 전화기 너머로 픽 웃는 소리가 들리더니 대답을 했다.

[응, 맞아.]

저번과 다름없는 낮고 살짝 얄미운 목소리. 저 목소리를 듣자 그나마 안심이 되었다.

"너 왜…. 오늘 학교 안 왔어?"

혹시나 실례가 되는 질문일까 매우 조심스럽게 질문했다.

[아 그냥 볼일 있어서. 신경 쓰지 마. 자주 이래.]

내 조심스러운 물음과 다르게 정말 성의 없이 대답하며 대화 시도를 차단해버리는 하늘이였다. 그런 그의 매몰찬 행동에 약간 서운함을 느껴버린 나였다.

'나 왜 방금 서운하다는 생각이 든거지…?'

"어…. 아 그래. 뭐 볼일이 있었으니 학교를 빠진 거겠지…."

하늘의 차가운 말투에 괜히 의기소침해지며 말끝을 흐렸다. 내 말이 끝나고는 한 6초 정도의 짧은 정적이 흘렀다. 우리는 누군가가 먼저 말하기까지 기다리는 듯했다. 그런 어색한 침묵을 먼저 깨버린 건 하늘이였다.

[근데 전화해 줬네? 난 사실 네가 안 할 줄 알았거든.]

처음엔 나도 전화를 하려고 하지 않았다. 하지만 하늘이 학교를 왜 나오지 않았는지 그리고 내 노트는 어디 있는지를 알아야 했다. 그래야 할 것만 같았다.

"네가 내 노트 가지고 있는데 학교까지 나오지 않으니까 그렇지."

[아, 진짜 네 노트 그거 딱 하나 궁금한 거야? 좀 서운한데… 안 알려줄래.]

얘 또 이러네? 이 정도면 진짜 병 같은 거 있는 거 아니냐.

"아니…. 저기요… 왜 그러는데"

사실 내가 말하고도 좀 양심이 찔렸다. 기껏 애랑 약속 다 해놓고 몰래 들고 훔치고. 기껏 훔치고 달아났더니 팸플릿이었고. 하지만 나의 양심은 이미 버린 지 오래였다.

"그 대사는 내가 해야 하는 거 아니냐…? 왜 그러냐니…. 내가 제일 정상인데."

그렇긴 하지.

"뭐래, 능구렁이 같은 게 이상한 소리 하고 있어. 그래서 내 노트는?"

[내가 듣고 싶은 말해 주면 말해 줄게.]

"뭔데."

[내가 학교 안 와서 걱정돼서 전화했다고─]

뚝─

바로 전화를 끊어버렸다. 딱히 들을 가치가 없어 보여서. 하지만 내가 전화를 끊자마자 곧바로 다시 전화가 걸려온다. 저장이 되진 않았지만 익숙한 번호. 조금의 망설임도 없이 받고 매우 퉁명스러운 목소리로 먼저 말을 꺼냈다.

"어쩌라고."

[장난이야. 네 노트 나한테 있고 지금 내 옆에서 아주 잘 보관되어 있는 중.]

장난 한번 살벌하네.

"혹시 또 봤다거나 누구한테 보여줬다거나 그런 거 아니지?"

[응, 아무한테도 안 보여줬으니까 걱정하지 마. 물론 나는 봤고.]

하늘의 말을 듣고 있던 나는 처음에는 안심하다가 마지막 말을 듣고 또다시 어이가 없어졌다.

'하긴 네가 그럼 그렇지….'

요즘 기술이 엄청나게 발달했는데 왜 아직 전화로 고통을 전달한 다던가 그런 기술은 없는지 모르겠다. 있다면 내가 매우 유용하게 썼을 텐데.

"그래…. 별 기대도 안 했다… 너 학교 내일은 나와?"

일단 노트는 받고 보자 싶어서 하늘에게 화도 내지 않은 채 빠르게 질문했다.

[어 내일은 학교 가. 노트 들고 가 줄까?]

하늘의 말을 듣자마자 보이진 않겠지만 격하게 고개를 끄덕이며 말을 했다.

"응응! 부탁할게!"

[들고 가는 대신 내 조건 안 까먹었지? 한 달에 한 번 보여주기로 한 거.]

"너야말로 까먹지 마. 한 달에 딱 하루, 보여줘도 누설해서도 안 될 것, 보지 말라고 하는 곳은 보지 않을 것."

[당연하지. 내일 봐 예슬아.]

결국 나는 하늘과 조건을 건 채 서로 약속했다. 그렇게 내 노트의 존재를 아는 사람은 나를 포함하여 둘이 되었다.

#3. 불완전

"자 여기, 오늘이 10월 27일이니까 내일 10월 28일에 가져다줘."

시간이 흘러, 어느덧 2학기가 되었고 우리는 이제 노트를 주고받는 데에 있어서 자연스러웠다. 주고받는 장소는 항상 똑같이 인적이 드문 학교의 옥상.

"응, 고마워. 잘 볼게. 이번엔 막아둔 페이지 없어?"

막아뒀다는 건 그 페이지는 보지 못하는 페이지라는 뜻이다. 나는 매달 한 개씩은 꼭 막아둔다. 큰 이유는 없지만, 그저 다는 보여주기 싫다는 내 자존심이랄까.

"당근 있지. 새삼스레 뭔 질문이야. 거기 보면 16일 날 쓴 거 그거 보지 마."

당연히 16일 날 페이지에는 굳이 막아둘 만한 이유가 있는 내용은 없다. 아까 말했듯 그냥, 그냥 다 보여주기 싫다는 고집 때문이다.

"알겠어~ 안 볼게. 나 믿지?"

몇 달이 지나가도 어쩜 저렇게 변하는 거 하나 없을까. 여전히 능글맞은 하늘이다.

"응 너를 믿는 게 아니라 나를 믿어서 그러는 거야. 보기만 해봐 아주. 그냥 머리털 다 뽑아버릴 테니까."

이젠 이런 능글거림도 익숙해진 나는 평화롭게 되받아쳤다. 이것이 일상이 되어버리자 더 감흥도 없었고 매일 볼 때마다 새로운 건 오직 하늘의 잘생긴 얼굴이랄까?

'쟤 입만 조금 다물고 있으면 딱 내 이상형인데 아쉽네….'

매번 하늘을 볼 때마다 안타까운 나였다. 어쩜 저렇게 단 한 번이라도 가만히 입 다물고 있는 날이 없을까. 아 그리고 또 하나 익숙해진 것이 있다. 바로 하늘이 학교를 빠지고 어딘가로 가버리는 것. 어느 순간부터 익숙해져 버린 하늘의 행동들은 하늘에 대한 내 회의감들을 없애기엔 충분했다.

"야 근데 왜 매번 한 개씩은 안 보여주는 거야? 거기 막 누드화 같은 것도 적혀 있냐?"

어휴 생각하는 수준이 어쩜 저럴까. 한때나마 쟤를 똑똑하다고 생각했던 내가 부끄러워지는 순간이었다.

"있든 말든 내 취향이니까 관심 꺼줄래? 넌 생각하는 폭이 좁아서 다 그런 거로만 가득하지? 그리고 누드화가 뭐가 어때서!"

"헐ㅋㅋ 지금 누드화 쉴드 치는 거야? 이러다 여기 진짜 있는 거 아니야? 갑자기 확 당기는데~"

갑자기 나와 같이 쥐고 있던 노트를 자기 쪽으로 확 당기더니 내 손에서 빼앗아갔다. 그러곤 키와 팔을 활용하여 노트를 위로 길게 쭉 뻗더니 16일 날의 페이지를 빠르게 찾기 시작했다.

"어디 보자아 최예슬이 그렇게 꼭꼭 숨기고 다니는 누드화가 어디 있나아~?"

"야! 너 미쳤지!! 안 내놔?"

최대한 팔과 다리를 뻗어 하늘에게서 노트를 빼앗으려 발악해 봤지만 역부족이었다. 180이 훌쩍 넘는 큰 키에 기다란 팔까지 힘을 합쳐 요리조리 피하니 팔과 키를 다 이용해도 170이 겨우 되는 나는 당하고 있는 수밖에 없었다.

"아아 좀! 그냥 좀 줘라. 제발…."

하늘은 애절한 목소리로 애원하는 나를 한번 쳐다보지도 않은 채 오직 시선은 노트에만 가 있었다. 그때 하늘은 16일 페이지를 찾았는지 방방 뛰며 좋아했다.

"오! 찾았다! 16일 날 페이지!"

그 소리에 조금 더 마음이 매우 급해진 나는 아예 폴짝 뛰어서 높은 그곳에 있는 하늘의 팔목을 붙잡았다. 그러던 중 중심을 잃어 몸이 살짝 앞으로 쏠리니 흡사 하늘에게 안겨있는 모습이 되어버렸다.

"억!"

하늘은 갑자기 자신에게 몰려오는 무게에 약간 휘청거리더니 한 손으로 나를 받쳐줬다. 나는 여전히 팔을 뻗은 채 하늘의 팔목을 붙잡고 있었다. 내가 폭 안겨있는 듯한 조금 민망해진 자세에 하늘은 얼굴이 약간 붉어졌다.

"저기요…. 아무리 내가 좋아도 좀 떨어지지…?"

하늘은 헛기침을 몇 번 하더니 장난을 섞어가며 조심스레 말을 했다. 하지만 내 귀에는 전혀 소리가 들리지 않았다. 내 동공은 오직 한 곳에만 집중이 되어 있었고 아무런 말도 행동도 취할 수 없었다. 내 시선의 끝은 하늘이의 팔목에 있었다. 중심을 잃으며 앞으로 넘어지다 걷어버린 하늘이의 소매 안에는 울긋불긋한 자해의 흉터가 가득한 팔목이 있었다. 순간 아무 생각이 들지 않았고 손목에서 시작되어 적어도 팔꿈치 안쪽까지 가득 차 이어지는 자해의 흔적들에 눈길이 갔다. 그러던 중 다시 한번 들려오는 하늘의 목소리에 겨우 정신을 차렸다.

"야…. 예슬아? 최예슬…!"

"ㅇ…어…?! 어 왜?"

급히 내 시선을 돌려 하늘과 눈을 마주쳤다.

'내가 이걸 봤다는 걸 알게 해선 안 돼.'

짧은 순간 동안 내가 내린 결론이었다. 절대 티 내지 않는 것.

"저기 이것 좀…."

그때야 나는 내가 하늘에게 안겨있다는 걸 알았다. 그제야 깜짝 놀라 외마디 비명을 지르며 하늘을 밀치면서 나도 멀리 떨어졌다. 나의 행동에 하늘이는 또 재밌는 장난감을 발견했다는 듯 씩 웃으며 말을 걸었다.

"내 품에서 무슨 생각을 했기에 그렇게 정신을 못 차릴까?"

평소라면 때리면서 무슨 헛소리냐고 소리를 질러댈 테지만 지금의 나는 그러지 못했다.

"아… 아 그냥…. 불편했다면 미안."

이런 나의 달라진 행동을 하늘이 눈치챘는지 장난기 하나 없는 말투와 목소리로 나를 안심시키듯 말을 했다.

"아냐, 괜찮아. 근데 무슨 일 있어? 어디 박은 거야? 다쳤어?"

저렇게 다정하고 장난기 많은 아이에게 얼마나 힘든 일이 있었으면 그런 지워지지 않을 자국들을 스스로 만들었겠느냐는 생각이 갑자기 들면서 속에서 무언가가 꽉 막힌 기분이 들었다. 더 같이 있으면 하늘이에게 매달려 무슨 일이냐고 물어볼 것만 같아 급히 말을 얼버무리며 자리를 떴다.

"어, 무릎이 조금 욱신거리네⋯. 나 바로 집 갈게. 파스도 붙이고 해야겠다. 다음에 봐."

그리고는 뒤돌아 빠른 걸음으로 옥상을 빠져나가려고 했지만, 뒤에서 내 손목을 강하게 잡는 무언가의 힘에 이끌려 곧바로 멈춰섰다.

"같이 가. 데려다줄게. 아픈데 어떻게 혼자 가려고 그래."

조금 진지해진 표정으로 내 손목을 더 세게 움켜쥐었다. 하늘의 말 뒤론 아무런 소리조차 들리지 않았다. 하다못해 세차게 불던 바람까지 멈추며 정말 적막 그 자체였다.

"같이 가. 응?"

내가 묵묵부답으로 가만히 서 있으니까 잡은 내 손목을 조금 흔들며 푹 숙인 내 고개에 맞춰 고개를 약간 숙인 후 눈을 맞추려 노력했다. 나는 끝까지 아무런 반응을 하지 않았다. 점점 더 굳어지는 내 표정에 하늘은 비에 젖은 강아지처럼 풀이 죽었다.

"⋯. 줘."

"응? 뭐라고?"

"놔 줘⋯."

힘겹게 꺼낸 말이었다. 여기서 더 상처받지 않았으면 좋겠어, 거짓말을 하며 이 상황에서 벗어나려는 날 걱정하거나 붙잡지 말았으면 좋겠어, 수많은 생각이 스쳐 지나갔다. 할 말들이 넘쳐났지만 차마 다 꺼내지 못하고 유일하게 한 말은 저런 미운 말들뿐이었다.

"놔 줘 하늘아⋯. 혼자 갈게."

머리로는 이건 아니라며 아우성치고 있었지만 이미 뱉어버린 말들 그리고 아무 말도 못하게 막혀 있는 듯한 입이, 이 모든 것들이

다 문제였다. 내 말을 크게 들으려고 가까이 와 귀를 귀 기울이던 하늘의 표정은 침울해졌고 애써 티를 안 내려 웃으며 내 손을 놔줬다. 허전해진 손목이 왠지 쓸쓸했다.

"미안. 아픈데 괜히 붙잡아서. 얼른 집에 가서 치료 잘하고 연락해!"

미운 말만 뱉어낸 나와 다르게 미운 말에 상처를 받고도 나를 걱정해 주는 하늘이의 말 한마디 한마디는 나를 기어코 울리게 했다. 차마 하늘이의 앞에선 울 수 없어 최대한 눈물을 참으려 눈에 힘을 주고 자리를 떠났다. 눈물을 보여주기 싫어 고개는 여전히 푹 숙인 채.

'여기서 울면 안 돼. 참자.'

도망치듯 옥상을 벗어나 빠른 걸음으로 계단을 내려가며 눈물들을 삼켰다. 2층에 다다르자 사물함들 사이에 들어가 몸을 숨기며 급히 숨을 몰아쉬었다.

"허어…. 허…. 허억…."

못 쉬었던 숨들을 쉬며 약간 진정하고 보니 입에서 비릿한 피 맛이 맴돌았다.

'아 피난다.'

아까 울음을 참으려 입안에 여린 살들을 이빨로 꽉 깨물었더니 살이 뜯긴 모양인 것 같았다. 아까는 느끼지 못했던 찌릿한 통증들이 조금씩 느껴지기 시작했다. 그러던 중 내 발밑으로 눈물이 하나둘씩 떨어지기 시작했다.

"어…?"

겨우 다 참았다고 생각했던 눈물들이 나도 모르게 수도꼭지 튼 듯 쏟아져 나왔다. 나도 내가 왜 울고 있는지 모르겠다. 그저 볼에 흐르는 눈물들을 벅벅 닦아낼 뿐. 닦아도 닦아도 끊임없이 나오는 눈물에 결국 주저앉고 소리를 삼킨 채 울었다.

"흐윽…. 흡…. 흐…."

울고 있는 나조차도 내가 왜 우는지 모르겠다. 하늘이의 자해 흔적들을 보고 울고 있는 것인지, 날 붙잡은 하늘에게 미운 말들을 뱉으며 도망간 미안함에 우는 것인지, 그런 내가 비겁하고 스스로가 혐오스러워서 우는 것인지. 지금은 그저 생각보단 눈물이 앞섰다. 조금 시간이 지났을까 옆에서 누군가가 다가오는듯한 인기척이 들렸다. 갑작스레 들려오는 인기척에 나는 눈물을 닦다가 놀라 복잡한 구조의 사물함들 사이로 숨어 들어갔다. 누군가가 지금 내 모습을 본다는 건 매우 낭패였다. 이미 아까 몇 명이 보고 지나간 듯했지만. 사물함들 사이에 끼어 숨을 죽이고 눈을 감으며 사람이 지나가기만을 기다렸다.

'하늘인가…?'

혹시나 이 사람이 하늘이면 어쩌지라는 불안감에 손으로 입을 더꽉 틀어막으며 숨을 참았다. 곧 인기척이 사라지고 끼어 있던 사물함들 사이에서 슬쩍 고개를 내밀며 밖을 살폈다.

"아무도 없나…."

걸음을 한두 걸음 걸으며 밖을 살짝씩 훔쳐보던 나는 사물함에서 나오자마자 누군가의 손에 어깨를 붙잡혀 버렸다.

"꺄아ㄱ!…읍…!"

내 어깨를 잡은 누군가는 놀라 소리 지르려는 나의 입을 손으로 틀어막았고 나는 그런 행동에 아까보다 더 무서워지기 시작했다. 그런데 고개를 돌려 얼굴을 확인하니 입을 틀어 막혔을 때보다 더 놀라버렸다.

"예슬이 안녕~"

내 손에 하늘이의 전화번호를 적어준 친구. 그 후에 하늘이에게 물어보니까 이름이 세준? 이라더라. 나는 얼굴을 확인하자마자 내 입을 막고 있는 손을 붙잡고 떼어냈다.

"너 뭐야? 왜 갑자기 입을 막아?"

"네가 갑자기 소리 질러서."

"그건 네가 갑자기 어깨를 붙잡아서 그런 거지!"

"사물함 갔는데 갑자기 사물함 사이에서 걸어 나오기에."

또 이런다. 한마디도 져주지 않는다. 거기다 딱딱한 말투까지, 변한 게 하나도 없다.

"사물함은 갑자기 왜 오는데?"

"그건 알 필요 없고. 그래서 넌 왜 울었는데."

최대한 들키지 않으려 고개도 약간 숙이고 눈물 자국들은 다 닦아낸 지 오래였다. 어떻게 내가 울었던 걸 단번에 알아낸 걸까? 혹시 다 봤으려나 내가 울고 있던 모습들.

"고개 숙이고 눈 안 마주치고 코랑 눈 빨갛고 목소리 떨리고. 더 궁금한 거 있냐."

"티나…?"

"어. 엄청. 넌 진짜 딱 봐도 다 알 거 같아."

이걸 좋게 받아들여야 할까 아니면 안 좋게 받아들여야 할까. 예전부터 다 티 난다는 말은 자주 들었었다. 이쯤 되니 정말 그런 것 같아 좀 심각하게 고민을 한 적도 있었다. 또 티가 난다는 말에 왠지 모르게 기분이 약간 울적해졌다.

"그래서, 왜 울었는지 말 안 해줄 거야?"

아 잊고 있었다. 근데 뭐라고 설명해야 할까. 사실대로 다 말할 수

는 없는 노릇이었다. 대충 변명거리를 구상하며 대답을 미루던 중

'그런데 얘는 하늘이 친구니까 하늘이가 무슨 일 때문에 힘들어했는지 물어보면 알 수 있지 않을까?'

문득 세준이에게 하늘이에 관한 걸 물어보면 어떠냐는 생각이 들기 시작했다. 하지만 내가 이걸 하늘이가 아닌 다른 사람의 입으로 들어도 되는 걸까, 본인이 원치 않은데 내가 알아버린 건 아닐까라는 생각들도 들었다. 내가 고민을 들어주고 아픔을 나눠 가지고 싶다고 해서 하늘이의 개인적인 비밀을 동의 없이 알아내 버린 건 아니냐는 불안감에 쉽게 물어보지 못했다. 그리곤 애꿎은 손톱만 틱틱 거리며 뜯고 세준이에게 의미 없는 질문을 묻기 시작했다.

"너 정하늘이랑 아주 친해? 몇 년 정도?"

솔직히 아주 의미가 없진 않다. 하늘이와 관련이 된 거니까. 이런 내 의미 없는 물음에 세준이는 또 다 눈치챘다는 듯 씩 웃고는 내가 원하던 답을 내놓아줬다.

"음~ 아주 친하지? 적어도 6년. 그리고 걔 팔에 있는 자해 흉터. 너 그거 봤지. 그치?"

그 사실을 알고 있었는지 아무렇지 않게 그걸 말하는 세준이었다. 무덤덤하게 말하는 세준이에게 놀라며 누가 들을까 다급히 세준 이의 입을 막았다.

"야!! 누가 들으면 어쩌려고!"

그런 내 행동이 우스웠는지 또 씩 웃으며 내 손을 떼어냈다.

"역시 봤구나. 많이 놀랐겠네."

얘는 왜 이렇게 덤덤하지? 원래 이런 반응이 정상인 건가… 아니면 이 반응이 얘한테는 최대한 놀란 건가.

"너 왜 이렇게 아무렇지 않아…? 아니면 그게 지금 최대한 놀란

반응인 거야?”

“내가 걔 자해한 걸 옆에서 직접 봐서 그런지 별로 놀랍진 않네.”

이것조차 이렇게 아무렇지 않게 말하는 세준이의 반응에 더 얼이 빠졌다. 직접 봤다고? 얜 도대체 뭘 얼마나 공유한 거야…?

“뭐…? 봤다고? 미쳤어?”

도저히 이해가 가지 않았다. 어떻게 그 장면을 볼까. 그걸 지켜만 보고 있었던 걸까. 무슨 일이 있었기에 그런 선택까지 하게 되었을까.

“게네 집 놀러 갔다가 봤는데. 나도 처음엔 놀랐지 엄청.”

“…….”

“티 없이 밝아만 보이던 친한 친구가 집에서 자해하고 있는걸 직접 봤을 때. 와 진짜…. 아무 말도 안 나오더라. 그런 건 나만 하는 줄 알았거든.”

마지막 말을 듣자마자 내 기분이 끝없는 바닥으로 추락했다. 입을 벌린 채 한마디도 못하고 세준이의 눈만 뚫어져라 쳐다보았다.

“아…. 아….”

입밖으로 나가는 건 짧은 탄식들뿐. 손으로 손톱을 뜯고 있던 행동을 멈추고 그 손으로 천천히 세준이의 팔을 쥐어 내 쪽으로 가져왔다. 단추가 채워져 있는 소매를 풀어 느리게 걷어 올렸다. 그런 나를 전혀 제지하지 않고 오히려 지켜보고 있는 세준이었다.

“헉….”

약간 걷자마자 보이는 4개가 족히 넘는 흔적들. 직접 한 번 쓸어내리며 만져보니 약간 오돌토돌하게 느껴지는 감촉들에 더욱 실감이 나 숨을 들이마신 채로 뒷걸음질을 했다. 한 두세 걸음 걸었을까, 그 자리에 주저앉아 아까 겨우 그쳤던 눈물들을 다시 쏟아내기 시작했다. 뭐가 또 그렇게 서럽고 슬펐던 건지.

"아? 왜 울고 그래."

나를 따라 무릎을 굽혀서 쭈그려 앉은 세준이는 한 손으로 조심스레 내 얼굴을 감싸더니 엄지로 눈가를 쓸어 눈물을 닦아주기 시작했다. 고개를 약간 들어 세준이와 눈을 마주쳤다. 나를 바라보는 눈빛은 한없이 다정하고 또 다정했다. 다정한 세준이의 눈빛과 행동들에 결국 참지 못하고 물어보고야 말았다.

"너…. 이거…. 왜 이런 거야…."

눈물은 차차 멎어갔지만, 숨이 턱 막힌 기분이 들며 숨쉬기가 어려웠다. 끅끅거리며 겨우 말을 꺼내었다. 세준이는 눈가를 닦다가 더 닦을 눈물이 없어지자 내 머리를 두어 번 쓰다듬어주더니 입을 열었다.

"집이 좀 엄격했어. 여기저기서 공부하라며 잔소리하고 비교하고. 힘들어서 한 번 그어봤는데 뭔가 기분이 나아지더라고? 그때부터 계속했지. 걱정하지 마. 요즘은 안 하니까."

이유를 들으니 다 말라버린 줄만 알았던 눈물들이 다시 또 한두 방울 솟아났다. 세준이의 흉터가 가득한 팔을 부여잡고 그곳에 얼굴을 묻으며 서럽게 울음을 토해냈다. 혹여나 팔이 아프진 않을까 아주 약하게 그러쥐었다. 그런 나를 밀어내지 않으며 남은 한 손으로 등을 토닥여 주었다.

"괜찮아, 괜찮아."

얼마나 울었을까, 눈이 새빨갛게 변해 있었다. 세준이의 팔에 묻고 있던 얼굴을 들어 눈물을 한 번 쓱 닦고 숨을 골랐다. 숨을 고르고 있는 나의 머리칼들을 세준이는 하나하나 세심하게 귀 옆으로 넘기며 정리해 주었다.

"다 울었어? 이제 괜찮아?"

"응. 고마워⋯."

사실 그렇게 괜찮지는 않았다. 그저 눈물이 멎은 것일 뿐 여전히 마음이 쓰라렸다.

"그럼 이제 말해 줄까 아니면 본인한테 직접 들을래?"

아마 이건 하늘이를 말하는 거겠지. 수없이 고민했던 선택이었다. 섣불리 내가 다가가선 안 되는 예민한 문제이기에 더욱 조심 또 조심했다. 세준이와 나 사이에서는 길고 긴 정적이 흘렀다. 세준이는 내가 입을 열 때까지 계속 그 긴 정적을 기다리고 함께해 주었다. 결국 먼저 입을 연 건 내가 아닌 세준이었다.

"더 생각해 볼래? 나는 언제든 괜찮으니까 생각 정리하고 다시 연락해줘도 돼."

"넌 얼마나 알고 있는 거야? 처음부터 끝까지 다⋯ 알고 있어⋯?"

오랜 정적에 겨우 던진 말 한마디가 확실한 대답이 아닌 물음이라니. 나는 나 자신이 또 한 번 너무 최악인 거 같았다.

"나도 사실 자세히는 몰라. 대략 알고 있는 거지. 정하늘이 자세히는 말 안 해주더라."

나보다 훨씬 더 친한 세준이에게도 다 알려주지 않은 비밀을, 그 비밀을 내가 알아도 되나?

"네가 알아도 괜찮아. 경계심이 있는 하늘이가 먼저 말을 걸어왔다는 건 네가 이 비밀을 알아도 되는 사람이라는 거니까."

내 속마음을 또 어떻게 알았는지 콕 집어 이야기해 주었다.

"정말? 내가 알아도 괜찮을까⋯?"

날 언제 봤다고 나에게 마음을 놓은 것인지. 내가 어떤 사람인 줄 알고 경계심을 푼 걸까.

"어. 넌 알아도 괜찮아. 그리고 넌 알아야 해."

그 말에 내 눈빛이 흔들렸다.

'내가 알아야 한다고? 왜?'

점점 내 의지와 결정은 확실해져 갔고 난 생각할 시간을 더 소비하지 않은 채 그 자리에서 바로 세준이에게 대답했다.

"알려줘. 네가 알고 있는 하늘이에 관한 것들."

결정이 서고 난 바로 세준이에게 하늘이의 이야기를 귀 기울여 듣기 시작했다.

—

집에 가는 내내 발걸음이 무거웠다. 집에 도착한 후 나는 힘이 빠져 바로 침대에 털썩 앉았다.

"하… 나 진짜 어떡해…."

짧게 들어본 이야기로는 대충 이러했다.

"하늘이 어머니께서 하늘이 2학년 때 돌아가셨나 봐. 그전까지 가족 간에 문제도 잦았고. 어머니가 돌아가시고 그게 자기 때문이라 생각했는지 자해도 하고 자살 시도까지 해보고…. 하여튼 문제가 많았대. 자살 시도는 약 먹고 쓰러진 거 아버지가 발견하고 겨우 살려내신 거고. 그때부터 병원 다니고 있대."

그래서 그렇게 계속 학교를 빠졌던 거였나…. 이제 점점 맞춰지는 퍼즐에 더욱 소름이 돋으며 절망에 빠지는 나였다. 더 깊게 생각할수록 하늘이를 향한 관심과 동정심은 커져만 갔다. 더욱 자세히 알기 위해선 하늘이에게 직접 물을 수밖에 없었다. 그러나 내가 과연 직접 물어볼 수 있을까?

"복잡하다 진짜…. 모르는 척 계속해야 하나…."

머리를 쥐어뜯으며 끝없는 고민에 빠졌다. 모른 척하기엔 내가 너무 많은 걸 알고 있었다. 그 사실들을 알면서도 모른 척하고 아무 일 없다는 듯 하늘의 얼굴을 마주 본다는 건 내가 힘들었다. 하지만 그렇다고 아는 척을 한다면 하늘이가 부담스러워하거나 기분 나빠할 수도 있다. 가뜩이나 예민할 텐데 잘못 건드렸다간 무슨 일이 일어날지…. 행동 하나하나를 조심해야 할 것만 같았다. 내일 당장 하늘에게 노트를 받기 위해 만나야 하는데…. 어떡해야 하지…. 내가 과연 표정 관리를 하며 모른 척을 할 수 있을까? 일단 내일 당장 아는 척을 하면서 물어보는 건 무리라고 판단했다.

"후…. 제발 티 내지 말자…."

마음속으로 굳게 다짐하며 거울 앞으로 다가가 억지로 미소 짓는 연습을 해보았다. 자연스레 미소 짓는 것이 아닌 억지로 짓는 것이다 보니 너무나 부자연스러웠다. 딱 봐도 안에 무언가 꿍꿍이가 있다는 게 티가 났다. 이대로 내일 만나면 무슨 일이 일어날까 벌써 두려워졌다. 계속해서 거울 앞에 자리 잡고 자연스럽게 미소 짓는 연습을 했다. 조금 나아졌을까, 겨우 얼굴 근육을 움직였을 뿐인데 피곤해졌다. 마냥 얼굴 근육을 움직인 이유 하나로 피곤한 게 아니라는 건 알고 있었다. 뛰고 울고 뛰고 울고를 반복했으니 피곤할 만도. 하지만 하늘이를 생각하면 생각할수록 멈춘 것만 같았던 눈물들은 어디선가 계속 생성되었다.

얼마나 힘들었을까. 그게 절대 자기 탓이 아닌데 얼마나 마음고생이 심했을까. 스스로 자기 몸에 상처를 내며 얼마나 아팠을까. 그 상처들의 아픔을 다 잊게 할 정도로 마음의 상처가 컸겠지. 어디

가서 티도 내지 못했을 거야. 혼자 매일 모든 걸 감당하고, 짊어지고 그러느라 상처들이 더 벌어졌겠지.

내가 상상하는 모든 아픔의 그 이상을 실제로 경험했을 하늘이가 너무나 가여웠다. 내 일이 아닌데도 이렇게 듣기만 해도 눈물이 끊임없이 쏟아지는데. 너무 간섭하는 걸까. 내가 알지 말아야 하는 걸 알아버린 건 아닐까.

'나는 이걸 걱정한답시고 이러고 있지만 이게 그 흔히 말하는 오지랖인 거겠지….'

하지만 이대로 두고 볼 수는 없었다. 내가 바꾸어야만 했다. 도와줘야만 했다. 더 힘들어하지 않도록. 그 아이가 혼자 그 모든 걸 품고 가는 걸 두고 볼 수 없었다. 그렇게 나는 티를 내지 않고서도 그 아이의 고민을 들어주고, 또 행복하게 만들어주기 위한 계획을 세웠다. 실패하는 일이 없도록 아주 치밀하게. 일단 우린 내일 만나야만 한다.

'혹시 안 나오면 어쩌지? 내가 걔한테 좀 차갑게 대했는데. 화난 건 아니겠지?'

안 나온다는 건 아주 가능성이 없는 이야기는 아니었다. 내일 병원을 갈 수도 있는 거고…. 혹은 정말 화가 났을 수도 있는 거고. 솔직히 나라도 좀 불편하고 서운할 것 같았다. 기껏 걱정해 줬더니 하는 말이라고는 놔 이딴 거라니. 아까의 내 행동에 다시 미친 듯이 후회가 몰려왔다.

"아악! 진짜 미쳤어! 무슨 생각이었던 거지? 내가 왜 그랬지? 가뜩이나 많이 힘들어하고 외로운 아이일 텐데…. 달래줘도 모자랄 판국에 이거 놓으라니… 난 글렀어…."

또다시 머리채를 스스로 쥐어뜯으며 괴성을 질러댔다.

"난 진짜 못돼먹은 년이야…. 인성이 어쩜 이렇지….".

그때 하늘에게 자연스럽게 연락할 방법이 딱 떠올랐다.

'미안. 아픈데 괜히 붙잡아서. 얼른 집에 가서 치료 잘하고 연락
해!'

'연락해…? 이걸로 연락해도 괜찮겠지? 자연스럽겠지? 별 이상함
못 느끼겠지?'

나는 내 생각에 확신이 선 순간 바로 책상으로 달려가 내 휴대전
화를 들어 메신저를 보냈다.

[-나 지금 집 잘 도착해서 쉬고 있어!]

혹시라도 이상하거나 거슬리는 부분이 있을까 봐 적고 지우고를
반복하며 내가 보낼 메시지를 수십 번을 검토했고 또 검토했다. 내
가 화나지 않았다는 걸 표현하기 위해 발랄한? 느낌으로 느낌표까
지 붙여서 보냈다. 그리고 곧이어 바로 또 다른 메시지 한 개를 더
보냈다.

[-그리고 아까 좀 차갑게 굴어서 미안해…. 갑자기 좀 예민해졌나
봐…]

이렇게 하면 기분이 좀 나아지려나? 그래도 아까보단 나아지겠
지. 아까 내가 하늘이에게 놔달라는 말을 뱉고 그걸 들은 하늘이의
표정을 보는데 정말 가슴이 미어지고 너무 욱신거렸다. 살면서 한
번도 느껴보지 못한 그런 기분이었다. 아직도 그 순간의 표정만 떠
올리면 억장이 무너지는 듯했다. 그런데 바로 그때 내가 보낸 메시

지 옆에 있는 1이 사라졌다. 그걸 실시간으로 목격한 나는 그 자리에서 벌떡 일어나 침대 위에서 발을 구르며 제발 긍정의 답이 들려오길 빌었다.

"아 제발 제발 제발 하느님….."

[아냐, 괜찮아. 우리 내일 봐야 하지?]

역시 하늘이는 너무 착해….

[-응! 내일 어디서 볼래? 내일 볼 수 있어?]
[당연하지 네가 얄짤없이 딱 하루만 보여준다며.]

그 말을 아직도 그대로 기억하고 있네.

[-ㅋㅋ 근데 네가 말을 잘 들어서 기간 쪼금 늘려줄까 생각 중!!]

이것도 일종의 하늘이 기분 좋게 해주기의 계획 일부분이었다. 아주 사소한 것부터 차근차근 도와주며 점점 마음을 열게 한 후 하늘이에게서 그 일을 자세히 들을 생각이었다.

[오 정말? 나야 좋지ㅋㅋ 어디서 만날래? 옥상?]

이번엔 조금 특별한 곳에서 만나 하늘이를 기분 좋게 해주고 싶었다.

[-아니! 내가 정해둔 곳이 있어! 내일 학교 앞에서 만나]

[기대할게ㅋㅋㅋ 얼마나 좋은 곳일지 한번 보고 싶네]

[-그랭ㅋㅋㅋ 낼 봐!]

우리의 대화는 순조롭게 끝이 났고 나는 기분이 한결 편해졌다. 많이 화나 있거나 서운해하고 있을 것만 같던 하늘이는 생각보다 화가 나지 않아 있었고 안도와 동시에 내일 내가 해줄 이벤트에 너무 기대됐다.

"아 맞다. 하늘이한테 걔 전화번호 물어보는 걸 잊고 있었네…."

나는 내일의 이벤트를 위해 세준이를 섭외하기로 했다. 하지만 세준이에 관한 건 오직 학년, 반 만 알고 있던 나는 하늘이에게 세준이의 전화번호를 물어봐야만 했다. 다시 나는 휴대전화를 켜고 하늘이에게 메시지를 보냈다.

[-아, 내가 아까 깜빡했는데 너 세준이 전화번호 가지고 있지?]

계속 휴대전화를 잡고 있었는지 내가 보내자마자 바로 읽고 답장하는 하늘이였다.

[세준? 내가 아는 그 현세준?]

[-응! 걔 맞아]

[당연히 있지 근데 그건 왜?]

[-아니 나 뭐 물어볼 게 있어서 그런데 전번이 없어서ㅠ]

[아… 뭐 물어볼 건데? 말해 주면 내가 그냥 전해 줄 게 굳이 전화번호까지 알 필요 없잖아]

하늘이를 위한 이벤트를 하는 것에 관한 이야기인데 하늘이에게 절대 알려줄 수 없었다.

[-안 돼. 비밀이야 절대 못 알려줘]
[너네한테 비밀도 있었어…? 알려줘]
[-응 절대 안 됨 담에 알려줄게ㅋㅋ]
[뭐야. 언제 둘이 그렇게 친해진 거지 나 약간 질투 나는데]
[-뭐랙ㅋㅋㅋ 알려주기나 해.]
[010-1485-○○○○]
[-땡큐 하늘]

내 말이 끝나고 하늘이는 답장을 해주지도 않은 채 그저 읽기만 했다. 말로만 듣던 그 읽씹을 당해버린 건가. 평소라면 이모티콘이나 응 하나 정도는 보내주었는데…. 내가 괜히 또 의미부여 하는 거겠지 하며 넘겼다. 나는 하늘이에게서 받은 세준이의 전화번호로 메시지를 보냈다.

[-안녕 나 누구게]
[누군지 말 안 하면 차단한다]

맞힐 시도라도 할 거로 생각했는데 그런 나의 예상과 달리 단호하게 차단한다는 말에 세준이한테 얼른 나라며 메시지를 보냈다.

[-헐 안 돼 나 예슬ㅠㅠ 차단하지 마….]
[읰ㅋ 뭐약ㅋㅋㅋ 차단할 뻔했네 그렇게 왜 쓸데없는 장난을 쳤어ㅋㅋ

ㅋㅋㅋㅋ]

　[-쓸데없다니..]

　[그래서 전화번호는 정하늘이 알려준 거?]

　[-응응! 오 어케 알았지 역시 똑똑해]

　[딱 봐도 나오는 걸 모르는 건 네가 바보 아니냐?]

　[-아 진짜 말넘심 나 왜 상처 줘?]

　[ㅋㅋㅋㅋㅋㅋ그래서 왜 연락했어? 이러고 수다 떨자고 한 거야? 물론 난 좋아 대찬성]

　[-응 아니고 너랑 상의할 게 있어서.]

　[나랑?? 뭘?]

　전혀 예상치도 못한 답변이었는지 메시지 문구를 뚫고 나올 정도의 세준의 당황스러움이 한눈에 보였다.

　[-너 내일 시간 돼?]

　[나 내일 약속 있긴 한데 취소하면 돼]

　[-헉 그럴 필요까진 없는데…. 다른 사람 알아보면 돼!]

　[아냐 어차피 가기 싫었던 약속이었어. 오히려 잘됐지ㅋㅋ 너랑 있는 게 더 좋아]

　[-엥 그렇게 훅 들어온다고?]

　[엉 훅 들어와야 정신 못 차리지]

　[-얘 고수네ㅋㅋㅋㅋㅋㅋ 그리고 내일 단둘이 만나자는 거 아니야.]

　[음 좀 실망이긴 한데 계속 말해 봐]

　[-일단 내일 하늘이랑 만나기로 했거든? 그때 내가 좀 이벤트 느낌으로 색다르게 전시회에서 만나기로 했어. 근데 그건 아직 걔한테 비밀이고! 그

래서 같이 나랑 정하늘이랑 셋이서 노는 건 어떨까.. 하고 물어봤지!]

[셋이서?]

[-응! 너도 있으면 하늘이가 더 좋아할걸?]

[ㅋㅋ아닐 텐데 내가 오는 거 무지 싫어할 건데]

[-뭐야 싸웠어?]

[아니 그런 건 아니고 내가 가면 걔가 엄청 싫어할 거 같아]

　무슨 일이 있는 건지 계속해서 하늘이가 자기 오는 걸 싫어할 것 같다며 그 말만 반복하는 세준이었다.

[-아 아니라니까 내 말 좀 믿어봐..ㅠㅠㅠ 같이 가자 응?]

[그럼 나 진짜 간다? 난 계속 안 간다고 말했었는데 네가 꼬드긴 거다 무슨 일 생겨도 내 책임 없음]

　무슨 일이 생긴다고 저렇게 호들갑일까? 마치 뭔가 알고 있다는 듯. 하지만 결국 나의 고집은 꺾지 못하고 같이 가기로 해준 세준이에게 기분이 날아갈 듯 기뻤다.

[-그럼 내일 봐! 꼭 나와야 한다. 진짜 약속한 거야!]

　나중에 딴말할 수도 있으니 명확하게 답을 받으려고 다시 한번 물어보았다.

[응 그래 간다고ㅋㅋ 낼 봐 이쁘게 하고 나와라.]

[-뭐래 평소에도 존* 예쁘구먼]

[그거 조금 인정]

내 말을 끝으로 대화가 멈췄고 나는 내일 일어날 일들에 매우 기대하며 준비를 하기 시작했다.

"휴대전화 챙기고…. 또 뭐 챙길 것들이 있나?"

혼잣말들을 주저리주저리 하며 자기 전까지 준비하며 기대감에 잔뜩 물든 채로 잠이 들었다.

—

다음 날 아침, 일찍 잠들었던 탓인지 덕분에 일찍 일어난 나였다. 일어나자마자 하는 일은 어제 짜놓은 계획을 다시 훑어보는 것. 누가 볼까 봐 책장 구석에 박아둔 수첩을 낑낑거리며 꺼내어 표시해둔 페이지를 펼쳤다. 나의 치밀하고도 완벽한 계획을 간결하게 설명해 보자면 깜짝 이벤트로 하늘이를 전시회에서 만나는 것이다. 거기서 노트를 건네받으며 하늘이에게 이렇게 말한다. 앞으로 페이지 상관없이 내 노트를 다 봐도 된다고. 그리고 기간도 일주일로 늘려주겠다고. 노트로 만난 사이다 보니 서로 친밀하고 가깝게 이야기할 주제는 아무래도 노트밖에 없다는 게 나의 결론이었다.

그 뒤론 전시회 구경을 하고 또 전시회를 다 둘러본다면 하늘이의 그 마른 몸에 탄수화물과 단백질들을 마구 보충해 주기 위해 소고기를 사줄 예정이었다. 솔직히 소고기를 사준다는 건 엄청난 거였다. 게다가 하늘이뿐만 아니라 세준이한테 까지 소고기를 마음껏 사줄 예정이었으니. 애들이 얼마나 좋아할까 생각하니 저절로 입꼬리가 올라갔다. 약속 시각까지 3시간. 가는 시간을 제외하면 약 2

시간 정도가 남는다.

　나는 빠르게 씻고 간단히 식사를 챙겨 먹은 채 세준이가 말한 것처럼 최대한 예쁘게 보이려고 꾸미기 시작했다. 옷을 꺼내 입고 평소에 잘 하지 않던 고데기까지 꺼내 들어 머리를 말았다. 그리곤 답답하다고 하지 않았던 화장까지 모두 마쳤다. 그렇게 남은 시간 약 1시간. 하늘이와 세준이에게 연락을 넣어 어디냐고 물어봤다. 둘 다 매일 휴대전화를 붙잡고 사는 것인지 보내자마자 바로 읽고 답하는 모습은 둘이 똑같았다.

[나 지금 네가 알려준 곳으로 가는 중 너 예쁘게 하고 올지 기대함]
[나 지금 버스 탔어!]

동시에 온 답장에 나는 하늘이의 답에 먼저 답해 주었다.

[-알았어! 이따 봐]

그리곤 바로 세준이에게 답장을 보냈다.

[-보고 놀라서 고백이나 하지 마라]
[올해의 헛소리상 드림]

세준이의 말이 너무 얄미워 대답도 하지 않고서 읽씹을 했다. 나도 집에서 나와 버스를 탔고 전시회로 이동하기 시작했다. 시간이 지나고 약속 시각보다 5분 정도 일찍 도착했다.
　"아직 아무도 안 왔으려나?"

버스에서 내려 장소까지의 짧은 거리를 걸으며 작게 혼잣말하고 있을 때 나는 곧 누군가 한 명이 먼저 도착해 있다는 걸 알게 되었다. 사람이 있다는 건 알겠지만 너무 멀리 있는 터라 누군지는 정확히 알 수가 없었다. 천천히 걸어가며 사이의 거리를 좁혔다. 눈을 가늘게 뜨며 그 사람을 향해 초점을 맞춰서 한 다섯 발자국 더 걸었을까, 그 사람이 누구인지를 알게 되었다.

"야! 현! 세! 준!"

반가운 마음에 크게 이름을 부르며 세준이를 향해 와다다 뛰어갔다. 그런 나의 큰 목소리와 존재감에 세준이는 보고 있던 휴대전화를 내려놓고 나와 같은 포즈로 나를 향해 뛰어갔다.

"와아앙 예슬이다아!"

오버스럽게 내 장단을 맞춰주는 세준이를 보고 빠르게 뛰어가던 걸음을 멈추고는 깔깔 웃기 시작했다.

"저게ㅋㅋㅋㅋ뭐야ㅋㅋㅋㅋㅋ 바람 빠진 행사 풍선 같아ㅋㅋㅋㅋ ㅋㅋㅋ"

세준이는 배를 부여잡고 웃는 나에게 다가와 어깨로 나를 툭 하고 밀쳤다.

"뭐 어쩌라고! 넌 아까 올 때 목도리도마뱀 같았거든."

하지만 그런 말들이 아예 들리지도 않은 나는 계속해서 웃기만 했다. 한 1분을 깔깔거리고 난 후 나는 겨우겨우 나 자신을 진정시켰다.

"후하후하. 아 진짜ㅋㅋ 동영상으로 찍고 싶네ㅋㅋㅋ 좀 웃겼다."

"넌 오늘 예쁘게 하고 나오랬더니…."

세준이는 말을 하다말고 나를 위아래로 훑어보며 말을 멈췄다.

"나오랬더니 뭐. 오늘 안 하던 고데기랑 화장도 했는데 좀 이상한 가…? 하긴 나도 좀 어색하다….”

나오랬더니 에서 말을 멈추더니 나를 뚫어지라 쳐다볼 뿐 아무 말도 하지 않았다. 머리끝부터 발끝까지 한 번, 머리끝부터 턱 끝까지 한 번, 그리고 어깨선부터 발끝까지 한 번. 화장하고 나온 내가 어색했는지 아니면 이상했는지 이리저리 쳐다보는 세준이의 시선이 약간 부담스러웠다.

"나오랬더니 뭐… 그리고 아까부터 뭘 그렇게 쳐다봐. 사람 민망하게끔… 그렇게 이상해?”

'많이 이상한가…. 화장하지 말걸…. 지금 지울 수도 없고….’

결국 나는 세준이에게서 대답 듣기를 포기하고 둘이서 약속 장소에 앉아 하늘이를 기다리는 수밖에 없었다. 갑자기 말이 없어진 세준이 때문에 어색한 분위기에서 심심하게 지내는 터라 얼른 하늘이가 오기를 기다렸다. 그때 호랑이도 제 말 하면 온다고 했던가 저 멀리서 걸어오는 하늘이가 보였다. 워낙 큰 키를 가지고 있어서 그런지 멀리서도 눈에 잘 띄었고 흡사 전봇대 하나가 걸어오는 듯했다.

"와…. 멀리서도 느껴지는 훈훈 스멜…. 삐쩍 마른 것 봐…. 얼른 고기 멕여야겠다.”

하늘이의 남다른 피지컬에 또 속마음이 밖으로 작게 나가버렸다. 그걸 옆에서 들은 세준이는 얘 뭐지 이런 눈빛으로 나를 보았다. 나는 그런 시선도 무시한 채 나와 세준이를 향해 손을 흔들면서 이름을 부르고 걸어오는 하늘이에게 온 신경을 집중시켰다.

"예슬아!”

걸어오던 하늘이는 우리에게 점점 가까워질수록 뛰어왔다. 그렇게 하늘이와 우리는 만나게 되었고 나는 이벤트를 해줄 생각에 들 떠 있었다. 그런데 왜인지 하늘이의 표정이 좋지 않았다. 하늘이의 차가운 시선이 꽂힌 곳은 바로 세준이었다. 세준이는 하늘이에게 관심을 주지도 않고 계속 나만 바라보고 있을 뿐이다. 그리고 가끔 고데기한 머리카락이 신기했는지 슬쩍 만지기도 했다. 그런 세준이의 행동이 마음에 안 들었는지 결국 먼저 입을 연 건 하늘이었다.

"네가 왜 여깄어?"

분위기가 생각한 대로 흐르지 않자 내가 중간에 끼여서 정리할 수밖에 없었다.

"내가 불렀어! 괜찮지?"

살짝 웃으며 말을 하자 아까 세준이를 보던 눈빛은 온데간데없이 사라지고 평소에 보던 따스한 눈빛만이 나를 바라보았다. 하지만 그 따스함 속에 서운함을 본 것만 같았는데 기분 탓이었을까.

"음…. 예슬이 의견이라면 괜찮지….."

하늘이가 말을 끝마치자마자 하늘은 세준이와 비슷한 반응으로 나를 뚫어져라 쳐다보기 시작했다. 계속해서 나를 위아래로 훑어보자 나는

'아, 오늘 화장 진짜 망했구나.'

라는 생각으로 머릿속이 가득 찼다. 결국 참지 못하고 하늘이와 세준이에게 대놓고 물어봤다.

"야 얘들아. 보고 있지만 말고 말을 좀 해봐. 많이 이상해? 그냥 화장실 가서 세수 빡빡 하고 올까? 얼굴 가죽 벗겨질 때까지 문지르고 올까? 옷도 많이 이상해? 솔직히 화장은 좀 그래도 옷은 예쁘지 않아? 나만 그런 거야??"

갑자기 소리를 버럭 내지르는 바람에 초점을 잃은 채 나를 바라보

고 있던 둘은 움찔거리며 놀랐다. 그리고는 드디어 입을 떼고 말을 하기 시작했다.

"우리 예슬이 평소보다 더 귀엽네~ 말은 여전히 험하게 하고~"

그러면서 나의 머리를 몇 번 쓰다듬는 세준이였다.

"화장하니까 되게 다른 사람 같다ㅋㅋ 분위기가 달라진 거 같아. 그래도 난 화장 지운 게 더 보기 좋아. 그리고 너 새끼는 빨리 손 치우세요."

하늘이는 나한테 칭찬을 하는 것인지 욕을 하는 것인지 당최 알수가 없었다. 그래도 너 새끼는 내가 아니란 것쯤은 알고 있었다. 내 머리 위에 올려진 세준이의 손을 툭 쳐내며 한 말이라 그런지 오해를 하지 않을 수 있었다.

"예슬아 내가 말했지. 얜 내가 오는 거 안 좋아할 거라고."

시무룩해진 척을 하며 목소리를 내리깔고 표정을 약간 구겼다. 동정심을 유발하려는 행동이었던 걸까? 나에게는 조금 먹힌 것 같았지만 하늘이에게는 오히려 독이 된 것 같았다.

"어디서 나이 먹을 대로 먹은 털 난 새끼가 그 뻥튀기 같은 얼굴로 불쌍한 척이야. 뭉개버리고 싶네."

예? 뻥튀기요…?

"나 어디 가서 그렇게 뻥튀기니 뭉개버린다느니 그런 소리 들을만한 얼굴은 아니거든? 이 새끼가 지가 좀 더 잘생겼다고 막말하고있어…."

세준이의 말은 모두 사실이었다. 끼리끼리 논다고 했었지. 옛말은 어쩜 틀린 게 하나도 없을까. 저 잘생긴 놈들은 우리 학년뿐만아니라 전교에서 손에 꼽을 정도라고 한다. 물론 나는 몰라서 윤하를 통해 알게 되었지만….

"예슬아…. 쟤가 나 너무 미워해 진짜… 오지 말걸….”

그 말을 하며 나에게 다가와 내 팔을 양팔로 감싸 안고는 고개를 떨구어 내 어깨에 볼을 비볐다. 마치 어린아이처럼 앙탈을 부리는 세준이를 당황하여 떼어내려고 했지만 나보다는 하늘이가 훨씬 더 빨랐다.

"아 진짜 뭉개버릴까….”

세준이의 머리카락을 움켜잡더니 내 몸에서 반대 방향으로 당겨버렸다. 머리카락이 잡힌 세준이는 속절없이 하늘이의 손이 가는 방향으로 따라가야 했고 거기다 하늘이가 뱉는 욕 들은 덤으로 들어야 했다.

"네가 미쳤지 아주? 어디서 애 팔에 매달리고 있어. 오지 말아야 할 것 같았으면 오지 말아야지, 왜 오고 지랄이야.”

"아아! 좀! 예슬이가 그렇게 오라고 사정하는 데 와야지! 난 계속 안 간다고 했었다고!”

"그…그래 맞아! 하늘아 난 괜찮으니까 우선 진정하고 이것 좀 놓자!”

나는 다급히 머리카락을 꽉 잡은 하늘이의 손을 두 손으로 붙잡아 얼른 떼어냈다.

"야야 괜찮냐? 안 뽑혔어?”

손이 떨어지자마자 까치발을 들어 세준이의 머리카락 상태를 확인했다.

"구멍 안 난 게 다행이지….”

"어우 야… 몇 개 후두두 떨어진다….”

하늘이는 어떡하냐 거리면서 세준이의 머리카락을 걱정하고 있는 내 모습이 기분이 나빴는지 아니면 서운했는지 약간 토라져 있었다. 상황이 좀 진정이 되고 하늘이는 여전히 토라져 있지만, 나는 잠시 잊고 있던 이벤트를 떠올리며 화제를 바꾸어 보았다.

"하늘아. 내가 왜 너 오늘은 여기서 보자고 했냐면 우리 처음 만났을 때 기억나?"

"어 우리 전시회에서 만났잖아. 내가 너 물건 찾아줬고."

"맞아 그래서 오늘은 좀 특별하게 전시회에서 만나기로 했어! 어때? 짱이지!"

좀 놀라며 기뻐하는 반응을 생각했던 나와의 예상과 달리 하늘은 몹시 당황하며 동공이 흔들렸다.

"뭐..? 전시회?"

"응! 왜? 아 돈 안 가져온 거면 걱정하지 마. 오늘은 내가 다 쏠게! 당연히 세준이것도 포함."

내 말에 세준이는 매우 기뻐했지만, 하늘이의 반응은 더 침울해졌다. 무슨 일이 있는 걸까? 조금씩 걱정이 되기 시작했다.

"어디 아파? 괜찮아…? 안색이 안 좋아 보이는데….."

하늘이는 아까와 다르게 안색이 매우 창백해졌고 급기야는 조금씩 떨기 시작했다. 내가 귀엽다며 장난을 쳤을 때 부끄러워 떠는 그런 것이 아닌 마치 무언가가 두렵다는 듯, 무언가를 무서워하는 듯한 떨림이었다.

"아… 잠시만 화장실 좀 다녀올게….."

"어… 어! 그래 다녀와…!"

하늘이가 잠시 자리를 뜨고 나는 곧바로 세준이에게 다가가 질문들을 쏟아내기 시작했다.

"쟤 어디 아프대? 아니면 이런 곳 싫어하나…. 아닐 텐데.. 나랑 처음 만난 곳도 전시횐데 그럴 리가…."

세준이 또한 아는 게 없는지 고개만 내저으며 묵묵부답이었다. 시간이 얼마 안 지나 하늘이가 다시 돌아왔고 떨림은 좀 멈춘 듯했지만, 안색은 여전히 창백했다.

"야… 꼭 안 가도 돼… 가기 싫으면 숨기지 말고 말해. 나랑 세준이만 잠깐 다녀오던가 할게. 억지로 갈 필요 전혀 없어."

세준이도 옆에서 고개를 끄덕이며 안 가도 된다고 한마디 거들었다.

"그럼 너희 둘이 다녀오게…?"

"어어…! 너 가기 싫으면 그냥 둘이 다녀올게."

내 말에 눈을 꾹 감았다 뜨면서 깊게 숨을 한번 내쉬더니 결심한 듯 말했다.

"나도 같이 갈래."

하지만 결심한 하늘이의 마음과 다르게 몸은 여전히 떨고 있었다.

"진짜 괜찮겠어? 아픈 거 아니지? 아프면 바로 말해야 해."

"어, 괜찮아. 들어가자. 가을인데 춥겠다. 감기 걸릴라."

그 말을 마지막으로 하늘이는 걸음을 떼기 시작했고 입구를 향해 뚜벅뚜벅 걸어갔다. 걷기 시작한 지 얼마 되지 않아 우리는 금방 전시회관에 도착했고 관람을 하기 시작했다. 좀 둘러보고 있는데 내가 우려한 것과 다르게 하늘이에게는 큰일이 일어나지 않았고 하늘이의 상태도 아까 들어오기 전보다 나아진 것 같아 약간 안도했다.

"하늘아 이제 좀 괜찮아?"

내 물음에 하늘이는 약간 웃으며 밝게 대답했다.

"응! 좀 나아졌어."

밝아진 대화에 나도 그리고 하늘이도 마음을 놓을 수 있었다. 좀 더 걸어 전시회의 중간쯤에 왔을까. 잘 걷고 있던 하늘이는 갑자기 한 그림 앞에 우뚝 멈춰 서더니 움직일 생각을 하지 않았다. 그리고 갑자기 멋은 줄 알았던 떨림이 아까보다 더 세게 그리고 심하게 나타나기 시작했다. 어디선가 들려오는 아이의 울음소리에는 급기야 숨을 가쁘게 쉬더니 주저앉아 온몸을 떨기 시작했다. 갑자기 보이는 하늘이의 이상증세에 나와 세준이는 깜짝 놀랐다. 나는 너무 무서워 눈물을 떨어뜨리며 하늘이의 팔을 잡고 흔들며 소리 질렀다.

"하늘아!! 왜 그래.. 정신 좀 차려봐… 흑"

내 소리에도 오직 몸을 떨기만 계속하던 하늘이의 떨림이 멋었고 괜찮아진 줄 알고 놀란 나는 하늘이의 상태를 확인했다. 그리고 나는 알게 되었다. 하늘이는 정신을 잃은 것이라는 걸. 아무런 미동도 없이 움직이는 것이라고는 오직 볼을 타고 흐르는 눈물과 무언가를 중얼거리는 하늘이의 입이었다. 무슨 말을 중얼거리는지 들으려고 나는 고개를 한껏 내리고 귀를 기울이며 하늘이의 목소리들을 담았다. 하지만 얼마 안 가 목소리조차 조용해졌고 하염없이 울고만 있는 나를 하늘이에게서 떼어내 정신을 차리게 해준 건 세준이였다.

"야, 정신 차리고 당장 119에 신고해. 너 이러고 있으면 애 더 위험해져. 울고만 있으면 뭐 어쩌려고 그러는 건데."

매우 침착하게 나에게 날카로운 말들을 해주며 내 정신을 일깨워 주었고 내가 무얼 해야 하는지 가르쳐 주었다. 세준이의 말을 듣자마자 나는 119에 바로 전화를 걸어 신고했다. 내가 전화를 하고 있을 때 세준이는 고개를 숙여 하늘이의 심장이 뛰는지 확인했다. 심장이 뛰는 걸 확인한 세준이는 하늘이를 바닥에 편하게 눕혀주었고 구급차가 올 때까지 옆에서 계속해서 간호해 주었다. 구급차는 우리의 예상보다 빠르게 도착하였고 아직 의식이 돌아오지 않은 하늘이를 위해 나와 세준이가 같이 구급차에 탔다. 병원으로 이송되는 도중에도 나는 하늘이를 바라보지도 못하고 흐느꼈다.

'하늘이가 쓰러진 건, 하늘이가 이렇게 된 건 다 나 때문이야. 내가 괜히 가자고 해서…. 내가 괜히 일을 키워 놔서… 힘들어하는 거 뻔히 보이면서도 기어코 데려가 이 지경까지 만들었어….'

모든 게 다 내 탓인 것만 같아 얼굴을 바라보는 그것조차도 미안했던 나는 바닥만 바라보며 계속 울고 또 울었다. 세준이는 울고 있는 나의 어깨를 옆에서 토닥여 주었다. 울지 말라며 다독여 주는 세준이의 다정한 말에 더욱 서러워져 아예 몸을 비틀고 세준이의 품에 안겨 길을 잃은 어린아이처럼 한없이 울었다. 세준이는 그런 나를 저번처럼 밀어내지 않고 감싸며 계속 토닥였다. 내 생각이, 내 마음이 또 티가 났는지 괜찮다며 내 탓이 아니라고, 곧 깨어날 거라고, 나를 진정시키고는 나를 더 꽉 안아주었다. 그리고 나는 그의 품에서 울다 실신했다. 그 후에 난 기억이 전혀 없다. 딱 구급차에 탄 기억까지만 내 머릿속에 존재했다.

—

얼마나 시간이 지났을까, 오죽 많이 울었던 건지 따가워진 눈을 힘겹게 떴다. 눈을 뜨자마자 보인 건 병실 같아 보이는 곳의 천장. 나는 고개를 약간 돌려 주위를 살폈다. 내 예상처럼 여긴 병실이 맞았고 링거를 꽂고 있는 게 나인 걸 보니 간호하다 잠든 게 아니라 기절했나 보다. 목소리는 내기가 힘들었다. 왜인지 목이 턱 막힌 것처럼 목소리가 나오지 않았다. 링거가 꽂힌 걸 확인하려고 팔을 약간 들어보려고 했지만 무언가 묵직한 게 누군가가 내 팔을 잡고 있었다. 얼굴을 확인해 보려 했지만, 그 사람이 엎드리고 있는 탓에 알지 못했다. 링거가 꽂혀 있지 않은 팔을 천천히 들어 그 사람의 어깨를 흔들며 깨웠다.

"저기요… 저 일어났는데…."

겨우 낸 목소리였지만 엄청나게 작은 소리라 알아듣기 힘든 정도였다. 하지만 그 사람은 귀가 밝은 것인지 내 말이 끝나자마자 벌떡 일어나 내 상태를 확인했다.

"예슬아…! 너 괜찮아? 안 아파? 아직도 어지럽거나 막 그런 거야?"

내 옆에서 잠든 사람은 다름 아닌 세준이였다.

"내가…. 왜 여기…. 이러고 있는 거야…? 하늘이는?"

힘겹게 몸을 일으켜 등을 침대에 기대어 앉았다. 그런 나의 행동에 깜짝 놀라더니 얼른 달려들어 나를 부축해 주었다.

"아직 어지러울 수도 있는데 이렇게 막 움직이지 마. 너 쓰러졌어. 정하늘은 지금 옆 병실에서 아버님이 간호해 주시고."

이제야 조금 안심이 된 나는 한숨을 내쉬며 안도했고 또 주르륵 눈물이 났다.

"야 울지 마. 또 쓰러지면 어쩌려고 그래."

내 눈에서부터 볼까지 흐르는 눈물을 닦아주더니 말했다.

"의사 선생님이 뭐래?"

"너 울다가 실신-"

"아니, 나 말고. 하늘이. 정하늘 걔 왜 그런 거래…?"

실신했다가 깨어나도 바로 하늘이부터 찾는 내가 원망스러운지 얼굴을 쓸어내리며 한숨을 쉬었다.

"넌 일어나자마자 걔가 그렇게 중요하냐….”

“당연하지. 나 때문에 일어난 일인데….”

내 말에 세준이는 약간 정색하며 나를 다그쳤다.

“네 탓 아니라고 내가 계속 말했지. 그런 소리 하기만 해봐.”

“알겠어… 그래서 하늘이는…?”

또다시 물어보는 나의 고집에 못 이기겠다는 듯 결국엔 대답해 주었다.

“PTSD*래. 하늘이는 그걸 알고도 간 거였고.”

“PTSD? 그게 뭔데.”

“외상후 스트레스 장애. 간단히 말해 충격적인 일을 겪고 공포감을 느끼며 그 일을 재경험했을 때 정신적 고통을 받는 장애야.”

그 말을 들은 나는 온몸이 마비되는 듯했다. 숨이 턱 멎었고 아까 계속 울었던 탓인지 계속 머리가 아팠었는데 갑자기 훨씬 더 아파지기 시작했다. 머리가 깨질 것 같았고 세준이의 말을 다 잊은 채 나는 다시 모든게 내 탓인 것만 같았다. 기껏 마음을 다잡았지만 모든 건 원점으로 돌아왔다.

“다…. 내 탓이야… 내가 계속 가자고 그래서…. 다 그것 때문에…. 흐윽…. 흐….”

더 나올 눈물이 있을까 싶을 정도로 많이 울었던 나였다. 다시 울기 시작했지만, 눈물은 조금 나오다 금방 나오지 않았고 나는 그저 흐느끼는 것밖에 할 수 없었다. 피가 날 정도로 주먹을 꽉 쥐어 손톱이 살을 파고들었다. 내가 할 수 있는 건 오직 그런 것들뿐이었

---

*외상후 스트레스 장애 : 외상 후 스트레스 장애는 사람이 전쟁, 고문, 자연재해, 사고 등의 심각한 사건을 경험한 후 그 사건에 공포감을 느끼고 사건 후에도 계속된 재경험을 통해 고통을 느끼며 그에게서 벗어나기 위해 에너지를 소비하게 되는 질환으로, 정상적인 사회생활에 부정적인 영향을 끼치게 된다. [출처 네이버 지식백과]

다. 슬프게 우는 것과 자책하는 것. 입술을 얼마나 꽉 깨물었던 걸까, 울음을 참아보겠다고 약간 깨물었던 곳이 어느새 또 찢어져 피가 나고 있었다. 이런 내가 얼마나 한심해 보일까. 하늘이는 그리고 또 세준이는. 모든 것을 망치고 망가뜨린 장본인이 하는 거라곤 오직 어린아이처럼 울고 흐느끼고 자책하고 스스로 이곳저곳 피 내는 것뿐이라니. 나조차도 내가 한심하고 환멸이 났다. 아까 하늘이가 쓰러지던 장면을 도저히 잊지 못하겠다. 생각할수록 손이 벌벌 떨렸다. 눈만 잠깐 감아도 그 순간이 생생하게 떠올랐다.

'그때도 난 아무것도 하지 못했어. 그때 내가 한 건 전혀 도움 안 되고 시끄럽기만 한 눈물을 떨구는 것 따위의 일들뿐이었고.'

만약 그때 세준이가 없었다면 난 여전히 거기서 울고 있기만 했을 것이다. 신고라는 건 생각도 하지 않고 팔을 잡고 흔들기만 했겠지. 울기만 하면 모든 게 다 해결될 거로 생각했던 건가? 어쩜 이렇게 한심하기 짝이 없는지. 점점 눈에 초점이 사라지고 눈물조차 메말라 손만 떨고 있는 나를 옆에서 지켜보던 세준이는 이대로 두면 안 되겠다고 느꼈는지 나를 침대에 눕혔다. 더 손을 떨지 못하게 두 손을 꽉 잡아주며 내 이마에 손을 올려주었다. 마치 어릴 적 엄마가 나를 재우려고 했을 때처럼.

"그런데 하늘이는 깨어났어…?"

잠들기 직전까지 갔다가 갑자기 하늘이의 상태가 떠올라 떨리는 목소리로 물어봤다.

"어. 아까 너 깨어나기 조금 전에 일어났어. 너도 좀 자."

하늘이가 깨어났다는 말에 나는 안심이 된 동시에 놀라 벌떡 일어났다.

"하늘이가 일어났다고? 하늘이 지금 어디야? 무슨 병실이랬지?"

다급히 내 손을 잡아주고 있던 세준이의 손을 잡고 하늘이의 병실을 물어봤다.

"어? 정하늘 걔 바로 옆 병실….."

그의 말을 듣자마자 나는 바로 침대에서 벗어나 하늘이의 병실을 찾아가려고 했다. 하지만 침대에서 일어나자마자 어딘가에 걸려버린 링거를 보고 한 치의 고민도 없이 바늘을 뽑았다. 뽑힌 바늘구멍 밖으로 피가 새어 나와 팔을 적시고 따끔거렸지만, 그런 걸 느낄 수조차 없는 나였다. 링거를 뽑고 병실 문 쪽으로 다가가 문을 약간 열자마자 갑작스러운 어지러움에 눈을 질끈 감고 휘청거렸다. 너무나 빠르게 행동한 탓에 날 말릴 틈도 없었던 세준이는 내가 멈추고 서야 나에게 다가와 내 손목을 잡았다.

"너 진짜 미쳤어? 너 방금 일어났어. 울다가 그대로 실신해서 같이 실려 온 주제에 지금 누가 누굴 걱정하는 거야."

잡힌 손목을 빼내려 안간힘을 써봤지만, 힘의 차이는 엄청났다. 온몸을 부르르 떨며 빼내려 한 나와 달리 꿈쩍도 하지 않는 세준이에게 힘은 통하지 않는다는 걸 깨달았다.

"당장 이거 놔. 가봐야 해. 걔 바로 내 옆에서 쓰러졌어. 그것도 나 때문에…. 내가 얼마나 애탈 거 같은지 생각 안 해봤어?"

급해진 맘과 아픈 몸 때문인지 날카로운 말을 아무렇지 않게 뱉어버렸다. 내 말에 상처받을 세준이의 심정은 전혀 고려하지 않은 채. 내 말을 들은 세준이의 표정은 약간 일그러졌다가 이내 금방 돌아왔다. 그리곤 아까보다 더 세게 부여잡으며 말했다.

"절대 못 놔. 너 더 쉬어야 해. 여기서 못 나가."

너무나 완강하게 나오는 세준이의 말과 행동에 나는 더 앙칼지게 말을 해버렸다.

"이거 놓으라고!"

"제발 나 좀 봐줘…. 내 말 좀 들어줘…. 네가 일어날 때까지 한 번도 안 움직이고 옆에서 돌봐줬어. 그런데 넌 왜 일어나자마자 개를 찾는 거야. 왜 내 말은 듣지도 않아? 왜!"

갑자기 커지는 소리에 놀라 눈이 커졌고 세준이를 바라볼 수밖에 없었다.

"왜 항상 내 앞에서 걔 때문에 우는 거야? 난 항상 널 달래주기 바빴고 넌 매번 그런 나한테 관심도 없잖아. 매일 네 옆에서 기다리기만 하는 나는 언제 네 눈길 한번 받을 수 있는 건데? 넌 언제 내 말을 똑바로 들을 건데?"

"현세준 이거 안 놔?!"

그렇게 소리를 지르며 붙잡힌 팔을 들어 세게 한 번 내쳤다. 그러나 내쳐지기는커녕 세준이는 오히려 나를 끌어당겨 문에서 떼어낸 후 나를 못 가게 안아버렸다. 분명히 세준이가 나를 안았는데 오히려 나한테 안긴 것 같은 이 기분은 뭘까. 나는 당황하여 세준이의 어깨를 약간 밀었지만 미동도 없이 나를 더 옭아매며 꽉 끌어안았다. 나를 끌어안은 채 아무런 말이 없자 내가 먼저 말을 꺼내려 입을 열은 순간.

"예슬아…. 가지 마… 여기 있어 줘 제발…."

울먹거리며 애처롭게 나를 부르는 세준이의 목소리에 모든 움직임을 멈추고 팔을 아래로 떨어뜨렸다. 아래로 향한 팔의 방향 때문인지 피도 아래로 흘러내려 갔다. 무겁게 매달리듯 안기는 세준이는 나를 전혀 놓아줄 생각이 없어 보였다. 나를 풀어주자마자 내가 바로 하늘이의 병실로 갈 것 같았는지 나를 잡고 놔주지 않았다. 생각해 보니 그랬다. 내가 울 때 항상 세준이가 곁에 있어 줬고 항상 달래주는 건 세준이의 몫이었다. 그리고 매번 하늘이와 관련된 일로 눈물을 흘렸지. 이번에도 마찬가지고. 울먹거리는 듯한 목소리가 들리는 거 같더니 이젠 그냥 울고 있나 보다. 세준이는 더 나른히 안겨 오면서 뭐가 그렇게 슬펐는지 내가 언젠간 세준이에게 그랬던 것처럼 나의 목에 얼굴을 묻고 흐느끼기 시작했다.

"흐으…. 흐….."

흐느끼는 소리와 함께 내 쇄골 쪽이 약간 축축한 느낌이 드는 걸 보니 울고 있는 건 맞는 듯했다. 정말 우는 것인지 확인하기 위하여 살짝 밀어내려 했지만 역시나 밀리지 않고 내 허리를 좀 더 감싸 안을 뿐이었다.

"야…. 왜 울어…. 너 진짜 우냐…?"

고개를 약간 대각선으로 내려 물어봤지만, 대답은 없고 여전히 내 어깨에 얼굴을 묻은 채 고개를 조금씩 도리도리 저었다.

"그래서 나 언제 가게 해줄 건데."

내 말 한마디에 바로 내 어깨에서 고개를 약간 떼고 입을 약간 열었다.

"가지 말라고…. 이번 한 번만 내 말 좀 들어줘라…."

이 말이 끝나자마자 다시 네 어깨에 고개를 내리는 세준이는 마치 어린아이가 삐져서 고집을 피우는 모습과 비슷했다.

"그럼 이건 언제 풀어줄 건데."

"싫어…."

"싫어? 그럼 계속 이러고 있을 거야?"

"……."

말이 끝나고 할 말은 없는지 아니면 대답을 고민하는 건지 바로 대답을 해주지 않았다. 얼마 지나지 않아 작게 무언가를 속삭였다.

"…하면…."

"응? 뭐라고?"

"너 내가 이거 놔줘도 안 간다고 약속하면…."

그게 겨우 조건인 건가. 생각한 것보다 엄청나게 소박하네.

"응, 알았어. 안 갈게. 이거 놔주면 여기 다시 누워서 링거도 다시 꽂고 너 하라는 대로 할게."

내 말에 내 허리를 꽉 감싸고 있던 두 팔이 느슨하게 풀렸고 내 어깨에서 고개도 떼어냈다. 세준이가 구부렸던 허리를 피자마자 나는 또다시 평소처럼 세준이를 올려다봐야 했다. 고개를 들어 바라본 눈은 푹 숙인 고개 탓에 길어진 앞머리에 가려져 보이지 않았다. 하지만 앞머리는 볼까진 가리지 못했고 나는 볼에 남아 있는 눈물 자국과 그리고 아직 흐르고 있는 눈물들을 볼 수 있었다. 나는 팔을 뻗어 세준이의 얼굴을 감싸 엄지로 눈물 자국과 눈물을 닦아주었다. 이것 또한 세준이가 울고 있던 나에게 해주었던 일이었다. 그제야 고개를 들어서 나와 눈을 마주쳤던 나는 세준이의 빨개진 눈과 아직 눈꼬리에 약간 맺혀 있는 눈물들에 저절로 눈이 갔다. 지금 세준이의 모습은 꼬리를 내린 강아지와 비슷하여 너무 귀여웠다.

'아 귀엽다.'

이번엔 입 밖으로 꺼내지 못하고 속으로만 생각하는 나였다. 여전히 내 손은 세준이의 볼에 가 있었고 세준이는 자기 뺨에 얹어진 내 손을 잡더니 자기 눈앞으로 가져가 빤히 바라보았다.

"바보야…. 진짜…. 내가 너 때문에 못살아…."

"어…?"

내 팔에서 나오는 피들은 이미 내 팔의 일부분을 덮은 상태였고 심지어 몇몇 방울들은 바닥에 떨어져 있기도 했다. 세준이는 내 팔에서 흐르는 피들을 자신의 옷소매로 닦기 시작했다. 나는 내 팔에 피가 흐르는 것조차 모르고 있었고 많이 따가웠을 텐데 아픔조차 느끼지 못했다. 그제야 그 피가 내가 링거를 뽑다 생긴 상처라는 걸 알게 되었고 몰랐을 땐 느끼지 못했던 아픔들이 천천히 다가오기 시작했다.

'아 따가워….'

"아…!!"

세준이가 피를 닦다가 내 링거 바늘이 뽑힌 상처를 건드렸는지 나도 모르게 신음이 새어나갔다. 내가 소리를 내자 세준이는 닦는 걸 멈추고 안절부절못하며 내 눈치를 살폈다.

"야…. 너 지금 옷소매로 닦고 있는 거야? 미쳤어? 티슈 멀쩡히 있는데 왜 소매로 닦아?"

내가 너무 놀라 타박하듯 질문하자 기가 죽었는지 기어가는 목소리로 말했다.

"티슈 가져갈 때쯤이면 혹시나 더 아파질까 봐…. 얼른 닦아주려고 그런 건데…."

마음이 급해서 그랬는지 생각나는 게 소매밖에 없는 듯했나 보다. 발상도 엄청 특이하고.

"그 옷 나중에 주면 내가 세탁해서 돌려줄게."

"아냐! 내가 할게."

"나 때문에 더러워진 거니까 미안해서 그래. 내가 세탁해서 줄게."

내 말에 세준이는 약간 고민하더니 겉에 입고 있던 남방을 벗어줬다. 그리곤 나에게 잠시만 기다리라고 하더니 밖에 잠깐 나갔다가 간호사분을 모셔왔다.

"제 친구가 몸부림치다가 링거가 빠졌어요….."

세준이의 말에 능숙하게 링거를 다시 바꿔서 내 팔에 꽂아주었다.

"윽…!"

"허억….."

마음에 준비도 하지 않은 채 링거가 바로 꽂히자 눈물이 찔끔 나왔다. 그런데 정작 아픈 건 나인데 옆에서 구경하는 세준이가 더 아파 보였다.

"넌 왜 얼굴을 찡그리는 거야 링거는 내가 꽂히는데."

"아니….. 너무 아파 보여서… 괜찮아? 안 아파?"

내 걱정을 해주는 세준이의 물음에 옆에 계시던 간호사분이 피식 웃으며 한마디 거들었다.

"엄청 친한가 보네. 너 기억 안 나지? 여기 이 친구가 너 일어날 때까지 한 걸음도 안 움직이고 여기서 계속 기다렸어~ 거의 5시간 동안 너 간호한다고 물도 안 마시더라."

전혀 들어본 적 없는 소리에 놀라 세준이가 있는 방향으로 고개를 틀었다. 세준이는 병실을 나서는 간호사분께 인사를 했고 문을 열어주고 있었다.

"야 네가 진짜 나 간호했어?"

"내가 아까 말했었잖아."

"언ㅈ-"

'제발 나 좀 봐줘… 내 말 좀 들어줘….. 네가 일어날 때까지 한 번도 안 움직이고 옆에서 돌봐줬어. 그런데 넌 왜 일어나자마자 걔를 찾는 거야. 왜 내 말은 듣지도 않아? 왜!'

아 맞다. 그랬었지.

"너…. 진짜 안 갈 거야?"

"응? 어딜?"

"정하늘 보러."

사실 지금도 당장 달려가 하늘이의 상태를 직접 두 눈으로 확인하고 싶었다. 하지만 약속은 약속이니까. 나는 세준이와 조금이라도 휴식을 취한 후 가기로 약속했다.

"응. 안 가. 나 조금만 쉬었다 갈게."

내 말 덕분에 안심이 되었던 건지 세준이는 아주 조금 미소 지었다.

"약속 지켜줘서 고마워. 궁금한 건 나한테 물어보면 알아봐 줄게. 하늘이 지금 괜찮다니까 너무 걱정하지 말고 조금만 더 자자."

"고마워, 항상."

저 말은 정말 진심이었다. 항상 고맙다는 말. 세준이는 또 내가 잠이 들 때까지 옆에서 지켜봐 주었고 나는 그렇게 잠이 들었다.

─

한 4시간쯤 잤을까. 그다지 행복하지만은 않은 꿈을 꾸고 느릿느릿 일어났다. 병실의 불은 저 멀리 희미하게 딱 하나만 켜져 있었고 옆에는 세준이 조차 보이지 않았다. 두리번거리며 인기척을 찾고 있는 도중 누군가가 방문을 열고 들어왔다.

"누구…?"

처음 보는 얼굴이라 조금 당황했지만 빠르게 예의를 갖춰 누구인지 물어보았다.

"네가 예슬이니?"

적어도 40살은 넘어 보이는 중후한 목소리의 소유자인 남성이 내 이름을 부르며 들어왔다.

"네…. 그런데 누구세요?"

"하늘이 아빠라고 하면 알려나?"

하늘이의 아버님이라고? 이게 무슨 일이지? 나는 그런 걸 생각할 틈도 없이 몸을 벌떡 일으켜 인사를 했다.

"안녕하세요! 하늘이 친구 최예슬 입니다. 무슨 일로 저를…? 혹시 하늘이한테 무슨 일이라도…!"

그런 이유가 아니고서야 하늘이 아버님이 날 찾아올 이유가 없었다. 정말 하늘이의 상태가 악화한 것인지 점점 걱정되기 시작했다.

'아닌데…. 아까 세준이 말로는 이상 없댔는데…'

걱정스러운 표정을 지으며 하늘이 아버님을 떨리는 눈동자로 바라보고 있자

"하늘이는 건강 회복하고 있으니까 걱정하지 마. 그런 이유로 보러온 게 아니니까."

라며 먼저 말을 걸어오시고 오해를 풀어주셨다. 그리고 하늘이 아버님은 너무 기니까 그냥 아저씨라고 부르라고 하셨다. 눈치 빠름 같은 것도 유전인 건가. 정말 둘이 많이 닮은 것 같았다.

"그냥 아저씨라고 편히 불러. 너무 불편해하진 말고. 말해 줄 게 있어서."

많이 엄격하시거나 딱딱한 분이 아니셔서 그런지 금세 분위기가 가벼워졌다.

"네. 아저씨! 뭔데요?"

"넌 하늘이가 왜 쓰러진 줄 아니?"

갑작스레 물어보는 하늘이의 병에 관한 질문에 생각이 잠시 멈

쳤다.

"PTSD라고 들었는데…. 아닌가요?"

"PTSD가 뭔지, 어떻게 하면 생겨나는지도 알고?"

자세히는 몰랐지만 아까 PTSD를 간략히 설명해 주는 세준이 덕에 약간 알게 되었다. 하지만 그걸 다 기억할 리는 없는 나였고 생각나는 부분만 말했다.

"외상 후 스트레스 장애라고 충격적인 일을 겪고 재경험하고 뭐 그런 거였는데…. 잘은 모르겠어요…."

아저씨는 내 말에 웃으시며 대답해 주었다.

"괜찮아. 모르는 게 당연한 거지. 너무 심각하게 생각하지 마."

"네…. 근데 그건 왜 물어보시는 거예요?"

"너 하늘이가 왜 그 병에 걸린 줄 아니?"

아까보다 다소 낮아진 목소리에 괜히 분위기도 함께 더 낮아진 것 같았다.

"솔직히 말하면 조금은 알아요… 죄송해요. 멋대로 알아버려서…."

날 조금이라도 혼내실 줄 알았지만, 아저씨는 내 예상 밖의 말을 하셨다.

"이제부터 나는 네가 아는 것보다 더 많고 더 비극일 수 있는 이야기를 들려줄 거야. 네가 아는 이야기들보다 훨씬 더 자세히. 들어줄 수 있을까?"

정중히 나의 의견을 물어보시는 아저씨의 질문에는 다정함이 묻어 있었고 또한 뚜렷함도 있었다. 나는 고민할 시간이 없었다. 지금 눈앞에 놓인 이 손을 조금이라도 지체한다면 마치 꿈에서 깨어난 후처럼 사라질 것만 같았다.

"네. 말해 주세요. 듣고 싶어요. 제가 몰랐던, 얕게 알고 있었던 하늘이의 힘들었던 시간 모두."

내가 하늘이를 바꿔야만 했다. 행복할 수 있도록. 아프지 않을 수 있도록.

—

우린 꽤 행복했었어. 가난하더라도 내 아내가 찍어준 사진을 내가 그리고, 같이 그릴 것을 찾으러 다니면서 여행을 다니기도 했었지. 연애하는 내내 행복 그 자체였단다. 더 이상의 연애가 의미가 있을까 싶어 우리는 서둘러 결혼식을 치렀지. 주변에서 모두가 반대했지만 말이야. 너무 이른 것 아니냐, 조금만 더 준비하자, 수없이도 들었던 소리였어. 하지만 이게 들렸을 리가. 우린 사랑만 있으면 모든 것이 다 되는 줄 알았어. 많이 어렸던 거지. 어린 나이에 결혼하고 정말 행복했단다. 하지만 그 행복은 그리 오래가지 않더구나.

역시 준비가 부족했던 탓인지 밥벌이가 될만한 번듯한 직장조차 다니지 않고 있던 우리에겐 모든 게 다 무리였어. 난 화가, 내 아내는 사진작가. 둘이 합해도 크게 수입이 없던 무명의 화가와 작가였지. 우리는 돈이 부족했고 항상 모자란 삶을 살 수밖에 없었어. 나는 지인들에게 부탁받은 그림은 해주고 일당을 받거나 내 아내는 돌잔치 사진을 찍으러 전국을 돌아다녔어. 그렇게 일을 해도 하루하루를 겨우 연명하며 살았어. 거기에 하늘이까지 품어버렸으니 우리는 없는 살림에 더 힘들어지기 시작했지. 안 그래도 스트레스를 많이 받았던 사람이었는데…. 육아 스트레스까지 더해지니 하루도 울음소리가 들리지 않는 날이 없었어.

우리는 하늘이가, 그 어린 게 옆에서 지켜보고 있는걸 알면서도 하루가 멀다고 부부싸움만 해댔어. 어린 게 뭘 알겠어 하며 무시했지만 누가 알았을까. 하늘이가 제일 힘들었다는 걸. 집사람은 가끔 하늘이에게 해선 안 될 말들도 많이 했었어. 그걸 말렸어야 했는데… 옆에서 나는 그걸 바라보고만 있었어…. 얼마나 한심한 사람인지 내가….

"너 때문에 이런 거다, 다 네 잘못이다, 너만 없었어도…."

이런 말들을 적어도 일주일에 한 번씩은 듣던 우리 하늘이의 심정이 어떨지 내가 전혀 헤아리지 못했어. 이 일로 평생을 사죄하고 또 속죄하며 살기로 마음먹었다. 내가 우리 아이의 병의 주된 원인이니까… 난 여기서 더 불행할 수 있을까 싶었단다. 우리 가정이. 하지만 우리의 불행은 이제부터 시작이었어.

"엄마…. 흑…. 엄마아…. 흐으."

"여보…. 여보…!! 아…. 안 돼…."

스스로 목숨을 끊었다고 하더구나. 내 아내가. 아무리 싸우고 또 싸워도 항상 내 곁에서 영원히 머물 것 같던 내 아내가. 일을 가느라 아이와 아내를 집에 두고 잠깐 나가 있던 그 사이에. 집에 돌아오면 인사를 건네줄 것만 같았던 내 아내가…. 집에 오니까 들리는 건 오직 하늘이의 울음소리뿐이었다. 무슨 일인지 파악이 되기도 전에 저 방문 너머로 보이는 건 이미 차갑게 식어버린 시신뿐이었어. 그때가 11월 27일 겨울이었나. 온몸이 차갑게 식다 못해 얼음장 같았단다. 다가가 아무리 흔들어도 일어나지 않더구나. 천장에 묶여 있던 줄을 자르고 바닥에 편히 눕혀주고 난 후 본 아내의 표정은 아직도 잊을 수 없어.

가장 편안해 보이더라. 모든 걸 다 잊은 듯 아주 편안해 보였어. 꼭 그래야만 했을까. 꼭 이 방법만이 가장 행복해진다고 생각했는 지 후회한 점 남아 있지 않은 것 같더라고. 결혼하고 이렇게 안락한 아내의 표정을 오랜만에 보는 것 같았다.

그렇게 나는 내 아내를, 하늘이는 엄마를 잃었어. 이것도 모자랐 는지 운명은 우리를 끝도 없이 괴롭혔어. 죽어버린 내 아내에 모자 라 내 아들까지. 아까 내가 말했었지? 하늘이가 어릴 때부터 몹쓸 말들을 많이 들었었다고. 그 어린 게 제 엄마가 죽은 게 다 자기 탓 이라 생각했는지. 몹시 괴로워했어. 나는 그게 모든 사람이 다 겪 는 단순 후유증인 줄만 알았다. 모든 게 금방 지나가고 제자리를 찾 아갈 줄만 알았지. 하지만 내가 그때 몰랐던 게 있었다. 하늘이는 매우 어렸다는 것. 그리고 나조차도 매우 어렸다는 것. 신은 존재 하지 않았다. 그저 기댈 곳이 필요했던 것뿐. 신이라는 건 없었어. 이제 행복만 하게 해달라고, 더 이상의 불행은 멈춰달라고 빌고 또 빌었어. 하지만 기어코 나에게서 아들마저 빼앗아가려는 건지⋯.

여느 때처럼 일을 마치고 돌아온 나는 무언가 이상한 기분이 들었 다. 내 아내가 서느런 시체로 발견되었던 날처럼. 하지만 뭔가 달 랐어. 그리고 나는 알았다. 하늘이의 울음소리가 없다는 걸. 그날 과 모든 게 똑같았지만 딱 하나, 울음소리가 들리지 않았다. 나는 미친 사람처럼 온 집안을 뒤지기 시작했고 결국 하늘이를 찾은 건 욕실 바닥이었단다. 약을 먹었던 거지 하늘이와 함께 바닥엔 약통 이 널브러져 있었고. 하늘이, 온 세상이 날 버린 줄만 알았어. 아니 어쩌면 그들은 자신이 날 버린 줄도 몰랐겠지.

"하늘아⋯ 너마저 떠나면⋯ 난 정말⋯. 어쩌라고⋯."

하늘이가 죽은 줄만 알았어. 하지만 곧 깨달았어. 미세하게 심장이 뛰고 있다는걸. 아직 하늘은 나에게서 나의 하늘을 앗아가지 않았단 걸. 급하게 119에 신고를 하고 하늘이는 겨우 살았어. 하늘이는 그때 고작 초등학생 2학년이었다. 그 어린 게 뭘 보고 알았던 건지 약을 과다복용하면 죽을 수도 있다는 걸 어떻게 알았는지. 다른 또래 아이들은 맘 편히 뛰어놀고 장난감 무얼 가지고 싶은지 생각하는데 우리 아이는 어떻게 하면 죽는지, 무엇이 가장 확실한 방법인지를 고민하고 있었다는 게 너무 비참했어. 내가 정말 이 아이를 계속 내 손으로 키우는 게 맞을까 생각했다. 보육원으로 보낼까 생각도 해봤어. 한창 고민을 하고 있을 때 우리 하늘이가 하는 잠꼬대를 들었는데 뭐라 했는지 아니?

아빠. 이 밉고 몹쓸 나 따위의 사람을 아빠라고 부르며 꿈속에서 애타게 찾더라. 그걸 듣고는 결심했지. 혼자서라도 키워보겠다고. 어떻게든 내 손으로 끝까지 책임지겠다고.

하늘이는 퇴원하고도 수없이 다시 병원으로 갔어. 난 무슨 일이 있어도 병원만큼은 매번 같이 가줬다. 아무리 바빠도. 이건 내가 나 스스로 약속한 약속이었어. 최소한의 예의이자 관심이었고. 병원을 가서 진단을 받은 병의 병명은 PTSD, 외상후 스트레스. 그리고 약간의 애정결핍까지. 하늘이는 특이하게도 미술이나 예술에 반응했단다. 아빠와 엄마가 화가에 사진작가라 그런 건지…. 참 웃기지? 나와 내 아내를 만나게 해준, 우리가 가장 좋아했던 그리고 하늘이조차 엄청나게 좋아했던 미술을 싫어하게 되다니.

이건 아마 우리를 향한 마지막 운명의 장난이었던 걸까, 이것 말고는 크게 문제 되는 게 없었다. 나도 이 악물고 일을 하며 돈을 버니 이제야 사람답게, 평범하게 살 수 있었다. 사실 하늘이는 티는 안 냈지만, 자신에게 스스로 수많은 상처를 남겼을 거야. 내가 다 알지 못할 정도로. 자 어때? 상상한 것보다 더 비참하지?

–

꿈에서 깨어났다. 아니, 이건 꿈이 아니었다. 언제부터인지 흐르고 있던 눈물들은 멈출 기미가 보이지 않았고 난 아직 그 비극적인 이야기 속에 멈춰있었다. 내가 아무런 대답을 하지 않자 이 정도는 예상했다는 듯 휴지를 두어 장 뽑아 내 손에 쥐여 주었다. 나는 내 손에 쥐어진 휴지를 꽉 쥐기만 했고 계속해서 떨어지는 눈물들을 닦을 생각은 하지도 않았다. 그리고 아저씨는 계속 말을 이어갔다.

"하늘이와 나는 이 아픔들을 극복하기 위해 많은 노력을 했었단다. 우리 하늘이와 전시회에 가서 처음 만났다지? 하늘이는 PTSD를 극복하기 위해 가끔 전시회를 가곤 했어."

여전히 나는 반응이 없었다. 내가 그렇게 가볍게 다니는 고작 전시회 하나가 하늘이에게는 그런 의미였다니. 사실 아직 믿기 어려웠다.

"평소에 전시회 같은 곳을 다녀오면 너무 힘들었다며 울상을 짓고 돌아오는 하늘이였는데 그날은 웬일인지 미소를 지으며 들어오더구나. 오늘은 괜찮았냐고 물으니 그것보다 더 흥미로운 걸 발견했다기에 무엇인지 궁금했었는데…. 그게 너였어."

아무런 반응이 없던 내가 처음으로 반응을 보였다. 하지만 반응이라고 해봤자 눈을 크게 뜨거나 눈을 마주 보는 게 다였다.

"이 일을 이만큼 아는 사람은 나와 하늘이를 제외하고는 두 번째일 거다. 아 상담 선생님을 포함한다면 세 번째겠지."

처음으로 입을 열었다.

"정말…. 무심하셨어요…. 하늘이가 얼마나 힘들었을지 가장 가까이서 알아야 할 분이…. 어떻게…."

눈물을 머금고 떨리는 목소리로 한 글자씩 감정을 실어 말했다. 내가 하늘이를 대신해 아저씨에게 할 수 있는 가장 크고 유일한 일이었다. 서운함을 표현하는 것.

"맞아…. 그때만 생각하면 정말 난 무심하고 너무했어…. 입이 열 개라도 할 말이 없다. 명백히 내 잘못이야."

"흑…. 어떻게 그렇게 어린 나이에…. 흡 겨우 초등학생 2학년이면서…. 흐윽…. 그런 생각을 할 지경까지…."

생각할수록 끔찍했다. 내 2학년 때를 떠올리면 마냥 철이 없이 뛰어놀았던 기억밖에 나지 않았다. 하지만 하늘이의 2학년 때 기억은 그런 불행했던 기억밖에 떠오르지 않는 걸 상상하자 이보다 더 큰 비극이 어디 있을까 싶었다.

"흐으…. 근데 이걸 왜 저한테…."

"하늘이가 처음으로 관심을 가지고 먼저 다가온 사람이니까. 너라면 이걸 알아도 된다고 생각했다."

세준이와 똑같은 말. 하늘이를 바꾸겠다고 마음먹었던 나는 이야기를 듣고 나서 겁을 먹게 되었다. 내가 괜히 묻어가고 있던 슬프고 끔찍한 기억들을 도로 꺼내어 이 아이를 더 아프게 만드는 게 아닐까. 당당하고 자신이 넘쳤던 나는 온데간데없이 사라졌고 나는 그저 지금 이 상황을 다 버리고 도망치고 싶었다. 구역질이 났다.

아저씨는 나에게 부탁했다. 하늘이를 도와달라고. 바꿔 달라고. 자신이 할 수 없는 부분의 것들을 대신해달라고. 하지만 나는 지금 이성적인 판단이 불가능했다. 그저 도망치고 싶을 뿐.

"죄송합니다…. 전 그럴 힘이 전혀 없어요. 기껏 찾아오셔서 긴

이야기 다 들려주셨는데…. 이건 제가 도저히 감당할 수 없는 부분인 것 같아요. 오늘 들었던 건 모두 못들은 걸로 할게요. 하늘이 눈에 최대한 띄지 않겠습니다."

눈에 초점도 잡히지 않은 눈빛으로 모든 걸 거절했다. 내 거절을 들은 아저씨는 씁쓸한 미소를 지으며 알겠다는 말 한마디를 남기고 병실 밖으로 나갔다. 나는 아저씨가 나가자마자 바로 화장실로 뛰어가 참아왔던 구토를 했다. 먹은 것도 없는데 몇 번을 게워낸 것인지. 화장실을 나와 병실로 돌아가자마자 보이는 건 아까까지 보이지도 않던 세준이가 침대 옆 의자에 앉아 나를 기다리고 있었다.

"예슬아…!"

내가 많이 초췌해 보이는 걸까. 하긴 먹은 것도 없이 그렇게 구토를 했으니 그럴 만도 하겠다. 나를 걱정스러운 눈빛으로 바라보며 나에게 다가가지도 멀어지지도 못하고 그저 곁에서 안달복달하며 나를 바라보는 것밖에 하지 않았다. 그리곤 처음으로 꺼낸 말이

"미안해…. 아저씨가 잠시 할 이야기 있으니 나가 달래서… 괜찮아? 많이 불편했지…."

"됐어. 별일 없었어."

세준이의 잘못이 아닌데도 괜히 서운한 감정이 들어 날카롭게 말을 했다. 이 와중에도 쓸데없는 감정만 품으며 세준이의 걱정을 무시하는 나는 정말 최악이었다. 이 상황은 전부 내 잘못이면서.

'나 진짜 재수 없다. 누가 날 좋아할까, 나라도 너무 혐오스러울 것 같은데…. 짜증나. 나 정말 왜 이러지.'

끊임없는 자책과 자기혐오에 또다시 구역질이 났다.

'역겨워'

내가 이런 생각을 하고 있다는 걸 세준이는 꿈에도 모르겠지. 나

는 터덜터덜 침대로 돌아가 아무런 말도 없이 누웠다. 너무 피곤했다. 끔찍했다. 잠깐 자고 깨어나면 다 내 눈앞에서 사라졌으면 좋겠다. 아니다, 그냥 나만 사라졌으면 좋겠다. 다른 사람들은 무슨 죄야. 모든 것은 시작은 나였는데, 다른 사람들이 사라지길 바라다니 이런 생각을 하는 나 자신이 또 한 번 이기적으로 느껴졌다. 모든 걸 잃은 듯한 표정으로 한참을 넋 놓다 눈을 감았다. 이 모든 게 꿈이길 절실히 바라면서. 정말 신은 없는 걸까. 아주 작은 내 소원에 귀 기울여 주는 신은 정말 단 한 명도 이 세상에 존재하지 않는 걸까. 그럼 정말 슬플 것 같은데. 왜인지 잠이 오지 않았다. 아까까지만 해도 잠시 눈만 감으면 바로 꿈속으로 빠져들었던 나인데. 아까 잠을 너무 많이 자서 그런가. 잠은 들지 못하고 그저 눈만 감으면서 있었다. 그것마저 못하면 정말 뜬 눈 사이로 또다시 눈물이 흐를 것 같았기 때문에. 병원에 실려 오고 난 후부터는 나의 눈물샘이 고장 난 듯했다. 잠시도 나의 눈은 마를 틈이 없었고 원하지 않아도 나오는 게 눈물이었다. 잠시 정신을 놓고 있으니 다시 생생히 떠오르는 아까의 기억들. 나는 잠시도 정신을 놓을 수 없었다. 편안히 감고 있던 눈을 한 번 질끈 감으니 옆에서 무언 소리가 들려왔다. 그리곤 따스하게 감싸져 오는 내 왼손. 세준이가 아직 병실을 나가지 않았던 모양이다.

"뭐해."

내가 잠을 자는 줄 알았던 건지 내 목소리가 들리자 화들짝 놀라는 세준이었다. 하지만 내 손은 놓지 않았다.

"어…? 안 자고 있었네. 갑자기 손 떨기에 악몽 꾸고 있는 줄 알았어…."

지금 이 상황도 악몽이라면 악몽이겠지.

"이건 뭔데."

그 말을 하며 붙잡혀 있는 내 왼손을 힘이 들지 않을 정도만 살짝 들어 보였다.

"아…. 이거 이렇게라도 하면 조금 나아지지 않을까 싶어서. 난 이렇게 하면 악몽에서 깨어나기도 하고 편안해지더라고."

그런가. 그러고 보니 아까보다 마음이 편해진 것 같기도 하고. 세준이의 큰 손에 파묻힌 듯 잡혀 있는 내 손을 한 번 힐끗 보고 세준이의 얼굴을 한 번 바라봤다.

"너 여기 와서 잠 안 잤어?"

언제부턴가 세준이의 눈 밑에는 본 적도 없는 다크서클이 진하게 생겨나 눈 밑 깊숙한 곳까지 자리해 있었다.

"어…. 잠이 딱히 안 오기도 하고 혹시 무슨 일 일어날 수도 있으니까…."

미련하게도 그걸 아무렇지 않게 말하는구나.

"무슨 일 안 일어나니까 그냥 자. 내가 자리 지켜줄게."

내 말에 놀라며 고개를 절레절레 저었다.

"야 무슨 그런 소리를 하냐…. 지금 네 꼴을 봐. 곧 죽을 것처럼 약해 보여."

그 정도인가. 아직 거울을 보지 못했다. 하지만 약해 보이면 뭐 어때. 아무도 보지 않는데.

"괜찮아, 어차피 잠도 안 와. 그냥 네가 여기 올라와서 자."

"내가 침대 위에서 자라고?"

"어. 안 되나?"

"아니 그런 법이 없긴 한데…. 그건 좀 아닌 거 같다."

"그냥 좀 누우라면 누워. 나 힘들어. 잠도 안 오는 나한테 침대는 필요 없어."

그 말을 끝으로 나는 침상에서 일어나 옆에 있는 간이침대로 내려가 누웠다. 그런 나의 행동에 안절부절못하며 동공에 지진이 난 세준이였다.

"나 진짜 자…?"

"아 좀! 그냥 올라가서 자. 내가 보기 힘들어서 못 버티겠어. 너거의 반나절 넘게 내 옆에서 간호했잖아. 한 시간이라도 쉬어."

내 굳은 의지에 마지못해 어기적거리며 침대에 올라가 다소곳이 누웠다. 많이 불편한지 계속해서 밑을 내려다보며 내 눈치를 보았다. 그런 소심한 모습에 픽하고 웃음이 났다.

"너 괜찮아…?"

세준이는 무슨 대답이 듣고 싶은 것인지 아무 말 없이 그저 괜찮냐고만 물어보았다.

"응? 뭐가?"

"아니 그냥 다…. 아까 일도 그렇고…."

아까 일은 내가 아저씨와 말을 했을 때를 말하는 건가.

"응. 괜찮아. 이제 다 괜찮아졌어."

여기서 내가 힘든 티를 더 낸다면 내 주변 사람들은 훨씬 더 힘들어질 거란 걸 알았다. 그렇게 된다면 난 더 이기적인 거겠지. 하나도 괜찮지 않았다. 하지만 이 생각은 내 머리 그리고 마음 깊숙한 곳에 꼭꼭 숨겨 묻어버렸다. 내가 상처받는 건 신경 쓰지 않았다. 난 상처를 받아도 괜찮은 사람이니까. 나만 꺼내지 않으면 모든 게 다 괜찮아질 거다.

"거짓말"

그런데 너는 왜 이걸 거짓말이라 하는 건지.

"왜, 또 티 나?"

또 티가 나는 건가. 나름 애썼는데 또 너한텐 다 티가 나는 걸까. 내 말에 세준이는 누워있던 몸을 일으켜 나를 내려다보았다. 그런 시선이 느껴졌는지 나도 몸을 일으켜 세준이를 올려다보았다. 아무 말 없이 내 눈을 마주치며 응시하는 세준이의 눈빛이 어색해질 때쯤 세준이는 또 손을 뻗어 나의 얼굴을 감쌌다. 또 내가 모르는 사이에 눈물이 흐르는 걸까. 아니면 아까 다 지워진 줄만 알았던 눈물 자국들이 남아 있는 걸까. 내 예상은 모두 빗나갔다. 내 눈가와 볼을 두어 번 쓰다듬던 세준이의 손은 점점 위로 올라가 내 머리 위를 향했고 머리 위에 손을 올려두더니 내가 기분 나쁘지 않을 세기로 머리를 쓰다듬어 줬다.

"울지 마. 앞으로는."

"어?"

"숨기지도 말고…."

애가 지금 무슨 말을 하는 걸까. 머리로는 도저히 이해할 수 없었다. 하지만 왜인지 가슴이 미어졌고 무언가 벅차오르는 느낌이 들었다.

"울지 말라니까 왜 또 표정이 곧 울 것 같은 표정이야…."

"아 진짜 내 생각 좀 그만 읽어. 티내도 모른 척 좀 해주라…."

"그건 좀… 너무 티 나는 걸 어떻게 모르는 척하냐?"

"눈치 없기는…."

아까보다 그래도 한결 가벼워진 분위기에 눈을 흘기며 장난을 쳤다. 내가 작게 웃자 세준이는 그제야 나를 따라 작게 미소 짓고 머리에서 손을 뗐다.

"너는 모든 걸 다 잘할 수 없어. 네가 다 책임지지 못하는 일들도

많아. 하지만 그건 네가 모자라고 겁쟁이라서가 아니야. 네 탓도
아니고. 절대 자책하지 마."

처음엔 무슨 이야기를 하는 것인지 몰랐다. 하지만 곧 생각나는
게 있었다.

"너 설마…. 밖에서 다 들은 거야…?"

내 말에 아까처럼 작게 웃으며 나에게 답했다.

"내가 따로 아저씨한테 들은 거라고 생각 못하나? 나 훔쳐 듣고
그런 사람 아닌데…."

아 듣고 보니 그럴 수도 있겠네. 내 기억이 맞는다면 이 이야기를
알고 있는 사람은 하늘이와 아저씨를 제외하곤 3명이라고 했다. 그
중 한 명이 나, 그리고 상담 의사니까 나머지 한 사람은 충분히 세
준이일 가능성이 있었다.

"아…. 미안 그걸 생각 못했네."

"그래서 이제 어떻게 할 거야?"

아까 아저씨에게는 하늘이의 눈에 띄지 않겠다고 했다. 사실 이
방법 말고는 딱히 다른 것도 생각나지 않았다. 선택은 딱 두 개. 모
른 척하거나 나서서 바꿔주는 것. 나는 비겁하게도 전자를 택했다.
도저히 내가 감당할 수 있는 부분이 아니었기에.

"잘 모르겠어…. 근데 내가 할 수 있는 부분은 아닌 거 같아…."

"너의 선택은 항상 옳을 거야. 난 너의 모든 선택을 응원할게."

그 흔한 말 한마디가 얼마나 힘이 되던지. 응원한다. 수없이 들
어봤다. 하지만 다들 말뿐인, 형식적인 느낌이었다면 세준이의 말
은 달랐다. 정말 내 편이 생긴 기분. 언제든 내 행동 그리고 선택
하나하나를 신경 써주고 지지해 줄 것만 같았다. 쓸데없이 다정해
서는.

상태가 그리 심각하지 않았던 나는 당장 내일 퇴원을 하였고 하늘이는 언제 퇴원했는지 알지 못했다. 들리는 소식으로는 내가 퇴원하고 바로 퇴원했다더라. 하늘이는 학교를 빠지는 날이 더 잦아졌고 그나마 나오는 날마저 내가 계속 알게 모르게 피했던지라 마주칠 일이 별로 없었다. 나는 점점 하늘이를 알기 전의 나의 생활로 돌아갔고 가끔 밤마다 우는 것 말고는 달라진 것 없는 삶을 살았다.

내가 은근 피하는 걸 느낀 것인지 하늘이도 더 나에게 말을 걸지 않았다. 우린 그렇게 자연스레 멀어졌다. 하늘이가 점점 야위어져 가는 건 기분 탓일까. 당장 달려가 얼굴을 붙잡고 잘 챙겨 먹으라고 말하고 싶었지만 그런 마음을 꾹 참았다. 나는 그럴 자격이 없으니. 매번 하늘이에 관련된 일이면 무서워 도망을 치기만 하는 나였는데 감히 무슨 면목으로 그를 대할까. 나는 더 그를 보기가 힘들어져 마지막이라 생각하고 연락을 보냈다.

[하늘아 11월 26일에 시간 돼? 그때 노트 주려고.]

내가 메시지를 보낸 지 몇 분이 지나고 하늘이에게서 답이 왔다.

[응 그때 보자 옥상에서]
[알겠어]

우리는 정말 딱딱하게 해야 할 이야기만 했다. 더 이상의 대화는 서로를 힘들게 할 뿐이라는 걸 우리 둘 다 알았는지 간단히 약속만

잡고 연락을 끝냈다. 그리고 나는 그때 차마 더 노트를 공유하지 않을 것이라고 말을 하지 못했다. 망설이다 지나가 버린 타이밍에 나는 결국 노트에 그 이야길 쓰기로 했고 그걸 하늘이에게 주려는 계획을 세웠다. 언젠간 끝내야 할 일이었다. 그걸 내가 먼저 끊어낸다는 게 약간 달라졌을 뿐. 언제까지고 그 노트 하나를 핑계 삼으며 하늘이의 앞에 나타날 수 없으니.

이 선택이 옳았다. 하늘이에게도 나는 그저 눈엣가시일 뿐일 거다. 더 앞에 알짱거리지 않는 게 하늘이의 심기를 거스르지 않는 방법이라고 생각했다. 하늘이의 의견과 감정들은 전혀 물어보지 않는 채. 내 생각이 하늘이의 뜻일 거라고 확정지었다. 그때의 나는 왜 그렇게 어리석고 바보 같은지.

#4. 첫눈

하늘이와 만나기로 한 11월 26일이 점점 코앞으로 다가오고 있었다. 나는 평소엔 전혀 신경을 쓰지 않은 채 날 것의 노트를 줬다면 이번엔 마지막이라는 생각에 평소보다 훨씬 더 신경을 썼다. 내용과 글씨체 등 뭐하나 빠지는 것 없이 꼼꼼하게 신경을 썼다. 이번에 내가 고른 그림의 이름은

-르노와 아르미드-프랑수아 부셰(1703.9.29.~1770.5.30)

르노는 프랑스의 기사였다. 팔레스타인의 항구도시인 아스칼론을 함락시키기 위해 십자군들을 이끌고 쳐들어갔지만 아스칼론의 왕의 딸 아르미드를 만났다. 그들은 몰랐겠지. 그들이 서로를 얼마나 사랑하게 되고 그 사랑이 독이 될 줄. 아르미드는 십자군을 다른 곳으로 유인하기 위해 남장을 했다. 진작에 아르미드가 남장을 했다는 걸 알아챈 르노는 그녀를 사랑하게 되었다. 서로는 서로에게 끌리게 되었고 결국 서로 빠져들게 되었다. 아르미드의 정체를 계

속 의심하는 주변인들을 피해 르노와 아르미드는 사랑을 나누었다.

그들은 그 사랑이 영원할 줄 알았겠지. 그들은 한낱 마법사에게 이끌려 비밀의 정원으로 들어가게 되었고 비극은 시작되었다. 비밀의 정원에서 한없이 농밀한 사랑을 나누고 있던 그들을 십자군들이 목격하게 되었다. 그 사실을 알 리가 있을까, 그들은 온전히 그들만의 세상에서 살고 있었다. 아르미드는 끝없는 사랑에 취해 결국 그녀의 본 목적을 잊고 르노에게 모든 비밀을 털어놓는다. 멍청하게도. 르노는 배신감에 휩싸였고 가여운 아르미드는 바로 버림받았다. 르노는 아르미드와 비밀의 정원을 폐허로 만들어버렸고 아르미드는 그 폐허 속에서 르노만을 기다리다 죽음을 맞는다. 죽음은 그를 속인 대가인 걸까 아니면 자신의 목적을 잊고 적군과 사랑을 나눈 대가인 걸까. 어느 쪽이든 결과는 비참했다.

그림 속의 그들은 아주 행복해 보였다. 한 치 앞에 놓인 그들의 불행도 알아채지 못한 채. 저리도 아름다운 배경인 비밀의 정원에서 사랑을 나누고 그곳을 사랑하는 사람과 함께 폐허로 만들지 누가 알았을까. 이 그림은 처음 보자마자 꽂혔다. 모든 면에서 다 완벽해 보였다. 비극적인 이야기까지. 마치 나와 겹쳐 보이는 것 같기도 했다. 물론 나는 아르미드가 아닌 르노였고. 내 노트의 마지막을 장식하기에 딱 이였고 망설임 없이 펜을 집어 들었다. 그렇게 노트도 적고 다른 일도 하며 하루하루를 보내니 26일은 당장 내일로 다가왔고 나는 마지막 페이지에 이제 노트를 보여주는 건 오늘이 마지막이 될 거라고 빼놓지 않고 썼다. 오늘만 지나면 이제 하늘이를 우연이라도 볼 일은 없겠지. 조금 아쉽긴 하네. 아니, 조금이 아닌가. 조금 많이 아쉽고 서글펐다.

"내일이면 진짜 끝이야. 곧 다 괜찮아질 거야."

솔직히 조금 걱정이었다. 노트를 주고 바로 다음 날인 27일에 받으러 다시 만나야 했기 때문에. 그땐 정말 노트만 받고 올 생각이다. 더 무슨 말을 해야 할까. 얼굴만 보면 어색해서 미치지 않을까 싶었다. 그런 분위기는 아예 못 버틸 것 같은데…. 세준이에게 부탁하여 대신 받아달라고 할까 생각도 해봤다. 그래도 최소한의 양심이 있지 마지막까지 도망치며 남에게 미룬다는 건 정말 못 할 짓이었다. 그리고 마지막으로 하늘이를 보고 싶기도 한 내 사심도 섞여 있었고. 미래의 일을 더 깊게 생각할수록 복잡해지고 피곤해질 뿐이었다. 창밖을 바라보니 날씨가 그다지 좋지 않았다. 곧 비라도 내릴 것처럼 어두컴컴했다. 하지만 혹시 몰랐다. 이르긴 하지만 올해의 첫눈이 올지도. 모든 준비를 끝마친 나는 깊은 잠이 들었다. 아직도 나는 악몽을 꿨다.

—

약속 시각이 다가오고, 나는 여느 때처럼 준비하고 무거운 발걸음으로 학교의 옥상으로 향했다. 분명 나는 약속 시각 보다 일찍 도착했는데 왜 하늘이가 나보다 먼저 와 있는 걸까. 높은 곳까지 계단으로 오른 덕인지 옥상 문을 열자마자 하늘이를 보지 못하고 한숨을 푹 쉬었다. 그러다가 하늘이와 눈이 마주쳐버린 나는 약간의 쪽팔린 기분이 들었다. 누가 먼저 말을 꺼내야 할까 고민을 했지만, 나의 고민은 먼저 말을 걸어주는 하늘이에 의해서 단박에 무쓸모가 되었다.

"안녕. 우리 왜 이렇게 오랜만인 것 같지."

많이 살이 빠지긴 했지만 웃을 때 약간 들어가는 보조개는 여전했고 여전히 예뻤다.

"응…. 그러게 오랜만이네…. 우리 저번 달에 병원 갔을 때 이후로 말 나눈 건 오늘이 처음 아닌가."

내 말에 하늘이는 여전히 웃으며 대답했다.

"뭘 그러게야ㅋㅋ. 나 일부러 피했으면서."

또 눈치챘다. 하늘이는 예전이나 지금이나 눈치는 빨랐다. 하늘이의 웃음에는 또 여전히 능글거림이 있었지만 씁쓸함까지 함께 있었다. 하늘이라면 눈치는 채지 않을까 싶긴 했지만, 막상 이렇게 대놓고 자기 입으로 말하니 죄책감이 배로 들었다.

"그런가. 이제 몸은 괜찮아?"

괜히 할 말이 없어서 말을 회피하고 주제를 다른 곳으로 돌렸다.

"응, 괜찮아. 자주 이랬어. 이젠 익숙해. 여전히 병실에 혼자 있는 게 조금 외롭긴 했지만."

마지막 말이 왜 이렇게 내 심장을 후벼 파는 걸까. 외롭다는 하늘이의 말에 그 날 아저씨가 해줬던 말이 생각났다.

'병원을 가서 진단을 받은 병의 병명은 PTSD, 외상후 스트레스. 그리고 약간의 애정 결핍까지.'

애정 결핍. 어릴 때 부모에게 충분한 사랑과 애정을 받지 못하고 주변 사람들과 친밀한 관계를 가지지 못할 때 생기는 병. 애정 결핍이 있는 하늘이가 그나마 친구라고 생각했던 애가 자신을 일부러 피하며 떨어져 다니는데 그걸 겪은 기분이 어땠을까. 비참했겠지. 화가 났겠지. 나를 증오했겠지. 아니, 하고 있겠지. 혹시나 팔에 더 많은 흉터가 생겼을까. 천에 가려져 보이지도 않는 팔을 애타게 바라보았다. 그런 나의 시선을 알아챘는지 팔을 슬쩍 등 뒤로 숨겼다.

"너는 어때? 현세준한테 들었어. 너 울다가 실신해서 같이 실려 갔다며."

그 말을 하며 나를 재미있다는 듯한 눈빛으로 바라보았다. 하늘이의 입으로 다시 들으니 갑자기 아무렇지 않게 생각했던 게 부끄러워지기 시작했다. 솔직히 너무 우습고 어이없지 않은가. 친구가 실려 가는 걸 바라보며 하염없이 울다가 그대로 실신해서 같이 병원으로 이송. 찬 공기 탓에 약간 붉어져 있던 양 뺨이 더 붉어지는 듯했다. 이렇게 생각해 보니 세준이가 얼마나 힘들었을까 생각나게 했다. 쓰러진 친구 둘을 데리고 얼마나 고생했을까.

"응…. 우습네. 진짜…. 그때 왜 그렇게 눈물이 나던지…. 사람이 내 눈앞에서 쓰러지는 걸 처음 봐서 그런가."

"정말? 정말 그뿐이야? 만약 아예 모르는 생판 남이 네 앞에서 쓰러지는 걸 봐도 그렇게 울까? 아닐 텐데~"

"넌 진짜 변한 게 하나도 없네. 조금이라도 성숙해지진 않았을까 기대했더니. 여전히 능구렁이 같네."

내 말이 끝나자 픽 하고 웃는 하늘이었다.

그래, 이렇게 마주 보고 웃을 수 있는 시간도 이제 오늘이 아니면 없겠지.

막상 얼굴을 보니 또 미련이라는 게 생기나 보다. 이러면 안 되는데. 쓸데없는 미련은 시간과 감정을 낭비하게 할 뿐이다. 나는 나의 본래 목적을 깨닫고 매고 있던 가방에서 노트를 꺼냈다. 하늘이의 손에 노트를 꼭 쥐어 주며 나는 말했다.

"오늘은 막아둔 것 없어. 그냥 다 봐."

이게 마지막이 될 테니, 마지막인 혜택이야. 차마 마지막 말이 입 밖으로 나오지 않았다. 결국 나는 또 내 입으로 직접 말하기를 포기하고 노트에 대신 적은 내 말들을 하늘이가 봐주기를 바랄 뿐이었다.

"진짜? 오 오랜만에 봤다고 이런 것도 해주는 건가…. 좋네."

해맑게 미소를 짓는 너의 얼굴은 밝았다. 하지만 나의 눈에는 그저 처량하게 보일 뿐이었다. 이런, 시간을 너무 끌어버렸다. 이렇게 있다간 내가 겨우 다잡아둔 마음이 헝클어질 것만 같았다. 얼른 이 자리를 떠야겠다는 생각이 내 머릿속을 가득 채웠다.

"나 이제 가봐야겠다. 노트도 줬고 볼일도 끝났으니까. 내일 또 여기서 봐. 받으러 올게."

내 말에 또 한 번 해맑게 웃으면서 손을 흔드는 하늘이였다. 저 밝은 미소는 다시 한번 내 심장을 후벼 팠다.

"응! 그래 잘 가! 내일 봐~"

과연 나의 노트를 읽고 나를 다시 만나는 그 시간까지 저 미소가 유지될 수 있을까. 아마 불가능하겠지. 저 미소를 다시 한번 더 보고 싶은 건 그저 나의 이기적이고 욕심 넘치는 마음이겠지. 하늘이의 인사를 받은 나는 서둘러 옥상을 떠났다. 혹시라도 하늘이가 그 자리에서 노트를 바로 읽진 않을까 하는 불안감에. 무작정 뛰어 집에 도착하자 홀가분해짐과 동시에 무언가 무거운 짐을 하나 더 달고 온 기분이 들면서 오묘했다. 침대에 누워 오른팔을 들고는 내 눈을 덮었다. 그렇게라도 하면 잠이라도 올까, 눈물이 다시 들어갈까 싶어서.

다행인 것인지 내가 집에 들어가자마자 어둡던 날씨는 더 어두워지며 결국엔 비가 내렸다. 내 머릿속엔 오직 하늘이가 비를 맞고 있진 않을까 하는 걱정만 가득했다. 아니라면 집에서 나의 노트를 읽어주길 바랐고 만약 맞고 있다면 제발 얼른 집으로 들어가길, 비가 그치길 맘속으로 빌었다. 절대, 절대로 비를 맞으며 나의 노트를 읽고 있는 건 아니길 빌었다. 시간이 지나도 비는 그치지 않았고 더 억세게 내릴 뿐이었다. 역시 첫눈은 아직 너무 이른가 보다.

"첫눈은 무슨."

하늘이에게 노트를 전해 주고 집으로 돌아오자 나는 매시간 하늘이가 지금쯤은 그걸 읽었겠지라는 생각을 했다. 밥 먹다가도, 씻다가도, 넋 놓을 때도. 내 머릿속은 온통 하늘이였다. 아까 만나던 시간이 너무 길었던 걸까, 아니면 오랜만에 얼굴을 보고 말을 나눠봐서 그런가? 괜히 더 생각나고 그랬다.

'아까 조금만 더 일찍 빠져나올걸. 잠잘 때까지 생각나면 어쩌잔 거야.'

저녁이 되고 침대에 눕고 나서도 아무런 연락이 오지 않았다. 그 누구에게도. 유독 오늘따라 휴대전화가 조용했다. 매일 오던 광고 알림들도 오늘은 왜인지 오지 않았고 너무나 조용해진 내 휴대전화가 어색할 뿐이었다. 내가 잠들 때까지도 아무런 연락은 오지 않았다. 내가 잠에서 깨어났을 때도 휴대전화를 조용하고 알림창은 깔끔하기 그지없었다. 왜일까. 조용하다는 건 좋아해야 하는 건데 뭔가 섭섭하고 시무룩해졌다

"아직도 비 오네…."

흐릿한 눈으로 창밖을 바라보니 여전히 비가 오고 있었다. 어제보다 더 많이 쏟아지는 것 같았다. 아직 이른 시간일 텐데 그런데도 하늘은 탁했다.

"어…?"

이른 시간이 아니었다. 하늘이와 약속한 시각은 이미 1시간이 훌쩍 넘고 거의 2시간을 향하고 있었다. 나는 놀란 마음에 벌떡 일어

나 아무런 옷이나 주워 입고 서둘러 약속 장소로 뛰쳐나갔다. 2시간이 다 되어가는데 당연히 하늘이는 없을 거로 생각했지만 혹시라도 하는 마음에 젖 먹던 힘까지 쥐어짜네 빠르게 뛰어갔다. 겨울에 비가 와서 그런지 날씨는 더 싸늘했고 하필 주워 입고 온다는 옷이 얇은 옷이라 두 배로 추웠다. 하지만 그런 걸 느낄 새가 있을까 아무리 우산을 쓰고 가도 비는 우산 속으로 들어왔고 옷은 점점 축축이 젖어갔다. 학교에 도착해 계단을 2층 정도 올라갔을때 저 멀리서 익숙한 실루엣이 보였다. 그 실루엣은 점점 가까워졌고 내 앞에 나타난 사람은 세준이였다. 비에 홀딱 젖은 내 모습을 보고 놀랐는지 눈을 크게 뜨고 나를 막아섰다

"야, 네 꼴이 왜 이래? 비 맞았어? 옷은 왜 이렇게 젖은 건데? 외투는?"

나를 붙잡고 질문들을 마구 물어보는 세준이를 무시한 채 하늘이를 봤냐고 물었다.

"너 하늘이 봤어? 오늘 학교에서 봤어?"

내가 역으로 세준이의 어깨를 붙잡고 물어보자 세준이는 놀라 어버버 거리더니 대답했다.

"아니…? 본 적 없는데…. 주말인데 나올 이유가 뭐 있어…."

세준이의 말에 나는 더 절망했다. 그래, 갔겠지. 아니, 애초에 아예 나오지 않았을 수도 있다. 무슨 이야기가 듣고 싶어서 그곳을 갔을까.

"나랑… 약속을 했는데… 내가 깜빡하고 약속 시각에 너무 늦어버렸어…. 지금쯤 갔겠지…? 나 진짜 어쩜 이렇게 못됐지…."

그대로 주저앉았다. 나 자신이 너무 밉고 짜증나서. 그때 뒤에서 누군가가 다가오는 소리를 들었다. 무언가를 툭 하고 떨어뜨리는

소리에 뒤를 돌아봤다.

"하늘아…!"

주저앉은 나와 울먹거리던 나를 달래주던 세준이를 위아래로 번갈아 보더니 나의 부름을 듣고도 하늘이는 그대로 뒤를 돌아 뛰어갔다. 달아나는 하늘이를 붙잡기 위해 나는 벌떡 일어나 하늘이가 있는 쪽으로 몸을 틀어 뛰어가려고 했다. 하지만 그런 나를 붙잡는 세준이였다.

"또 쟤 때문에 나한테 와서 울고 또 그러고 가버리게?"

"….이거 놔줘…."

"아. 언제 한 번 겪어본 것만 같네. 이 상황. 그치?"

똑같았다. 저번에 병실에서 네가 하늘이에게 가려던 날 울면서 붙잡은 날과.

"…."

"진짜 가려고…?"

오늘만큼은 가야만 했다. 하늘이에게. 내가 후회하는 날이 오더라도 꼭 가야만 했다.

"응. 오늘은 네가 울더라도 갈 거야."

내 말에 나를 붙잡고 있는 팔의 힘이 느슨해졌다. 덕분에 나는 풀려나올 수 있었고 당장이라도 뛰어갈 수 있었다.

"그럼 얼른 가. 내가 말했잖아. 너의 모든 선택을 응원할 거라고."

빨리 가라며 나를 부추겨주는 너의 행동이, 나의 선택을 응원할 거라는 너의 말은 여전히 든든했고 슬펐다. 애써 참던 눈물 한 방울이 내 볼을 타고 흐르자 언제나처럼 눈물을 닦아줬다.

"울지 말라니까. 얼른 가. 놓치겠다."

그의 말을 듣고 나는 다시 뛰려고 자세를 고쳐 잡았지만, 갑자기 나에게 옷을 덮어주는 세준이의 행동에 멈칫했다. 방금까지 입고 있어서 그런지 여전히 온기가 남아 있었고 따뜻했다.

"이거…."

"그래도 겨울인데 이렇게 얇은 건 좀 아니지 않냐. 또 잔뜩 젖어서는…. 감기 걸리겠다. 이거라도 입고 가."

그제야 내 옷과 몸이 잔뜩 젖었다는 걸 알게 되었고 심지어 속옷까지 약간 비치고 있다는 걸 깨달았다. 급히 세준이의 옷을 입고는 머쓱하게 서 있었다.

"이건 내가 다음에 세탁해서 돌려줄게…."

"아냐. 할 필요 없어. 너 가져. 너한테 더 잘 어울린다."

마지막까지 다정한 세준이의 말에 쓸쓸히 미소를 지었다. 쓸데없이 다정해서는.

그를 향해 작게 손을 흔들고는 하늘이를 뒤따라갔다. 단숨에 2층에서 옥상까지 뛰어갔다. 하늘이가 간 곳은 옥상이었고 그걸 알아챈 나는 옥상으로 가 문을 열고 구석에서 비를 맞으며 쭈그려 앉아 있는 하늘이를 발견했다. 아까 복도에서 떨어뜨린 게 우산이었던 건지 우산도 없이 그저 하염없이 비를 맞고만 있었다. 비를 피하려는 어떠한 의지도 갖추지 않은 채. 천천히 하늘이에게 다가가 하늘이와 눈을 마주치기 위해 함께 쭈그려 앉았다. 하지만 나에게 전혀 관심을 두지 않는 하늘이 때문에 나는 하늘이에게 말을 걸 수밖에 없었다.

"하늘아. 나 봐봐. 응?"

혹시라도 고개를 더 숙이면 고개를 밑으로 파묻고 있던 하늘이와 눈이 마주치지 않을까 생각하며 고개를 더 푹 숙인 후 시선을 위로 올렸다. 그런 나의 행동에도 아무런 반응을 보이지 않자 나는 그냥 말을 하기 시작했다.

"하늘아, 노트 봤어? 마지막이라고 한 이유는 다 널 위해서 그런 거였어. 너한테 내가 거슬릴까 봐 그런 거였어. 내가 괜히 전시회도 데려가서 그런 일도 생기고…. 죄책감이 많이 들기도 하고…."

여전히 하늘이는 아무 말을 하지 않았다.

"그리고 오늘 늦은 건 절대 네가 싫어서 그런 게 아니라 늦잠을 자버려서… 세준이는 오다가 만난 거고…. 응? 나 좀 봐줘."

하지만 하늘이는 나의 말에도 요지부동이었다. 이대로 더 됐다간 오해만 쌓여 우리의 관계가 마지막까지 흐지부지될 것 같아 결국 나는 하늘이의 얼굴을 양손으로 붙잡아 나와 눈을 마주치게 얼굴을 들어 올렸다.

"어…? 하늘아 왜 울어… 무슨 일 있어? 내가 그냥 갈까…?"

얼굴을 들어 올리자마자 보이는 건 눈물을 엄청나게 흘리고 있는 하늘이였다. 매우 당황한 나는 어찌할 바를 몰라 그저 당황만 하고 있었다. 내 말에 계속 대답이 없던 하늘이의 흐느끼는 소리가 세차게 내리던 빗소리를 뚫고 나에게 들렸다.

"흑…. 엄마…. 흐…."

하늘이의 두 눈은 텅 비어 있었고 구슬프게 엄마를 부르며 울고 있었다. 저번 전시회 때처럼 하늘이의 몸은 조금씩 떨리고 있었고 그걸 지켜보고 있는 나는 순간 하나의 기억이 스쳐 지나갔다. 11월 27일, 오늘은 하늘이의 어머니가 돌아가신 날이었다. 추운 겨울에 하늘이의 곁을 떠났다고 했었다. 내 기억이 맞다면 오늘은 하늘이의 어머니가 돌아가신 날이 맞다. 그래서 이렇게 애타게 엄마를 부르는 걸까. 하늘이는 후유증이 심하다고 했었다. 멍청한 나는 그

중요한 걸 잊고 오늘 약속을 잡아버린 거였다. 어찌할 방도를 못 찾고 그저 허둥거리면서 하늘이의 머리 위에 손을 펼쳐 비를 막아주는 것밖에 하지 못했다. 조금 시간이 지나 흐느끼는 소리가 약간 멎었을 때 하늘이는 나의 어깨를 두 손으로 꽉 부여잡으며 나에게 울부짖듯 말을 하기 시작했다.

"엄마가…. 정말 나 때문에 죽은 걸까? 정말 다 내 잘못인 건가…. 난 정말…. 태어나지 말았어야 했을까…. 내가 만약 없었다면 엄마가 그 추운 날에 홀로 떠나는 일이 없었겠지…?"

그렇게 조금씩 말을 뱉기 시작하던 하늘이의 말은 점점 빨라지고 격정적으로 변했다. 빠르게 뱉던 말이 끝나고 하늘이는 힘겹게 숨을 들이마셨다. 내 어깨를 붙잡은 두 손은 아까보다 더 떨리기 시작했고 더 힘이 들어갔다.

"엄마가 그랬어…. 나는 없어야 하는 존재였다고… 엄마 대신 차라리 내가 죽었더라면 아빠는 한결 행복했겠지. 나 같은 것 때문에 그 거지 같은 병원에 계속 오는 게 얼마나 짜증 날까. 너도 그렇게 생각하지…?"

아니라고, 절대 아니라고, 그런 생각 절대 하지 말라고 말을 하고 싶었지만, 한층 고조된 하늘이의 암울한 분위기는 내 목소리를 막아버렸다.

"흐으…너도 결국 날 떠나려고 했겠지. 아빠도 티는 안 냈겠지만 나는 다 알아. 나는 주변 사람들의 골칫거리일 뿐이야."

"아…. 아니야 하늘아…."

"다들 겉으로는 날 걱정해 주는 척을 하지만 속으로는 이런 내가 귀찮다고, 사라졌으면 좋겠다고 생각하겠지."

"하늘아 제발…. 다들 너를 진심으로 걱정 중이야…."

하지만 내 말은 들은 체도 하지 않고 다시 울기 시작하는 하늘이였다.

"하아… 흑…. 흐으…."

그러더니 안 그래도 꽉 잡고 있던 내 어깨를 더 세게 잡는 하늘이의 행동에 절로 신음이 흘러나왔다.

"윽…."

하늘이는 그대로 내 어깨를 잡고 조금씩 흔들며 나에게 말을 했다.

"너도 결국 날 떠날 거야…. 그렇지…? 예슬아…. 가지 마… 제발…. 나를 두고 떠나지 마…."

애정 결핍. 애정 결핍의 증상 중 하나였다. 애정을 갈구하며 애정이 부족하다는 생각이 들면 계속해서 매달리는 것. 순간 본적도 없는 하늘이의 어린 시절이 떠오르는 기분이 들면서 애처로운 마음이 들었다. 그때 나는 무슨 생각이었는지 내 인생에서 가장 무모한 짓을 하기 시작했다. 하늘이의 양쪽 귀를 두 손으로 꽉 덮었다. 아무 소리도 듣지 말라고. 설령 그게 아무 의미 없는 빗소리일지라도. 그리고 나는 천천히 울고 있는 하늘이에게 다가가 사뿐히 입술에 입을 맞췄다. 차가운 겨울비에 잔뜩 젖은 우리 둘은 작은 접촉만으로도 온몸이 화끈하게 달아올랐다. 입을 맞춘 지 시간이 조금 지났을까 천천히 입술을 뗐다.

"좋아해, 하늘아."

하늘이에게 고백했다. 내가 저질러 놓고 뭐가 수줍은 것인지 내 볼은 붉게 물들었다. 하늘이는 여전히 커진 눈으로 날 바라보고만 있었다. 내 어깨를 꽉 잡던 두 손은 힘없이 아래로 툭 하고 떨어졌다. 아직 무언갈 할 용기가 남아 있던 건지 아래로 떨어진 하늘이의 손을 한 손으로 잡고 한 손으로는 눈물을 닦아주며 말했다.

"널 두고 떠나지 않을게. 널 혼자 두는 일은 절대로 없을 거야."

하늘이의 손목을 가까이 가져와 수많은 자잘한 흉터들 위로 살짝 입술을 붙였다 뗐다.

"앞으로 이런 거 하지 말자. 응? 내가 도와줄게."

그제야 하늘이는 반응을 보였다.

"응…. 알겠어. 안 할게."

하늘이의 대답 한마디에 나는 너무 기뻐 미소 지었다. 우리는 서로에게 끌렸고 이건 불가항력이었다. 어쩌면 나는 하늘이를 처음 본 순간부터 좋아하고 있었을지도 모른다. 하늘이와 처음 말을 해본 그 날. 팸플릿을 노트 대신에 들고 도망갔던 그 날. 생각해 보면 팸플릿을 노트 대신에 들고 간 것까지 행운이었을지도. 그것 덕에 우리는 만날 수 있었으니까. 아니 그건 행운이 맞았다. 하늘이를 만나게 해주었으니 내 생의 최고의 행운이었다.

—

비가 점점 멎어갔다. 하늘은 밝아졌고 언제 비가 내렸냐는 듯 평온했다. 우린 비 때문에 오도 가도 못한 채 옥상 그늘에서 서로에게 기대며 잠시 시간을 보냈다.

"이제 비 그쳤다. 갈까?"

나의 물음에 하늘이는 여전히 내 어깨에 기댄 채 칭얼거렸다.

"으응 가기 싫다…. 이러고 계속 있고 싶어…."

원래 이렇게 애교가 많았었나. 머리카락은 젖어서 막 씻다 나온 강아지 같았다.

"큭 그럼 우리 조금만 더 이러고 있을까?"

"그건 안 돼…. 너 감기 걸려. 아까 막 옷 입은 거 보니까 얇아서 여름에 입어도 되겠더구먼… 얼른 가자 데려다줄게."

그건 또 언제 봤대. 그리고 이거 여름 아니고 가을인데…. 그냥 말을 삼켰다.

"응, 가자. 추워."

내 춥다는 말에 자기가 입고 있던 겉옷을 덮어주며 나를 뒤에서 꼭 껴안은 채 우리는 뒤뚱뒤뚱 걸어갔다.

"아직도 추워?"

그의 물음에 나는 배시시 웃으며 대답했다.

"아니, 이제 하나도 안 추워. 근데 네가 춥겠다…. 우리 집 도착하면 씻고 옷 하나 꺼내입고 가. 이러다 감기 걸려."

"너희 집에 남자 옷도 있어?"

"걱정하지 마. 아빠 옷은 안 입힐 거니까. 그냥 내가 너무 커서 못 입고 있는 후드티 너 줄게. 잘 어울리겠다."

나의 말에 하늘이는 아까보다 더 빠른 속도로 뒤뚱거리며 앞으로 걸어갔다.

"나 배고파…. 아까 너 기다린다고 얼마나 힘들었는데…."

"헉 맞네. 그 생각을 못 했다…. 집에 가서 요리도 해줄게!"

내가 요리를 해준다는 말에 방긋 웃으며 잔뜩 기대하는 하늘이었다.

"아. 기분 좋다. 우리 예슬이가 해주는 요리도 먹어보고."

등 뒤에서 나를 더 꽉 안아왔다. 젖은 내 머리칼에 볼을 비볐고 우린 같이 집으로 향했다. 집에 도착하자마자 나는 하늘이에게 내 후드티를 챙겨주었고 하늘이와 나는 목욕을 한 후에 뽀송뽀송한 상태로 나와 내가 차린 음식들을 먹기 시작했다. 솔직히 나는 내가 요리에 꽤 재능이 있다고 생각했기 때문에 맛이 없을 거란 걱정은 하지 않았다. 나의 예상과 맞게 하늘이는 너무 맛있다며 남기지도 않고 다 먹었고 나는 그런 하늘이를 흐뭇하게 바라보았다.

"맛있어?"

"응. 정말 맛있어 난 솔직히 네가 요리 못 할 거 같아서 그냥 꾹 참고 먹으려고 했거든…."

쓸데없이 솔직하네. 조금 상처를 받을 뻔했지만 그래도 맛있다고 해주는 하늘이의 말에 기분이 그렇게 나빠지지만은 않았다. 하지만 장난을 치기 위해 하늘이에게 빽 소리쳤다.

"설거지나 해! 만드느라 썼던 기구랑 네가 먹은 그릇까지 싹 다 설거지해!"

"원래 하려고 했던 건데 뭐 그런 거로 협박을 하냐."

하늘이의 말에 살짝 머쓱해지며 머리를 긁었다. 그리곤 천천히 의자에서 일어나 소파에 누웠다.

"그럼 설거지 다하고 나 불러."

"응. 쉬고 있어."

하늘이의 말을 끝으로 나는 그대로 잠들었다. 비를 맞고 따뜻한 물로 목욕을 했던 탓일까, 눈이 스르르 감기더니 잠이 들었다. 그리고 나는 정말 오랜만에 아무런 꿈을 꾸지 않았다. 악몽을 꾸거나 기억조차 나지 않는 꿈을 꾸는 게 다반사였는데 오늘은 아무런 꿈도 생각도 떠오르지 않은 채 깊은 잠에 빠져들었다. 잠에서 깨어나도 전혀 머리가 아프지 않았다. 머리가 깨질 듯한 두통은 나에게 일상이었지만 오늘만큼은 달랐다.

'아 얼마나 잔 거지'

눈을 뜨자마자 보이는 건 나의 바로 앞에서 소파에 기대어 앉아 있는 하늘이의 뒤통수였다. 눈을 뜨자마자 보이는 게 하늘이라니

괜스레 기분이 좋아져 조심스레 손을 들어 올려 머리를 쓰다듬었다. 하늘이도 목욕했던 탓에 머리를 쓰다듬으면서 흔들리는 머리칼에서는 은은하게 샴푸 향이 흘러나와 계속해서 쓰다듬었다.

"예슬아 깼어?"

나의 손길이 느껴졌는지 바로 뒤를 돌아 작게 뜨고 있던 나의 눈과 눈을 마주쳤다.

"응. 방금 깼어."

하늘이의 눈을 살짝 피해 주변을 둘러보니 아까 세탁기에 돌린 옷들이 잘 개어져 바닥에 있었다.

"옷도 다 정리했네? 기특해라."

"너 깨어나는 거 기다리다 보니까 뭐라도 해야 할 거 같아서…."

기특하다며 어린아이를 대하듯 칭찬을 해줬는데 그것마저 좋은지 배시시 웃었다. 아직 나는 잠이 완전히 깨지 않아 비몽사몽 한 정신으로 나른하게 겨우겨우 말을 이어갔다.

"시간 얼마나 지났어? 꽤 된 거 같은데."

적어도 1시간은 족히 지났을 것 같았다. 그렇지 않고서는 이렇게 개운할 리가 없거든. 게다가 빨래에 건조기까지 다 되고도 남을 시간이라면 2시간 정도 지났으려나.

"한 2시간 30분? 그 정도 지났을걸."

그럼 그렇지. 그런데 그럼 하늘이는 그 2시간 30분 동안 나 없이 무얼 했을까 갑자기 걱정되었다.

"그때 동안 뭐 했어? 심심했겠다."

"나, 설거지 다하고, 빨래 개고, 다림질해두고 남은 시간은 너 자는 거 그냥 구경했어."

그걸 다해도 2시간 30분이라는 시간은 아직 한참 남아 있을 거다. 고작 그런 거로 시간을 보내기엔 너무 부족했다.

"뭐? 나 그냥 깨우지…. 심심했겠다…."

집으로 초대한 건 나고 그 집에서 한 거라곤 밥을 만들어주고 낮잠을 잔 것뿐이라니, 하늘이에게 너무 미안해졌다. 나의 타박에 하늘이는 보조개를 띄고 실실 웃으며 답했다.

"아냐, 너 보는 거 엄청 재미있었어. 되게 잘 자더라."

"아 진짜 바보야아…. 멍청하게 그걸 깨어날 때까지 기다리고만 있냐…."

나라면 설거지를 끝마치자마자 놀아달라고 소리를 질렀을 것 같은데.

"근데 예슬아, 그거 알아?"

갑자기 뭘 말하려는 걸까.

"뭘?"

"지금 밖에 눈 와."

"뭐??"

그의 말에 흐릿하게 뜨고 있던 나의 눈이 번쩍 떠졌고 소파에서 튕겨나듯 벌떡 일어났다. 베란다 쪽으로 천천히 다가가 창문을 여니 보이는 건 얇지만 하얗게 덮인 땅들이 보였고 여전히 눈은 멈추지 않고 내리고 있었다. 언제 비가 왔었고 언제 날이 갰는지도 모를 정도로 날은 어두워진 채 눈이 내리고 있었다.

"이럴 수가…. 아까까지만 해도 비가 왔었는데…."

"그러게. 나도 갑자기 내리길래 놀랐다."

날이 어두워지니 밝은 눈은 더 잘 보였고 나는 그 눈을 하염없이 바라보고 있었다. 11월 말에 눈이 내린다는 건 전혀 이상한 게 아니었다. 하지만 나는 마치 한여름에 내리는 눈을 바라보듯 신기하다는 눈빛으로 쳐다보았다. 왜냐하면, 나는 오늘 눈이 올 거라고는 상상도 못했기 때문에. 아니 사실 상상은 해봤다. 어제 하늘이에게 노트를 전해 주고 오는 날 눈이 왔으면 좋겠다고 생각했었다. 그러나 세차게 쏟아지는 비에 나는 그 생각을 아쉽지만, 일찌감치 접어야 했는데 지금 내 눈앞에는 보슬보슬한 눈이 떨어지고 있었다. 혹시나 아직 잠에서 깨어나지 않은 걸까, 꾸지 않은 줄로만 알았던 꿈속인 건가 싶어 손을 뻗어 떨어지는 눈을 잡아 쥐었다.

"진짜 눈이네….."

미세했지만 차가움이 느껴졌고 비로소 난 지금이 꿈속도 상상 속도 아니란 걸 알게 되었다. 작년 겨울이 지나고 1년 만에 다시 보는 눈이라 그런가 애틋한 기분도 들었다. 눈이 금방 그칠까 걱정이 되어 창문 밖으로 고개를 쓱 꺼내어 하늘을 바라보았다. 뭐가 크게 보이진 않았지만 쉽게 멈추진 않을 것 같아 안심되었다. 눈은 매년 내리는 거지만 매번 볼 때마다 신기하고 애틋하고 기분이 좋아졌다. 거기다 그 눈이 만약에 첫눈이라면 그 설렘은 두 배가 되었고 좋아하는 사람과 함께 첫눈을 본다면 그 행복과 설렘은 셀 수 없이 커져만 갔다. 눈이 내릴 때면 항상 내가 영화 속 한사람이 된 것만 같아 기분이 더 좋았다.

나는 말 없이 떨어지는 눈을 감상하였고 그런 나를 위한 것인지 눈은 더 짙게 내리기 시작했다. 갑자기 굵어진 눈 알맹이들에 바닥은 빈틈없이 덮였고 당장이라도 나가고 싶은 마음이 굴뚝같았다. 창밖만을 바라보며 발을 구르고 있던 나를 하늘이는 알아차렸는지 두꺼운 겉옷들을 두 개 가져왔다. 눈이 내리는 풍경에 흠뻑 빠져 하늘이의 움직임도 알아채지 못했고 그런 나를 하늘이는 계속해서 기다려주었다. 내가 스스로 눈치를 챌 때까지. 눈치를 채는 데에는 오래 걸리지 않았다.

아까까지만 해도 나를 바라보고 있는 것 같던 시선이 언제부턴가 사라진 걸 느끼고는 그제야 눈에서 시선을 떼고 주변을 두리번거렸다. 뒤로 돌자마자 보이는 건 나의 맘을 어떻게 안 건지 외투 두 개를 들고 웃고 있는 하늘이였다. 얼른 달려가 외투를 입고 집 밖으로 뛰어갔다. 위에서 보는 것과 밑에서 직접 눈을 맞으며 보는 건 천지 차이였다. 한 걸음씩 발걸음을 뗄 때마다 새겨진 나와 하늘이의 신발 자국. 마치 새하얀 도화지에 그림을 그리는 기분이 들어 흥미가 생겼다. 작은 발로 짧게 걸음 하며 조금 걸었을까, 완성한 건 나의 몸집의 두 배 정도 되는 하트였다. 끝이 약간 찌그러진 것 같았지만 그런 건 눈에 들어오지도 않았다.

"하늘아! 이거 봐봐 잘했지!~?"

어린아이가 무언가를 하고는 칭찬을 받고 싶어 자랑하는 것처럼 하늘이에게 달려가 손가락으로 하트를 가리키며 말했다.

"응. 예쁘다. 잘했어."

칭찬을 해주고는 나의 머리 위와 어깨에 쌓인 눈들을 툭툭 떨어뜨렸다. 빨개진 내 볼을 따뜻한 두 손으로 감싸더니 물었다.

"이러다 감기 걸리는 거 아닌지 몰라. 안 그래도 비 맞아서 추울 텐데 우리 얼른 들어갈까?"

"아니! 절대 안 돼. 독감이 걸려도 지금은 못 들어가. 오늘 여기서 한 시간은 놀다 갈 거야!"

"큭. 알았어~ 잠시만 기다려."

하늘이는 못 말린다는 듯 큭큭 거리며 웃었고 잠시 어딘가로 다녀오겠다며 떠났다. 하늘이가 돌아오기 전까지 눈사람을 하나 만들어 하늘이를 놀라게 해주고 싶었다. 나는 금방 확신이 섰고 이리저리 뛰어다니며 눈들을 한곳에 모으기 시작했다. 빠르게 쌓여가는 눈 덕분에 어렵지 않게 눈들을 모아 굴려서 눈사람을 만들었고 눈사람을 하나 다 만들었을 때쯤 하늘이는 따뜻한 음료를 두 손 가득 쥐고 돌아왔다. 음료를 들고 와 바로 내 손에 쥐여주는 줄 알았더니 내 볼에 가져다 대어 얼어버린 볼을 녹여주었다.

"아. 따뜻~하다 이제 너도 해봐."

얼어버린 얼굴이 얼추 녹았을 때 따뜻한 음료들이 식기 전에 빠르게 하늘이의 볼에도 가져다 대었다.

"어때 따뜻하지?"

내가 사 온 것처럼 뿌듯한 목소리로 물었다.

"응. 생각보다 더 따뜻하네! 좋다."

"아, 그리고 내가 눈사람도 만들었다?"

언제부턴가 내 기억 속에서 사라진 눈사람의 존재를 다시 떠올려 하늘이에게 자랑하기 시작했다. 이건 어떻고 저건 어떻고 좋알좋알 하며. 하지만 추운 날씨 탓에 혀가 얼어 발음이 계속 뭉개졌다. 그걸 전혀 눈치채지 못하고 끊임없이 말하는 나를 웃으며 바라보는 하늘이였고 곧 쉴 새 없이 움직이는 나의 입술 위로 하늘이의 입술이 닿았다. 아까 낮에 있었던 일과 지금 이 상황이 데자뷔처럼 겹쳐 보였다. 끊임없이 좋알거리던 나는 더 말을 하지 못했고 입을 꾹 닫고 있었다. 하늘이의 입술은 금방 떨어져 나갔고 떨어진 자리에는 아주 약간의 온기가 남아 있다가 금세 사라졌다.

"뭐야…. 갑자기 뭐하는 거야."

얼굴이 터질 듯 붉어지면서 뜨거워졌고 순간 나는 지금이 여름인 줄 알았다.

"그만 좋알거리고 얼른 음료수 마시라고."

딱히 타당하지도 않은 이유를 대며 나의 손에 음료를 꽉 쥐여 주었다. 나는 하늘이를 살짝 째려보듯 흘겨보며 음료를 마셨다. 음료는 여전히 따뜻했고 마시자마자 온몸 곳곳에 온기가 퍼지는 듯했다.

"오, 맛있다. 엄청 따뜻해 너도 얼른 먹어봐."

손에 들린 음료를 하늘이에게 권유하자 하늘이는 웃으며 고맙다고 하고 받아서 마셨다.

"엄청 따뜻하지? 역시 눈 오는 날에는 핫초코가 짱이다. 완전 행복해."

"그러게. 좋다."

하늘이의 긍정적인 대답에 절로 웃음이 났다. 우리는 아무것도 하지 않고 그저 벤치에 앉아 떨어지는 눈만을 구경했다. 멈출 기미가 보이지 않아 영원히 내릴 것만 같던 눈들이 점차 줄어들었고 조금만 더 있으면 아예 그칠 것 같았다. 눈이 점차 그쳐 가자 우리도 자리에서 일어났다. 하늘이를 데려다주기 위해 버스정류장으로 향했고 얼마 안 가서 우리는 버스정류장에 도착했다.

"벌써 도착했네. 아쉽다…."

헤어질 생각을 하니 영영 헤어지는 것도 아닌데 괜스레 코끝이 찡해졌고 애틋했다.

"나도 가기 싫다. 계속 너랑 있고 싶어."

그저 나와 함께 있고 싶다는 말 한마디 했을 뿐인데 기분이 좋아지며 몽글몽글해졌다. 내가 하늘이에게 널 혼자 두지 않겠다 했을 때도 하늘이도 이와 같은 기분이었을까. 버스가 도착하고 하늘이는 그 버스를 타며 나에게 전화하라는 말을 남기고 가버렸다. 집으로 혼자 돌아오는 길이 약간 어색하고 외로웠다. 그러던 중 집 근처에서 아까 하늘이와 같이 놀던 그곳을 발견했다. 내가 발로 질질 끌며 만든 하트는 덤으로. 그걸 보니 아까의 기억들이 다시 생생하게 떠올랐고 언제 외로웠다는 듯 기분은 금세 좋아졌다.

나는 그 길로 바로 집으로 들어가 책장 깊숙한 곳에서 노트를 꺼내었다. 노트를 펼쳐서 보니 노트는 이미 끝까지 가득 차 더 적을 곳이 없었다. 노트를 덮어 다 쓴 노트를 모아두는 곳에 함께 조심히 올려두었다. 그리고는 새로운 노트를 서랍장에서 꺼내 다시 처음부터 한 문장씩 써 내려가기 시작했다. 오늘 있었던 모든 일을 잊어버리지 않게 하나하나 세세히 적고 또 기록했다. 비가 오고 세준이가 나에게 옷을 덮어준 일, 하늘이와 옥상에서 있었던 일, 옥상에서 나누었던 말 한마디 한마디를 적어냈다. 잊어버리지 않게. 그리고는 낮에 잤던 잠으로도 부족했던 건지 책상 의자에 앉아 글을 쓰다 그대로 잠들어버리는 나였다.

\-

아침이 밝아오고 창문 밖을 바라보니 어제 한가득 소복이 쌓여 있던 눈들은 어디 갔는지 온데간데없어져 버렸다. 혹시나 또 지금 내 머릿속을 가득 채우는 기억들이 다 꿈일까 걱정을 했지만, 어제 내가 쓰다가 잠들어버린 노트를 한번 읽고는 꿈이 아니라는 걸 깨달았다. 안도감에 한숨을 내쉬고는 어제의 행복했던 기억에 미소를 띠었다.

"아 하늘이 보고 싶다···."

나도 모르게 입 밖으로 나오는 속마음에 입을 틀어막고 주위를 살핀 후 킥킥하며 웃었다. 나는 서둘러 휴대전화를 찾아 반쯤 잠긴 목소리로 하늘이에게 전화를 걸었다. 전화를 걸고 3초도 지나지 않아 바로 전화를 받는 하늘이였다.

[여보세요?]

하늘이도 일어난 지 얼마 되지 않은 것인지 목소리가 나처럼 잠겨 있었다.

"보고 싶다. 엄청."

다른 말 다 집어치우고 오직 하고 싶은 말만 말했다. 다른 말들은 입이 아플 뿐이었으니. 나의 말이 끝나자마자 휴대전화 너머로는 하늘이의 웃음소리가 나지막이 울려 퍼졌다. 그리곤 답이 들려왔다.

[나도 그런데. 내가 그쪽으로 갈까?]

"응. 빨리 와."

우린 그렇게 보고 싶다는 말 하나, 핑계 하나로 약속을 잡았고 설레는 마음으로 서로를 만날 준비를 했다. 준비를 거의 다 했을 때쯤 하늘이에게서 전화가 왔다. 집 밑이니 준비가 다 되었으면 내려오라고. 마침 준비가 끝났고 나는 대답도 하지 않은 채 서둘러 그를 만나러 갔다.

"왔어?"

"응, 보고 싶었어."

그 말과 함께 하늘이에게로 달려가 폭 하고 안겼다.

"그 잠잘 시간 동안 잠깐 못 본 건데 이렇게 보고 싶어 하면 어떡해."

하늘이는 그런 나의 어리광을 다 받아내며 나를 꼭 안아주었다.

"가자. 우리 빨리 놀러 가자."

하늘이는 나를 품속에서 떼어내 내 사이에 자신의 팔을 넣어 팔짱을 꼈다. 목적지가 딱히 정해진 것도 아니었지만 빨리 어디든 가고 싫어 하늘이는 나의 팔을 붙잡고 이끌었다. 난 웃으며 그를 따라갔고 앞으로도 하늘이와 함께한다면 그곳이 어디든 갈 수 있을 것 같다는 확신이 들었다. 우린 서로에게 잠에서 깨어나면 사라졌을 눈이 아닌 언제든 나와 함께 있는 하늘과 같은 존재였다. 끔찍할 정도로 깊게 자리 잡은 행복이 언제 식어서 사라질지는 아무도 몰랐다.

　하지만 우리는 언제 일어날지도 모르는 미래를 걱정하기보다는 지금 현재의 우리에게 집중하기로 했다. 미래의 일은 더 깊게 생각할수록 복잡해지고 피곤해질 뿐이니까. 예전의 우리는 혼란스럽고 온전하지 않았다. 무서워서 도망을 치고, 맞서 싸우다 상처를 입고, 자신을 자책했다. 하지만 그것마저도 서로에게 혹은 그 어떤 무언가에게 다가가는 과정이었다는 걸 알게 되었다. 비가 내린 후 땅이 더 굳는다고 했던가. 우리는 수차례의 비를 맞고, 눈에 젖어 수차례의 단단해짐을 거듭하여 지금 이렇게 함께 서 있다. 언제 또 비가 와 우리를 떨어뜨릴지 모르지만 나는 알고 있다. 언젠가 우리는 다시 서로를 찾을 거라는 걸. 그리고 함께할 거라는 걸.

chapter:4

#1. 사건의 전개

나는 춤추는 게 좋았다. 그리고 그걸 깨달았을 즈음에 나는 내 진로를 무용으로 정했다. 단순히 몸을 움직이는 게 아닌 예술을 하고 싶었다. 그래서 졸업한 뒤 바로 무용단에 면접을 보기 위해 서울로 올라갔다.

면접 장소에 도착해 안을 들여다보니 이미 많은 사람이 와 있었다. 늦은 건 아닌가 걱정했지만, 다행히도 차례를 확인해 보니 아닌 듯했다. 한참을 기다리니 관계자로 보이는 어떤 사람이 와서 나를 불렀기에 서둘러 일어나서 면접실로 들어갔다.

"다음 이지원 씨. 들어가세요."

"네."

면접실 안에는 두 명의 남자가 있었는데, 생각했던 것과 달리 분위기가 좋았다. 면접이라기에 딱딱한 분위기를 상상했었는데.

"안녕하세요, 이지원이라고 합니다."

"네, 바로 면접 시작할까요?"

사실 나는 꽤 자신이 있었다. 내가 이때까지 연습한 게 헛된 게 아니라고 생각했다. 하지만 이 무용단은 꼭 들어가고 싶단 생각에 조금 긴장이 되는 것만은 어쩔 수가 없었다. 노래에 맞춰서 몸을 움직이는데, 집중하고 있는데도 내게 닿는 두 사람의 시선이 느껴졌다. 합격할 수 있을까? 노래가 끝나고, 날 평가하는 눈빛과 함께 침묵이 이어졌다.

"이지원 씨라고 하셨죠?"

"네."

"잠시 밖에서 대기해 주시면 됩니다."

"네, 감사합니다."

그렇게 면접실 밖으로 나와 다른 사람들 틈에 섞여 앉아 기다리고 있을 때였다.

"결과를 알려드리겠습니다."

면접관 2명이 대기실로 나와 결과를 발표하기 시작했다.

"정말 감사하게도, 많은 분이 저희 무용단에 지원해 주셨지만, 안타깝게도 2명을 제외하고 다른 분들은 탈락시킬 수밖에 없었다는 점을 사과드립니다. 그리고 합격자를 발표하자면, 이지원 씨와 전소연 씨입니다. 합격자분들은 잠시 남아주시고, 모두 수고하셨습니다."

솔직히 꽤 자신 있었지만 그래도 막상 합격이라는 말을 들으니 믿기지 않았다. 잠시 그렇게 멍하니 있었더니 어느새 웅성거리던 사람들이 모두 빠져나가고 면접관 2명과 나와 다른 합격자 한 명만이 남아 있었다.

"지원 씨. 소연 씨. 합격 정말 축하드립니다. 저는 이 무용단의 단장인 한주원입니다. 잠시 안내해 드릴 내용이 있으니 시간 괜찮으실까요?"

면접관 중 한 명이 입을 열었다. 그저 무용단원 중 한 명이라고만 생각했었는데 단장이라는 말에 다시 한번 놀라게 되었다. 마치 연예인을 보는 기분이랄까.

"단장님이시라고요?"

내 옆에 있던 다른 합격자도 놀란 것인지 놀란 표정으로 되물었다.

"네. 맞습니다."

"와….."

"이제 안내를 해 드려도 될까요?"

"네…네!"

정말 신기했다. 앞에 이 유명한 무용단의 단장님이 존재한다는 것도 신기했지만, 이 유명한 무용단에서, 나를 받아주었다는 것이 너무나도 기뻐 그간의 노력을 모두 인정받는 기분이었다. 무용단에 대해 이것저것 말을 나누다가 집에 갈 때쯤이 되어 미리 단원들과 인사를 나눠 보고 가는 게 좋을 것 같다는 단장님의 말에 의해서 무용단의 건물이 있는 예술관으로 향했다.

"여러분은 1팀이에요. 1팀 연습실은 3층에 있어요."

단장님을 따라 3층에 올라와 연습실의 문을 열자, 나무 냄새와 함께 수많은 시선이 내게로 꽂히는 게 느껴져 자연스럽게 긴장하게 되었다.

"이쪽은 이번에 새 단원으로 들어오게 된 이지원 씨와 전소연 씨입니다. 여긴 앞으로 함께 지내게 될 1팀 무용단 단원들입니다. 서로 미리 인사 나누시면 좋을 것 같다는 생각에 모셔오게 되었답니다."

"안녕하세요, 이지원이라고 합니다."

"안녕하세요! 전소연입니다."

"어, 새로 오신 분이구나! 반가워요."

"그럼 여러분, 인사 나누세요."

그렇게 함께 연습실에 왔던 단장님이 집에 조심히 들어가라며 인사하고 가버린 후 화기애애한 분위기에서 단원들과 함께 말을 나누었고 즐거운 기분으로 대화를 끝마쳤다.

"그럼 다음번에 봬요!"

"네!"

"네."

그렇게 연습실 밖으로 나와 같이 온 다른 합격자, 소연과 함께 계단을 내려가며 무용단에 관한 이야기부터 서로에 관한 이야기를 나누었다. 같은 시기에 무용단에 들어가는 사람이 있어서 더 적응하기 쉬울 것 같다는 생각이 들었다. 아직도 내가 이 무용단에 들어오게 되었단 게 잘 믿기지 않았지만, 시작이 좋은 것 같다는 건 확실했다. 앞으로도 이렇게 잘 풀렸으면.

—

그 후로 한참이 지난 후, 나는 어느새 어엿한 무용단원으로 무용단에 적응했다. 벌써 몇 번이나 무대를 서보았고 거기서부터 오는 보람을 느끼며 하루하루 즐거운 나날을 보냈다. 여느 날과 같이 단원들과 함께 춤을 연습하다가 잠깐 쉬고 있던 와중에 누군가 연습실 문을 열고 들어왔다.

"어, 단장님이다."

"안녕하세요!"

"안녕하세요. 여러분. 공연 일정을 알려드리려고 해요. 12월 18

일에 국립 공연장에서 공연 일정이 잡혔습니다. 그리고 또….”

“와, 벌써요? 단장님, 능력 있으신데요?”

“그러게요. 지난 공연 끝난 지 얼마 되지도 않았는데. 대단하세요!”

“절 욕하는 것 같은데요? 제가 잘못 이해한 건가요?”

“그럴 리가요! 물론 아직 공연이 끝난 지 얼마 되지도 않았는데 공연 일정 잡아 오신 단장님이 밉기는 하지만, 그럴 리가요?”

“하하하. 그 점은 죄송하게 생각합니다. 아, 지원 씨.”

“어… 네, 네?”

갑작스러운 부름에 놀라 쳐다보니 단장님이 내게 말을 걸어왔다.

“지원 씨는 이번에 주인공 역할로 센터를 맡아보는 건 어떤가요?”

“제가요?”

“네, 경력도 이 정도면 충분히 잘 해내실 거라고 생각하거든요.”

“와. 지원 씨!! 축하해요!!!”

“네? 아직 정해지지 안….”

“에이, 거절할 거예요?”

“그건 아니지만….”

“그럼 된 거죠. 축하해요. 분명 잘 해낼 거예요!”

“축하드려요!”

그렇게 무용단에 들어온 이후 처음으로 주인공 역할을 맡게 되었다. 주인공으로 센터에 서다니, 정말로 내게 엄청난 경험이 될 것 같았다. 심장이 주체가 안 될 정도로 미친 듯이 뛰었다. 좋아, 꼭 완벽하게 해낼 것이다.

그날부터 나는 연습에만 매진했다. 완벽하게 해내고 싶다는 욕심이 무척이나 컸다. 그렇게 연습을 하는 도중에, 소연이 말을 걸어왔다.

"와, 지원아. 너무 열심히 하는 거 아냐?"

"에이, 당연히 열심히 해야지."

"부럽다. 난 그냥 옆에 행인1 같은 역할인데. 이러다가 넌 차기 단장도 할 수 있겠는데?"

"그럴 리가. 그러려면 적어도 여기서 80년은 더 춤만 춰야 할 걸?"

"그게 뭐야. 80년이면 죽고 없겠다."

"그러니까 불가능하단 소리지 뭐. 나 화장실 좀 다녀올게."

"응."

그렇게 연습실을 나와 화장실 쪽으로 걸어가던 길에 저 멀리서 다가오던 단장님과 마주쳐 대화를 나누게 되었다. 몇 달 후에 있을 공연에 관해 얘기를 나누다가 문득 궁금했던 면접일의 이야기를 묻게 되었다.

"그때 제 어떤 점을 보고 뽑으셨어요?"

"음… 춤을 잘 춰서죠? 지원 씨 춤은 감정이 담기지 않아서 좋은 것 같아요."

"감정이 담기지 않았다니요?"

"말 그대로요. 감정 없이 오직 춤에만 집중하는 것 같아서 멋있어요."

"전 감정을 실어서 춤을 췄는걸요. 그리고 전 무용은 감정이 담긴 춤이라고 생각하는데요."

"그럴 수도 있죠. 그렇지만 제가 볼 때 감정이 담기지 않아 보였는걸요. 그리고 전 지원 씨의 감정이 담기지 않은 춤이 좋았어요."

"그래요…? 제 춤이 그런지는 처음 알았어요."

"사람마다 관점이 다르니까요. 너무 신경 쓰지 마세요. 그럼 연습 수고하세요."

"네."

그렇게 단장님과 대화를 끝마치고 화장실을 갔다 오니 연습실의 분위기가 어수선했다.

"지원아!"

"무슨 일 있어?"

"단장님 누나분께서 곧 감찰하러 오신대."

"어, 정말? 갑자기 왜?"

"나도 들은 건데."

소연이 뜸을 들이더니 내 귀에 속삭이듯이 말했다.

"단장님 누나분이 원래 이 무용단의 단장이래. 그래서 무용단이 잘 운영되나 보러 오시는 거래."

"그게 이렇게 속삭일 정도야?"

"그럼! 엄청나게 복잡한 일들이 얽혀 있대. 내가 단원들한테 들은 것만 해도 장난 아니었어. 말해 줄까?"

"난 관심 없어…. 남의 집 사정 같은 거."

"아, 재미없게!"

—

그 후로 시간이 흘러 공연이 한 달도 채 남지 않았고, 단장님의 누나분이 무려 8번이나 방문하셨을 때였다. 소연과 함께 밥을 먹고 예술관의 산책로를 걸으면서 대화를 나누었다.

"지원아, 넌 긴장 안 돼?"

"긴장될 게 뭐 있어. 그냥 하고 오면 되지."

"부럽네, 정말."

"너도 실제로 올라가면 잘할 거면서."

대화를 나누며 소연과 함께 걷던 와중 단장님과 마주쳤다.

"어, 지원 씨, 소연 씨. 안녕하세요."

"안녕하세요."

"안녕하세요!"

"아, 지원 씨, 연습 끝나고 단장실로 와 줄 수 있을까요?"

"네, 그럼요."

"그럼 연습 끝나고 봬요."

단장님이 간 후, 소연이 내게 슬쩍 질문해왔다.

"너 혹시 정말 단장님이랑 사귀어?"

"응? 아니?"

"그래? 그럼 어떤 사이야? 단장님 좋아해?"

"갑자기 왜. 물론 좋아하긴 하지, 뭐…."

아무래도 내가 공연의 센터를 맡게 되면서, 단장님과 의논할 게 많아지다 보니 자연히 단장님과 함께하는 시간도 많아졌다. 단장님은 무척이나 멋있는 사람이다 보니까 볼 때마다 마음이 흔들리고 있긴 했다.

"그래?"

"응."

"근데 왜."

"그냥. 별거 아냐."

그렇게 대화가 끝나고 소연과 함께 연습실로 올라갔고, 단체 연습을 시작했다. 공연을 위해 다들 집중해서 연습하는 것이 눈에 선연히 보였다. 나도 마찬가지로 집중하다 보니 시간은 금방 흘러갔고 어느새 연습이 끝나있었다. 연습이 끝나고 바로 단원들과 소연이에게 인사를 한 후 단장실로 향했다. 단장실 앞에 다다라 노크를 하자, 얼마 지나지 않아 단장님이 문을 열고 나왔다.

"아, 지원 씨. 들어오세요."

단장실은 굉장히 고풍스러운 느낌이 났다. 예술관은 전체적으로 고급스러웠는데 단장님의 취향이 아닐까 하는 생각이 들었다.

"지원 씨. 여기 앉아요."

"네, 감사합니다."

"그… 지원 씨. 할 말이 있어서 지원 씨를 불렀는데요."

"네."

"너무 상처받지 말았으면 좋겠어요. 이런 말 하게 되어서 무척이나 죄송하지만, 지원 씨는 아무래도 저희 무용단이랑 잘 맞지 않는 것 같아요."

"네…?"

"그래서 이번 공연까지만 끝내고 더 무용단에 오시지 않아도 될 것 같아요."

"네? 갑자기 왜 그러시는….."

"야, 한주원."

그때 어떤 여자 한 명이 문을 열고 들어왔다. 나랑 눈이 마주치자 인상을 찡그리는 여자는 단장님과 굉장히 닮아 은연중에 이 사람이 단장님의 누나분이란 걸 추측할 수 있었다.

"이 사람 좀 내보내 봐. 얘기 좀 하자."

"지원 씨, 좀 있다가 다시 얘기해요."

"아, 잠시만요!"

나를 문밖으로 미는 바람에 주체 없이 밖으로 밀려 나갔다. 갑작스럽게 사람이 들어오는 바람에 단장님께 제대로 질문하지 못했다. 도대체 갑자기 왜일까? 단장실 앞에서 대화가 끝날 때까지 기다리려 했지만, 도무지 끝날 기미가 보이질 않아 어쩔 수 없이 휴대전화로 문자를 남겨두고 돌아갈 수밖에 없었다.

＿

지원이 나간 후, 단장실 안의 분위기는 금방이라도 살얼음이 얼어도 이상할 것 같지 않았다. 그런 분위기에서 여자가 입을 열었다.

"이제 그냥 막 자르려나 보지?"

"누나가 상관할 게 아냐."

"내 무용단인데 내가 신경 쓰지 말라고? 운영을 이딴 식으로 하고 있는데 신경을 안 쓸 수가 있겠어?"

"지금은 내 무용단이야. 그리고 누나가 운영 이상하게 한대서 지금 단원도 해고하고 있잖아."

"네 마음대로 마음에 드는 애 단원으로 뽑아놓고 인제 와서 제 발 저리니 단원이 어떻게 느낄지는 신경도 안 쓰고 해고하는 거야?"

"신경 쓰지 말고 가지그래?"

"너 계속 이딴 식으로 나오면 네 권한 다시 가져갈 거야."

"그래 보던가. 어차피 아버지 없으면 그럴 힘도 없잖아."

＿

단장님과 이야기를 한 후에 스트레스가 심했는지 며칠 아팠던 바람에 연습을 나가지 못했었다. 몸이 다 낫고 나서는 여느 때와 같이 예술관으로 출근했다. 사실 끔찍하게도 가기 싫었다. 내 연락을 본 후에 단장님께 답이 오지도 않았다. 여전히 단장님을 좋아하지만, 단장님과 마주치기라도 한다면 그 날 하루가 엉망진창이 될 것만 같았다. 하지만 주인공 역할만은 꼭 하고 싶었다. 해고되더라도 내가 처음으로 맡게 된 주인공 역할인데, 이대로 포기하고 싶지 않은 오기가 날 붙들었다.

연습실 문을 열고 들어갔는데 단원들 사이의 분위기가 이상했다. 그리고 연습하는 내내 나를 흘긋거리거나 자기들끼리 속닥거렸다. 모두 나를 피하는 분위기였다. 갑자기 왜 이러는 거지? 기분도 나쁘고 이유도 모르겠으니 무척이나 혼란스러웠다. 사람을 대놓고 따돌리면 누가 기분이 좋을까? 그렇게 눈치를 보고 있는데 연습을 시작하자는 말이 들려와 자리를 잡고 섰다. 그런데 문득 다른 단원들이 평소의 연습 대형이 아닌 전혀 다른 대형으로 서 있는 게 눈에 들어왔다.

"지원 씨. 여기 제 자린데 좀 비켜줄래요?"

"아. 네, 네. 근데 제 자리는 어디에요?"

"제가 어떻게 알아요?"

내 말에 차갑게 대꾸하는 단원을 피해 옆쪽으로 나왔다. 그렇게 잠시 멍하니 서 있다가 연습실 밖으로 나왔다.

—

그 후로 따돌림은 계속됐다. 은근히 따돌리는 것도 아닌 아예 대놓고 따돌려 나중에는 내게 말 거는 사람도 없었다. 할 수 있는 건 공연에 대한 연습뿐이었는데, 단원들이 꼭 나가지 않는 것처럼 우리가 나갈 공연 연습을 하지 않아 무척이나 혼란스러웠다. 물어도 답을 해주질 않아 나 혼자 구석에서 연습할 수밖에 없었다. 은근슬쩍 껴 보려고 해도 무엇을 연습하는 건지 알려주지 않았고, 날 신경 쓰지도 않았다. 그러다 보니 점점 불안해졌고 춤에도 집중하기가 힘들었다.

게다가 단장님과도 만날 수가 없었다. 연락도 받을 수 없고 단장실에 찾아가도 없다는 말만 되돌아왔다. 대화하는 사람도 없으니 공연에 대한 정보조차 얻을 수 없었다. 내 인간관계가 이렇게 협소했었나 의문이 들었다. 그러고 보니 나와 항상 함께 다니던 소연이 근래 보이질 않았다. 어디 아픈 건가 싶은 내 생각은 연습실 밖으로 나오자마자 다른 단원들과 걸어가는 소연을 보게 되어 깨져버렸다.

"소연아."

"…? 왜?"

"잠깐 얘기 좀 할 수 있어?"

"뭔데. 빨리해."

"너 갑자기 왜 그래…?"

"뭐가."

"나한테 왜 그렇게 차갑게 대해? 안 그래도 갑자기 다른 단원들도 나를 대하는 태도가 달라졌단 말이야!"

"다른 단원들 얘기를 나한테 왜 해? 그리고 내가 왜 너한테 따뜻하게 대해야 해?"

"뭐?"

"우리 사이 그 정도까진 아니잖아."

소연이 한 말이 이해가 되지 않아 잠시 멍하니 서 있었다. 그런 사이가 아니라고? 갑자기?

"잠깐만!"

"아, 맞다. 너 모르지? 공연 날짜 12월 22일로 바뀌었어."

비웃음이 가득한 말투로 소연이 내게 말하고는 다른 단원들과 함께 어느새 훌쩍 가버렸다. 잠시 멍하니 서 있을 수밖에 없었다. 도대체 무슨 일이 있었던 걸까?

그렇게 눈치만 보며 며칠이 지났을 때였다. 연습에 제대로 집중도 못하며 하루하루 버티고 있다 보니 신경이 미친 듯이 날카로워져 있었다. 그리고 우연히 알게 되었다. 우연히 듣지 못했더라면 아마 내가 있는 곳에서는 말도 잘 하지 않는 단원들 때문에 이 무용단에서 나갈 때까지 몰랐을 것이다. 단원들의 말을 듣자마자 바로 화장실에서 뛰쳐 나와 소연을 찾아 뛰어갔다.

"전소연!"

"아야! 왜?"

1팀 연습실이 아닌 다른 연습실에서 발견한 소연을 어깨를 붙잡고 말했다.

"네가 어떻게 나한테 그래?"

"뭐가?"

"네가 단장님이랑 사귄다며?!"

"그게 왜?"

"몰라서 물어? 내가 단장님이랑…."

"사귀기라도 해?"

"어?"

"아니잖아. 사귀는 사이도 아니면서 왜 그래?"

내게 속삭이는 말들에 순간적으로 얼이 빠졌다. 원래 이런 애인 건가? 이러면 안 되는 거 아닌가?

"그리고 나보단 단장님부터 먼저 찾아가 봐야 하는 거 아냐? 꼬신 애가 아니라 넘어온 애가 잘못이지."

"야, 쟤 왜 저래?"

"헐, 그러게. 싸우나? 왜, 저번에 단장님이랑 이지원이랑 사귄다고 막 이런 소문 돌았잖아."

"말려야 되는 거 아니야?"

문득 옆쪽에서 말소리가 들렸다. 그제야 내가 사람이 많은 연습실에서 전소연을 붙잡고 있었단 걸 깨달았다. 게다가 나와 달리 전소연은 크게 말하지 않고 내게만 들릴 정도로 작게 말하고 있었고 이래선 내가 단장님한테 미쳐서 사귄다는 말에 화가 나 달려온 거로밖에 보이지 않았다. 나한테 불리한 상황이었다.

"야, 이제 놓지 그래?"

"너 나한테 왜 그래? 나 따돌린 거 다 네가 그런 거지? 단장님 차지하려고?"

"뭘 말하는지 모르겠네. 잘못한 게 있으면 당연히 네 탓이겠지."

전소연을 붙잡고 있던 손을 놓았다. 진짜 내가 뭔가 잘못한 걸까? 그러고 보니 전소연이 했다는 증거도 없잖아? 할 이유도 없고. 아니지, 바보같이 단장님이 좋아서 나랑 단장님이랑 떨어뜨리려고 나를 따돌린 걸 수도 있잖아?

"저기."

"…?"

"소연이한테 무슨 일 있어?"

"왜 가만있는 사람 갑자기 벽으로 밀치고 그래?

"소연아, 괜찮아?"

모두 내게 악의를 담아 쳐다본다. 왜? 속에 담아 둔 게 터졌다. 너무 억울했다. 이유라도 알려주던가, 도대체 왜?

"너 내가 단장님 좋아했던 거 알고 있었잖아! 근데 네가, 네가….."

"너 단장님이랑 사귀는 사이도 아니라며?"

옆에 있던 단원들이 말을 보태기 시작했다.

"뭐?"

"네가 잘못한 거겠지."

"그, 그럼. 왜 나를 따돌리는 건데? 난 아무것도 안 했어! 근데 다들 나한테 왜 그래?"

"우리가 너한테 뭐 했니? 했어도 1팀 애들이 했겠지! 너 혼자 피해의식에 사로잡힌 거 아니고?"

왜 다들 나한테만 그래? 내가 잘못한 건 아니잖아. 왜 다 내 잘못이야?

그렇게 다들 제 자리를 찾아갈 때 나만 멍하니 서 있었다. 그러다가 어느 순간 연습실 밖에 있었다. 단장님을 찾아가 봐야겠다.

—

단장실에 가서 단장님을 만나기 위해 애를 썼지만, 단장님은 끝내 내 앞에 모습을 드러내지 않았다. 그렇게 또다시 시간이 흐르고, 정말 공연까지 며칠 남지 않았을 때였다. 사실 내가 공연에 나가는 게 확실한지도 알 수 없었다. 공연을 하는지조차도 잘 모르겠다. 그저 연습실 구석에서 멍하니 춤을 되짚고 있을 때였다.

"야, 이지원."

"… ?"

"왜 그렇게 열심히 연습해?"

연습실 문이 열리더니 소연이 들어와 내게 말했다.

"너 어디 공연이라도 나가니? 올해 공연은 다 끝난 걸로 아는데,"

"일주일 뒤에 공연 있잖아? 국립 공연장에서 하는 거."

"그거? 이틀 전에 끝났잖아?"

"뭐?"

"그 공연은 2팀이 끝냈지. 너야말로 몰랐어?"

"그게 무슨 소리…."

"지원 씨, 몰랐어요?"

그때 다른 단원들이 우리 둘의 대화에 하나둘 끼어들기 시작했다.

"지원 씨 때문에 저희가 공연에 못 나가게 되었는데 그걸 모른단 말이에요?"

"네? 저 때문이라니요? 그것보다 왜 공연에 못 나가요?"

"모르는 척할 거예요? 지원 씨 때문에 저희 1팀이 아니라 2팀이 공연에 나갔다고요."

"네?"

"너 몰랐어? 친구도 없니?"

옆에서 소연의 비웃는 목소리가 들려왔다. 것보다, 무슨 소리를 하는 건지 잘 이해가 되지 않았다. 내가 뭘? 내가 뭘 했기에…

"제가 뭘 했는데요?"

"뭘 하긴요. 뭔가 문제가 되는 행동을 했겠죠. 단장님이 와서 지원 씨를 들먹이면서 1팀 공연을 취소시켰다고요."

"잠시만요. 절 들먹이다뇨? 전 모르는 일이에요! 그리고 그런 거면 이유는 정확히 알 수 없는 거잖아요?"

"그렇긴 하지만 지원 씨 이름이 나왔잖아요?"

"하⋯. 그럼 그것 때문에 이때까지 절 따돌린 거예요?"

"따돌리다뇨. 그냥 무시한 것밖에 없는데요?"

"그게 그거잖아요! 저 때문이 아니에요! 전 아무것도 안 했다고요!"

"어쨌든 지원 씨가 책임져야 하는 거 아닌가요?"

"제가 왜⋯."

"지원 씨가 책임지고 단장님한테 말해요. 단장님이랑 친근한 사이였잖아요? 어떻게든 해결을 해보던가 아니면 무용단에서 나가요. 이번 공연으로 1팀이 얻을 게 많았었는데 지원 씨 때문에 죄 없는 다른 사람들까지 피해를 본 거잖아요?"

한 걸음씩 뒷걸음치다 보니 어느새 연습실에서 나와 있었다. 아무리 부정해도 그 누구도 내 말을 믿어주질 않았다. 소연이 내 뒤를 이어 연습실에서 나왔다.

"단장님한테 안 가봐?"

"⋯⋯도대체 뭐야."

"난 간다. 아, 맞다. 보니까 내가 너한테 공연 날짜 잘못 알려줬더라고. 뭐, 물론 날 친구로도 생각 안 하는 너는 상관없지?"

⋯다 싫었다. 너무 억울하고 화가 났다. 단장님이 도대체 뭐라고 했기에. 왜 나를 들먹인 걸까? 단장실에 가더라도 단장님이 나를 만나줄까? 또 전소연은 갑자기 나한테 왜 저러는 거지? 정말로 미쳐버릴 것만 같았다.

"억울하지 않아?"

"…네?"

누군가 문득 말을 걸었다. 고개를 들어보니 저번에 단장실에서 보았던 여자가 있었다. 단장님과 닮은 얼굴을 보자 갑자기 울컥하고 감정이 차올라 다스리기 힘들었다.

"나라면 화나겠다."

"…… ."

"이리 와봐."

"…왜요?"

"고민이라도 들어주려고 그러지."

"그쪽이 왜 제 고민을 들어주려고 하세요?"

"나한테 뭔가 말하고 싶은 눈치여서. 나한테 말해 봐."

평소의 나였더라면 안면도 별로 없는 사람에게, 무려 단장님의 누나로 추정되는 사람에게 내 속마음을 털어놓지는 않았을 것이다. 그렇지만 감정의 동요가 극심했던 탓일까, 아니면 이제 어찌 되든 상관없다는 마음이 넘쳐서 그런 걸까. 아무런 필터도 거치지 못하고 말이 목구멍을 넘어 흘러넘치기 시작했다. 그냥 잠시 쉬고 왔을 뿐인데 갑자기 달라진 단원들의 태도와 거기서부터 오는 압박감과, 친한 친구의 변화와 단장님의 무관심에 숨이 막힐 것 같다고 말했다.

"음…. 그럼 잘됐다."

"네?"

"무슨 일인지 대충 이해가 되네. 그리고 보니, 너. 지금 생각난 건데 저번에 나랑 단장실에서 마주친 애 맞지?"

"…네."

"그럼 너, 내 무용단 들어오지 않을래?"

그 말을 들은 후 나는 잠시 멍하니 서 있었다. 갑자기 왜?

"네…?"

"아무래도 단장이 꾸민 일 같네. 널 이 무용단에서 떨쳐 버리려나 봐. 안 그래도 저번에 갔을 때 어떤 단원 해고할 거라면서 뭐라 하던데. 그게 너였구나?"

"그게 무슨 말이에요?"

"원래 걔는 어릴 때부터 그랬어. 전소연? 친한 애가 갑자기 변한 거면 아무래도 단장 놈이 뒷공작을 했겠지. 워낙 말 흘리는 걸 잘하니까."

"그렇지만, 이해가 안 돼요. 왜 갑자기, 굳이 저예요?"

"넌 정당하게 이 무용단에 들어온 게 아니니까. 단장이 그냥 마음에 드는 애 한 명을 뽑아서 무용단에 집어넣은 거지. 그러다가 이제 내가 무용단 감찰하고 아버지한테 보고하려 하니까 급하게 조금이라도 문제가 될 법한 것들을 치워버리려는 거지. 그 과정에서 생긴 문제를 다 네 잘못으로 떠넘겨 버린 거야. 사실 원래 그 국립 공연? 그것도 내가 분명 2팀에 주라고 했는데 멋대로 1팀에 줬더라고? 그 썩을 놈."

"그럼 당신이 바로잡으면 되잖아요? 단장님 누나분 아니세요? 그럼 당연히 그럴 능력이 있는 거 아니에요?"

"그런 능력이 있으면 내가 지금 여기서 너랑 대화하고 있지도 않겠지. 우리 아버진 한 번이라도 실수하면 잘 봐주시지 않아. 그나마 내가 이 정도에 버티고 설 수 있는 것도 실수를 무마하려고 개고생한 덕분이거든."

"…어디 재벌 집 자제분이에요?"

"비슷해. 것보다, 그래서 들어올 거야, 말 거야?"

"갑자기 왜 무용단을 만들어요? 그리고 이렇게 들어가면 정당하게 들어가는 게 아니잖아요."

"괜찮아. 아직 단원이 한 명도 없거든. 그리고 무용단을 만드는 이유는 뭐. 별거 없어. 이 무용단보다 더 잘나가면 기분이 좋을 것 같기도 하고, 오로지 나의 무용단도 가지고 싶거든."

#2. 춤의 절정

　그 제안을 받아들였다. 사실 그런 이상한 사람의 무용단에 들어가는 걸 딱히 원치 않았지만, 금방이라도 무용단에서 잘릴 위기인 내게 선택의 여지는 없었다. 그리고 내게 부단장을 시켜주겠다는 말에 혹했던 것도 있다. 무용단에 들어오자마자 부단장이라니. 솔직히 좀 많이 의심되기는 했다. 몇 번 만난 적도 없으면서 왜 그러는가 싶었지만, 낙하산 같았지만. 그저 내가 믿고 싶은 대로 믿기로 했다. 내가 필요하니까. 나를 부단장으로 됐겠지. 오로지 그 전에 있던 무용단보다 유명해지기 위해 정말로 열심히 노력했다.

　내가 새로운 무용단에 들어가고 한참 후에, 그러니까 단장과 너무 친해져서 이제 얼굴도 보기 싫어질 때쯤에. 공연 일정이 잡혔다. 이 악물고 노력하고, 인재들을 많이 영업한 덕분인지, 우리 무용단이 꽤 유명해졌을 때였다. 전에 있던 무용단에 있을 때의 마지막 공연. 무대에 올라가진 못했으니까 마지막이라 할 수는 없지만, 국립 공연장. 그곳에서의 공연 일정이 잡혔다. 게다가 그저 공연만 하는 게 아니라 가장 훌륭한 무대를 한 무용단에게 상까지 주는. 국가가 연 일종의 대회였다.

"준비는 다 했어요?"

"응."

"오늘 저쪽 무용단도 온댔죠?"

"그럴걸."

"단장님, 부단장님!"

"응?"

단장과 함께 공연장으로 출발하려 할 때, 단원 한 명이 우리에게 다가왔다.

"단원 한 명이 집에 급한 일이 생겨 무대에 올라갈 수가 없대요."

"뭐?"

"어떻게 할까요?"

"음…. 어쩌지…."

"내가 올라가지."

"네?"

"내가 올라간다고. 대체할 만한 사람은 나밖에 없잖아?"

단장이 올라간다고? 사실 이때까지 춤추는 모습을 본 적이 없어서 불신이 생겼다.

"춤 알기는 해요?"

"응."

"그럼 뭐 그러던가요. 전 책임 안 질 거예요."

"그래."

사실 말은 이렇게 했지만, 걱정되었다. 망치면 어떡하지? 오늘은 내가 전에 있었던, 전소연네 무용단도 와서 공연하는데.

"걱정하지 마."

"네?"

"난 잘할 자신 있어."

"…….”

당당함을 넘어 오만하게 보일 정도로 말하는 모습에 기가 막힐 지경이었다. 그리고 공연장에 도착해서 대기실에 앉아 있다가 문득 단장이 무대에 올라가는 것과 함께 더 큰 문제가 있단 걸 깨달았다.

"맞다! 단장님, 알고 있었죠?!"

"아니."

"그럴 리가! 춤 알고 있다면서요! 무슨 역할인지 모르면서 어떻게 알고 있다고 해요?"

"난 모든 역할의 춤을 알아. 천재거든."

"뭔 이상한 소릴!!"

"그것보다 무대 올라가기 전에 한 번쯤은 맞춰 봐야 하는 거 아니야? 난 한 번도 안 춰봤는데."

"네? 근데 올라가겠다고 지금….”

"연습은 한 번만 해도 충분하거든."

오늘 공연에 오지 못하게 된 단원이 맡은 역할은 내 파트너 역할이었다. 그리고 남자 역할이기도 했다. 나는 주인공 역할이기에 파트너도 굉장히 중요한 역할인데. 여자가 해도 괜찮을까? 연습한 대로 하지 않아서 실수하면 어떡하지?

"걱정하지 말라니까? 성별에 그렇게 신경 쓰지 마."

"어떻게 신경을 안 써요?"

"알아서 잘. 자, 연습하자."

"뭐, 음악도 없어요?"

"응."

대기실에서 음악도 없이 춤을 추고 있다니. 누가 있었더라면 분명 우리를 이상하게 쳐다봤을 것이다.

"뭐야, 잘 추네요?"

"말했잖아. 천재라고."

"……"

"오늘은 감정에 흔들리지 마."

"네?"

"항상 춤출 때마다 흔들리고 있는 게 보여."

"윽, 중2병 대사 치지 마요. 그리고 전 안 흔들리거든요?"

단장님의 말에 퉁명스럽게 맞받아쳤다.

"그럴 리가. 지금도 그 애 생각하지?"

"…아닌데요?"

"그러다가 예전처럼 감정에 집어 삼켜질걸. 모두 잊고 오늘은 춤에만 집중하는 거야. 알겠지?"

"누가 보면 인생 2회차신 줄 알겠네요."

"진짜 내가 널 아껴서 조언해 준 거야."

"퍽이나."

"근데 잠시만. 나 화장실 좀 다녀올게."

"지금요? 이제 곧 저희 차렌데…."

"무대에 서다 화장실로 뛰어가는 것보단 낫잖아. 금방 다녀올게."

그 말을 마치고 단장은 대기실 밖으로 뛰쳐나갔다. 꼭 이럴 때 무슨 일이 일어나던데. 불안하게. 일단 나도 대기실을 나가 다른 단원들에게로 갔다.

"부단장님, 단장님은 언제 오신대요?"

"그러게. 왜 이렇게 안 오지?"

"5분 남았습니다!"

그런데 한참이 지나고 우리 차례가 얼마 남지 않았는데도 단장이 오질 않았다.

"부단장님….''

"…어쩔 수 없지. 우선 우리끼리 올라가자."

"하지만, 부단장님의 파트너 역할인걸요! 없으면 분명 티가 날 거예요."

"오지 않는 걸 어떡해. 여기 내 파트너 역할 할 수 있는 사람 있어?"

"……."

"봐, 아무도 없잖아. 우선 독무라도 할게."

"3분 남았습니다! 준비하세요!"

무대 아래에 서서 손톱을 깨물었다. 말은 그렇게 했지만, 초조했다. 어떻게든지 해야 하는데. 부담되기 시작했다. 정말 어쩌지…?

"올라갈게요!"

불이 꺼진 무대 위에 올라가서, 노래가 시작되기 전까지의 시간이 너무나 빨리 지나가 버렸다.

"……."

그리고 다급한 발소리가 들리고, 노래가 시작되고, 불이 켜졌을 때는 안심할 수밖에 없었다. 무대에 올라와 있는 단장이 보였기에. 정말 다행이라고 생각하며 마음을 놓고 춤에 집중할 수 있었다. 그

렿게 춤을 추며 가까이 다가온 단장이랑 함께 춤을 출 때는 다시 한 번 안도했다.

"어때, 감정에 흔들렸어?"

"지금 그게 할 소리예요?"

"그럼?"

"하마터면 큰일 날 뻔했잖아요."

"길을 잃어버리는 바람에…."

"정말 바보 같은 이유네요."

춤을 추면서 티 나지 않게 속삭였다. 하마터면 큰일 날 뻔했지만, 조명을 받으며 춤추는 이 순간이 좋았다.

"그러고 보니 아직도 복수하고 싶어?"

"아까까진 그랬던 것 같기도 한데 길을 잃었다는 말이 웃겨서 그럴 마음이 싹 사라진 것 같아요."

"이미 그럴 마음이 없었네. 내 덕분이야."

"뭐래요."

파트너가 바뀌었을 뿐인데 전혀 달라진 춤의 느낌에 놀랐기보단 무척이나 만족스러웠다. 그리고 어느새 내 감정이 희석되어 남지 않았단 점이 새삼스럽게 다가왔다.

"이거 되게 이상하네요. 과거의 저였다면 아마 일이 이렇게 될 거라고 상상도 못했을 거예요."

"넌 너무 감정에 빠져 있었어. 사랑 때문에 춤을 시작한 건 아니었잖아? 넌 그저 네가 원했던 춤에 다시 집중할 수 있게 된 거야."

"그것보단 무용단 일 때문에 너무 바빠서 그랬던 것 같은데요?"

"아닌데? 감성 없긴."

"감정을 없애라면서요?"

그렇게 막이 내렸다.

—

"오늘 공연을 위해 노력해 준 모든 분에게 감사의 인사를 드리면서, 심사위원들의 공정한 평가와 관객 여러분들의 투표와 함께 이번 대상의 주인공이 결정되었습니다."

"상 받을 수 있을까요?"

오늘 공연을 한 모든 무용단이 무대 위에 올라와 있었다. 진행자의 말을 들으며 단장에게 말을 걸었다.

"글쎄."

"…그렇게 말하면 어떡해요!"

"그럼 뭐라 해."

"당연히 받을 거라고 해야…."

"대상의 주인공은! – – – 무용단!"

"받았잖아."

"…뭐야, 나 잘못 들은 거 아니죠?"

"응."

"– – – 무용단! 대표자 한 분이 앞으로 나와 수상소감을 해주시기 바랍니다!"

"가 봐."

"제가 왜요? 단장이 가야지!"

"네가 더 어울려. …그리고 사실 네 춤은 감정이 실리는 게 더 예뻐. 내가 뭐라고 해야지 그제야 좀 오기가 생기는지 네 춤에 감정이 담기더라고."

"네?"

"가 봐야지."

그렇게 등이 떠밀려 나와 트로피를 받고, 손에 마이크를 쥐고 수상소감을 하게 되었다.

"우선… 이번 공연을 위해 노력해 준 우리 무용단 단원들에게 고맙다는 말을 해주고 싶고요….."

감정이 실려서 춤이 예쁘다는 소리는 처음 듣는 것 같았다. 이유는 참 뭐 같았지만, 오랜만에 느끼는. 뭐랄까, 인정받는 느낌이었다. 그리고 또 내가 이곳에 서 있다는 것도 믿기지 않았다. 분명 처음의 나였더라면 상상도 못했을 것이다. 그때의 순간들이 거짓말이 된 것처럼 아득히 멀어 보였다. 내가 정말로 겪은 일인지 기억도 나지 않았다. 이게 가능한 건가? 정말로 이렇게 쉽게 잊을 수 있다니. 내 옆으로 보이는 단장이 오늘따라 그리 밉지는 않았다. 덕분에 새로운 길을 찾게 되었다.

하지만 덕분에 내가 이 자리에 있으니 고마웠다.

"…제 모든 소중한 인연께 감사하단 말씀을 드립니다."

막이 다시 한번 내렸다.

epilogue

#0. 그 뒤의 이야기

유난히도 하늘이 맑던 가을날이었다. 사람들이 붐비는 길거리 속에서 누군가 황당함이 미미하게 묻어나는 목소리로 말했다.

"아, 언니. 무용하는 사람이 왜 미술관에 와요?"

"원래 단장이 되려면 예술에 일가견이 있어야 해."

"전 단장이 아닌데요."

"이런, 안타깝구나."

아웅다웅하면서도 꼭 붙어 다니는 그 둘의 정체는 바로 지원과 예슬이었다. 1년 전, 딱 이맘때쯤 미술관에서의 우연한 만남으로 둘은 인연을 맺게 되었다. 지원은 예슬의 대답이 재미있다는 듯 웃으며 말했다.

"넌 미술 하는 애잖아."

"그렇긴 하지만 똑같은 미술관을 벌써 몇 번째 오고 있는지 아세요?"

"나는 이 미술관이 좋더라."

예슬이와 지원이 서로 비밀도 털어놓을 정도로 친해졌을 무렵에 예슬이 미술관 출구에서 넘어지고, 유치원생들과 함께 울었던 흑역사를 얘기해 준 이후로, 지원은 계속해서 예슬을 놀렸다. 지금 온 미술관도 예전에 예슬이 넘어졌던 미술관이었다.

"어, 갑자기 발이?!"

"아, 그만 놀려요!"

"와, 최예슬 얼굴 빨개진 거 봐."

"저한테 말 걸지 마세요."

장난기가 발동한 지원이 미술관 입구에서 넘어지는 척을 해서 예슬이 삐지는 바람에 그녀는 한동안 예슬의 기분을 풀어주기 위해 애써야 했다.

"그래도 너 좋아하는 미술관에 왔잖아. 나한테 작품 설명 안 해줄 거야?"

"…알았어요. 대신 그만 놀려요!"

"그래."

그렇게 예슬이 작품 설명을 하며 지원과 걸어가고 있을 때였다.

"반으냐앙, 우리 언제 밥 먹으러 가?"

"조금만 있다가. 작품에 집중해 봐. 뭔가 보이지 않아?"

"아니, 도대체 뭐가?"

"음… 공기?"

"빨리 밥이나 먹으러 가자. 우리 곱창 먹기로 한 거 기억하지?"

"무슨 대낮부터 곱창이야?"

"정말 몰라서 묻는 거야? 원래 낮에 먹는 곱창이 더 맛있는 법이라고!"

그와 같은 시각, 하나는 은향을 이끌고 출구로 향하는 중이었다.

"그래서 아까 그 건물 그림 이름이 뭐라고?"

"몇 번을 말해요? '샤랑통의 풍차'라니까요."

"아, 그랬나…?"

"아, 진짜. 저 웬만하면 진짜 화 안 내는데! 저한테 계속 일부로… 윽!"

뒤돌아 지원에게 막 화를 내려던 예슬이 공교롭게도 하나에게 끌려가던 은향과 부딪혀 휘청거렸다.

"어, 조심…!"

지원은 무용으로 다져진 코어 힘과 엄청난 순발력을 발휘해 넘어지기 바로 직전인 한 명을 가까스로 붙잡았지만, 지원에게 선택받지 못한 다른 한 명은 결국 넘어지고 말았다. 미처 그것을 알아채지 못한 지원이 다행이라는 듯 한숨을 쉬고서 물었다.

"괜찮으세요?"

"아… 네, 감사합니다. 그것보다 일행분이 넘어지셨는데…."

"아, 맞다! 예슬아, 괜찮아?"

바닥에 넘어진 예슬의 몸이 부들부들 떨리는 게 보였다.

"…? 예슬아, 많이 아파?"

"아, 맞다? 언니… 진짜… 미술관에서 넘어진 거 제 흑역사인 거 알면서도…."

예슬의 한 마디 한 마디에 감정이 실리는 게 느껴졌다. 금방이라도 화를 낼 것만 같은 분위기에 모두 이러지도 저러지도 못하고 있기를 잠시, 별안간 하나가 갑자기 예슬의 옆에 눕는 돌발행동을 했다.

"…?"

"……."

"하하, 저희 날도 좋은데 누워서 하늘이나 볼까요?"

"……."

그 말에 셋은 할 말을 잃어버리고 말았다. 실내 미술관이기에 당연히 하늘이 보이는 구조가 아니어서, 하나의 말은 헛소리와 다름 없었기 때문이었다. 넘어져서 창피해할 사람을 위한 하나의 행동에 예슬은 화를 내려던 마음이 팍 식고 말았다. 지원은 웃음을 가까스로 참아내며 땅에 엎어진 둘을 일으켜주었고, 곧바로 헤어지려던 그들은 가려는 방향이 같았던 터라 어쩔 수 없이 나가는 길을 함께 하는 수밖에 없었다. 하마터면 어색한 공기를 두른 채로 출구까지 갈 뻔했지만, 그러한 분위기를 못 견디는 성격의 하나가 열심히 조잘거린 덕분에 넷은 그 짧은 시간 안에 통성명까지 나눌 수 있었다.

"와, 그럼 미술이랑 무용하시는 분이란 거네요?"

"네."

"두 분 만나게 되신 계기가 되게 재밌어요! 저희는 고등학교 동창이라 매일 제가 은향이한테 괴롭힘당하기만 했는데…."

"이건 모함이에요."

아까의 일이 민망했던 것인지 하나가 계속해서 열정적으로 말을 걸어오는 덕분에 넷의 분위기가 꽤 유하게 풀려 있었다.

"와, 근데 이렇게 만난 것도 인연이네요! 예술 하는 넷이 모인 거잖아요? 그렇지 은향아?"

"응. 그렇네."

은향은 갑작스러운 질문에 당황해 그만 딱딱한 말투로 답해버리고 말았다. 웃을 땐 서글서글하지만, 무표정일 때에는 꽤 날카로운 인상인 터라 모두 은향의 기분이 안 좋은 줄로만 알고 분위기가 다시금 얼어붙기 시작했다. 갑자기 가라앉은 분위기를 감지한 은향이 조심스레 물었다.

"…제가 뭐 잘못했나요?"

"혹시 화난 건 아니시죠…?"

"네? 제가요?"

"우리 은향이가… 사실 성격이 안 좋아요…."

"…?"

"항상 그랬죠… 고등학생 때부터…."

"야, 백하나. 또 무슨 소리 하는 거…."

"그나저나, 저희 이것도 인연인데 다 같이 밥 먹으러 가실래요?"

"네?"

"메뉴는 곱창인데, 안 좋아하시면 삼겹살도 있어요! 괜찮으시면 같이 가요!"

하나가 쾌활하게 웃으며 자리에서 일어났다. 은향은 그런 하나를 보며 못 말리겠다는 듯이 고개를 절레절레 저었다. 지원은 사람 좋은 미소를 지으며 그런 그녀를 칭찬했다.

"하나 씨, 사회성이 너무 좋은데요? 저희 무용단에도 하나 씨 같은 분이 계셨더라면 좋았을 텐데 말이죠."

"정말요? 칭찬 감사해요!"

다들 자리에서 일어났다. 하나의 붙임성 덕분에 분위기가 다시 좋아진 것은 부정할 수 없는 사실이었다. 넷은 하나의 주도하에 서둘러 곱창집으로 향했다. 도란도란 이야기하느라 피어오른 입김이 허공에서 하얗게 부서졌다.

이것이 바로 둘도 없는 친구가 될 이들의 첫 만남이었다.

올해도 책쓰기 동아리와 함께하게 되어 기쁩니다. 작년처럼 마감에 쫓기며 쓴 글이라 급하게 전개되는 감이 없지 않아 있지만, 김포공항 친구들과 함께해서 즐거웠습니다. 은향이의 성장 스토리와 로맨스, 우정 등을 조금 더 다뤄보고 싶었는데 분량과 시간상의 문제로 더 깊이 다루지 못해 아쉬울 따름입니다. 마감을 재촉해 준 친구들, 저희를 이끌어주신 배설화 선생님 정말 감사합니다!

−김수민 작가

이야기를 쓰면서 급하게 마무리하기도 했고, 처음에 생각한 이야기와 아주 내용이 뒤바뀌는 일도 여러 번 있었고, 글을 쓰면서 갈팡질팡하고 모자란 부분이 많았습니다. 처음에는 제가 잘 알고 있는 내용이 있기도 했고, 써 보고 싶었던 주제였지만 잘 쓰이지 않았고, 계속 내용을 바꾸어 써 가니 지금의 하나와 밴드부의 내용이 나오게 되었습니다. 책 한 권에 들어가는 이야기를 쓴 것이 정말 보람찬 경험이 되었습니다. 막판에 같이 힘내서 쓴 친구들과 선생님께도 감사하고, 책을 읽어주신 여러분들께도 정말 감사합니다!

−김민서 작가

　작년에도 책을 썼었는데 저번에 책을 쓸 때는 다 같이 썼던 터라 약간 부담이 적었습니다. 누가 어떤 문장을 쓰고 어떤 내용을 썼는지 아무도 알아보지 못했으니까요. 그런데 이렇게 따로따로 써 보니 감회가 새롭긴 했지만, 부담이 컸던 것 같았습니다. 한 명당 평균으로 적어야 하는 페이지 수를 채우지 못하진 않을까 걱정도 많이 하였고요. 언젠간 적겠지 하며 계속 미루다 결국 마지막에는 거의 일주일을 밤을 새워서 적기도 했습니다. 그러면서 표현하고자 한 것을 많이 표현하지 못한 것 같아 아쉬움도 있는 것 같고 너무 맥락이 이상한 것 같아 쓰고 지우기도 많이 반복했습니다. 생소할 수도 있는 미술 혹은 예술이라는 걸 주제로 잡아 작품도 몇 가지 소개하면서 책을 적었는데 어색한 부분도 없지 않아 있을 것으로 생각합니다. 그래도 책을 쓰면서 엄청 즐거웠고 밤을 새우는 그 시간도 정말 행복했던 순간이었던 것 같습니다. 엄청 많이 부족하고 모자란 글이지만 봐주셔서 감사합니다.

−김태희 작가

　무용에 대해 잘 알지도 못하면서 무용에 관해 쓴다는 것이 사실 조금 부담스러웠습니다. 물론 배경으로 쓰인 것이지만 이 세상에 존재하는 것을, 이 직업을, 누군가는 이 일을 사랑하며 살아가고 있을 텐데 이 글로 불쾌해지진 않을까 걱정이 조금 됩니다. 가능하면 조금 더 유익하고 읽는데 즐거운 글을 쓰고 싶었는데 제 필력과 상상력의 한계로 이 정도밖에 쓸 수 없는 것이 안타깝습니다. 올해 이 책을 쓰면서 함께한 친구들에게 고맙단 말을 전하며 다른 친구들에 비교해 글을 많이 쓰지 못한 점에 대해 미안하다는 말도 전하고 싶습니다.

－김민주 작가